Günter Ruch

Die Blutkönigin

Günter Ruch

Die Blutkönigin

Roman

VERLAG PHILIPP VON ZABERN

Meiner Liebe

„Ferner erzählt Ptolemaios, Lagos' Sohn,
auf diesem Feldzuge wären Kelten zu
Alexander dem Großen gekommen, um Freundschaft
und Gastverbindung zu stiften. Der König nahm sie
freundlich auf und fragte sie beim Trinkgelage,
was sie am meisten fürchteten. Er erwartete,
sie würden sagen: ihn. Aber sie erwiderten:
Nichts, es sei denn, dass der Himmel auf sie stürze."

Strabon, Geographica, VII. Buch

Vorbemerkung

„Die Blutkönigin" beruht auf Fakten und folgt den historischen Quellen. Mit Abstand die wichtigste dieser Quellen ist Caesars *De bello Gallico* („Der Gallische Krieg"). Inwieweit Caesars Schilderungen tatsächlich der Wahrheit entsprechen, können wir nach über zweitausend Jahren nicht mehr überprüfen. Das gilt insbesondere für den Ablauf der Kämpfe im Spätherbst des Jahres 54 v. Chr. Dabei verloren die Römer in der Nähe des bis heute nicht eindeutig lokalisierten keltischen Platzes Atuatuka* anderthalb Legionen und erlitten eine der schwersten Niederlagen des Gallischen Krieges.

Die alten Kelten haben keine schriftlichen Zeugnisse hinterlassen. Ihr Leben, ihr Alltag, ihre Sitten, ihre Zeitrechnung und Jahreszählung, ihr Götterglaube und ihr Kult, ihre Sozialstruktur, ihr Verständnis von der Welt – sie sind uns großenteils unbekannt und nur indirekt erschließbar.

Soweit es die Dramaturgie des Stoffes zuließ, habe ich historische Figuren mitspielen lassen – nach Lage der Dinge hauptsächlich auf römischer Seite. Auch die geografischen, ethnologischen und spirituellen Hintergrundinformationen beruhen – soweit sie bei der dürftigen Quellenlage überhaupt ergründbar sind – auf geschichtlicher Realität.

Günter Ruch, Januar 2010

* Ich gehe davon aus, dass der befestigte Platz Atuatuka in der Gegend der nordrhein-westfälischen Stadt Eschweiler (Kreis Aachen) lag.

Prolog

Die römischen Unholde ermordeten Fianas Mann vor ihren Augen. Der Legionär mit dem hübschen Jungengesicht durchschnitt ihm die Kehle, als er sein Haus, seine Frau und sein Kind verteidigen wollte. Wie einem Schwein, das man zum Jahresende am Samhainfest schlachtet. Von einem Ohr zum anderen.

Die Frau musste hilflos dabei zusehen. Genauso der Sohn an ihrer Hand. Er war noch so jung und schon dazu verurteilt mitzuerleben, wie die Augen des Vaters in tödlichem Entsetzen aus ihren Höhlen traten, als die Klinge des Legionärs ihr blutiges Werk vollendete. Wie das warme Blut in sein Knabengesicht spritzte. Warum ließen die Götter das zu? Warum hinderten sie die fremden Todesbringer nicht an ihrer Freveltat?

Als der blutbesudelte Legionär sie ins Haus zurückdrängte, sahen Fiana und ihr Sohn, wie der Vater röchelnd vor der Türschwelle ihres Heimes zusammensackte und sich nicht mehr rührte. Mit unmissverständlichen Gesten machte der Legionär der Keltin klar, dass sie dort bleiben solle. Fiana konnte sich genau vorstellen, was er wollte.

Sie hatte Todesangst. In Cedrics blassem Gesichtchen stand Fassungslosigkeit. Sein Aufschrei war dem Jungen im Angesicht des Todes im Halse stecken geblieben. Genauso wie seiner Mutter.

„Wir können nicht hierbleiben, Cedric“, sagte die Keltin. Sie versuchte ihre Stimme so ruhig klingen zu lassen wie nur möglich, gegen das Schreien und Sterben draußen im Dorf.

„Mama, ich kann nicht an Papa vorbei“, stammelte der Junge und presste sich an seine Mutter.

Ihr Atem war mehr ein Hecheln. Ihr ganzer Körper zitterte. Sie war in Schweiß gebadet. Sie sagte sich, dass sie stark sein musste. Sie schaute nicht auf den Leichnam ihres Gefährten. Es ging nur noch um Cedric. Ihr Mann hätte gewollt, dass sie sich um den gemeinsamen Schatz kümmerte.

„Mama, ich hab Angst.“

„Ich weiß, mein Liebling.“

„Hast du auch Angst, Mama?“

„Ja. Aber frag jetzt nichts mehr. Ich werde dir später alles erklären.“ Der Junge nickte. „Cedric, kannst du dich noch daran erinnern, als wir die Stele für die große Göttin Dana aufgestellt haben? Im letzten Sommer?“

Der Junge schaute Fiana fragend an, nickte dann aber tapfer. „Ich weiß es noch."

„Sie ist nicht weit weg. Direkt am Waldrand. Hör zu. Du musst jetzt tapfer sein. Versprichst du mir das?"

„Ja, Mama."

„Sag es."

„Ich verspreche es."

Fiana holte tief Luft und spannte ihre Muskeln an. „Ich zähle gleich bis drei. Wenn wir bei drei angekommen sind, dann laufen wir beide zusammen, so schnell es geht, los."

„Zur Stele der Göttin, Mama?"

„Genau. Und dann in den Wald, Cedric. Geradeaus in den Wald. Und wir bleiben nicht stehen, bis ich es sage. Hast du das alles verstanden?", fragte sie mit ernster Miene.

Fiana holte tief Luft und nahm ihren ganzen Mut zusammen. Sie und ihr Sohn traten ins Freie. Regen. Graue Wolken. Keiner beachtete sie.

„Eins, zwei, drei!"

Sie liefen los. Stolpernd. Torkelnd. Stockend.

Überall waren Leichen. Zielloser Mord. Vergewaltigung selbst der jüngsten Mädchen. Schändung. Blut, überall Blut. Schreckliche, entsetzliche Schreie. Bizarre Wollust zwischen all dem Tod. Folterung alter Männer mit dem Ziel herauszufinden, wo die Schätze mit den Goldschüsselchen, den eburonischen Münzen, vergraben wären. Die Römer waren Schweine. Die Legionäre trieben die jungen Frauen, die Mädchen und die wenigen jungen Burschen, die noch lebten, in der Mitte des Dorfes zusammen. Das waren wahrscheinlich diejenigen, die sie zu Sklaven machen wollten. Keltische Sklaven zu machen war ein einträgliches Geschäft.

Cedrics kleine kalte Hand war fest in der ihren. Während ihrer Flucht schaute Fiana sich immer wieder um. Ihre Welt war zur Kulisse eines Alptraums geworden. Alle, die sie nicht zu Sklaven machen wollten, wurden gnadenlos niedergemetzelt. Am Dorfende brannte es plötzlich lichterloh. Das Haus des Druiden. Die Römer hassten alles Druidische. Sie wussten schon, warum.

Im Augenblick schien sich keiner für sie und ihr Kind zu interessieren. Der Waldrand mit der Stele der Göttin war so nah!

Dreißig Schritte hatten sie schon.

Das infernalische Chaos aus Blut und Feuer, Leid und Tod, das sich wie bei einem blutigen Opferritual um sie ausbreitete, betäubte ihren Geist. Sie hatte nur den Stamm der Göttin Dana vor Augen.

Sechzig Schritte.

Sie musste die Heilige Stele erreichen, und dann war es nicht mehr weit bis in den Schutz des Waldes. Die Hälfte des Wegs hatte sie schon zurückgelegt. Sie hielt die Hand ihres Jungen, so fest es ging.

Als dann plötzlich das Pferd mit dem römischen Offizier zwischen ihr und dem Stamm auftauchte, blieb der Entsetzensschrei in Fianas Kehle stecken.

Sie stolperte, duckte sich, sank mit ihrem Sohn zu Boden, drückte Cedric feste an sich. Der Offizier hatte eine silberne, verzierte Rüstung und einen Federbausch auf seinem Helm. Er war bartlos wie ein Mädchen, sein Kinn groß und energisch. Offenbar der Anführer der römischen Unholde. Dieses Gesicht ... Es brannte sich unlöschbar in Fianas Gedächtnis ein.

Dann geschah alles ganz schnell. Zu schnell, als dass Fiana etwas hätte tun können. Der Anführer sprang aus dem Sattel seines Kriegspferdes, zog sein Schwert und bohrte es Cedric in den Bauch, noch während die entsetzte Mutter den Jungen an sich drückte. Der Offizier drehte die Waffe mit der grässlich scharfen Klinge kurz um sich selbst. Spuckte kalt lächelnd aus. Sein Gesicht zeigte eine geile Zufriedenheit über das Ergebnis seines Tuns.

Der Kopf Cedrics fiel in den Rücken. Ein großer Schwall Blut kam aus dem Mund des Jungen. Im letzten Augenblick schaute er sie mit seinen lieben, blauen Augen fassungslos an. Der Körper erschlaffte. Er war tot. Die Legionäre überwältigten sie, rissen den Leichnam Cedrics aus ihren Armen, warfen ihn achtlos zu Boden.

Fiana blieb am Leben. Sie war noch jung genug für den Sklavenmarkt. Es hatte jedoch keine Bedeutung mehr für sie, dass sie ihr den Eisenreif einer Sklavin um den Hals legten und sie zu den anderen Dorfbewohnern brachten, die das Massaker überlebt hatten. Es waren nur wenige.

Die Römer schleppten sie fort. Ihr Kind war tot. Ihr Mann war tot. Ihre Seelen waren auf dem Weg zur Anderswelt. Fiana war von diesem Augenblick an genauso tot wie die beiden Menschen, die sie in ihrem Leben am meisten geliebt hatte.

Ihr einziger Gedanke war, dass die Götter ihr irgendwann die Gelegenheit bieten würden, blutige Rache zu nehmen.

Erster Teil

Der Himmel bebt

1

Das Ritual des Hirschgottes

Die Dienerin Eiblin kam beim ersten Hahnenschrei des Beltanetages mit ihrem Talglicht in die Kammer von Sinned, der Tochter der alten Druidin. Sie wollte sie mit ätherischen Ölen einreiben, unter den Armen und im Schambereich mit einem scharfen Messer rasieren und ihre Augenbrauen zupfen – so wie es das Ritual des Hirschgottes vorschrieb.

Vom Licht des beginnenden Tages konnte man eben einen spärlichen, graublauen Schimmer erahnen. Beltane. Das Fest des Sommers und der Liebe. Sinned zog das Nachtkleid aus und legte sich mit dem Rücken auf ihr Schlaffell. Sie genoss es, wie die geschickten Hände Eiblins das Öl auf ihrer nackten Haut verteilten.

Eiblin hatte in einem kupfernen Becher den blutroten Trank mitgebracht, der von der Druidin zubereitet worden war und der Sinneds Körper und ihren Geist leicht und geschmeidig machen sollte. Sie kostete von dem Trunk und schloss die Augen. Eiblin hatte mitbekommen, dass sie sich am Abend zuvor mit der alten Druidin gestritten hatte. Gerne hätte sie deshalb mit Sinned gesprochen, aber sie durfte es nicht. So wollte es das Ritual des Hirschgottes.

Die Dienerin war die gute Seele des Druidenhofs. Von kleiner Gestalt, war Eiblin dennoch kräftig und geschickt. Sie gehörte zum Hof, solange sich Sinned erinnern konnte, stammte aus einer der fleißigen Bauernfamilien des Tales. Ihr langes, schlohweißes Haar hatte sie nach alter Keltensitte zu drei dicken Zöpfen gebunden. Sie war wie alle Bauerntöchter von zupackender Art, dabei aber bedächtig und gleichmütig. Sinned mochte sie gern.

„Im Pferdemonat beschließe ich mein doppelzwölftes Jahr, aber meine Mutter behandelt mich immer noch wie ein Kind“, sagte Sinned nach einer Weile. „Weißt du, dass es das dreizehnte Mal ist, dass ich den Hirschgott in meinem Schoß empfange? Und trotzdem traut sie mir keine eigene Entscheidung zu und will nicht einsehen, dass ich in manchen Dingen meinen eigenen Kopf habe. Sie glaubt, dass sie ganz alleine weiß, was die Götter wollen. Und nicht nur die Götter, sondern auch die Menschen."

Eiblin begann mit der Rasur der Achselhöhle. Sie benutzte dabei das überaus scharfe Schermesser, das in der Werkstatt des Meisterschmieds Caileass hergestellt worden war. Sinned vertraute der Vorsicht und der Geschicklichkeit der Dienerin.

Der jüngste der Priester, ein hübscher Bursche namens Cameron mit hellen, munteren Augen, bewachte den Zugang der Kammer, während Sinned für das Ritual des Hirschgottes vorbereitet wurde: Für die kultische Vereinigung mit einem gehörnten, gesichtslosen Mann. Später, nach Einbruch der Dunkelheit, wenn am Beltaneabend auf den Höhen die Feuer der Fruchtbarkeit brannten. Der schwere Geruch von Duftkräutern und glimmendem Räucherharz durchwob die Kammer.

„Ich habe die beiden letzten Jahre im Wald verbracht", fuhr die Tochter der alten Druidin fort. Offenbar hatte sich einige Wut über die Mutter in ihr aufgestaut. „Ich habe auswendig gelernt, gefastet und meditiert und nochmals auswendig gelernt, bis es mir zum Hals herausgehangen hat. Ich werde bei jedem Hohen Fest von einem Hirschgott in Menschengestalt bestiegen, bis ich schwanger bin. Und ich soll nächstes Jahr die neue Hohe Druidin unseres Gaues werden, ausgerechnet in dieser beunruhigenden Zeit." Sinned schüttelte den Kopf. „Sie setzt mich einfach auf den Druidenstuhl, wenn sie geruht, auf ihre letzte Wanderschaft zu gehen, sie lässt mich alleine zurück ... Aber auf der anderen Seite tut sie so, als hätte ich nicht die geringste Ahnung und als dürfte ich nicht selbst nachdenken und zu anderen Schlüssen kommen als sie."

Sinned trank einen weiteren Schluck des süßlich riechenden Saftes aus dem Kupferbecher. Mehr denn je lagen Trotz und Widerwillen in ihrer wohlklingenden Stimme.

„Und außerdem kann ich es nicht mehr ertragen, dass niemand außerhalb des Heiligen Haines mit mir sprechen darf, bis meine Lehrzeit vorbei ist. Weder du noch irgendjemand anderes, den ich kenne. Was will die Große Göttin Dana eigentlich damit bezwecken?" Es klang nicht so, als wäre Sinned mit dem Schweigegebot der Großen Göttin von ganzem Herzen einverstanden, auf dessen Einhaltung ihre Mutter Meredyd mit solchem Nachdruck beharrte.

„Ich will, dass wir uns ganz viel Zeit lassen. Den ganzen Morgen sollst du meinen Körper verwöhnen, Eiblin.“ In ihre Stimme trat etwas Sinnliches. Vorfreude. Sie fieberte der kommenden Nacht entgegen. Der Winter war endgültig besiegt. Mit der Zeit des Wachstums und der Fruchtbarkeit begann die helle Hälfte des Jahres. Die Bauern trieben das Vieh durch die Beltanefeuer, um es gegen Krankheiten zu wappnen und es fruchtbar zu machen. Und auch die jungen Paare, die Kinder haben wollten, sprangen durch das reinigende Feuer der Fruchtbarkeit, und auch in Sinneds Körper loderte das Feuer von Beltane. Ein intensives, tief körperliches Gefühl. Ihr Herz pochte schneller, wenn sie daran dachte, was in der Heiligen Grotte geschehen würde. Die Stätte für das Ritual. Eine geheimnisumwitterte, unzugängliche Höhle, die kein Uneingeweihter so schnell finden konnte. Wer sie ohne Zustimmung der Hohen Druidin betrat, war des Todes.

„Wenn ich nur wüsste, wer es diesmal ist. Bei meinem letzten Hirschgott an Samhain im vergangenen Jahr hatte ich eine ganz bestimmte Ahnung ... Reib diese Stelle noch etwas kräftiger ein ... Gut so, gut!“

Keine andere Dienerin konnte das so gut wie Eiblin! Wie geschickt sie ihre Finger, ihre Hände, ihre Daumenballen einsetzte!

„Wünsch mir Glück, Eiblin“, sagte die junge Druidin nach einer geraumen Weile. „Ich will endlich schwanger werden von dem Hirschgott! Ich will in den Augen meiner Mutter nicht mehr ständig diese Vorwürfe lesen müssen. Du kennst sie doch. Du weißt, wie sie ist. Verstehst du? ... Ah! Ja! Etwas tiefer ...“ Sinned kicherte unvermittelt. „Du kitzelst mich ja.“ Der süße Trank der Mutter tat mehr und mehr seine Wirkung. „Weißt du, sie schaut dich mit ihren stechenden grauen Augen an, und es ist so, als würdest du ihre Stimme in deinem Kopf hören, obwohl sie kein Wort sagt.“

Unfruchtbar – diese unausgesprochene Anklage sah sie im harten Gesicht ihrer Mutter. Immer. Jedes Mal wenn sie sich sahen. Schuld. Sinned konnte sich diesem Eindruck nicht entziehen. Sie fürchtete und hasste ihre Mutter dafür, jedenfalls manchmal. Im Druidenhof atmete sie wie die meisten auf, wenn Meredyd fort war. Ihre Strenge und ihre Unnachgiebigkeit waren bei Priestern, Dienern, Knechten und Mägden gefürchtet. Die Bauern jedoch, die die Felder der Druidin bestellten, sprachen stets mit Respekt und Ehrfurcht von ihrer Herrin, die zwar hart, aber auch gerecht, pflichtbewusst und unbeugsam war.

Für ihre Tochter war der gnaden- und freudlose Charakter der Mutter von Anfang an wie ein Mühlstein gewesen, den sie um ihren Hals trug. Trist. Kalt. Sinned empfand die Unnachgiebigkeit und Härte der Mutter als tyrannisch, selbstquälerisch und letztlich sinnlos. Liebe – die hatte sie von ihrer Mutter niemals erhalten. Zärtlichkeit – keine Spur. Wärme und Nähe – da musste das Schlaffell ihres Lagers reichen oder eines der Haustiere, die den Druidenhof bevölkerten. Sinned hatte viel geweint, als sie jünger war, doch das war vorbei.

Geblieben war, dass sie in Vielem ganz anders dachte als Meredyd mit ihren altmodischen Ansichten, die längst der Vergangenheit angehörten. Ihre Mutter beharrte unnachgiebig und geradezu halsstarrig auf den alten Werten, Vorstellungen und Gesetzen, genauso wie ihr Handlanger, der düstere Altpriester Taran mit dem einen Arm, den Sinned als Kind mehr gefürchtet hatte als jeden anderen.

Sie verscheuchte diese üblen Gedanken. Eiblin machte Sinned ein Zeichen. Die Tochter der Druidin nickte und drehte sich auf den Bauch. Vielleicht war das Ritual ja dieses Mal ganz anders als sonst. Denn die Macht einer geheimnisvollen Zahl entfaltete sich in der kommenden Beltanenacht: Es war das dreizehnte Mal, dass der Hirschgott zu ihr kommen würde, um sie zu schwängern, nach den vergeblichen Anläufen in den vergangenen Jahren. Die Dreizehn. Eine Zahl, den Kelten heilig. Eine Zahl, die ebenso mysteriös wie mächtig und undurchsichtig war.

„Ahh, das tut gut!"

Eiblin ölte mit kreisenden Bewegungen Sinneds Pobacken ein. Das Öl duftete verführerisch. „So, wie du das machst, könnte kein Mann es machen", lachte Sinned. „Am besten, ich werde doch noch etwas länger nicht schwanger, ganz egal, wie meine Mutter mich anschaut. Von mir aus kann ich eigentlich jedes Jahr drei neue Hirschgötter hintereinander verbrauchen. Warum auch nicht? Wenn wir fertig sind, lege ich mich noch etwas nieder und bereite mich innerlich vor. Ich werde schlafen. Ich werde träumen. Ich werde mich selbst massieren. Ich werde alles weich und warm massieren. Das hungrige Raubtier zwischen meinen Beinen vorbereiten. Ich will, dass mich mein Hirschgott geschmeidig und empfänglich vorfindet. Ich bin die Göttin für ihn."

2

Ich bin dein Salamander

Frühsommerlicher Morgennebel lag über dem Fluss. Caradoc lachte herausfordernd. Beltanetag! Kraftvoll tauchte er sein Stechpaddel in das schwarze Wasser ein. Er war geschickt darin, sein Boot mit gezielten Zügen zu steuern, das Gleichgewicht zu halten, abzubremsen und die Richtung zu ändern. Er hatte Freude an der Bewegung. Seine Konzentration und Geschmeidigkeit waren angenehm anzusehen. Er gebrauchte seine Kraft mit einer geradezu provozierenden Leichtigkeit, was ihn besonders männlich erscheinen ließ. Die Mädchen sahen Caradoc gerne dabei zu, wenn er seine Muskeln spielen ließ.

Der Sohn des Schmiedes war in ein leichtes, wollenes Hemd und eine der typischen keltischen Pluderhosen gekleidet. Sein Einbaum, der von den guten Bootsbauern kunstvoll aus einem einzigen, dicken Holzstamm geschlagen und geschnitten worden war, schwankte ein wenig.

Caradoc atmete tief durch. Er liebte diese frühen Stunden, wenn das Leben im Tal erwachte. Er steuerte die halb im Morgennebel liegende Honiginsel an, die in der Mitte des Mühlenteichs lag und auf der es von Fröschen, Blindschleichen und Ringelnattern nur so wimmelte. Das flache Eiland war von hohen Schwarzerlen und Silberweiden bewachsen und hatte seinen Namen von den zahlreichen Bienenkörben, die sich über die Insel verteilten. Caradoc schätzte die kleine Insel und ihre stille Atmosphäre. Es war einer der Lieblingsplätze von ihm und Duana, dem Mädchen, das er liebte und zur Frau nehmen wollte, so wahr er lebte.

Über dem Wasser standen ein paar frühe Libellen, die mit ihren faszinierend flirrenden Flügeln tanzten. Sie waren heilig, denn sie gehörten dem Gott Lug, dem Gott des Schönen, der Künste und des Erfindungsreichtums. Dem Gott des schönen Scheins. Der junge Kelte steuerte auf den Steg an der Honiginsel zu, zwei, drei Paddelstreiche, dann legte er mit seinem Einbaum an und machte ihn an einem der Pfosten fest.

Früher waren zu dieser Stunde Lieder durch das Tal geklungen. Die Fischer und die Bauern begleiteten ihr Tagwerk mit Gesang. Früher war das Tal fröhlicher gewesen. Doch seit die Römer gekommen waren, lag Mehltau auf allem Keltischen. Ihre hellen, harmonischen

Stimmen waren verstummt. Flüchtige Vergangenheit. Geblieben war die Musik des Vogelgezwitschers. Gekreisch und Geschnatter umringten Caradoc. Flügelschlagen. Stockenten, Teichhühner und Haubentaucher bevölkerten die Wasseroberfläche. Diesen Platz hatte er sich als Lieblingsplatz auserkoren, als er noch sehr jung gewesen war. Eine Entscheidung für das ganze Leben.

Da hörte er durch die Schwaden, dass sich ein weiterer Einbaum näherte. Er wusste sofort, dass es Duana war. Es war kein Zufall, wenn er Duana hier traf, obwohl sie sich nicht verabredet hatten. Ihre Gedanken hatten sich in der Nacht zuvor berührt, und sie hatten sich im Traum verabredet, am nächsten Morgen an der Honiginsel zusammenzukommen. Ihre gemeinsamen Träume waren nicht ungewöhnlich. Sie kamen immer wieder. Beide spürten Tag und Nacht die Gegenwart und die Seelennähe des anderen, auch wenn sie oft gar nicht wussten, wo sich der andere gerade aufhielt und was er machte. Die ewigen Mächte der Anderswelt hatten sie, so schien es, miteinander verbunden. Sie waren wie die beiden unterschiedlichen Seiten einer Münze: jeder ein Einzelnes, und doch nur zusammen ein Ganzes.

„Psst! He? Wer ist da?", rief er leise in den Nebel hinein, so dass keiner im Umkreis von mehr als einem Steinwurf es hören konnte.

„Caradoc ... das ist doch deine Stimme! Bist du es?", antwortete eine unsichtbare Mädchenstimme aus den Schwaden.

„Ja, natürlich bin ich es", flüsterte er erfreut.

Ein schüchternes und verhaltenes Lachen antwortete ihm.

Sie tauchte wie eine zauberhafte Erscheinung aus dem Brodem auf. Duana hatte wunderschöne, strohblonde Haare. Man sagte, dass nur die Keltinnen aus uraltem Geschlecht solches Haar hatten; Haar, das an das volle Korn auf einem reifen, sommerlichen Weizenfeld erinnerte. Für Caradoc glich sie einer schönen Fee. Aber sie war weit mehr als ein Traumbild. Sie war ein unkompliziertes und tatkräftiges Mädchen, temperamentvoll und klug. Man sah ihr die Lebensfreude an, und das machte ihr Gesicht so sympathisch.

Caradocs Herz raste, als Duana näher kam. Das Mädchen seiner Träume. Alles wäre vollkommen gewesen, wenn sich nicht die beiden Väter Caileass und Donaghue wegen Rom verfeindet hätten.

Duanas Augen blitzten ihn an. In ihnen waren Liebe und Bewunderung für Caradoc. Er war stark. Sie liebte das. Er war gut gebaut und braungebrannt. Das liebte sie auch. Caradoc sah gut aus, war aber trotzdem ernsthaft. Er hatte ein breites Kreuz und kraftvolle Muskeln und einen Kopf, den er zu benutzen wusste. Und er hatte ein großes Herz. Er hatte sechzehn Mal den Abschied des alten Jahres am Samhainfest gefeiert und arbeitete seit zwei Jahren jeden Tag in der Schmiede seines Vaters, der die besten Waffen im östlichen Gallien herstellte und dessen Werke sogar Kundschaft aus den entferntesten Stämmen des Landes anlockten. Caradoc würde seinem berühmten Vater Caileass in dessen Schmiede nachfolgen. Auch das gefiel ihr.

Duana kam mit ihrem Einbaum längsseits. Dann berührten sie einander mit den Händen, von Boot zu Boot. Ihre Finger umschlangen sich zärtlich.

„Ich wünsche dir einen schönen Beltanetag", sagte Duana liebevoll.

„Dir auch, meine Liebste! Frohes Beltanefest!"

„Ich wusste, dass ich dich an unserem gemeinsamen Lieblingsplatz treffen würde", sagte Caradoc freudig. „Ich habe davon geträumt."

Duana nickte. „Ich auch. Ich habe es auch gewusst, Liebster. Und hier bin ich."

„Willst du mich küssen, Duana?"

„Ja, natürlich ... Ich will dich immer küssen, Caradoc!"

Sie beugten sich zueinander und ihre Lippen berührten sich warm. Sie waren voller jugendlicher Frische und Kraft.

„Ja! Gut so!" Caradoc löste sich von Duana. Er band ihren Einbaum an seinem fest. „Der Tag kann nur gut werden", lächelte er zufrieden. Eine Welle kam. Und beide Boote schaukelten hin und her. „Ich werde heute Schwerter schmieden, wie sie noch niemals besser geschmiedet worden sind."

Wie aus dem Nichts durchbrach etwas Schweres und Dunkles die Oberfläche des Mühlensees und klatschte wieder zurück ins Wasser; so nahe an Caradocs und Duanas Einbäumen, dass das Wasser bis in ihre Gesichter spritzte. Es war wie ein dunkles Zeichen.

„Was war das denn?", fragte Duana erschrocken.

„Ein Fisch", sagte Caradoc beiläufig. „Es war nur ein großer Fisch. Komm, lass uns an Land gehen!"

Der Holzsteg endete auf dicken, moosbewachsenen Steinen. Riesige, alte Silberweiden standen um den Steg herum. Die peitschenartigen Äste hingen bis ins schwarze Wasser der Ahr hinein.

„Sollen wir zum Inselhaus gehen?", fragte Caradoc erwartungsvoll.

Duana nickte. Hand in Hand stiegen sie aus ihren schwankenden Booten und blieben nah voreinander stehen. Sie hielten sich an den Händen. Beide spürten den Atem des anderen. Schön!

„Ich bin so glücklich, dass du dich niemals beklagt hast über meinen Eigensinn. Nicht einmal an solchen Tagen wie Beltane", raunte Duana.

„Unser Denken ist eins, glaub mir", erwiderte Caradoc zärtlich. „Auch ich will dich erst besitzen, wenn die Druidin uns als Mann und Frau verbunden hat. Nicht vorher, auch wenn mein Körper sich noch so sehr nach dir sehnt. Dieses Sehnen gehört jetzt schon dir. Wir wollen im Einklang miteinander sein. Die Harmonie zwischen uns beiden ist das Wichtigste. Aber ich will dich küssen, dich streicheln und dir liebevolle Worte sagen." Er war glücklich, in ihrer Nähe zu sein. „Das darf ich doch?" Er begehrte in seinem ganzen Leben nichts anderes so sehr, als mit Duana zusammen zu sein.

„Ja, das darfst du. Das sollst du! Viel Zeit haben wir aber nicht. Und denke daran, dass du beim letzten Mal versprochen hast, dass du meine Brüste nicht ohne mein Einverständnis berührst!"

Caradoc errötete heftig und nickte dann schuldbewusst.

Schweigend gingen sie Hand in Hand zum Anlegehaus hinauf. Sie empfanden die Honiginsel wie einen Garten der Anderswelt: Das vielstimmige Vogelgezwitscher hallte durch die Luft. Das Leben war erwacht, am Tag des Beltanefestes. Beltane, das Fest der Liebe und der Fruchtbarkeit. Bald würden die Feuer brennen.

Gemeinsam nahmen sie auf der kleinen Bank Platz, die genau vor dem Inselhaus aufgebaut war, so als wäre sie geradezu für sie gemacht worden. Die Honigsammler ruhten sich hier gewöhnlich aus.

Der Nebel lichtete sich. Der Blick auf den Heiligen Berg – des Landes Krone – wurde frei. Der kegelförmige Berg, der das Tal beherrschte und dessen Gipfel den Göttern geweiht war.

„Der Berg sieht erhaben aus", sagte Caradoc ehrfürchtig. Er legte den Arm um Duana und küsste ihre Haare. Duana schmiegte sich an seine Seite.

„Auch ich liebe diesen Berg“, sagte Duana voller Überzeugung. Sie verehrte alles in der Natur, das ihr bedeutungsvoll vorkam. „Aber viel mehr lieb ich dich, mein Salamander“, flüsterte sie zärtlich und benannte Caradoc mit dem ältesten ihrer Kosenamen für ihn. „Ich wünsche mir, dass wir für immer unseren Weg gemeinsam gehen.“

„Salamander?“ Caradoc lächelte. „So hast du mich schon lange nicht mehr genannt, mein Schatz. Ich liebe dich dafür ganz besonders“, sagte er liebevoll und auch etwas nachdenklich. Er blickte in das orangefarbene Licht der aufglühenden Morgensonne, während die beiden Einbäume in den Wellen des nebligen Mühlsees still nebeneinander schaukelten. Diese beiden leeren Einbäume, die unabhängig voneinander gleichzeitig im Takt auf den Wellen wippten, kamen ihnen wie ein Symbol ihrer gemeinsamen Zukunft vor.

„Heute sollst du mich ganz besonders festhalten“, sagte Duana, und plötzlich war ein trauriger Tonfall in ihrer Stimme.

„Ist etwas geschehen? Bedrückt dich etwas?“, fragte Caradoc besorgt.

„Ach, nichts Besonderes. Es ist nur das Kind unserer Küchenmagd ... ein so schönes, liebes Kind. Heute Morgen war es tot. Es ist einfach nicht aus dem Schlaf aufgewacht.“

„Das tut mir leid“, erwiderte Caradoc.

„Da siehst du, wie schnell sich im Leben alles ändern kann, mein Liebster“, sagte Duana nachdenklich. „Gestern noch ein fröhliches, lachendes Kind, und am nächsten Tag ...“

„Komm noch enger in meinen Arm, Duana“, sagte Caradoc aufmunternd. „Ich will dich vor allen bösen Mächten da draußen schützen. Solange ich bei dir bin, soll dir nichts Böses geschehen.“

3

Die nackten Masken

Das Licht des Tages war erloschen, und die Beltanefeuer brannten rundum auf den Bergen. Jetzt wurden die Schädel der Tiere, die sie am Samhainfest geschlachtet hatten, verbrannt. Es war ein Freudenfest des Volkes. Die dunkle Hälfte des Jahres war vorbei. Das musste gefeiert werden. Die Pärchen gingen bei Sonnenuntergang in den Wald und liebten sich. Die Feuerräder loderten hoch. Funkenstreifen zogen zum Himmel, vereinten sich mit den Sternen. Es war der Tag von Belenus, dem Feuergott, dem Lichtgott. Musik war im Tal, und Gesang. Das Volk tanzte.

Sinned wurde in der Sänfte der Hohen Druidin von Magos zur Heiligen Grotte gebracht. Es war warm. Der Weg war nicht weit. Die junge Druidin war nackt, fror aber nicht. Ihre Haut war von den Priestern kunstvoll mit eburonischen Symbolen bemalt worden. Das Einzige, das sie trug, war der goldene Torques um ihren Hals, ein Erbstück aus der alten Linie der Hohen Druidinnen im Ahrgau. Der goldene Halsreif war breit und schwer, er reichte bis zu den Schultern. Durch den süßen Saft ihrer Mutter war sie in einem erwartungsvollen Trancezustand. All ihre Sinne waren gereizt, angespannt. Nur ganz vage sah sie das flackernde Licht, das der Zeremonien-Sänfte vorangetragen wurde und den schmalen Pfad durch den dichten Wald geisterhaft erhellte.

Die Heilige Grotte lag versteckt in einem Seitental der Ahr. Unterhalb des Grotteneingangs hatte man zur Warnung und Abschreckung Pfähle mit Tier- und Menschenschädeln in den schweren, feuchten Waldboden gerammt. Ein Heiliger Bezirk, den niemand unbefugt betreten durfte. Die Grotte war ein von den Göttern gesegneter Platz, an dem sich die Anderswelt mit der Welt der Menschen verband. Es roch erdig. Es war Gesetz, dass jeder Eindringling, dem man habhaft wurde, sterben musste. Ihm würde von der Druidin als der Blutkönigin des Stammes die Kehle durchgeschnitten. Er würde als Menschenopfer auf dem Altar des Oppidums enden und sein Blut würde den keltischen Kriegsgöttern zum Trank gereicht.

Die Sänfte hielt vor dem schmalen Spalt, der den Eingang zur Heiligen Grotte markierte. Er hatte die Form einer Vagina. Meredyd, die alte Druidin, wartete bereits auf ihre Tochter, eine Fackel in der Hand. Sinned verließ die Sänfte.

„Die Wahrheit gegen die Welt!", begrüßte Meredyd sie mit der alten Losung der Druiden. „Komm!"

Die Alte nahm ihre Tochter bei der Hand. Gemeinsam traten sie durch den Höhlenspalt, hinter dem es – wie Sinned aus den Vorjahren wusste – ein Doppeldutzend Schritte weit ins Berginnere ging. Die Höhlenwände waren mit Symbolen übersät, die das zitternde Fackellicht schemenhaft aus der Finsternis erlöste.

„Ich segne dich im Namen der Göttin Dana, der Beherrscherin der Elemente“, sagte die Druidin formelhaft. „Denn sie ist das erstgeborene Kind der Zeit, die Höchste der Gottheiten, die Königin der Seelen, die die Gestalten aller Götter und Göttinnen in sich vereint.“

Der Gang machte eine scharfe Wendung, dann erreichten sie die Haupthöhle, die eigentliche Heilige Grotte.

„Du gehst voran“, befahl die Mutter. Sinned nickte und trat in aufrechter, selbstbewusster Haltung in die Grotte. Ein langer, schmaler, ungleichmäßiger Raum. Alt, faltig, zerklüftet. Fackeln verbreiteten ein seltsam schimmerndes, durch Rauchschwaden gebrochenes und verwobenes Licht. Die in geheimnisvoller Düsternis liegende Decke der Höhle war so hoch, dass das Licht der Fackeln sie nicht erreichte.

Im Inneren der Grotte – wie erwartet – die Priester, die nackten Masken ... und ihr Hirschgott wartete sicher schon im hinteren Teil der Höhle auf ihre Ankunft. Die Druidin und die Priester waren in blutrote Fest-Tuniken gekleidet. Wer auch immer es in diesem Jahr des Bibers, das dem Jahr des Wolfes und der Wildkatze folgte und dem Jahr des Bussards und des Salamanders voranging, war.

Als Sinned eintrat, spürte sie die Blicke aller auf ihrer nackten Haut, auf ihren Brüsten und auf ihrer Scham. Außer auf dem Kopf hatte sie nirgendwo mehr ein Haar am Körper.

Zum dreizehnten Mal.

An der breitesten Stelle der Grotte hatten die Priester ein Bett aus duftenden Kräutern und weichem Gras errichtet. Sinneds Atem ging schneller, als sie das Beischlaflager erblickte. Dort würde sich der Hirschgott mit ihr vereinigen. Um das Lager herum standen acht dicke Pfosten, auf die menschliche Schädel gesteckt waren – eine grässliche Verzierung. Es waren die Köpfe von Feinden des Eburonenstammes, vornehmlich germanische Räuber und Strauchdiebe sowie Köpfe von Schwerverbrechern.

Die sechs Priester des Druidenhofs umstanden das Lager. Der jüngste von ihnen, der hübsche Cameron, fühlte sich offensichtlich nicht besonders wohl dabei. Am finstersten blickte der einarmige Taran, der älteste der Priester. Ein grober Mann. Hinter ihnen die nackten Masken: ein Dutzend alter Frauen und Männer aus dem Stamm, die als Zeugen geladen waren. Bis auf die schwarzen Masken mit den Augenschlitzen waren die Alten ebenso nackt wie

Sinned. Sie stimmten einen uralten, geheimnisvollen Gesang an. Sinned hatte plötzlich eine Gänsehaut. Die Priester verspritzten unterdes geweihtes Wasser, als Zeichen der Fruchtbarkeit. Sinned verzog keine Miene, als sie die kalten Spritzer trafen.

„Die Sonne übernimmt nun wieder die Herrschaft über die Zeit", sagte die Druidin mit klarer Stimme und hob die Arme hoch über den Kopf. „Die Kraft der Sonne nährt und stärkt. Die Zeit der Kälte ist endgültig vorbei. Das Männliche und das Weibliche sind jetzt herangereift, um Neues zu schaffen. Heute sind die Grenzen zur Anderswelt offen. Und so kommt der Gott zu uns, Zernunos, der Mächtige, der Hirschgott, der Samenspender. Zernunos, schaue auf uns und erhöre uns, gib, dass wir heute schön werden in unseren Seelen, dass wir vollkommen werden wie du, dass wir am Ende versöhnt sind mit dir und der Welt!"

Die Priester brachten Schalen mit berauschendem Rauchwerk und stellten sie rund um das Beischlaflager auf, auf dem sich Sinned niederlegen sollte. Der schwere, süßliche Geruch der Rauchdrogen hüllte alle ein. Plötzlich musste Cameron niesen. Die Anderen starrten ihn empört an, und er senkte mit gespielter Verschämtheit den Blick. Man hätte meinen können, dass aus seinen vorwitzigen Augen der Schalk blitzte.

„Jetzt leg dich hierher auf dieses Bett. Es besteht aus Kräutern, die dem Gott Zernunos heilig sind. Sobald du liegst, öffne deine Schenkel und schenke dich der Gottheit hin. Weihe dich dem Hirschgott, Kind."

Darauf hatte Sinned gewartet. Sie tat, wie ihre Mutter es ihr geheißen hatte. Sie spreizte die Beine. Sie war weit, offen und bereit, ihren Gott zu empfangen.

Wie würde es diesmal sein? Nichts sehnte sie sich in diesem Augenblick mehr herbei, als dass er endlich in sie eindrang. Und dass sie ihn in sich aufnehmen konnte.

Dann war es so weit. Das Gebet der nackten Masken wurde fordernder, heiserer, rhythmischer. Sinned wagte kaum zu atmen. Sie spürte, wie sich alles zwischen ihren Beinen zusammenzog. Ihr Herzschlag raste. Ihre Hand tastete sich streichelnd zwischen ihre Beine. Sie war bereit für Zernunos, den Wunderbaren, den Gehörnten. War bereit, die Spende seines Samens in der Furche ihres Ackers aufzunehmen, damit neues Leben sprießen konnte.

Abrupt verstummte der Gesang der Masken.

Die Fackeln knisterten.

Die statuenhafte Gestalt des nackten Zernunos trat langsam und selbstbewusst aus der Dunkelheit in das Licht.

Das gewaltige Geweih auf seinem Kopf überhöhte ihn zu einem Wesen aus der Anderswelt, das zu ihnen gekommen war.

Doch noch wichtiger war etwas anderes: Er war ein wirklich mächtiger Hirschgott! Sein Geschlecht war hoch aufgerichtet, so als wäre es auf Beute aus. Ein schöner, gerader Sporn. Er hatte dicke, gut sichtbare Hoden. Das unbändige Tier zwischen ihren Beinen kannte nur noch den einen Gedanken – sich diesen wohlgeformten Gottessporn einzuverleiben und mit Haut und Haaren zu verschlingen.

Hastig atmete sie den berauschenden Rauch aus den Töpfen ein, die die Priester um sie herum aufgestellt hatten. Die Wirklichkeit veränderte sich. Sie spürte es, und sie wusste, dass sie keine Angst zu haben brauchte. Alles wirkte bunter, greller, lauter, intensiver.

Der Mann, der sich hinter der Maske des Hirschgottes verbarg, war wie alle anderen zum Schweigen verpflichtet, sonst traf ihn der Fluch der Göttin. Allein Meredyd und ihre Tochter durften sprechen, denn nur sie beide gehörten dem Druidenorden an.

Der Hirschgott beugte sich mit seinem gewaltigen Schädel und dem Geweih über die zukünftige Druidin des Tales. Sie hörte, wie er atmete. Sein Körper war ebenso eingeölt und bemalt wie der Sinneds. Er schien sie zu betrachten, wie sie mit gespreizten Schenkeln vor ihm lag. Der Mann schwitzte und wirkte einen Augenblick lang unschlüssig.

Dann setzte erneut der Gesang der Masken ein – nur dazu durften sie den Mund öffnen.

Langsam kniete sich der Hirschgott zwischen Sinneds Schenkel. Er schob ihre Beine noch weiter auseinander.

Genau das ... genau das hatte sie sich gewünscht.

Dann hörte Sinned eine Art Grunzen, tief aus dem Bauch des Hirschgottes, er atmete noch einmal tief durch, brünftig, und dann versenkte er voller Macht und Stärke seinen Sporn in Sinneds Unterleib, tief, intensiv, langsam und fordernd, drängend, dann wieder zurückziehend. Er roch nach scharfen, fremdartigen Düften und Gewürzen.

Die Tochter der Druidin war wie von Sinnen. Alles war anders als in den Jahren zuvor. Dieser Hirschgott eroberte sie. Griff an, besiegte. Wie er sie berührte. An den Brüsten. An den Hüften. An den Schenkeln. Wie er immer wieder in sie eindrang. Wie er sie sanft umspielte, um dann wieder hart zuzupacken. Sinned hörte den Gesang der nackten Masken nicht mehr. Es gab nur noch sie und ihren Hirschgott. Sie bildeten eine Einheit. Sie öffnete sich ihm vollkommen und versuchte eins zu werden mit seinen geschmeidigen, kraftvollen, männlichen Bewegungen.

Sie spürte, dass es eine günstige Nacht war, um vom Hirschgott Zernunos endlich ein Kind zu empfangen. Endlich würde sie den Vorwurf in den Augen der Mutter besiegen!

4

Das Tor der Amarandel

Sinned und ihre Mutter Meredyd ritten ahraufwärts. Das Wetter war angenehm. Bauschige, weiße Wolken vor dem Himmelsblau. Die Tochter der Druidin kehrte nach dem Beltanefest in den Heiligen Hain zurück, der inmitten eines Eichenwaldes im oberen Tal jenseits des Tores der Amarandel lag. Dieses natürliche Felsentor öffnete eine Schlucht, durch die sich der junge, wilde und kraftvolle Fluss seinen Weg bahnte. Cearnach, der keltische Reiterkrieger, dem der Schutz des Haines oblag, hatte die beiden in Magos abgeholt und begleitete sie ahraufwärts.

Eine Waldzeit von mindestens drei Jahren gehörte zur Ausbildung eines jeden Druiden und einer jeden Druidin, von denen es in der keltischen Welt nurwenige gab, eine davon im Ahrgau. Sonst hatten meist Männer dieses Amt inne. Um der werdenden Druidin in dieser stillen Abgeschiedenheit die alten Gesetze, Märchen, Dramen und Göttergeschichten zu vermitteln, kamen immer wieder Wissende aus nah und fern in den Heiligen Hain. So viele Generationen hatten diese Geschichten weitergegeben. Von ihrer Mutter hörte Sinned in ihrer Lehrzeit vieles über die Leitsätze des Druidentums und deren Bedeutung im alltäglichen Leben des Gaus und der Menschen. Die geheimen Texte wurden ausschließlich mündlich weitergegeben, sie durften nicht schriftlich festgehalten werden – sonst wäre ihre magische Kraft verloren gegangen.

Der hasenschartige, gepanzerte Reiterkrieger war der einzige Geleitschutz der beiden hochgestellten Frauen. Das Tal, das sie entlangritten, wirkte friedlich, still und abgelegen. Trotz des schönen Wetters waren die Gesichter der beiden Frauen finster und verschlossen. Die Miene des Kriegers war starr und emotionslos. Die breiten goldenen Halsreife der Frauen bekräftigten ihren hohen Stand als Druidinnen. Die Torques blinkten verführerisch und golden verlockend in der hellen Nachmittagssonne, die das enge Obertal der Ahr überstrahlte.

Seit sie aufgebrochen waren, hatten Mutter und Tochter kaum miteinander gesprochen. Zwischen ihnen stand eine unsichtbare Wand. Sie hatten sich voneinander entfremdet, sahen die Welt mit unterschiedlichen Augen. Sinned konnte Meredyd schon lange nicht mehr verstehen. Die alte Druidin verschloss sich jeder Neuerung. Sie ignorierte die Welt, so wie sie nun einmal geworden war. Sie glaubte noch immer an die Allmacht der keltischen Götter, die schon lange verloren gegangen war.

Das Tal wurde enger und dunkler. Schroff ragten die grauschwarzen Felswände in den Himmel. Manchmal war der Weg am Fluss so eng, dass sie nicht mehr nebeneinanderreiten konnten. Die Pferde hatten Angst, und ständig pfiff ein scharfer Wind durch das Tal. Der Fluss, der immer schmaler wurde, zog eine enge Schleife. Die Schlucht war hier tief eingeschnitten. Überall wucherte urwüchsiger Baumbestand. Auf den Höhen begann der undurchdringliche, dunkle Ardennerwald, der sich viele Tagesreisen weit westlich erstreckte – fast bis zum fernen Land der Karnuten und der Pariser. Linker Hand schäumten weiß glitzernd, wie gläsern, die Stromschnellen des Flusses. Einmal ging es über Treppen. Grob in den Fels gehauen.

Meredyd wusste, dass ein giftiger Pfeil in Sinneds Herz steckte. Es war das Gift des mangelnden Vertrauens in die alten Götter, das in ihren Adern zirkulierte. Die Druidin fühlte sich einsam. War am Ende alles umsonst gewesen? Sinned war wirklich noch wie ein Kind. Kannte keine Verantwortung. War aufsässig und hatte falsche Gedanken.

Unvermittelt fuhr ein kalter Luftzug über sie hinweg, erfasste Haare und Kleider und ließ sie frösteln. Im gleichen Augenblick flog in der Nähe, aus dem Schutz einer riesigen, alten Trauerweide, ein ganzer Schwarm Krähen auf. Schwarz, laut, hässlich schreiend und schimpfend, Boten drohenden Unheils.

Ein Eisvogel stürzte sich wie ein bunter Edelstein in die Fluten der Ahr, und er hatte Erfolg, schnappte ein winziges, silbernes Fischlein, das kaum so lang war wie ein kleiner Finger, und flog davon.

Die Mittagsstunde war schon längst vorbei, als sie das Felsentor erreichten, hinter dem der heilige Abschnitt des Ahrtales begann. „Brrr!" Die Druidin zügelte ihre weiße Stute. „Da ist es! *Das Tor der Amarandel.*"

Meredyd deutete nach vorn, wo sich die Felsen auftürmten. Die Felsenschlucht hatte ihren Namen nach einer Zauberin und Feenkönigin, die einst hier gehaust hatte und deren Geist, so glaubten alle im Tal, noch heute zwischen den düsteren Felsen und den alten Bäumen sein Unwesen trieb.

„Ich fühle mich jedes Mal bedroht, wenn ich an diesen Ort komme", sagte die junge Druidin Sinned unbehaglich. „Das Tor der Amarandel ist mir unheimlich."

Sie hielten kurz an. Der hasenschartige Krieger Cearnach schaute sich wachsam um. Jeder, der ein Gespür für das Wallen und Walten der Natur hatte, empfand an diesem Platz große Ehrfurcht vor der tiefen Macht, die Mutter Erde innewohnte und die unmittelbar aus den tiefsten Schlünden heraufzuwachsen schien. Es war ein magischer Ort, der der Großen Göttin Dana gehörte.

Der Weg führte über blanken, nassen Stein. Die schräg stehende Nachmittagssonne kapitulierte vor den Schatten in der Klamm. Weiter flussaufwärts gab es weder Weg noch Steg, die Ahr wand sich dort in engen Schleifen zwischen steilen Kaskaden grauer, pfeilerartig aus dem Erdinneren hervorschießender Basaltsäulen hindurch.

Meredyd machte ein Zeichen, das die magische Kraft aller Dämonen an Amarandels Tor bannte und die Göttin besänftigte. Uralte, eichenhölzerne Stelen, jede so dick wie ein Mann und von den Altvorderen tief im Boden versenkt, standen rechts und links des Saumpfades. In die Eichenstelen waren machtvolle Bildzeichen und Symbolfiguren geschnitzt, die nur von Eingeweihten verstanden und gelesen werden konnten.

„Lass uns weiterreiten", sagte die alte Druidin. „Wir haben noch eine schwierige Wegstrecke vor uns."

„Mutter, du siehst plötzlich so besorgt aus", entgegnete Sinned und richtete sich im Sattel ihres Reittieres auf.

Im gleichen Augenblick hörten sie ein unheilvolles, tödliches Sirren.

Der feindliche Pfeil hatte die Hohe Druidin nur um Haaresbreite verfehlt.

„In Deckung“, schrie Cearnach. „Germanen! Es sind Germanen! Runter von den Pferden!“

Sinned und Meredyd sprangen aus den Sätteln ihrer edlen Schimmel und duckten sich. Cearnach riss sein Schwert aus der Scheide und stellte sich mit seinem Schild schützend vor die Druidin.

Das Tor der Amarandel hatte sich plötzlich in eine Todesfalle verwandelt.

„Dort sind sie!“, schnaubte Cearnach. „Unter der Bäumen!“

Sinned sah noch die lachenden groben Gestalten, die wie hässliche Dämonen unter den blühenden Frühjahrsbäumen aufgetaucht waren, offensichtlich Germanenkrieger, die auf Raub und Mord aus waren. Dann traf sie der nächste Pfeil frontal.

Tödlich.

Sie wurde zurückgeschleudert, blieb an der Flanke ihres Pferdes liegen. Sie wunderte sich, dass sie keine Schmerzen spürte. Obwohl der Pfeil ihr Herz durchbohrt hatte und auf dem Rücken wieder ausgetreten war.

Entsetzen und Furcht weiteten ihre Augen. Alles war zu schnell gegangen. Sie hatte sich nicht auf den Tod vorbereiten können. Nicht in diesem Augenblick. Sie spürte, wie das warme Blut aus ihr floss und wie sie ihr Leben aushauchte. Das war nicht gerecht! Die Zeit erschien endlos und gleichzeitig schnell. Ihr Bewusstsein veränderte sich in dem Maße, in dem ihr klar wurde, dass sie starb, dass ihr Leben unwiederbringlich vorbei war.

Sie entfernte sich schon von der Welt. Sie spürte, wie sie jemand an der Hand nahm. „Ich werde dich begleiten“, sagte der unbekannte Namenlose. Es war jemand, der ihr unendliches Vertrauen einflößte, sie würde mit ihm gehen. „Wir gehen in die Helligkeit. Du wirst in ihr aufgehen und sie in dir.“

Sie hörte auf zu atmen.

Das äußere Bild der Welt kippte um und erlosch. Das Letzte, das sie sah, war ein Himmel. Ein ferner, hoher Himmel.

Wunderbare, fein verästelte, herrlich filigrane Wolken in unglaublicher Höhe, fast so hoch, als würden sie bis zu den Sternen reichen.

Aber auch dieses lichthelle Bild erlosch.

Tiefe Todesruhe überkam schließlich den letzten Rest von Persönlichkeit, der von Sinned noch übrig geblieben war.

Ihr Name ... Sinned ...

Auch ihr Name verschwand bereits im Dunkeln.

Sie wusste, dass sie loslassen musste, jetzt ...

Doch sie konnte in der unendlichen Finsternis nicht erkennen, wohin ihr Weg ging ...

Oder war da doch der Hauch eines fernen, ganz fernen unwirklichen Lichts am Ende des Weges?

5

Die neue Sklavin des Titurius

Titurius hasste Gallien und Germanien, seit er diese Länder zum ersten Mal betreten hatte. Drei kalte Winter waren seitdem vergangen. Das Wetter war unberechenbar geblieben. Meistens regnete es. Aber jetzt war es seit Tagen viel zu heiß für die frühe Jahreszeit, und an diesem Nachmittag war es so schwül und stickig, als wären sie im Tal des Tibers. Genauso grau und schmutzig war auch der Himmel. In Brundisium am Mittelmeer war er vor fünfundvierzig Jahren unter den Konsuln Gaius Marius und Lutatius Catulus geboren worden. Dort in seiner fernen Heimat mochte es im Monat Maius vielleicht so heiß sein, beim Jupiter, doch nicht hier in diesem Legionslager so hoch im Norden, an diesem verfluchten Großen Fluss, dessen keltischen Namen *Rhein* sie übernommen hatten und auf dessen anderer Seite das Dunkle, Geheimnisvolle, Todbringende lauerte.

Das Legionslager am Ufer des Rheins befand sich am äußersten Rand von Gallien, auf dem Gebiet des keltischen Treverer-Stammes, jenseits der Zivilisation. Hier am Ende der Welt befehligte Titurius fünftausend Soldaten – die ganze XIV. Legion – und fast noch mal so viele Hilfskräfte. Sie alle hörten einzig und allein auf seinen Befehl.

Sein schwarzer, muskulöser karthagischer Leibsklave stand am Kopfende seines Lagers im Kommandantenzelt und fächerte ihm nervös Luft zu. Einen Leibsklaven zu halten gehörte zu den Privilegien eines Militärlegaten.

„Langsamer, Hasdrubal", herrschte er den Nordafrikaner an. „Soll ich mir einen steifen Nacken holen?"

„Verzeiht, Herr. Hasdrubal hat es nicht mit Absicht getan."

Titurius lachte rau. „Wenn du es mit Absicht getan hättest, dann würde ich dich ohne zu zögern ans Kreuz schlagen lassen."

Der Sklave erstarrte. Der Legat war für seine Grausamkeit bekannt. Er spaßte nicht. Titurius ergötzte sich an der Todesangst, die er in den Augen des Sklaven sah. Herr über Leben und Tod zu sein – das war es, was ihn am Soldatenberuf am meisten reizte.

Ungestraft Blut vergießen können. Im Namen des Staates töten dürfen. Und ihn reizte der unsterbliche Ruhm, den es unter dem Kommando und im Schweif des glühenden Kometen Caesar zu gewinnen gab.

Titurius lachte den Schwarzen aus: „Deswegen seid ihr die Sklaven und wir die Herren. Ihr habt die Angst, und wir flößen sie euch ein."

„So ist es, Meister", bestätigte der dunkelhäutige Sklave beflissen. „Hasdrubal hat große Angst vor Euch."

Der Eingang des Zeltes stand weit offen. Von draußen war das vielfältige Lagerleben zu hören. Pferdegewieher und lautes Kommandogebrüll. Ein peitschenartiger Knall. Die Schmiede. Titurius liebte es, wenn seine Männer sehen konnten, dass es ihm besser ging als ihnen. Dass er größere Bedeutung hatte. Dass er es geschafft hatte. Dass er ganz oben war.

Titurius nagte die Knöchelchen der fein gebratenen Taube, mit der er sein Mittagsmahl beendete, säuberlich ab und beobachtete dabei das Treiben draußen im Legionslager. In dessen Mitte stand das Kommandantenzelt, das Prätorium. Dutzende Rauchsäulen stiegen in den niedrigen, diesigen Himmel und vereinten sich mit ihm. Das laute Hämmern der Militärschmiede übertönte die mannigfaltigen Geräusche.

Er langweilte sich. Das letzte Strafunternehmen gegen irgendwelche aufsässigen einheimischen Treverer lag schon lange zurück. Sein heißes Blut quälte ihn. Er wollte jetzt entweder eine Frau haben oder einem Gefangenen Schmerzen zufügen. Titurius gähnte und kratzte sich an seinem ausgeprägten Kinn. Er lag auf seinem mit etlichen Fellen und Kissen abgepolsterten Feldbett im Zelt des Legaten und trank einen Schluck verdünnten Wein.

„Du kannst aufhören mit dem Wedeln", sagte er zu Hasdrubal. Schwarze Sklaven wie er gab es im Römischen Reich zu Hunderttausenden. Sie waren eines der wichtigsten Importgüter des Reiches. „Du kannst dich ausruhen.“

In Richtung des Großen Flusses kreischten hunderte Möwen, angelockt vom riesigen Militärlager der Römer, das die Soldaten der XIV. Legion unmittelbar am Rheinufer aufgeschlagen hatten, in Sichtweite der germanischen Barbaren. Auf Befehl des Feldherrn hatten sie das Legionslager mit Erdwall, Graben und Palisade so stark befestigt, dass sie keinen keltischen oder germanischen Angriff fürchten mussten.

Die Feinde – eigentlich waren sie erbärmlich, dachte Quintus Titurius Sabinus. „Valerius!“, rief er seinen jungen Militärtribunen, der sich im benachbarten Zelt aufhielt. „Valerius! Hörst du mich?“

„Ich komme, Kommandant“, antwortete die Stimme des jungen Tribunen.

Der schlaksige Marcus Valerius war der jüngste der sechs Militärtribunen unter dem Kommando des Legaten. Sie waren die höchsten Offiziere. Valerius stammte aus Placentia in der norditalienischen Provinz *Gallia Cisalpina*, sein Vater war in den Ritterstand aufgestiegen, ein einflussreicher Parteigänger des Feldherrn Caesar. Der Sohn hatte mehr noch als der Vater die Beflissenheit aller Aufsteiger. Obwohl er ein guter Junge war, konnte Titurius ihn nicht leiden. Vielleicht sogar genau deswegen.

Der Militärtribun erschien wenige Augenblicke später am Zelteingang und legte die geballte rechte Faust zum militärischen Gruß an die linke Brust. „Legat!“

„Valerius, hol mir Considius her.“

Während er wartete, aß Titurius von den Früchten, die ihm Hasdrubal gereicht hatte. Er rülpste und spürte, dass er einen schlechten Atem hatte. Sein Magen war verhärtet. Viel zu viel Wein in den letzten Wochen, seit sie untätig hier am Fluss lagen und nichts zu kämpfen hatten, außer den paar kleinen Strafexpeditionen, die er ausgeschickt und meistens auch selbst befehligt hatte.

Er gähnte. Hoffentlich führte Considius ihm eine Sklavin zu, die ihm wirklich zusagte – am besten wieder eine Keltin wie Meteriola.

Meteriola! Noch immer flüsterte, seufzte und stöhnte er voller Verlangen diesen betörenden Namen, stellte sich vor, wie er ihren geschmeidigen Leib gebrauchte, um sich daran zu befriedigen. Er dachte oft an diese letzte Sklavin, die sein Lager für einen längeren Zeitraum geteilt hatte. Er war ihr zwar am Ende überdrüssig geworden und hatte sie vor ein paar Wochen wegen einer Lächerlichkeit erdrosseln lassen – sie hatte zu viel Macht über ihn gewonnen –, aber dennoch dachte er sehnsüchtig an die Zeit mit ihr zurück. Ehe sie angefangen hatte, ihm zu widersprechen und sich etwas darauf einzubilden, dass sie die Geliebte des Kommandanten war. Sie hatte nicht damit gerechnet, dass er sie nach all seinen Liebesschwüren so einfach töten lassen würde. Sie hatte seinen Charakter nicht durchschaut. Die Bosheit gegenüber Meteriola hatte ihm tiefes Vergnügen bereitet. Grausamkeit war seine größte Leidenschaft, noch vor der geschlechtlichen Begierde. Am erregendsten fand er es, wenn er beides, wie bei Meteriola, miteinander verbinden konnte.

Endlich erschien der Sklavenhändler, mit einer jungen Frau im Schlepptau. „Ave Caesar!"

„Salve, salve, mein verehrter Considius. Ich sehe, Ihr könnt Gedanken lesen! Ihr habt gleich ein Frauenzimmer mitgebracht."

„Es ist mein Beruf, die Wünsche meiner Kunden zu erraten, schon bevor sie ihnen selbst bewusst sind", sagte der weißhaarige Sklavenhändler. Sein hageres Gesicht war auf einer Seite mit einer langen Narbe gezeichnet, und er trug einen kurz gestutzten, ebenfalls weißen Bart. Beides verlieh ihm ein verwegenes Aussehen.

Considius hatte Titurius auch Meteriola vermittelt. Der Sklavenlieferant war ein wortkarger Weltverächter. Er sorgte für den reibungslosen Nachschub an Sklaven und Sklavinnen. Und er war der Abnehmer aller Sklaven, die sie auf ihren Raubzügen durch das Keltenland erbeuteten. Überall gab es Sklaven. Sie waren in jedem Heer der römischen Republik ein alltäglicher Anblick. Considius und seine Leute hatten immer gute Ware im Angebot, selbst hier am Ende der Welt. Beispielsweise griechische Feldschreiber oder Vermessungsspezialisten oder thrakische Barbiere und Aderlasser aus Ägypten oder die jungen Keltinnen, die aus irgendeinem Grund das Pech gehabt hatten, in die Sklaverei zu geraten, und die ihren römischen Besitzern in jeder Hinsicht zu Willen sein mussten. Im Lager gab es sogar einen germanischen Pferdeheiler, der Cotta, dem Stellvertreter des Kommandanten, gehörte.

„Schau an ... Wen haben wir denn da?", fragte der Legat interessiert.

Die Sklavin, die der Sklavenmeister Considius hereingebracht hatte, fiel genauso wie Meteriola durch ihre langen, glatten, roten Haare auf, war von schlanker Gestalt und ihre Augen zeigten, dass sie einen festen Willen hatte. Das war das Erste, was Titurius auffiel. Das Zweite war ihre Schönheit.

„Sie heißt Maura“, sagte Considius heiser. „Sie steht in der Blüte ihrer Fraulichkeit. Sie ist eine Trevererin, hat der Freund gesagt, der sie mir besorgt hat.“

„Eine Trevererin?“

Der Sklavenmeister schnalzte leise mit der Zunge. „Jung und hübsch ist sie, würde ich sagen.“

„Ja, ich seh es.“ Mauras rote Haare leuchteten. Für einen Moment fixierte sie Titurius, dann senkte sie den Blick, als wolle sie zeigen, dass sie demütig und gehorsam war.

„Sie ist eine schöne Katze“, sagte der Kommandant anerkennend.

Sie war noch schöner und interessanter als Meteriola, fand Titurius. Bei dieser Sklavin, das wusste er sofort, konnte er nicht gleichgültig bleiben. Maura feuerte seine Fantasie an. Er wusste, dass ihm vor der Lagebesprechung am Abend noch ein besonderes Vergnügen bevorstand. Zeit genug war. Er konnte es kaum erwarten.

„Sie ist geschmeidig und gehorsam, jedenfalls ist sie es jetzt, wo sie ordentlich gezähmt worden ist. Du weißt ja, Titurius, dass man den Trevererinnen nachsagt, dass sie sich gut reiten lassen“, sagte der Sklavenlieferant mit der trockenen Miene eines Kenners.

Titurius antwortete mit einem bösen Lachen. „Ich finde es reizvoll, dass es eine Trevererin ist. Wir sind hier umgeben von ihrem Stammesgebiet. Und trotzdem hat ihr Stamm weder unsere Landtage besucht noch gehorcht er sonst unseren Befehlen. Es würde mich schon interessieren, einmal auszuprobieren, ob diese – wie hast du sie genannt?“

„Maura. Maura heißt sie.“

„Auszuprobieren, wie es mit Mauras Gehorsam aussieht und was sie alles mit sich machen lässt.“ Offenbar hatte der Kommandant schon ganz genaue Vorstellungen. Er hatte Feuer gefangen, das bemerkte auch die Sklavin Maura.

„Ich habe sie noch keinem anderen hier im Lager angeboten. Ihr sollt sie bekommen, wenn Ihr sie wollt, Kommandant. Ich bin Euch schließlich noch einen Gefallen schuldig.“

Titurius grinste verschwörerisch und nickte. „Kann sie unsere Sprache?“

„Man sagt, ganz gut. Der Freund, von dem ich sie habe, hat gesagt, dass sie sehr lernfähig und begabt ist.“

Titurius lachte. „Verstehe. Komm her!“, befahl er der rothaarigen Sklavin.

„Ja, Herr“, sagte sie in gutem Latein. Zögernd trat sie näher.

„Schau mich an!“ Sie hielt seinem Blick stand. Es war unklar, ob sie begriffen hatte, was die Männer eben besprochen hatten. „Wunderschöne grüne Augen hast du.“

„Ja, Herr“, sagte die Sklavin.

„Das finde ich auch, das mit den Augen“, stimmte Considius zu. Er sah, dass der Kommandant angebissen hatte.

„Interessant, Considius. Deine Treveresin ... Wir werden sehen. Wie viel soll sie kosten?“

„Für Euch ist sie umsonst, Legat. Ich hoffe, Ihr werdet bei entsprechender Gelegenheit an mich denken.“

„Umsonst? Gut. Also lass sie hier. Ich sage dir dann, ob ich sie behalten werde. Doch ich glaube schon.“

6

Novancos schwarze Augen

Duana hatte es sich für einen Moment in ihrer Schlafgelegenheit aus Netzgewebe gemütlich gemacht und döste. Das Schlafnetz war zwischen zwei Stützpfosten des Gebäudes aufgespannt. Ein paar Fliegen umsirrten sie. Frühsommer. Sie dachte intensiv an Caradoc. Ihr wurde warm ums Herz, wenn sie an ihn dachte. Sie liebte ihn, dessen war sie sich sicher. Duana kaute auf einem Grashalm. Sie ließ ihr nacktes Bein aus der Hängematte baumeln und stieß sich am Boden ab, so dass die Schaukelei ihren Kopf durcheinanderbrachte und verwirrte. Das war, als hätte sie drei Becher Wein getrunken.

Sie machte sich Sorgen wegen ihrer jüngeren Schwester Enid. Duana empfand es als ihre Pflicht, auf die „Kleine“ aufzupassen. Alleine schon, wenn Enid dieses Wort hörte, konnte sie wütend werden. Die Kleine wurde schnell wütend. Sie sah nicht ein, dass ihre drei Jahre ältere Schwester ihr irgendetwas zu sagen hätte. Nicht nur die Mutter fand, dass der Vater das Mädchen zu sehr verwöhnte und ihr viel zu oft den Willen ließ. Auch jetzt war Enid unbeaufsichtigt draußen im Oppidum unterwegs, zusammen mit den anderen Mädchen. Donaghue hatte es gestattet. Duana hatte das im gleichen Alter nicht gedurft.

Die älteste Tochter des Obersten Kriegers Donaghue war alleine im gemeinsamen Raum der beiden Töchter, einem Anbau an das Haupthaus, der einen eigenen Ausgang hinaus in den Garten hatte. Sie schwitzte. Die beiden von ihrem Vater Donaghue viel geliebten Töchter hatten hier ihre Schlafstelle: Die früh erwachsene Duana und die süße, sanfte Enid, der ausgemachte Liebling des Vaters. Es war richtig heiß, viel zu heiß für die Zeit kurz nach Beltane.

Die Dienerin hatte die großen, geflochtenen Türen ausgehangen, mit denen der Raum nachts und in der kalten Jahreszeit verschlossen wurde. Das nachmittägliche Licht und die frische Luft, die vom Fluss heraufstrich, strömten in den Gemeinschaftsraum der beiden Donaghue-Töchter herein.

Duana schaute dösend hinaus, über den Garten hinweg bis zur Palisade des Oppidums. Rechter Hand lagen die Ställe, in denen die Reitpferde des Vaters untergebracht waren. Sie war stolz auf den Besitz ihres Klans. Sie konnte das Dach des großen Gebäudes hinter den Ställen gut erkennen. So wie das Haupthaus, das mit den gewaltigen, drachenköpfigen Eckpfosten eines der prächtigsten in Magos war, waren auch alle anderen Gebäude von Donaghues Herrenhof erst im vergangenen Herbst schön mit neuem Schilf gedeckt worden.

Sie gähnte. Wenn ihre Mutter Gwenfrew sie jetzt so müßig finden würde, gäbe es sicher Ärger und Zank. Eigentlich hätte sie am Webstuhl arbeiten sollen, doch der stand schon seit geraumer Zeit unbeachtet abseits des Schlafnetzes. Sie hatte keine Lust mehr. Ihre Finger taten ihr weh. Sie hatte schon so viel geschafft! Sie war schnell und fingerfertig mit dem Weben, sie brauchte nicht mal halb so lang wie Enid, um ein schönes Stück Leinen fertigzustellen. Besser noch als ihre Lehrmeisterin Gwenfrew konnte sie die schwierigen, bunten Muster weben, an denen man erkennen konnte, dass das Tuch aus dem Ahrgau stammte. Jeder Gau der Eburonen hatte sein eigenes Muster. Die einzelnen Familienklans verwendeten spezielle Farben, Verschnörkelungen, Rankenwerke und Verzierungen, die niemand sonst verwenden durfte, so konnte man sie jederzeit voneinander unterscheiden.

Leise, nur für sich, sang Duana das Lied von Wind und Woge, eine Weise mit einer melancholischen Melodie, die die wandernden Barden von Siedlung zu Siedlung trugen:

Ich bin der Wind des Meeres.
Ich bin die Woge der See.
Ich bin das Rauschen der Brandung.
Ich bin der erhabene Falke
auf der Klippe über der Gischt.
Ich bin ein salziger Tropfen,
der in der Sonne glitzert.

Das Lied war traurig. Deswegen liebte sie es so. Sie musste immer an Caradoc denken, wenn sie es sang oder pfiff. In ihrer Fantasie war Caradoc der Falke, der über der spritzenden Gischt der Brandung schwebte ...

Duana seufzte. „Mulba!", rief sie, als der falbfarbene Kater hereinstolziert kam. Er war der eigentliche Herr des Gemeinschaftsraumes. Sein glänzendes Fell hatte die Farbe eines hellen Bernsteins. „Wo hast du dich denn nur schon wieder herumgetrieben?" Sie lachte. Mulba antwortete mit einem kräftigen, selbstbewussten *Miau-u*. „Du hast Recht. Am liebsten wäre ich wie du. Ein Streuner. Könnte einfach hinten hinaus und fort, und keiner sagt mir, was ich tun und lassen soll."

Der Kater ignorierte Duana, wandte sich um, legte sich mitten auf Enids Schlafstelle und rollte sich zusammen. Ehe er einschlief, richtete er seine Augen noch einmal auf Duana. Es schien, als würde er ihr zuzwinkern. Nach Caradoc, ihren Eltern und ihrer Schwester liebte Duana den Kater von allen beseelten Lebewesen auf dieser Welt am meisten.

„Ja, leg dich nur, Mulba", sagte Duana froh und döste weiter in ihrem Schlafnetz. „So gut wie du möchte ich es auch mal haben. Du brauchst niemandem Rechenschaft abzulegen, du hast keine Pflichten, du hast keine Götter - und trotzdem bist du glücklich."

Der Kater gähnte.

„Wie du willst." Duana zog einen liebevollen Schmollmund. Es war Zeit, die Webarbeit wieder aufzunehmen. Am Abendtisch, wenn die ganze Familie, mit Onkeln, Tanten, Nichten und Neffen, die ebenfalls auf dem Klangehöft lebten, zusammenkam, würde die Mutter sie gewiss danach fragen.

Wie oft hatte sich Duana schon geärgert. Lieferte sie gute, solide Arbeit ab, wie es kaum eine bessere gab, sagte Gwenfrew nichts. Die unbegabte Enid hingegen wurde schon gelobt, wenn sie die ihr aufgetragene Arbeit auch nur einigermaßen hinbekam. Duana war diejenige, die die Kunst- und Fingerfertigkeit der Mutter geerbt hatte, doch sie wurde, wie sie fand, viel zu wenig gelobt. Sie fragte sich oft, warum das so war, wusste aber keine Antwort.

War die Mutter eifersüchtig auf sie, weil sie geschickter war? Wie dem auch sein mochte, war Gwenfrew immer ihre Vertraute. Sie wusste von Caradoc und hatte versprochen, auf den Vater einzuwirken, damit der einer Heirat zustimmte. Gwenfrew hatte nichts gegen Caradoc. „Er ist der Sohn des Wunderschmieds", hatte sie gesagt. „Er ist von einwandfreier, uralter eburonischer Herkunft, und sein Vater ist ein reicher Mann, der sich leisten kann, was er will. Außerdem ist er ein gutaussehender Junge", hatte die Mutter schmunzelnd hinzugefügt. „Ich kann mir gut vorstellen, dass ihr beide zusammen ansehnliche Enkelkinder hervorbringen werdet."

Plötzlich flog die dünne, geflochtene Türe auf, mit der Duana den Durchgang vom Haupthaus zum Gemeinschaftsraum der Kinder verschlossen hatte.

Duana wunderte sich: „Was machst du denn hier?"

Enid stürmte herein. Sie hatte das gleiche goldblonde Haar wie ihre Schwester. Es war zu drei Zöpfen gebunden, von denen zwei wie eine Krone um den Kopf geschlungen waren. Der dritte hing am Rücken hinab. Die Mutter hatte ihr die Zöpfe geflochten: „So machen es die Adelsfrauen bei den anderen Kelten." Enid sah süß aus mit der keltischen Frisur.

Jetzt schien sie jedoch vollkommen aufgeregt zu sein. Sie warf sich auf die Schwester, wollte sie trostsuchend umarmen, so dass die beiden am Ende gemeinsam zu Boden stürzten. Ein Knäuel aus blonden Zöpfen, hellen Armen voller Sommersprossen, schlanken Beinen, bunten Kleidern und Schmuckketten.

Es war ihnen nichts passiert, und sie mussten lachen. Mulba gähnte gelangweilt und würdigte die beiden Mädchen trotz des Getöses keines Blickes.

„Bei der Großen Göttin!“ Duana und Enid setzten sich einander gegenüber in den Schneidersitz. „Was ist bloß los mit dir? Du hast uns ja beinahe umgebracht.“

Duana ahnte, warum ihre Schwester zu ihr gekommen war. Als sie so alt gewesen war wie Enid jetzt, hatte sich ihre kindliche Zuneigung zu Caradoc plötzlich verwandelt. Nun war Enid an diesem Punkt. Sie suchte Trost. Sicherlich ging es wieder um Novanco, das Waisenkind, das von Cauldron, dem Seher, aus Gründen, die nur er kannte, wie ein Adoptivsohn in sein Haus genommen worden war. Novanco war der Schwarm aller Mädchen in Magos. Anders als die meisten anderen Jungen im Oppidum hatte Novanco dunkle, fast braune Haut, schwarzes Kraushaar und ebenso dunkle Augen.

„Novanco?“, fragte Duana vorsichtig.

„Nova ist ein verfluchter Teufel“, schluchzte Enid und schlang die Arme um den Hals der Schwester.

„Beruhige dich doch! Was ist denn passiert?“

Doch Enid brachte vor Schluchzen kaum eine Silbe hervor. Duana streichelte ihr über das Haar. Die Zöpfe waren ganz durcheinander.

Die Zeit der erwachenden Gefühle, dachte Duana. Jetzt war ihr die Schwester ganz nah. „Hast du dich endlich beruhigt?“

„J-j-ja“, schniefte Enid. „Ist schon gut.“

„Was ist passiert?“

„Ich habe gesehen, wie er Briantia geküsst hat.“ Und wieder schossen ihr Tränen in die Augen. Die Wildheit ihrer neuen Gefühle war ihr noch gänzlich fremd. Seit sie ihr Monatsblut hatte, war das so. Duana befand, das sei alles normal, doch für Enid war im Augenblick nichts normal.

„Du weißt doch ganz genau, dass er nicht nur Briantia geküsst hat. Er ist ein Weiberheld, obwohl gerade erst sein Bart sprießt. Ich glaube, es gibt kaum ein Mädchen im Dorf, bei dem er es nicht probiert hat.“

„Das ist es ja gerade“, schluchzte Enid. „Außer bei mir.“

„Du meinst, er hat es bei dir nicht mal versucht?“

Enid schüttelte den Kopf. „Er behandelt mich wie Luft.“

„Das kann ich nicht verstehen“, sagte Duana nachdenklich. „Du bist eines der schönsten Mädchen im Dorf.“

Enid nickte verzweifelt. „Das sagen mir die anderen Jungen auch. Doch ich will keinen von denen.“ In ihr verheultes Gesicht trat Trotz. „Ich will nun mal den. Was soll ich bloß machen?“

Novanco. Der hatte es ihrer kleinen Schwester angetan, und das ging seit dem letzten Vollmond so.

„Schwesterchen, ich kann dir nur zweierlei sagen. Zwei Dinge wie der Tag und wie die Nacht. Das Eine: Novanco ist untreu und frech, lass die Finger von ihm. Und das Zweite: Lern deine Gefühle zu beherrschen."

„Ach, du mit deinen klugen Sprüchen!" Enid stieß Duana unsanft von sich. Duana kannte das. Kannte Enids jähe Stimmungsumschwünge. Als sie jünger waren, hatten sie sich oft wegen nichts in den Haaren gelegen. „Du hast gut reden mit deinem Caradoc!"

„Ich weiß, dass er treu ist", erwiderte Duana etwas schnippisch und von oben herab. „Und außerdem ist das etwas ganz anderes. Caradoc und ich sind fast schon erwachsen. Er ist eigentlich schon ein Mann. Novanco dagegen ist noch ein junger, unreifer Bursche."

„Er ist ein Mistkerl", entfuhr es Enid.

Duana lachte. „Ja, ein Mistkerl."

„Aber er hat so wunderbare schwarze Augen."

„So dunkle Augen wie die Mitternacht! Woher willst du das eigentlich wissen, wenn er dich nie anschaut?"

Enid schlug die Augen nieder. „Nie ist vielleicht etwas übertrieben", gab sie zu. Dann huschte plötzlich ein verklärtes Lächeln über ihr Gesicht. „Ein paar Mal haben wir uns schon in die Augen gesehen", sagte die jüngere Tochter des Kriegsherren Donaghue verträumt.

„Dann warte doch ganz einfach, Schwesterchen", sagte Duana. Allmählich langweilte sie das Thema Novanco. „Vielleicht legt er ja irgendwann seine Unreife ab und ändert seinen Charakter."

„Du redest schon genauso daher wie unsere Mutter."

Duana schaute ihre Schwester streng an. „Enid, du gefällst mir nicht, wenn du von Novanco redest!" Sie legte der Schwester die Hände auf die Schultern. „Und was unsere Mutter sagt, stimmt. Du musst mir eines hoch und heilig versprechen, bei unseren Ahnen und bei Brigid der Jungfrau, der Tochter der Göttin Dana: Werfe dich nicht an den Erstbesten weg, versprichst du mir das?"

„Warum denkst du immer so schlecht von mir? Du, und Mutter genauso!"

„Versprichst du es nun oder nicht?"

„Ich muss mir gar nichts von dir sagen lassen, nur weil du etwas älter bist", erwiderte Enid trotzig. „Und außerdem werde ich dir nie wieder irgendwas erzählen, wenn du mir danach nur Vorhaltungen machst!“ Sie zog eine Schnute. „Lass mich damit endlich in Ruhe“, fuhr Enid auf und schlug die tröstende Hand der älteren Schwester beiseite.

„Du weißt ganz genau, dass unsere Mutter genauso denkt wie ich.“

Enid hielt sich die Ohren zu. „Ich will nichts mehr hören. Du bist eine böse blöde Ziege, du willst doch immer nur, dass du besser dastehst als ich.“ Sie konnte jähzornig, launisch, verletzend und gemein sein. Duana war eine der wenigen, die diese dunkle Seite der kleinen Elfe kannten, die nach außen immer so harmlos tat und die bei allen Leuten so beliebt war.

„Den anderen kannst du vielleicht Sand in die Augen streuen, aber mir nicht“, sagte Duana ungehalten.

Enid riss sich los. Sie lachte abwehrend und schaute ihrer älteren Schwester herausfordernd in die Augen. Darin war alles Kindliche schon vollkommen verloren gegangen. „Tu doch nicht so! Ich wette, du hast deinem Caradoc inzwischen längst deinen Lieblingsplatz gezeigt!“ Enid grinste hässlich. Dann lief sie hinaus auf die Terrasse, die sich zwischen dem Herrenhaus und dem Garten erstreckte. Gwenfrew zog hier Pflanzen, die sie besonders liebte, seltene Heilkräuter, Flaschenkürbisse, schöne, bunte Blumen, wohlriechende Sträucher. Alles war saftig grün und wuchs dem Sommer entgegen.

„Du weißt ganz genau, dass das nicht stimmt“, rief Duana ihr wütend hinterher. Doch da drehte sich die Schwester schon draußen auf der Terrasse in einem albernen, kindischen Tanz.

Caradoc ihren Lieblingsplatz zeigen ... Ja, es wurde Zeit. Er würde es nicht falsch verstehen. Nicht so, wie Enid das meinte. Enid hatte schmutzige Gedanken. Viel zu schmutzig für ihr zartes Alter.

Das Zeigen des Lieblingsplatzes bedeutete, dass sich das Mädchen mit dem Jungen vereinen wollte.

Nein, bei Caradoc war das anders. Er hielt sich an seine Versprechen. Sie konnte es wagen. Sie konnte ihm ihren Lieblingsplatz, ihre Klamm zeigen.

Ja, es wurde Zeit.

7
Maura

Nachdem sich der römische Legat Quintus Titurius Sabinus bereits zum zweiten Mal an diesem regnerischen Tag grunzend in oder an ihr befriedigt hatte, erhielt die Sklavin Maura seine Erlaubnis, sich im Großen Fluss zu waschen. Um zu verhindern, dass die Trevererin über den Fluss floh, befahl Titurius, ihr Fußfesseln anzulegen. Damit konnte sie unmöglich schwimmen und auch nicht laufen; allenfalls kleine, trippelnde Schritte waren ihr möglich. Wenn sie die Fesseln trug, durfte sie sich wenigstens im Umkreis der Postenkette frei bewegen, das war der letzte Rest von Selbstbestimmtheit, den Titurius ihr gelassen hatte.

Die eisernen Schließen um ihre Knöchel schmerzten höllisch. Doch das ertrug sie mit unbewegter Miene. Es sah albern aus, wie sie mit den Fesseln lief. Titurius lachte, wenn er ihren Watschelgang sah. Es gab klare Regeln: Wenn sie bei Titurius im Kommandantenzelt war, brauchte sie keine Eisenfesseln zu tragen, aber einen Schritt vor dem Eingang des Zeltes endete diese Freiheit. Hinaus durfte sie nur in Fußfesseln.

So war jetzt ihr Leben.

Maura schluckte alles. Sie wollte überleben. Ihr war schnell klar geworden, dass dem römischen Legaten die Schmerzen anderer Menschen Freude bereiteten. Er war ein böser und schlechter Mensch. Sie hatte schon miterlebt, wie er Gefangene unter einem nichtigen Vorwand hatte hinrichten lassen.

Der Aufseher hatte ihr die Fußfesseln angelegt. Sie verließ das große Kommandantenzelt, das sie *Prätorium* nannten und das gleich neben dem Stabszelt am Kreuzungspunkt der beiden großen Lagerstraßen stand. Es regnete. Einer der kräftigen Frühsommerregen, die typisch für diese Jahreszeit und dieses Land waren. Tropfen schlugen in ihr Gesicht. Sie fühlte sich schmutzig und missbraucht, wie immer, wenn sie sich dem Lagerkommandanten hingegeben hatte. Sie fror, denn sie hatte nur das dünne römische Leibchen an, in dem Titurius sie am liebsten sah.

Sie ekelte sich vor sich selbst, vor der Beschmutzung ihres Körpers, den sie niemals wieder sauber bekommen würde, und sie fragte sich, wie weit es noch kommen musste, bis sie vielleicht doch den Mut fand, ihrem ehrlosen Leben ein Ende zu bereiten. Sie kam sich vor wie eine der römischen Lagerhuren, die das Heer selbst in den brenzligsten Situationen begleiteten und die ihren Leib für einen Scheffel Korn oder noch weniger verkauften.

Während sie das verschlammte Militärlager durchquerte, fühlte sie die begehrlichen Blicke der Soldaten auf sich ruhen, die vor und in den Zelten ihren Tätigkeiten nachgingen. Sie wussten alle, dass sie es eben im Zelt des Kommandanten mit dem Legaten getrieben hatte. Dass sein Samen in ihr war, aus ihr hinauslief, an der Innenseite ihrer Beine. Dass dieses widerliche, behaarte, geile Tier jedes Mal so viel abspritzte! Am schlimmsten war es, wenn er ihn ihr, so wie heute Morgen, in den Mund stieß. Er kam tief in ihrem Rachen, und auch wenn sich Maura anschließend die Mundhöhle mit ekelhaft bitterer Fischgalle ausspülte, wurde sie den widerlichen Geschmack seines Ergusses nicht wieder los. Doch die Alternative war der sofortige Tod. Wenn sie nicht tat, was er von ihr wollte, würde sie auf der Stelle sterben, dessen war sie gewiss. So war sein Charakter. Er genoss es, der Herr über Leben und Tod zu sein. Maura hatte von den anderen Dienerinnen schockiert erfahren, dass ihre Vorgängerin, eine eburonische Frau namens Meteriola, auf Befehl des Titurius und aus nichtigem Grund in aller Öffentlichkeit durch Erdrosselung hingerichtet worden war.

So wollte sie nicht sterben. Deshalb nahm sie Titurius' Widerlichkeit in Kauf.

Ihre nackten Füße sanken fast bis zu den Knöcheln im kalten Schlamm ein. Sie setzte vorsichtig einen Fuß vor den anderen, versuchte trotz ihrer klimpernden Fesseln in einigermaßen gerader, stolzer Haltung zu gehen. Sie schaute arrogant an all den römischen Legionären vorbei, die sie mit gierigen Blicken begafften. Titurius besaß sie zwar, doch er hatte sie noch nicht gebrochen. Das spürten alle.

Sie ging die *Via praetoria* entlang. So nannten die Römer die eine der beiden kreuzförmig angelegten Hauptlagerstraßen. Sie führte zu einem der Tore, jenseits dessen der gewaltige Strom floss, den Kelten und Germanen gleichermaßen als heilig betrachteten. An den beiden Lagerstraßen entlang waren Dutzende großer Mannschaftszelte aufgestellt. „Caesar hat noch etwas mit diesem Lager vor", sagten sie unter den Legionären. „Er hat es hier am Mittelrhein, knapp unterhalb der Einmündung der Mosel, strategisch angelegt", spekulierten die Männer. Sie wetteiferten miteinander, der bessere Feldherr zu sein. Jeder hatte eine Idee, wie der Krieg gegen die Kelten und die Germanen zu führen sei. Jeder hatte seine eigene Strategie. Alle wollten die fremden Völker besiegen und unterwerfen. Maura wusste das aus den Offiziersbesprechungen.

Sie trippelte weiter. Die *Via praetoria* war von tiefen Furchen durchzogen und aufgeweicht, alle Mulden und Löcher waren vom Regen mit Wasser gefüllt. Der Weg zum Tor zog sich hin, denn das Legionslager maß weit mehr als tausend Schritt in der Seitenlänge und beherbergte um die fünftausend Soldaten, eine ganze Legion und die zugehörigen Hilfstruppen. Alle zusammen hatte Caesar zur Bewachung des Rheins und zur Einschüchterung der umliegenden Stämme hier im Land der unterworfenen Treverer zurückgelassen, während der Feldherr selbst mit seinen anderen Legionen im Norden Krieg führte. Auch für die Germanen auf der anderen Rheinseite setzte das große, befestigte Lager ein Zeichen.

Ohne dass Maura ihn hatte kommen sehen, kam der junge Marcus Valerius, der Militärtribun im Stab des Legaten, von hinten an ihre Seite. „Warte doch! Warte, Maura." Sie war froh, dass es nicht Gaius Arpinius war, der römische Ritter und Vertraute des Titurius, der keine Gelegenheit ausließ, mit ihr anzubändeln und ihr nachzustellen, obwohl sie seinem Herren, dem Kommandanten, gehörte.

Die Trevererin war schon vor zwei Jahren versklavt worden. Mehr als ein Jahr hatte sie das Lager mit einem römischen Offizier geteilt, der zur X. Legion gehörte. So kannte sie die Sprache des Feindes, das verhasste Latein, ganz leidlich, wenn auch mit starkem gallischen Akzent.

„Was wollt Ihr?" Maura blieb stehen und stemmte die Arme in die Hüften. „Lasst mich in Ruhe! Weiß Euer Kommandant, dass Ihr mir nachstellt?"

Auch ihre Gefangenschaft und die Erniedrigung, die Sklavin und Hure eines römischen Offiziers zu sein, hatte nichts an der Ausstrahlung ihrer großen Schönheit geändert.

„Nein, Unsinn", erwiderte Valerius verlegen. „Wieso sollte ich dir nachstellen? Im Gegenteil! Der Kommandant hat mich hinter dir hergeschickt. Ich soll aufpassen, dass du keinen Unsinn machst. Verstehst du? Du sollst nicht verloren gehen. Du hast es unserem verrückten Alten anscheinend ziemlich angetan."

Maura zuckte ungerührt mit den Schultern.

„Soll ich ihm sagen, dass Ihr ihn einen verrückten Alten nennt?"

Valerius lachte. Er hatte noch das herzhafte Lachen eines Jungen. Soldaten, die länger im Krieg waren, lachten nicht mehr so. „Lass uns weitergehen. Die Anderen starren uns schon an", sagte der junge Offizier unbehaglich. Er war ungefähr in Mauras Alter. Es war sein erster Einsatz. Mit seiner Berufung in die Legion erfüllte er den Traum des Vaters, der erst vor kurzem in den Stand eines Ritters erhoben worden war.

Valerius. Maura blinzelte, als wäre es wegen des Regens, und musterte ihn dabei verstohlen. Er war auf römische Art glattrasiert und hatte dunkelblonde Haare. Ihr war schon öfter aufgefallen, dass der schüchterne, ehrlich wirkende Junge mit den großen Ohren und dem schmalen Gesicht sie unauffällig beobachtet hatte, wenn er sie im Kommandantenzelt bei einer der „Offiziersbesprechungen" sah. Maura fand diese Zusammenkünfte im Zelt des Titurius seltsam. Es war eher ein Gelage als eine militärische Besprechung. Der schüchterne Stellvertreter Cotta, die sechs jungen Militärtribunen und die Kommandanten der zehn Kohorten, die zum Legionslager gehörten, ließen sich auf transportablen Betten nieder, auf denen Titurius Decken und Felle hatte ausbreiten lassen. Sklaven und Sklavinnen trugen auf.

Der importierte Wein floss in Strömen, und es gab an Essen, was die Feldküche und die Organisationskünste der Heereslieferanten hier an der Grenze der bekannten Welt hergaben.

Maura war bei diesen Besprechungen stets dabei. Sie musste zu Füßen des Kommandanten liegen - wie ein Schoßhündchen. Titurius führte sie vor. Er war anscheinend unheimlich stolz darauf, dass er sie besaß, so wie andere Männer stolz auf ein neues Pferd waren. Er mästete sie geradezu. Seit sie der Sklavenmeister Considius in das Legionslager am Rhein gebracht hatte, war sie viel runder und fraulicher geworden, was dem Titurius bestens zu gefallen schien. Sie entfaltete ihre ganze weibliche Blüte ...

„Wir sollten jetzt wirklich weitergehen, sonst ..."

„Was sonst?" Ein kleines Lächeln schlich sich in Mauras sonst emotionsloses Gesicht. Ihr war die Hilflosigkeit des jungen Militärtribunen sympathisch. „Also gut. Ich gehorche, Tribun. Gehen wir weiter."

Der Regen wurde heftiger. „Wohin willst du eigentlich bei diesem Sauwetter?", fragte Valerius.

Maura setzte sich wieder in Bewegung. „Ich will zum Rhein", sagte sie und deutete auf die *Porta praetoria*, das Lagertor, das dem Fluss und dem germanischen Feindesland gegenüber lag. Dort hatten die Soldaten einen behelfsmäßigen Hafen angelegt und befestigt. Die von Ruderern angetriebenen, schwer bewaffneten und gepanzerten Patrouillenschiffe machten hier fest, mit denen die Römer den Rhein kontrollierten. Die Römer fühlten sich als die Herren des Flusses.

„Und was willst du da?"

„Ich will mich *rein*waschen. Ich wollte mir einen Platz suchen, wo ich mich ungestört und unbeobachtet ausziehen und meinen ganzen Körper von oben bis unten säubern kann. Habt Ihr etwas dagegen?"

Valerius schluckte. „Was sollte ich dagegen haben?", fragte der junge Offizier schüchtern. Er errötete bei der Vorstellung, dass sie sich nackt im Fluss wusch und dass er dabei auf sie aufpassen sollte. Er wechselte das Thema: „Ich finde, du kannst außergewöhnlich gut Latein. Wo hast du das gelernt?"

„Wollt Ihr das wirklich wissen, Valerius?"

„Warum fragst du das?"

„Weil Euch die Antwort vielleicht nicht gut gefallen wird."

„Ich will es trotzdem wissen."

„Also gut. Ich war die Sklavin eines Militärtribuns im Stab von Titus Labienus. In der zehnten Legion. Dreizehn lange Monate, bis er meiner überdrüssig wurde. Versteht Ihr, Marcus Valerius? Ich habe Eure Sprache im Bett eines römischen Offiziers gelernt."

Valerius schwieg betroffen. Dabei wusste er genau, was es mit den keltischen und germanischen Sklavinnen auf sich hatte. Viele hochrangige Offiziere in Caesars Truppen in Gallien hatten Sklavinnen als Gespielinnen, die sie auf den Feldzügen begleiteten.

Und Maura war der Gedanke nicht unsympathisch, dass sich Valerius dabei sicher sie vorstellte.

Sie erreichten das stark gesicherte Haupttor des Lagers. Die wachhabenden Soldaten salutierten vor dem Militärtribun, der zu den ranghöchsten Offizieren des Lagers gehörte, und ließen ihn zusammen mit der Keltin Maura passieren. Dann standen beide jenseits des Haupttors, und ihnen eröffnete sich die befestigte Anlegestelle des Lagers. Der gewaltige Rhein floss vor ihnen vorbei. Es war der breiteste Fluss, den Valerius und Maura kannten. Wenn man den Rhein in seiner Mächtigkeit und Kraft sah, wurde einem bewusst, warum er sowohl von den Kelten als auch von den Germanen und sogar von den Römern als eine bedeutende Naturgottheit verehrt und gefürchtet wurde. Der Rhein war ein Gott, der manchmal böse zürnte: Der Fluss war bekannt dafür, dass er immenses Hochwasser führen konnte, das alles an seinen Ufern hinwegriss.

Soeben legte eines der kiellosen treverischen Flussboote ab. Die flachen Boote der Treverer waren mit einem großen seitlichen Ruderblatt und einem trapezförmigen Ledersegel ausgestattet. Die Treverer, die sich den Römern bisher noch immer nicht förmlich unterworfen hatten, befuhren mit ihren kleinen Segelschiffen von dreißig Fuß Länge die Mosel und den Rhein und trieben dort Kleinhandel. An Bord waren bewaffnete Männer und Handelsware: verschnürte Ballen, Amphoren mit Wein und Öl, selten etwas Besonderes.

Maura und Valerius blieben beim Flusstor des Legionslagers stehen und schauten dem Manöver auf dem Rhein zu. Durch den Regen war das Ledersegel nass, schwer und unbrauchbar geworden. Doch das bereitete dem Bootsführer anscheinend keine großen Probleme, denn das Trevererboot fuhr flussabwärts. Der Steuermann arbeitete mit aller Kraft. Das Gefährt drehte in die kräftige Strömung des Großen Flusses, der nach den zahlreichen Regenfällen der letzten Wochen braunes Hochwasser führte.

„Flussaufwärts werden die Boote manchmal von mächtigen Ochsengespannen gezogen“, sagte Valerius mit wacher Stimme, aber auch etwas belehrend. „Ich hab es schon ein paar Mal gesehen. Die Treverer sagen, dass es nicht leicht ist, den Rhein und die Mosel zu befahren. Weiter flussaufwärts wird das Tal immer enger. Dort sind unüberwindbare Stromschnellen. Und flussabwärts gibt es unzählige Sandbänke und Untiefen, der Fluss wird immer breiter, und die Ufer sind sumpfig und verschlammt.“

„Das hört sich an, als würdet Ihr davon Ahnung haben.“

„Ein Onkel von mir ist Weinhändler ... bei uns in Placentia. Ich hab ihn manchmal auf seinen Handelsreisen begleitet. Wir sind meist mit dem Schiff gefahren. Es waren andere Schiffe ... aber auch nicht viel größer. Zu Hause haben wir auch einen mächtigen Fluss. Er heißt Po. So breit und so gewaltig wie der Rhein ist er natürlich nicht.“

„Ihr müsst langsamer sprechen, Herr", lächelte Maura. Sie verdrängte den Missbrauch durch den Kommandanten aus ihren Gedanken. Wenn sie diese Vorstellung nicht immer wieder einfach beiseitegeschoben hätte, hätte sie nicht weiterleben können. „Ich verstehe Eure Sprache zwar ganz gut, aber nicht, wenn Ihr so schnell sprecht. Euer Herz läuft ja über, wenn Ihr von Eurer Heimat redet!"

„Ja, meine Heimat ... Ich liebe meine Heimat. Jeder Römer liebt seine Heimat."

„Ich weiß, dass jeder Römer seine Heimat liebt. Doch wieso zerstören die Römer dann die Heimat anderer Völker?"

Auf diese Frage wusste der vom Po stammende Militärtribun keine Antwort. Maura seufzte, zuckte mit den Schultern und ging weiter. Der Militärtribun folgte ihr. Unterhalb des Legionslagers begann eine Sandbank. Dorthin strebte sie. Das Ufer war mit unzähligen grauen und weißen Kieselsteinen übersät, die der Große Strom angespült hatte. Valerius konnte Maura leicht folgen, denn sie musste wegen ihrer Fußschellen sehr langsam und vorsichtig gehen. Sie wollte offenbar außer Sichtweite des Haupttores und der zahlreichen Soldaten sein, die dort zu tun hatten.

„Als ich noch ein junges Mädchen war, hat mir meine Amme Muriel unzählige Geschichten über den Großen Fluss erzählt", sagte Maura, während sie so anmutig wie möglich über die Kieselsteine balancierte. „Geschichten über böse Wesen, die im Fluss hausen und über Zauberschätze am Grund des Flusses. Tausend Geister und Dämonen sind in diesem Fluss. So sagen es jedenfalls die Stimmen unserer Ahnen." Sie schaute fragend, als sie Valerius' erstauntes Gesicht sah. „Ihr wundert Euch, dass ich eine Amme hatte?"

„Bei uns in Placentia hatten nur hochgestellte Frauen eine Amme. Ich weiß das deswegen so genau, weil meine Großmutter Amme bei einer reichen etruskischen Adeligen war und uns Kindern immer von dem Luxus im Haus ihrer Milchkinder erzählt hat."

„Ja, wirklich?" Maura verstand nicht alles, was Valerius ihr erzählte. Aber sie mochte den Klang seiner Stimme. Sie gingen weiter flussabwärts, und weder sie noch ihr Begleiter merkten, dass die Soldaten am Hafentor des Legionslagers hinter ihnen her lachten, obszöne Gesten und respektlose Bemerkungen machten.

„Wie war das bei euch? Hatte bei euch jeder eine Amme?"

„Nein, es war wie bei Euch in ... Wie habt Ihr gesagt?"

„Placentia, Maura. Placentia heißt meine Heimatstadt."

„Es war bei uns wie bei Euch in Placentia. Adelige Frauen hatten Ammen."

„Dann bist du eine Adelige", stellte Valerius verwundert fest. Sie kamen jetzt an eine mit Gebüsch und Pappeln bewachsene Uferstelle. Dort bildete der Fluss eine kleine Bucht, wo sie von den Soldaten nicht mehr gesehen werden konnten.

„Es ist ganz egal, was ich einmal gewesen bin", erwiderte Maura. Plötzlich lag eine Härte in ihrem Tonfall, die Valerius erschreckte. Die Trevererin schaute ihn durchdringend an. „Jetzt bin ich jedenfalls eine Sklavin. Ich bin die Hure eines Römers. Wisst Ihr, was Adel bei uns bedeutet?"

Valerius zuckte mit den Schultern. Er fühlte sich unbehaglich und schuldig.

„Es bedeutet Ehre. Doch ich habe meine Ehre verloren."

„Nein, das hast du nicht", erwiderte der junge Römer mit Nachdruck. „Du hast mehr Ehre in dir als die meisten anderen Menschen, die ich hier in Gallien kennengelernt habe."

„Zu viel des Lobes", sagte Maura bitter. Dann begann sie, ihr Kleid abzustreifen. Sie schaute Valerius dabei genau in die Augen. „Ihr wisst doch, warum Euer Kommandant Euch hinter mir hergeschickt hat?"

„Um auf dich aufzupassen", sagte Valerius mit belegter Stimme, während Maura ihre vom Regen durchnässte Tunika von den Schultern streifte. Darunter war sie splitternackt. Dem jungen Römer stockte der Atem.

„Er will angeben. Euer Kommandant ist ein Aufschneider. Er will, dass Ihr meinen nackten Körper seht und dass Ihr neidisch seid, weil er diesen Körper besitzen kann, wann immer er will."

Maura ging zum Rhein hinab.

„Also, seht her! Macht, was Euer Kommandant von Euch will! Schaut mich an!"

Die Keltin zeigte ihre nackte Schönheit. Der Körper der jungen Sklavin erschien Valerius wie eine lebendig gewordene Statue der *Venus Aphrodisia*. Der in seiner Heimat verehrten Schönheits- und Fruchtbarkeitsgöttin. „Kommt! Erinnert Euch an den Befehl Eures Kommandanten. Ihr sollt auf mich aufpassen und in meiner Nähe bleiben. Ich könnte trotz meiner Ketten versuchen, davonzuschwimmen."

Maura begann sich zu waschen, bückte sich langsam, schöpfte Wasser. Wie weiß ihre Haut war und wie rot das Haar! In seinen wildesten Träumen hatte er sich Maura nicht so schön vorgestellt. Valerius war unfähig, den Blick von ihr zu wenden. Sie schämte sich offenbar nicht im Mindesten vor ihm - ganz im Gegenteil.

Der Fluss musste eisig kalt sein. Sie ging so weit in das Wasser der kleinen verborgenen Bucht hinein, dass sie bis zu ihrem Schoß in den Fluten stand. Sie war nach römischer Sitte zwischen den Schenkeln glattrasiert, so dass Valerius ihre Scham sehen konnte. Ihre Brustwarzen waren wegen der Kälte und des Regens steil aufgerichtet, der ganze Körper schien von einer Gänsehaut überzogen zu sein. Valerius hatte Mühe, seine Erregung zu kontrollieren. Er spürte, dass Maura Recht hatte. Der Kommandant wollte ihn in Versuchung führen. Sicher hatte der Alte sein Interesse für die Trevererin bemerkt. Er machte sich lustig über ihn. Er führte ihn vor. Die Soldaten lachten doch schon über ihn! Langsam stieg Hass in ihm auf. Hass für alles, was Titurius Maura antat. Ein tiefer und wilder Hass, wie er ihn zuvor nicht gekannt hatte. Ein Hass, der mit diesem seltsamen Land Gallien zu tun haben musste.

Valerius spürte, dass sich irgendetwas in ihm verändert hatte. Ohne nachzudenken folgte er der Trevererin in den Rhein, umarmte ihren nassen Körper, seine Hände wollten überall gleichzeitig sein, seine Lippen bedeckten ihr Gesicht, ihre Schultern, ihre Brüste.

Maura schloss die Augen und ließ Valerius ein paar Momente gewähren, ehe sie ihn von sich stieß. „Weg! Du bringst uns beide in Lebensgefahr! Wenn Titurius das sieht, bringt er mich um, und dich schickt er in ein Todeskommando!“

8

Zukunftsträume

Das schmale, steil ansteigende Seitental, in dem Duana ihren geheimen Lieblingsplatz hatte, war einsam. Die Menschen mieden es. Es zweigte oberhalb von Magos vom Ahrtal ab und wurde von einem kleinen Bach durchzogen. Die Schlucht führte zu den Bergen hinauf, wo der unwegsame Urwald begann, der finstere Ardennerwald, der sich bis zum fernsten Horizont erstreckte und dessen geheime Pfade lediglich ein paar Wildhirten kannten.

Kaum hatten Caradoc und seine Liebste Hand in Hand die Klamm betreten, fühlten sie sich in eine andere Welt, eine andere Wirklichkeit versetzt. Es war die Welt der Feen, der Elfen und der Zwerge. Sie spürten: Hier hörte die Herrschaft der Menschen und die Herrschaft des Fürsten Marbod auf. Caradoc wusste, wie groß die Ehre war, dass sie ihm ihren Lieblingsplatz zeigte. Es war zugleich eine Versuchung, von der er jedoch wusste, dass er ihr widerstehen würde. Bei den keltischen Mädchen war es etwas anderes als bei den Jungen, die manchmal mehrere Lieblingsplätze hatten, die sie mit ihren Freunden und Freundinnen teilten. Der Lieblingsplatz eines Keltenmädchens hatte eine ganz besondere Bedeutung. Er war nur für das Mädchen und für ihren Bräutigam bestimmt. Er war ein Platz der Hingabe. Wo die Körper sich miteinander vereinten. Caradoc war zum ersten Mal mit Duana hier, obwohl sie schon so lange zusammen waren.

Als Junge war er manchmal mit seinen Freunden auf Erkundungsstreifzügen bis in diese Klamm gelangt, aber sie hatten sich nicht wohl gefühlt, hatten geglaubt, dass irgendetwas oder irgendjemand sie beobachtete, und sich als Eindringlinge empfunden. Sie waren kaum über die ersten Schritte, wo die kleine Schlucht noch nicht so steil war, hinausgekommen, und waren wieder umgekehrt.

Jetzt war alles anders. Er fühlte sich eins mit Duana und somit auch eins mit ihrem Lieblingsplatz und auch eins mit allen Wesen, die hier irgendwo zwischen den Wurzeln, in den Spalten der moosbewachsenen Steine oder irgendwo am Rande des kaum erkennbaren Pfades hausen mochten.

„Ich freue mich so, dass wir endlich zusammen hierhergekommen sind“, seufzte Duana. Sie drückte die Hand ihres jungen Geliebten. „Du kennst mich nur, wenn du auch meinen Lieblingsplatz kennst.“

„Ja, mein Herz“, erwiderte Caradoc voller Wärme. „Ich bin froh, dass ich hier bin. Es ist eine große Ehre für mich. Ich wollte dich doch immer ganz genau kennen lernen. Wollte wissen, wer du bist. Jetzt werde ich es erfahren.“

Duana lachte. „Schön, mein starker Schmied!“ Gern spielte sie auf die große Kraft seiner Muskeln und auf die geschmeidige Stärke von Caradocs Körper an, weil ihr beides gefiel und ihn für sie anziehend machte. „Es ist schön für mich, dass du so genau wissen willst, wer ich bin. Die anderen Jungen sind nicht so. Sie sind viel oberflächlicher und unbedachter als du. Ich teile meinen Platz so gern mit dir. Mit niemand anderem."

„Ich will alles von dir wissen, weil ich dich so gerne habe, Duana."

„Alles ist so schön mit uns beiden ... Wenn es doch immer so bleiben könnte."

„Wenn wir es nur ganz fest wollen", erwiderte Caradoc bedächtig, „dann können wir unser Glück festhalten." Duana schwieg. „Warum antwortest du nicht?"

„Ich musste daran denken, was meine Mutter sagt. Sie sagt, man kann auf dieser Welt nichts festhalten. Und dass die Götter einem jederzeit wieder nehmen können, was sie einem gegeben haben."

Caradoc machte ein trotziges Gesicht und legte den Arm um Duana. Die Tochter Donaghues und Gwenfrews schmiegte sich gern an ihn. „Wir Menschen müssen nur wollen. Unser Wille kann selbst den Göttern trotzen. Wir müssen nur fest an unsere Zukunft glauben."

„Ich hoffe, du hast Recht", entgegnete Duana.

Das junge Paar ging langsam weiter. Jetzt begann der steilere Teil der Klamm, die schmaler und dunkler wurde. „Und ... Glaubst du an unsere Zukunft, mein Liebster?"

„So sehr wie ich an mein Leben glaube", erwiderte der junge Schmied, der Sohn des Caileass, ohne einen Augenblick zu zögern. „Ich glaube ganz fest daran, dass du und ich ... dass wir beide eine schöne, gemeinsame Zukunft haben. Dass wir ein gemeinsames Haus haben werden, dass wir zusammen Kinder haben werden ..."

„Oh, Caradoc", seufzte Duana und schlang ihre Arme um den kräftigen Hals ihres Geliebten. „Ich hoffe, dass du es nicht bereust, was wir uns versprochen haben. An meinem Lieblingsplatz. Wir wissen ja beide, was es für uns Mädchen bedeutet, wenn wir unseren Liebsten zu unserem geheimen Platz mitnehmen."

„Ich bereue nichts, mein Schatz. Es bleibt dabei, dass wir erst beieinanderliegen werden, wenn wir von der Druidin als Mann und Frau zusammengebracht worden sind. Das meinst du doch?" Der junge Schmied lachte. Ein volles, schönes, angenehmes Lachen, das sich in den Ästen der mächtigen Bäume verfing. Duana liebte Caradocs Lachen. „Mach dir keine Sorgen, Liebste. Es ist genauso mein Wunsch, wie es dein Wunsch ist. Doch auch wenn wir jetzt noch nicht unsere Körper miteinander vereinen, so spreche ich trotzdem gern von unseren gemeinsamen Kindern."

Sie erreichten endlich die einsame Stelle, an der der Bach eine scharfe Biegung machte. An der Strömungsseite war eine kleine Ausbuchtung ausgewaschen, an der eine gewaltige Luftwurzel einen natürlichen Sitzplatz geformt hatte. Hinter der Wurzel ragten mächtige Felsen aus dem Erdreich, von kleinen Spalten und Schlünden durchzogen. „Hier ... Wir haben ihn erreicht", sagte Duana mit einem Anflug von Stolz in der Stimme: „Meinen Lieblingsplatz. Der schönste Platz auf der Welt."

Caradoc konnte Duana verstehen, denn es war wirklich ein wunderbarer geheimer Platz, wie geschaffen für sie beide. Ein auserwählter Ort auf dieser Welt, weitab von Magos. Die beiden setzten sich, küssten sich liebevoll. Streichelten sich, bedachten sich mit den Koseworten, die sie im Laufe der Zeit füreinander gefunden hatten. Der Gesang der Vögel umgab sie.

„Unsere ungeborenen Kinder ...", flüsterte Duana nach einer Weile, als Caradocs Lippen ihre Lippen für einen Augenblick freigaben. „Wie stellst du dir unsere Kinder vor?"

Caradoc schaute verträumt die Klamm hinab. Dort unten lag das Ahrtal, lag Magos, lag die Schmiede, lag das Haus ihres und seines Vaters, inmitten des Handwerkerviertels, wo auch die Töpfer, Zimmerleute, Glashersteller, Bernsteinbearbeiter und Bronzegießer ihre Werkstätten hatten. Da unten lag das Leben, lag ihre Zukunft, zum Greifen nahe und doch in diesem Augenblick so weit weg, als wäre es eine andere Wirklichkeit. „Sie sollen eine Mischung sein ... eine Mischung aus uns beiden", sagte er beherzt. „Stark und sanft, geradeaus und klug, zierlich und anmutig wie du die Mädchen ..."

„... und kräftig und selbstbewusst wie du, unsere Jungen."

„Oh, mein Herz. Ich liebe unsere Zukunft. Und ich freue mich schon so sehr darauf."

Ihre Lippen fanden sich erneut. In diesem Augenblick sah Duana im Augenwinkel unterhalb der Wurzeln im Halbschatten der Felsen eine kleine, geschmeidige Bewegung, so als wäre dort eine winzige Gestalt. Sie lächelte, sagte aber nichts. Sie wusste, dass sie an ihrem Lieblingsplatz Freunde hatte. Kleine, freundliche Wesen, die in einer unentdeckten, geheimnisvollen Welt lebten und die erfüllt waren von einem unergründlichen, uralten Wissen, älter als alles Wissen der Menschen.

Jene Wesen lebten schon immer an diesem Platz. Sie kannte sie seit ihrer frühen Kindheit als ihre wohlmeinenden, verborgenen, namenlosen Freunde. Sie spürte tief in ihrem Herzen, dass sie ihr alles Glück, Heil und Freude wünschten für ihr zukünftiges Leben an der Seite Caradocs. Duana war unendlich glücklich, und sie wusste, dass auch Caradoc jetzt und hier glücklich war. Sie wünschte sich, dieser Moment möge niemals vergehen.

9

Die Waffenschmiede

„Ich bringe das Eisen zum Glühen und ich mache es weich und ich zwinge ihm die Form auf, die ich haben will, siehst du ... Genau so!"

Caradoc musste brüllen, um sich verständlich zu machen. Er holte mit seinem Schmiedehammer aus und traf das Werkstück so gezielt, dass der alte Tamnais mit der Zunge schnalzte. Obwohl Caradoc noch jung war, galt er schon als Meister seines Handwerks und als ein würdiger Nachfolger seines Vaters, den er an Kunstfertigkeit im Umgang mit dem edlen Stahl noch übertraf.

„Du kannst das besser, als selbst dein Vater es je gekonnt hat", gab der Alte unumwunden zu, der einer der sieben Schmiede in der Großwerkstatt des Waffenschmiedes Caileass war.

„Ist das wirklich deine Meinung? Oder willst du mir nur schmeicheln?" Caradoc setzte den Schmiedehammer schnaufend ab.

„Schmeicheln?", fragte Tamnais. „Kenne ich gar nicht. Das weißt du doch, Junge. Kennst mich doch." Er entspannte seinen muskulösen Körper. „Jeder, der ein bisschen Ahnung davon hat, sieht das", schrie Tamnais gegen den ohrenbetäubenden Krach, der die Schmiede erfüllte. Man merkte ihm nicht an, dass nur wenige Tage zuvor seine Schwester gestorben war, das letzte Mitglied seiner Familie. Jetzt waren die Menschen aus der Werkstatt seine Familie.

Es war brüllend heiß in der Schmiede. Der Sohn des Meisters trug genauso wie die sieben Vollschmiede und die Handwerksgehilfen vor dem nackten Oberkörper eine lederne Schürze zum Schutz vor herumfliegenden Funken sowie Hosen und feste Schuhe. Auf dem

Kopf hatte er ein ledernes Kopftuch. Die nackten Oberkörper waren verschwitzt und rußgeschwärzt. Es war ein ständiges, lautes, metallisches und rhythmisches Hämmern in der Schmiede Caileass', ein Klang, den man im ganzen Tal hören konnte. Der Meister selbst war nicht da. Der Alte ließ sich immer seltener in der Schmiede blicken und scheute das schmutzige, harte Handwerk zusehends. Caradocs Vater trug lieber wertvolle Kleider, die er für teures eburonisches Geld aus Rom ins Ahrtal bringen ließ.

Er konnte es sich leisten. Viele beauftragten die Meisterwerkstatt mit Schmiedearbeiten. Das Eisen, das Caradoc und seine Mannschaft an den Ambossen bearbeitete, nannten sie stolz den *Stahl der Götter*. Selbst von den rechtsrheinischen, germanischen Stämmen, aus dem dunklen Land der endlosen Wälder jenseits des Rheins, kamen Aufträge. Die Germanen bezahlten gern in Bernstein, der bei den Römern hoch im Kurs stand.

Für die ubischen und suebischen Krieger von der anderen Rheinseite war ein keltisches Schwert der höchste Besitz eines Mannes auf dieser Erde; noch vor einem edlen Pferd und einer schönen Frau. Immer öfter kamen auch Händler aus Rom über beschwerliche Wege bis ins Ahrtal, um ihre Waffen abzuholen. Caradoc hatte gehört, dass selbst Offiziere aus der Armee Caesars keltische Schwerter führten. Er hatte ein ungutes Gefühl, dass die Werkstatt seines Vaters die Feinde des keltischen Volkes mit Waffen ausstattete. Doch Caileass sah das anders. „Ich gebe es zu: Ich heule mit den Wölfen", pflegte er zu sagen. Für Gold und goldene Münzen verkauft er seine Seele, dachte sein Sohn mit Verdruss. Es bedeutete dem Vater nicht viel, ob er von einem eburonischen König oder von einem römischen Militärlegaten beherrscht wurde. Hauptsache, er konnte seine Geschäfte machen.

In diesem einen Punkt bestand zwischen Vater und Sohn keine Einigkeit. Reichtum und Geld – keltische Goldschüsselchen oder römische Denare –, die der Vater so sehr liebte, interessierten den Sohn nicht. Ansonsten liebte der Junge seinen Vater sehr, seine Geschicklichkeit, seine Geschäftstüchtigkeit, die Freundlichkeit und Vorsicht, mit der er den Klan führte. Caileass scheute dabei möglichst jede Konfrontation.

Draußen an der Werkstatt, in einer gemauerten Rinne, floss der Mühlbach. Er war unter der Palisade hindurchgeführt und verschwand in einem dunklen Durchfluss, der in der Ahr mündete. Für die Jungen der Siedlung war es eine beliebte Mutprobe, sich durch den engen, gemauerten Kanal gleiten zu lassen und auf der anderen Seite der Palisade wieder ans Tageslicht zu kommen. Auch Caradoc hatte das als Kind gemacht.

Der Bach trieb eine Mühle an, wie es sie weit und breit nicht noch einmal gab: Das Mühlrad bewegte keinen Mahlstein, sondern ein hölzernes Schlagwerk, das wiederum einen mächtigen Hammer antrieb. Das war die andere Seite Caileass'. Seine Neugierde. Seine Offenheit für das Ungewöhnliche. Er war erfinderisch. Kelten waren so. Seit Caradocs Vater die Mühle und das Schlagwerk vor zwei Jahren für die groben Arbeiten hatte bauen lassen, hatte sich die Fertigung der Großschmiede mehr als verdoppelt und damit auch der Gewinn. Die groben Arbeiten war ihnen zudem sehr erleichtert worden.

Tamnais, der älteste der Schmiede, arbeitete gern mit dem mechanischen Hammer, dessen Bedienung weniger Kraft erforderte. Er war der Herr des Hammers. Die manchmal eintönige Arbeit war ihm gleich. Am mechanischen Amboss wurden all jene Dinge bearbeitet, die sie in vielfacher Ausfertigung herstellen mussten. Zum Beispiel die zweihundert soliden, aber einfachen Schwerter, die König Catuvolc bestellt hatte. Er war einer von zwei gleichberechtigten Königen der Eburonen – Catuvolc und Ambiorix. Der eine ein König für den Kult und die heiligen Zeremonien, der andere der König für den Krieg, der Heerführer.

Tamnais war klein von Wuchs und hatte ein grobes, vierschrötiges Gesicht, das bartlos war wie bei allen Schmieden. Sie waren ständigem Funkenflug ausgesetzt; ein Bart hätte da schnell mal Feuer gefangen.

Es war ein nachdenklicher Tag. Der Tod von Tamnais' Schwester hing gleichsam wie Rauch in der Luft. Draußen vor den offenen Toren der Großschmiede regnete es schon seit dem Morgengrauen, ein dünner, feiner Regen. Typisches Frühsommerwetter. Über Nacht waren die Wolken vom fernen Westmeer herübergekommen, wo das sagenhafte keltische Inselreich Britannien lag. Sie zogen tief über das Land hinweg. Über Nacht war es merklich kühler geworden. Melancholie lag über dem Eburonenland, eine unerklärliche Traurigkeit. Das Tal mit seinen Weiden und Getreidefeldern, den Obstwiesen und Gemüsegärten hüllte sich in Nebelschwaden, und wenn der mechanische Schmiedehammer schwieg, so wie während der gemeinsamen Einnahme des Mittagsmahles, lag eine geradezu weihevolle Stille über dem Tal. Manchmal zischte es, ein Geräusch wie von einer Schlange. Es kam aus der Werkstatt des Nachbarn, des Bronzegießers.

Am späten Mittag gab es für alle Eintopf aus Bohnen und Gerste, den die Küchenmagd in die wegen der Feuergefahr etwas abseitsstehende Werkstatt brachte. Um sich abzukühlen und Luft zu schnappen, gingen sie zum Essen hinaus vor die Schmiede. Dort standen drei Rosskastanien. Sie setzten sich unter das Vordach schweigend auf den Boden. In einem Kreis Caradoc und die sieben Schmiede, daneben in einem zweiten Kreis die Gehilfen.

Der Weg vor der Schmiede war menschenleer. Er führte vom schwer befestigten Stadttor durch das Handwerkerviertel zur Mitte des Oppidums, wo eine tausendjährige Eibe ihr Dach über dem Gerichtsstuhl der Druidin Meredyd ausbreitete.

Nachdem sie sich den Mund abgeputzt, die hölzernen Essschalen mit Sand ausgewischt und einen kräftigen Schluck Wasser aus dem gemeinsamen Lederbeutel getrunken hatten, saßen sie noch ein paar Minuten beisammen.

Der alte Tamnais, der auf einem Auge fast blind war, seit es von einem winzigen Metallsplitter getroffen worden war, erzählte voller Melancholie von den alten Zeiten, die für immer vergangen waren. Alle lauschten aufmerksam. Die Traurigkeit, die in seinen Worten lag, ließ den Zuhörern die Tränen in die Augen steigen. Dann erzählte er von Caradoc, als er noch ein Kind gewesen war. Der errötete. „Ach, lass doch!“, sagte er, denn er war bescheiden und machte weder viel Aufhebens um seine Person noch darum, dass er der Sohn des Klanältesten Caileass war oder dass sein Klan zu den reichsten und angesehensten Häusern des Gaus zählte.

„Doch, doch!“, fuhr Tamnais in seinen Erinnerungen an Caradocs Kindheit fort. „Unser Caradoc wollte schon als kleiner Junge nichts anderes als den Hammer schwingen. Genauso wie sein Vater, stimmt's?“

„Bis ich einmal ein so guter Waffenschmied sein werde wie mein Vater, verlieren die Bäume noch oft die Blätter.“

„Du bist einfach zu bescheiden, mein Junge“, sagte der alte Schmied. Die anderen nickten zustimmend.

„Und du bist zu redselig, mein Alter“, erwiderte Caradoc mit einem säuerlichen Lächeln.

„Ist es verboten, sich zu erinnern? Was habe ich denn sonst noch als die Erinnerungen. Du weißt doch, dass du für mich wie ein Sohn warst.“

Für einen Moment versank Caradoc in Gedanken. So als taste er sich in seinen eigenen Erinnerungen zurück. „Eigentlich wollte ich immer so werden wie du“, sagte der Sohn Caileass’ leise. „Vater war oft sehr beschäftigt und hatte wenig Zeit. Du bist es gewesen, der mir das Schmieden beigebracht hat.“

Tamnais senkte verschämt den Blick. „Du ehrst mich, Sohn des Caileass. Wenn ich dir nur ein wenig von meinen bescheidenen Kenntnissen beigebracht habe, dann freue ich mich schon sehr.“

„Du hast die Grundlagen gelegt. Durch deine Anleitung habe ich gelernt, den glühenden Stahl und den Schwung des Hammers zu lieben.“

„Und solide, männliche Arbeit zu verrichten, für die überall auf dieser Welt gutes Geld bezahlt wird.“

Alle fuhren herum. Caileass stand in der offenen Türe der Werkstatt.

„Der Meister!“

„Du weißt gar nicht, wie dankbar ich dir bin, Tamnais, dass du meinen Sohn gelehrt hast, unser schwieriges Handwerk noch mehr zu lieben, als ich es liebe. Weshalb ich gekommen bin ... Das mit deiner Schwester ... Es tut mir leid. Ich wäre gern zu ihrem Leichenbegängnis gekommen, doch du weißt ja ... die Pflichten.“

„Ist schon gut, Meister“, erwiderte Tamnais ohne Groll. „Du musst dich schließlich darum kümmern, dass wir alle zu essen haben. Und zu trinken.“ Er lachte künstlich. „Wenn du wenigstens zu meinem Leichenbegängnis kommst.“

„Mein guter Tamnais“, erwiderte der Meister, Caradocs Vater, „damit haben wir aber noch sehr, sehr viel Zeit.“

Plötzlich drang von draußen lautes Geschrei und Wehklagen in die Schmiede, wie es die alten Frauen der Klans anstimmten, wenn jemand gestorben war.

„Was ist da los?“ Das Jammern und Wehklagen wurde lauter.

Caradoc rannte hinaus. Jetzt kamen auch die anderen aus der Werkstatt gelaufen. Alle redeten durcheinander.

„Hast du eine Ahnung, was da los ist?“, fragte Tamnais.

„Na, seht euch das an!“, rief der junge Schmied Gombo und deutete in Richtung des Druidenhofes.

Aus dem Tor des Hofes kamen die Priester der Druidin gelaufen. Sie trugen ihre dunkelblauen Gewänder mit dem dünnen, goldenen Saum. Um den Hals hatten sie goldene Torques. Die schweren Halsketten mussten einen doch behindern, dachte Caradoc. Sie liefen, sich die Haare raufend, in Richtung des Schanzentores einer Reiterin entgegen. Es war die Druidin Meredyd.

„Seht Ihr was, Herr?", fragte der alte Schmied. „Ihr wisst doch, wenn ich in die Ferne blicke, bin ich nahezu blind."

„Es ist Meredyd", erklärte der Sohn des Schmiedemeisters. „Und der Krieger Cearnach ist bei ihr."

„Cearnach? Ist das nicht der, der den Heiligen Hain beschützt?", fragte der Alte verwundert. „Hat der nicht seit dem Krieg vor zwei Jahren den Heiligen Hain nicht mehr verlassen?

„Ja, er ist einer der treuesten Krieger der Druidin."

„Warum jammern die Priester so?"

„Ich weiß es nicht ... Warte – die Druidin hat ein zweites Pferd am Zügel", erklärte Caradoc aufgeregt. „Und bei Cearnach ... Was ist das?"

„Sag schon!"

„Scheint, dass er einen Gefangenen hinter seinem Pferd herschleift."

„Ach du meine Güte! Einen Gefangenen? Was? Er schleift ihn hinter sich her?" Tamnais reckte den Hals. „Ja, jetzt erkenne ich auch was."

„Da liegt doch jemand auf dem zweiten Pferd."

„Ja, ich seh es auch. Wie zu einem Paket verschnürt."

Die Druidin kam näher. Ihr Gesicht war starr und ausdruckslos.

„Es ist eine Leiche", sagte der junge Schmied Gombo.

„Und der Gefangene, den Cearnach hinter sich herschleift ... Der sieht aus wie ein Germane von der anderen Rheinseite."

Jetzt konnten sie verstehen, was die Leute riefen, die die Druidin wehklagend in Empfang genommen hatten. Es war der Name ihrer schönen Tochter Sinned, die sie bald in ihrem Amt beerben sollte.

„Hört ihr das? Sinned! Sinned ist tot, rufen sie. Die Tochter der Druidin ist tot! Und sie rufen, schneidet dem Germanen die Kehle durch! Hört ihr das denn nicht? Ich hör es ganz genau!"

10

Die Totenklage der Hohen Druidin

„Ich spüre dich noch immer tief in mir, Sinned“, flüsterte die alte Druidin zart und bitter. „In meiner Seele, in meinem Geist, in meinem Herzen, in meinem Körper.“ Sie kniete betend und meditierend am Totenbett ihrer entseelten Tochter. Sie hatte den Leichnam auf das Bett in Sinneds Kammer legen lassen. Danach hatte sie die Priester hinausgeschickt. Sie wollte zum letzten Mal mit Sinned allein sein. Der jüngste der Priester, Cameron, hatte versucht, ihr etwas Tröstliches zu sagen, doch sie hatte ihm das Wort abgeschnitten und ihn wegen seiner Anmaßung zurechtgewiesen. Da waren die hellen Augen des jungen Burschen dunkler geworden, und er war wie ein geprügelter Hund davongegangen. Und Meredyd war nicht mehr ganz so sicher, ob sie des Trostes nicht doch bedurft hätte ...

Die Kammer enthielt die persönlichen Gegenstände ihrer Tochter. Ihren Gürtel. Ihre goldenen Halsreifen, die Torques. Eine kleine Holzpfeife, die ihr einmal ein Junge geschnitzt hatte. Die wenigen Stücke in ihrem Kleiderkasten. Und das rote Halsband der schwarzen Schäferhündin Yulu, die ihr als kleines Mädchen immer ein treuer Begleiter gewesen war. Sinned hatte Yulu abgöttisch geliebt, und sie hatte viele Monate getrauert, als sie gestorben war. „Ich spüre dich in mir, so wie es war, als ich mit dir schwanger war.“

Die alte Druidin hatte schon lange aufgehört, ihre Tränen zu unterdrücken. Mit den Tränen kamen die Zweifel und immer wieder auch der Hass.

Das weiße Leinen, in das sie den Leichnam mit großer Sorgfalt eingewickelt hatten, war von den Priestern mit stark duftenden Wässern durchtränkt worden. Nach keltischer Sitte hatten sie den Kopf, die Hände und die Füße freigelassen; auf Sinneds Stirn hatten sie drei keltische Münzen gelegt, Goldschüsselchen, als Lohn für den Fährmann, der sie übersetzen sollte zu den Inseln der Ewigkeit. Die freien Stellen der Haut, auch Sinneds Gesicht, waren geweißt worden, darauf hatten die Priester mit tiefschwarzer Farbe Ornamente und Zeichen, Symbole und Ranken gemalt, an denen man Sinned in der Anderswelt erkennen konnte.

„Oh, meine kleine Sinned ... Nur so wenige Sommer hast du gesehen, und heute muss ich deinen Leichnam verbrennen“, flüsterte die Hohe Druidin mit tränenerstickter Stimme. „Alles ist anders", fuhr sie fort. „Alles hat sich geändert, seitdem du mich alleingelassen hast."

Meredyd überließ sich ihrem Schmerz. „Ich wollte mein Haus und meine weltlichen Angelegenheiten verlassen und in der Wildnis leben", klagte sie. „Ich wollte in den dritten Orden der Druiden übertreten, um als Wissende zu den Stämmen zu gehen, um mein Wissen zu teilen und weiterzugeben." Zärtlich legte sie, noch immer kniend, die Hand in einer letzten, liebevollen Geste auf das Leinen, mit dem der vergängliche Körper umwickelt war. „Ich wollte von den Früchten des Waldes und von den Kräutern der Heide leben und von Wurzeln. Ich wollte ein leichtes Kleid tragen und die Haare und die Fingernägel wachsen lassen. Ich wollte heilig sein. Nur noch im Dienst unserer alten Götter. Alles das wollte ich. Ich wollte zu Dana und Zernunos und Taranis beten und meine Seele mit dem göttlichen Geist vereinen. Es ist von Beginn an als mein Weg vorherbestimmt gewesen. Am namenlosen Tag, zur Wintersonnenwende", fuhr die Druidin fort, „an dem Tag, an dem der dunkle König schon gestorben ist und der helle noch nicht geboren wurde, solltest du mir nachfolgen auf dem Druidenstuhl des Ahrgaus, so war es vorherbestimmt." Sie hielt einen Augenblick inne. „Jetzt ist alles anders gekommen", fuhr sie stockend fort. „Du bist tot. Du wirst verbrannt. Nichts wird so sein, wie ich es gewünscht und gewollt habe. Die Götter haben sich anders entschieden."

Einige Zeit später erklang ein leises Pochen an der Tür der Kammer. Die Hohe Druidin vermutete die Priester, die mit ihren Vorbereitungen für das Leichenbegängnis und die Beisetzung fortfahren wollten.

Es waren jedoch die Dienerinnen vom Hof der Druidin, an ihrer Spitze die treue Eiblin. „Wir wollen Eure Worte hören, Herrin", sagte Eiblin. „Wir alle wünschen uns, dass Ihr uns mit Euren Worten Trost spendet", bat die schlohweiße Alte.

Meredyd nickte. Das Mitgefühl der Dienerinnen tat ihr gut. „Wenn wir meiner Tochter nach dem Leichenfeuer den Schädel erbrechen werden, damit ihre Seele entweichen kann", begann sie leise, „werde ich bei allen unseren heiligen Göttern schwören, dass ihr Opfer nicht umsonst gewesen sein soll. Die Götter haben ihren Schicksalsweg bestimmt. Sie hat ihre Zeit erlebt in dieser Welt. Sie wird in der Anderswelt leben. Sie wird eingehen in den Eibenhain unserer Ahnen und sich am Herdfeuer unserer Urmutter mit allen anderen versammeln in immerwährender Freude und Losgelassenheit. Das glaube ich fest."

Die Dienerinnen nickten. Die Worte der Druidin berührten ihre Seelen. „Auch wir glauben alle fest daran", bekräftigte Eiblin scheu, und die anderen Dienerinnen nickten. Doch Meredyd spürte, dass jetzt auch schon bei den Dienerinnen die Zweifel den tiefen, alten Glauben übertrumpften.

„Meine Tochter wird durch das Flammentor des Todes und durch das Tor der Zeit schreiten", sagte Meredyd mit sanfter Stimme. „Hört zu, meine Lieben! Sie wird uns allen vorangehen. Wenn wir ihren Leib verbrennen, dann bleibt ihr Geist übrig. Auch wenn wir ihn nicht sehen, er ist dennoch da. Hier, um uns herum." Die Druidin beschrieb mit dem ausgestreckten rechten Arm einen großen Kreis und streckte ihn nach dem Leichnam ihrer Tochter aus. „Jetzt bist du fort, Sinned, und du wirst mir und uns allen in dieser Welt so sehr fehlen!"

11

Freie Hand

Der Militärtribun Valerius hatte Probleme mit seinem Pferd. „Du nimmst *Originari*", hatte Titurius befohlen. Mit dem Hengst war bis jetzt noch keiner klargekommen, steckte ihm ein Stallbursche. Valerius musste in den sauren Apfel beißen. Befehl war Befehl.

Valerius ritt hinter Titurius. Sonst war außer dem unvermeidlichen Vertrauten des Kommandanten, Arpinius, keiner von den Militärtribunen dabei. Das schmutzige Geschäft der Strafexpeditionen erledigte Titurius mit ausgesuchten Mannschaften.

Valerius konnte sich nicht erklären, warum ihm der Legat die Teilnahme an der Aktion befohlen hatte. Wollte ihn Titurius zu Mord, Totschlag, Raub und Vergewaltigung verlocken, so wie er es schon mit vielen anderen getan hatte?

Oder hatte Maura Recht? Sie hatte gesagt, dass Titurius ihn in den Tod schicken würde, wenn er erführe, dass er sie geküsst hatte.

Vielleicht hatte sie jemand beobachtet. Vielleicht war er verraten worden. Vielleicht ...

Sie waren ein Sonderkommando. Der Zenturio Hastatus suchte die Burschen unter den Legionären aus. Die Jungs, die hart genug waren für das schmutzige Geschäft des *richtigen* Krieges. Die Männer, die nicht nachfragten, wenn ein unmenschlicher Befehl erteilt wurde. Die wussten, dass ein Krieg brutal und dreckig war.

Seit ihrem Aufbruch vom Rhein regnete es in Strömen, und es war empfindlich kühl. Die Pferde waren unruhig. Valerius fror. Er spürte, dass er zu etwas gezwungen wurde, an dem er lieber keinen Anteil haben wollte. Um was genau es sich handelte, wusste er nicht. Aus den Reden der Männer war jedoch zu schließen, dass sie ein Dorf bestrafen sollten. Ein Exempel sollte statuiert werden. Valerius war beunruhigt. Das alles konnte nichts Gutes bedeuten. Doch es gab kein Zurück für ihn. Jedenfalls nicht im Augenblick.

Der Weg war kaum zu erkennen und schlammtief. Der einheimische Führer ritt voran. Ein Verräter, der das eigene Volk an den Feind auslieferte. Ein Manipel mit hundertsechzig Fußsoldaten und zwei Dutzend gepanzerte Reiter, unter ihnen Titurius, sein Freund Arpinius und der junge Valerius, folgten dem Führer.

Wenn er nur wüsste, was ihr Ziel war und wann sie endlich ankommen würden! Die Ungewissheit quälte ihn. Und der unberechenbare Hengst, den man ihm gegeben hatte, hatte ihn heute schon einmal abgeworfen – sehr zur Schadenfreude der Legionäre.

Der unheimliche keltische Himmel wirkte wie lebendig und hing niedrig über dem durchnässten Boden. Große schwarze Vögel kreisten über den Hügeln und verschwanden. Bis jetzt waren sie keinem Menschen begegnet, und selbst die Tiere flohen vor ihnen. Das Land schien wie ausgestorben zu sein.

Titurius wandte sich zu Valerius. „Man darf diesen barbarischen Kelten nichts durchgehen lassen, Tribun“, sagte der Kommandant angespannt. Er tätschelte seinem Pferd den Hals. „Arpinius, mein Freund, sag mir, ob ich Recht habe?“

Es war klar, dass der Militärtribun wie immer zustimmen würde. „Ja, Legat. Und ob du Recht hast! Sie haben es verdient, bei allen unseren Göttern“, erwiderte der Ritter. „Jeder von ihnen.“ Das war die Sprache, die der Legat Titurius hören wollte. Der drahtige, intelligente Arpinius, ein römischer Ritter im gleichen Alter wie der

Legat, wusste immer, was der Kommandant hören wollte. „Es ist höchste Zeit, dass wir ihnen mal wieder eine Lektion erteilen."

Der Legat lächelte zufrieden. „Wie weit noch?", fragte er den einheimischen Führer, dessen Gesicht unter einer großen Kapuze im Schatten verborgen blieb.

„Noch eine römische Viertelmeile", antwortete der Verräter. Wie jung die Stimme war, dachte Valerius.

Titurius zügelte sein Streitross, hob den Arm. „Halt!"

Das Sonderkommando kam zum Stillstand. Alle starrten auf den Kommandanten. „Es sind die Caeroser. Wieder so ein komischer Volksstamm hier in Gallien. Aber was kümmert uns das. Diese Caeroser dort unten werden gleich die harte Hand des römischen Volks zu spüren bekommen." Titurius deutete in Richtung des Dorfes und hob die Stimme, so dass alle Männer ihn gut hören konnten. „Wir werden über sie herfallen. Die meisten von euch kennen mein Motto: Tod den Kelten! Wenn es nach mir ginge, bräuchte es auf dieser Welt keine Kelten zu geben."

Als Zeichen ihrer Zustimmung schlugen die Legionäre mit den Knäufen der Schwerter auf die Schilde.

„Ihr seid meine Soldaten", fuhr der Legat Titurius fort. „Ihr wisst, was das bedeutet: Ihr seid die Harten. Ihr geht mit mir durch alle Unwägbarkeiten. Für alle die, die schon mal dabei waren: Es wird wie immer sein! Für alle, die heute zum ersten Mal dabei sind ..." Titurius schaute zu Valerius hinüber und grinste ihn schmutzig an: „Für die gilt: Legt euch keinerlei Zurückhaltung auf!"

„Und was heißt das?", fragte Valerius steif. „Was genau heißt: sich keine Zurückhaltung auferlegen? Militärisch, meine ich?" Er spürte die missbilligenden Blicke der anderen.

„Ach, unser junger Tribun will es also genau wissen?" Titurius sah Valerius abschätzig an.

„Ich will nichts falsch machen", erwiderte Valerius ausweichend.

„Was soll ich es dir verheimlichen, da du es ja sowieso gleich sehen wirst: Du brauchst dir keine Zurückhaltung aufzuerlegen, wenn du gleich Menschen töten wirst. Frauen, Männer, Alte, Junge, Kinder. Wie du willst. Wenn du Frauen oder Mädchen oder Jungen vergewaltigen und danach aufschlitzen willst – hier kannst du es. Verstehst du mich jetzt? Wenn es dir danach gelüstet, ein neugeborenes Kind aufzuspießen? Niemand wird dich daran hindern. Wir sind hierhergekommen, um diesen Kelten zu zeigen, dass die Macht

Roms uneingeschränkt ist. Wir zeigen ihnen, dass wir mit ihnen machen können, was wir wollen, Männer!"

Die Legionäre und die berittenen Krieger grölten zustimmend.

„Also, Valerius, ganz gleich, was du dir ausdenkst, du darfst es tun mit denen dort unten. Verstehst du jetzt, was wir mit dem Dorf vorhaben? Wir hier, hundertsechzig römische Männer, die sich von niemandem Vorschriften machen lassen - außer von Caesar!"

Valerius schauderte.

Der Legat zog sein Schwert und hielt es in Richtung des jungen Militärtribunen. Er lachte schmutzig: „Kreuze dein Schwert mit mir. Wir schließen einen Bund. Denke einfach an Maura."

Valerius zuckte zusammen, als der Kommandant den Namen der Keltin in den Mund nahm. In diesem Augenblick wurde ihm bewusst, wie sehr er sich in Maura verliebt hatte. Er riss sich zusammen. Wusste, er durfte sich unter gar keinen Umständen irgendetwas anmerken lassen, sonst gefährdete er nicht nur sein eigenes Leben, sondern auch das von Maura. Titurius lächelte ihn verräterisch an.

„Lege dir einfach keine Beschränkungen auf, Junge!", fuhr Titurius fort. „Du ahnst gar nicht, wie aufregend es ist, wenn man alle Schranken hinter sich lässt. Genieße es zu töten. Zieh endlich dein Schwert, kreuze es mit meinem!"

Valerius musste gehorchen und zog sein Schwert. Ihm war schlecht. Ihm gefiel es nicht, der Kumpan des Kommandanten zu sein. Er schloss mit Titurius eine Bruderschaft, die ihn zutiefst anwiderte, und die er freiwillig niemals eingegangen wäre. Doch er schloss sie.

Der Legat wandte sich wieder allen zu: „Hört zu! Falls einer von euch denkt, es sei nur ein unschuldiges Dorf, der soll wissen: Lasst euch nicht täuschen! Sie sind allesamt Verräter. Aus ihren Reihen stammen die Mörder unserer Leute. Töten liegt ihnen im Blut, seit Kindesbeinen an. Diese Kelten kennen nichts als töten. Es gibt nichts Unschuldiges an ihnen. Deswegen müssen wir ihnen zuvorkommen. Verschont niemanden, außer die jungen Weiber und die Kinder. Die werden wir versklaven. Vergesst das nicht! Wir sind nicht nur zum Töten gekommen, sondern auch um Beute zu machen! Besonders bei den schönen Weibern denkt daran. Stecht mir nicht die besten ab!"

Angesichts des zu erwartenden Gewinns aus dem Sklavenverkauf hellten sich die Gesichter der durchnässten Männer auf. „Also hört! Ihr habt freie Hand", rief Titurius mit hartem Unterton.

In diesem Augenblick stieg Valerius' Hengst. Die anderen Reiter lachten herablassend. Valerius hatte Mühe, sich im Sattel zu halten. Der Hengst ging durch und galoppierte den schlammigen Weg entlang, der in das Dorf führte, das sie überfallen würden.

„Was machst du, Valerius?", rief der Kommandant spöttisch hinter dem jungen Militärtribunen her.

Originari gehorchte nicht. Valerius gab ihm die Peitsche, trat ihm die Ferse in den Unterleib. Das Biest sollte er doch gebändigt kriegen!

„Nehmt euch ein Beispiel an Valerius!", rief Titurius. Die Stimme des Legaten war voller Spott. „Los! Hinter ihm her!"

Valerius hatte Mühe, den widerspenstigen Militärgaul endlich wieder unter Kontrolle zu bekommen. Als das Pferd nach einiger Zeit langsamer wurde, warf er einen Blick zurück.

Er erschrak. Was war das? Die restlichen Reiter folgten ihm begeistert, Titurius voran, die Legionäre zu Fuß hinterher. Er kam sich plötzlich wie der Anführer dieses mordlüsternen Haufens vor.

Die Erregung der Männer wuchs. Reiter und Fußsoldaten wurden schneller. Sie hatten einen immer heißeren Blutdurst, und sie würden ihn stillen. Aber nicht nur das.

Originari lief einfach mit. Schnell erreichten sie die Siedlung. Vollkommen friedlich und ahnungslos lag sie vor ihnen im Nebel dieses regnerischen Tages. Da waren Menschen, die sich trotz des schlechten Wetters im Freien aufhielten. Als sie die Römer kommen sahen, flohen sie voller Panik in ihre Häuser. Alle hatten schon von den Strafexpeditionen des Römers Titurius gehört, und sie ahnten, dass sie die nächsten Opfer des gewalttätigen römischen Legaten sein würden. Es blieb ihnen keine Zeit, das Tor in der Palisade zu schließen. Es hätte auch keinen Zweck gehabt.

Valerius erschauerte, als er die Rechtlosigkeit, Willkür und ekelerregende Gewalttätigkeit von Titurius' Kommando in seinem ganzen Ausmaß erkannte. Was Titurius tat, war des römischen Volkes unwürdig. Als er sich von seinem Vater zum Dienst in Caesars Armee überreden ließ, hatte er damit gerechnet töten zu müssen. Er hatte bei seinem griechischen Lehrer in der Rhetorenschule von Placentia gelernt, dass er seine Pflicht zu erfüllen hatte. Dazu gehörte auch das Töten. Viele Gedanken des alten Lehrers waren in seinem Gehirn haften geblieben. Sein Philosophielehrer hätte niemals zugestimmt, unschuldige Frauen und Kinder aus purer Mordlust niederzumetzeln.

Sie stürmten voran. Auf eine solche Situation hatte ihn sein Philosophielehrer nicht vorbereitet. Hundertsechzig Mann, vierundzwanzig Reiter in der Vorwärtsbewegung gegen ein keltisches Dorf. Wie sollte er sich verhalten?

Die Gehöfte des Dorfes standen entlang eines baumgesäumten Flüsschens. Es waren gut zwei Dutzend; mit strohgedeckten Wohnhäusern und Ställen, mit Scheuern und Werkstätten.

Sie stürmten durch das offene Dorftor. In der Mitte der Ansiedlung kamen sie zum Stillstand. „Da kommt keiner raus, und wer es doch versucht, wird sofort niedergestreckt“, rief Titurius und gab seinen Männern kurze, militärisch präzise Befehle.

Die Männer schwärmten aus.

In diesem Augenblick verließen drei weißhaarige Kelten mit pelzbesetzten Mänteln das größte und schönste Haus, anscheinend die Honoratioren des Dorfes. Einer von ihnen war offenbar ein Druide, denn er trug drei dicke Zöpfe. Sie hatten ihre Waffen abgelegt und traten mit stolz erhobenen Köpfen vor die heranstürmenden Römer. Sie schienen keine Angst vor ihnen zu haben, hoben die Arme seitlich vom Körper weg und zeigten Titurius die offenen Handflächen.

„Überlasst sie mir!“ Titurius stürmte an den Legionären und Valerius vorbei. Alles ging rasend schnell. Er riss das Schwert aus der Scheide und stürzte sich mit seinem Pferd auf die drei schutzlosen Männer. Zwei von ihnen erwischte er sofort. Dem einen hieb er den halben Kopf ab, den anderen erwischte er mitten im Bauch. Mit einem grässlichen Aufschrei fiel der Greis in den Schlamm und starb. Titurius brüllte triumphierend. Seine Männer stimmten in das gewalttätige Gebrüll mit ein.

Töten, das war es, weswegen sie hierhergekommen waren. Morden, Vergewaltigen, Versklaven.

Valerius hatte das Gefühl, in einen Alptraum geraten zu sein. Der alte Druide lebte noch. Er floh nicht, sondern stand mit geradem Rückgrat da. Bereit, wie die beiden anderen zu sterben. Valerius spürte, wie ihn großer Respekt vor dem Mann erfüllte.

Es war beschlossene Sache. Titurius wendete sein Schlachtross. Das Pferd ging hoch. Der Druide schloss die Augen. Titurius ritt auf ihn zu. Er war geschickt mit seiner Waffe und durchtrennte den Hals des Druiden mit einem einzigen, schwungvollen Schlag. Der Kopf mit den drei Zöpfen flog in hohem Bogen durch die Luft und landete im Dreck. Die Römer lachten unbändig – alle, außer Valerius.

„Los, weiter, treibt sie zusammen!"

Das war nicht schwer. Die Umzäunung des Dorfes wurde jetzt zur Falle. Die Bewohner waren erstarrt vor Entsetzen. Die Legionäre holten sie aus den Häusern und aus ihren Verstecken und trieben sie auf dem Platz in der Mitte der Siedlung zusammen, wo eine uralte Eibe als Gerichtsbaum stand. Die Reiter sorgten dafür, dass niemand floh. Die Menschen sahen, was mit ihren Ältesten und was mit ihrem Druiden geschehen war, und wussten, was ihnen bevorstand. Valerius hielt sich untätig abseits und beobachtete aus dem Sattel des unruhigen Originari das widerliche Geschehen. Die römischen Kameraden kannten kein Erbarmen. Valerius verachtete sie zutiefst für das, was sie taten.

„Nimm dir eine!", rief Titurius Valerius zu und deutete auf die jungen Frauen, die die Legionäre abgesondert hatten. Dann lachte Titurius boshaft. „Ach, das hatte ich ja ganz vergessen – unser kleiner Militärtribun hat ja nur Augen für meine Maura."

Valerius lief rot an. Sein schrecklicher Gaul machte völlig unangekündigt ein paar Schritte zur Seite und hätte dabei fast ein junges Caerosermädchen niedergetrampelt. Der Militärtribun hatte Mühe, das Pferd wieder unter Kontrolle zu bringen.

Titurius sprang aus dem Sattel. „Komm her, Junge! Steig ab! Du willst doch ein richtiger Soldat werden! Na wird's bald, raus aus dem Sattel!"

Notgedrungen stieg Valerius ab. Er hasste Titurius immer mehr. Er hätte ihn getötet, wenn er es vermocht hätte.

„Ich such dir jetzt eine aus", sagte der Legat herausfordernd. „Und mit der wirst du es auf der Stelle treiben!"

Valerius nahm allen Mut zusammen. Er dachte intensiv an seinen griechischen Lehrer, und an seine philosophischen Lehren. „Kommandant, ich bin Soldat. Ich bin kein Frauenschänder. Ich will das nicht. Ich werde das nicht tun."

„Was? Ich befehle es dir!"

Inzwischen waren die umstehenden Soldaten auf die Szene zwischen dem Legaten und dem Militärtribun aufmerksam geworden. Auch die Männer, die den letzten lebenden älteren Mann folterten, damit der ihnen die Verstecke der Keltenmünzen verriet, die sie irgendwo vergraben haben mussten.

„Es tut mir leid, Kommandant ... Doch du kannst mir nicht befehlen, eine Frau zu vergewaltigen. Das überschreitet deine Befehlsgewalt." Valerius dachte an die Lehre der Pflichten, so wie sie Poseidonius formuliert hatte. Es beruhigte ihn innerlich sehr, dass er vollkommen davon überzeugt war, das Richtige zu tun.

„Ich werde dich wegen Befehlsverweigerung kreuzigen lassen", spie Titurius aus. „Wieso gibt mir der Feldherr immer nur Abschaum? Dreck! Zuerst Cotta und jetzt du! Alles derselbe Mist." Arpinius, Titurius' Freund und Vertrauter, grinste.

Valerius stutzte. Er wusste nicht, was der Stellvertreter des Kommandanten, der ehrenwerte und altgediente Soldat Lucius Cotta, damit zu tun hatte. Cotta war für Valerius wie ein väterlicher Freund unter den Offizieren. „Du wirst mich nicht kreuzigen, Kommandant", sagte Valerius mit angespannter Stimme. Er wusste, er spielte hoch. Die umstehenden Männer folgten der Auseinandersetzung mit angehaltenem Atem.

„Und warum nicht?"

„Wie willst du dem Feldherrn erklären, dass du mich hinrichten lässt, weil ich deiner Aufforderung keine Folge geleistet habe, eine von diesen unschuldigen Keltinnen zu vergewaltigen." Valerius deutete auf die keltischen Frauen, die die Soldaten zusammengetrieben hatten.

Nach außen blieb Valerius ruhig. Er hatte keine Angst und wunderte sich selbst darüber. Und dennoch zitterte er. Er dachte an Maura, und das machte ihn stark. Das Herz schlug ihm bis zum Hals. Er hatte niemals zuvor einen Menschen so sehr verachtet wie Quintus Titurius Sabinus. „Wenn du dich deswegen vor Caesar rechtfertigen musst, Kommandant, dann wird er dich kreuzigen".

Das Gesicht des Titurius veränderte sich. Er wurde bleich. Auch das Grinsen im Gesicht seines Vertrauten Arpinius gefror.

„Du drohst mir? Das wagst du?"

„Nein, Kommandant, das wage ich nicht", erwiderte Valerius. Er hatte das Recht auf seiner Seite. Und die Götter. „Ich sage nur, dass du mich nicht zwingen kannst, eine Frau zu vergewaltigen."

Die umstehenden Legionäre machten ihrem Unmut Luft und fielen ihm ins Wort. Seine Haltung machte auch sie zu Schuldigen. Sie hassten die Verzögerung, sie wollten endlich auf ihre Kosten kommen.

„Ich habe jetzt was Besseres zu tun, als mich mit dir in philosophische Gespräche einzulassen", sagte Titurius voll Hass. „Doch glaube nicht, dass ich das hier vergessen werde. Und jetzt verschwinde von hier, sonst kann ich nicht für deine Unversehrtheit garantieren."

„Gern. Das wollte ich sowieso. Ich reite allein zurück ins Lager", sagte Valerius, sprang in den Sattel und gab seinem widerspenstigen Pferd die Sporen. Der junge Militärtribun ritt auf demselben Weg, auf dem sie ins Dorf gekommen waren, davon. Ließ Mord und Totschlag hinter sich.

„Dieser Schlappschwanz", rief der Legat hinter ihm her.

Titurius fragte sich, ob er bei seinen Soldaten an Autorität verloren hatte, weil er Valerius so einfach davonreiten ließ. Aber auch die Soldaten wussten, dass man einen Militärtribun nicht einfach verschwinden lassen konnte. Anders als bei einem einfachen Legionär, dem kein Hahn hinterherkrähte.

Und trotzdem schwor Titurius, dass Valerius sterben würde.

Titurius spuckte aus und wandte sich, als Valerius außer Sicht war, verächtlich um. „Dieser Mistkerl! Der wird nie ein Soldat", fluchte er. „Es sind diese verweichlichten Bürschlein, die mich anwidern. Und dieser verdammte Regen."

Er suchte sich eine der gefangenen Caeroserinnen und ließ sie in das schönste der Häuser bringen.

Caesar hatte seinen Kommandanten freie Hand gegeben, mit den Kelten auch die harte Gangart zu gehen, wenn es nötig sein sollte. Sie durften nur den römischen Adler nicht beschmutzen mit dem, was sie taten. Und das war Auslegungssache.

12

Blutorakel

Als Blutkönigin des Stammes schnitt die Hohe Druidin Meredyd dem nackten germanischen Kriegsgefangenen selbst die Kehle durch. Dazu benutzte sie das scharfe, geweihte Messer, mit dem sonst die Opfertiere geschlachtet wurden. Die Druidin fühlte keinen Augenblick lang Mitleid. Der Germane lachte verächtlich, als er das blinkende Messer sah, und rief etwas in seiner rauen, hässlichen Sprache. Diese Männer kannten genauso wenig Todesangst wie die keltischen Krieger, die nichts anderes fürchteten, als dass ihnen der Himmel auf den Kopf fiel.

Der Schnitt ging von einem Ohr zum anderen. Das Blut spritzte in hohem Bogen. Das Volk, das der Hinrichtung unter dem tausendjährigen Eibenbaum beiwohnte, schrie verzückt. Der Germane sackte zusammen. Er röchelte. Aus seinem Mund kamen bizarre Luftblasen. Seine Augen brachen. Sein Schicksal war die gerechte Strafe für den Mord an Sinned. Die Priester beobachteten genau, wie er niederfiel, wie sein Körper und seine Gliedmaßen im Todeskampf zuckten und wie das Blut auf den geglätteten Sandboden rund um den Opfertisch spritzte. Aus all dem konnten sie die Zukunft voraussagen, wobei ihr Wissen auf alter und durch lange Beobachtung erprobter Erfahrung gründete.

Der finstere Altpriester Taran betete laut:

„Der Schoß der Mutter.
Der Same des Vaters.
Der Segen der Ahnen.
Das Blut für die Götter.“

In den Sandboden am Kopfende des Opfersteins hatten die Priester unter Anleitung des Altpriesters zuvor zehn unterschiedliche, daumendicke Holzstäbe an den Linien eines Pentagramms entlang gesteckt. Diese Holzstäbe und der Blutfluss des hingerichteten Germanen entschieden darüber, wer die nächste Druidin des Ahrgaus werden würde. Jeder Stab stammte von einer bestimmten Baumart und stand für eines der Mädchen.

Auch Duana gehörte zu den unverheirateten Frauen des Ahrgaus, die für das Amt der Hohen Druidin in Frage kamen. Sie stand mit neun anderen Jungfrauen in unmittelbarer Nähe des Menschenopfers, denn sie waren die Hauptpersonen dieses uralten Rituals.

Vor zwei Tagen hatte Duanas Vater Donaghue seiner Tochter eröffnet, dass sie unter den zehn Kandidatinnen sei, unter denen das Blutorakel entscheiden würde. Seitdem hatte sie sich geweigert, ihr Bett zu verlassen, hatte nichts mehr gegessen und kaum etwas getrunken. Sie hatte gesagt, dass sie die Entscheidung des Orakels, sollte es sie zur Druidin machen, niemals akzeptieren würde. „Das werden wir dann sehen“, hatte der Vater wütend geantwortet. „Und glaube nur nicht, dass ich nicht weiß, weswegen du dich dagegen sträubst, das Druidinnenamt zu übernehmen, auch wenn es deiner Familie mehr Ehre bringt als alles andere."

Im Morgengrauen des Tages, an dem das Blutritual vollzogen werden würde, kam der Vater nochmals zu Duana. Diese hatte die ganze Nacht wachgelegen.

„Du bist unglücklich, meine Tochter", sagte Donaghue in versöhnlichem Ton. Eigentlich liebte er es, wenn in seinem Hause Harmonie herrschte. Er nahm nur ungern die Rolle des unumschränkten Familienherrschers ein.

Duana stellte sich schlafend. Doch Donaghue sah, wie schnell die Tochter atmete.

„Du weißt, dass du nicht um diese Sache herumkommst. Ist schon gut! Du brauchst nicht zu antworten. So sind nun mal die Spielregeln in unserem Leben. Wenn die alte Druidin keine natürliche Nachfolgerin hat, wird die Nachfolgerin durch das Blutorakel bestimmt. Jetzt ist Sinned tot, und dieser Fall ist eingetreten. Unser Gesetz sieht vor, dass die wichtigsten Klans eine geeignete Kandidatin benennen. Diesmal ist es ein ganz besonderes Ritual. Beim Orakel wird Meredyd als Blutkönigin einen Menschen opfern. Verstehst du? Duana, Tochter, du bist doch immer vernünftig gewesen. Du verstehst doch, was los ist. Ich *muss* dich ins Blutorakel schicken, sonst schade ich unserem Klan!"

Der Vater schwieg eine Weile. Draußen waren Vogelstimmen zu hören. Der Gesang der Vögel begann jeden Morgen in der immer gleichen Reihenfolge, einem geheimen Plan der Götter folgend. Donaghue bemerkte, dass Duana leise schluchzte. Er ging zum Lager seiner Tochter und setzte sich. „Hör zu, Kind. Ich weiß, weswegen du dich so sehr dagegen sträubst, Druidin zu werden. Es ist wegen Caradoc."

Abrupt drehte sich Duana um. „Vater!", rief sie, so als wäre es etwas Unrechtes, dass der Vater diesen Namen in den Mund nahm. Ihr Gesicht war nass von Tränen und ihre Augen waren rotgerändert. „Woher weißt du das mit Caradoc?"

Donaghue lachte schwerfällig, so dass die Spitzen seines großen Häuptlingsschnurrbartes zitterten. „Keine Sorge, deine Mutter hat mir kein Wort verraten", sagte der Vater, „auch wenn ich sie dafür tadeln müsste. So etwas muss ein Vater doch wissen. Ich habe auch gar nichts gegen deine Wahl. Caradoc ist ein guter

Junge, und er wird die Schmiede seines Vaters noch berühmter machen."

„Vater?" Duana schaute ihn verwundert an. „Wenn ich das gewusst hätte ..."

„Glaubst du etwa, ich bin blind? Ich bin ein keltischer Krieger. Ich verstehe es, Fährten zu lesen. Ich verstehe es, aus Gefangenen die Wahrheit herauszupressen. Wie kannst du glauben, dass ich es nicht bemerke, wenn meine Tochter viele Stunden mit ein und demselben Jungen verbringt?"

Duana war nicht zum Lachen zumute. „Ich will Caradoc heiraten und nichts anderes", sagte sie.

„Ich weiß, ich weiß. Und ich will dir ein Bündnis anbieten."

„Ein Bündnis?"

„Ich will ein Abkommen mit dir schließen. Wenn du hörst, was ich dir sage, wirst du wissen, dass es das Einzige ist, in dem ich dir entgegenkommen kann. Willst du mich anhören?"

Der Vater hatte noch niemals zuvor so erwachsen und ernsthaft mit ihr gesprochen. Auch wenn er sie schon lange als ein nützliches Mitglied seiner Familie betrachtete, hatte er sie bisher eher wie ein Kind behandelt. Doch sie war längst kein Kind mehr.

„Ja, Vater, ich will dich anhören", erwiderte Duana und setzte sich neben ihn.

„Nach alter Sitte sind es immer zehn Jungfrauen, die von den Klans ausgewählt werden und unter denen sich das Blutorakel entscheidet. Eine davon wirst du sein. Deine Chance ist neun zu eins. Und das ist das Abkommen, das ich mit dir schließen will: Du folgst deiner Pflicht für unseren Klan, ohne Wenn und Aber. Du stellst dich dem Orakel, und wenn es dich trifft, dann wirst du dich in dein Schicksal fügen. Wenn es dich nicht trifft, und die Wahrscheinlichkeit ist hoch, dann richte ich dir einen Monat später die Hochzeit mit Caradoc aus, wenn Caileass und sein Sohn damit einverstanden sind. Und ich werde dir eine mehr als gute Mitgift mitgeben."

„Neun zu eins", flüsterte Duana. „Das sind eigentlich ganz gute Erfolgsaussichten."

Der Vater nickte freudig: „Kommst du jetzt mit oder nicht? Glaub mir, ich will dich nicht zwingen."

„Aber du würdest es?"

Der alte Krieger Donaghue zuckte mit den Schultern. „Du hast noch zwei Stunden Zeit. Dann beginnt das Ritual. Und wie gesagt: Es ist ein ganz besonderes Ritual. Denn nur wenn ein Mensch oder ein heiliger, weißer Stier geopfert wird, ist Meredyd die Blutkönigin. Seit dem letzten Krieg ist dies nicht mehr geschehen. Daran teilzunehmen, ist eine ganz besondere Ehre."

Duana schaute ihm mit aller Ernsthaftigkeit in die Augen. Donaghue fiel auf, dass seine Tochter das noch niemals zuvor gewagt hatte. „Ich gehe auf dein Abkommen ein, Vater", sagte sie mit fester Stimme. „Wenn das Orakel mich trifft, werde ich Hohe Druidin. Wenn nicht, werde ich Caradocs Frau."

Sie hatte dieses Bündnis mit ihrem Vater geschlossen, und jetzt war es so weit, dass es gehalten werden musste. Das Blut des Germanen spritzte über die zehn Holzstäbe hinweg, die an den Schnittpunkten und Ecken des geheimnisvollen Drudenfußes gesteckt waren, den viele Leute Pentagramm nannten.

Duanas Stab war aus Eibenholz, dem heiligen Baum der Eburonen, dem Baum der Ewigkeit. Donaghues Klan war nach dem des Fürsten der wichtigste Klan im Gau. Da der Fürst keine Tochter oder sonstige unverheiratete Klanangehörige hatte, die als Druidin in Frage kamen, war die Ehre des Eibenstabes für dieses Mal auf Donaghues Klan übergegangen. Die anderen Klans wurden durch andere Hölzer symbolisiert.

Durch die Eiche, den edelsten der Bäume, die ewiges Leben, Tod und Wiedergeburt bedeutete, die traurige Weide, die Fichte mit ihrem geraden, stolzen Stamm, den Lorbeer, mit dem die Griechen ihre Helden krönten, die Esche, die die Völker auf der anderen Seite des Rheins als Weltenbaum verehrten, die Rosskastanie, deren Samen die Druiden als Medizin benutzten, den Ahorn, einen Baum von unbändiger Fröhlichkeit, dessen Zweige vor Blitzschlag schützten, durch die Vogelbeere, die der Schutzbaum gegen Hexenzauber war, den Schwarzen Holunder, der wohlgesinnte Geister beherbergte, und durch den Kirschbaum, stellvertretend für die zahlreichen Obstbäume, die die Menschen mit ihren Früchten so überreich beschenkten.

Der Holzstab, der von der größten Menge Blutes getroffen werden würde, war vom Orakel ausgewählt. Das dazugehörige Mädchen würde die neue Herrin des Druidenhofes und die Nachfolgerin der Druidin Meredyd sein.

Gebannt starrten die Mädchen auf das verspritzte Blut. Es gab nicht den mindesten Zweifel, welche Entscheidung das Blutorakel gefällt hatte. Es war der Holzstab der Eibe, der Holzstab Duanas, der mehr als alle anderen Stäbe mit dem Blut des Menschenopfers bedeckt war. Der Wille der Götter war überdeutlich geworden. Er stand fest.

Alle Augen richteten sich auf Duana. Das Orakel – es hatte niemand anderen als sie erwählt. Aber für die Erwählte ging die Welt unter.

13

Die Brücke über den Rhein

Die spritzenden Ruder des römischen Kriegsschiffes – zwölf an jeder Seite – tauchten tief und kraftvoll in das dunkle Wasser des Rheins. Am Bug, unmittelbar vor den Legionären, die den Ruderdienst verrichteten, saß der Taktgeber mit seiner dumpfen Trommel. Das Tal des Stromes verengte sich flussaufwärts. Die Strömung wurde hier stärker. Vor ihnen lag, noch im Dunst, auf der rechten, germanischen Seite, eine steil hochragende Felsenkluft, die Thor, dem Gott mit dem Hammer, geweiht war. Die Ubier, die dort wohnten, nannten den eindrucksvollen Felsen deswegen den Hammerstein.

„Es ist seltsam, wenn die Ufer so an einem vorübergleiten", sagte Caradoc zu seinem Vater. „Ich habe so etwas noch niemals erlebt." Der junge Schmied war sehr beeindruckt von der Flussfahrt mit der Liburne, dem Patrouillenschiff der Römer, das sie abgeholt hatte. Für ein paar Augenblicke vergaß er alle düsteren Gedanken, die seine und die Zukunft Duanas betrafen. Gemeinsam mit den anderen maßgebenden Männern aus dem Ahrgau stand er an Deck des römischen Kriegsschiffes und beobachtete die Ruderer ein Deck tiefer bei ihrer schweißtreibenden Arbeit, die das Schiff vorantrieb.

„Eure Druidin ist also nicht mitgekommen?", fragte Varenus, der drahtige, braungebrannte Befehlsfehlshaber der römischen Liburne.

Marbod zuckte mit den Schultern. „Unsere Druidin untersteht nicht meiner Befehlsgewalt. Sie ist der Meinung, dass euer Titurius zu ihr kommen soll, wenn er etwas von ihr will."

Der Befehlshaber lachte. „Titurius? Nein! Eure Druidin hat ein Treffen mit Gaius Julius Caesar abgelehnt“, erwiderte Varenus. „Der Feldherr will euch etwas ganz Besonderes und Unvergleichliches zeigen. Deswegen hole ich euch hier ab.“

Das Raunen und Gemunkel wurde zunehmend lauter. Varenus empfahl sich. Die keltischen Passagiere aus dem Ahrgau redeten aufgeregt mit- und durcheinander. Etwas ganz Besonderes und Unvergleichliches? Was konnte das sein? Was erwartete sie?

Die Zeit verrann, während sie flussaufwärts in südlicher Richtung fuhren. Die Vormittagssonne stand hoch über dem Fluss. Sie passierten den Hammerstein, der erhaben in die Höhe ragte. Raben kreisten über seinem Gipfel.

Caradoc schloss einen Moment lang die Augen. In der Mitte des Flusses ging ein kühler, angenehmer Fahrtwind. Varenus ließ das Segel der Liburne hissen. Das Schiff schwankte in der starken Strömung. Auf der keltischen Rheinseite waren jetzt große Sandbänke zu sehen, dahinter lag versumpftes Land – bis zu den mit dichtem Wald überzogenen Bergen. Tausende Wasservögel bauten hier ihre Nester, doch kein Mensch lebte an diesem Platz.

„Weißt du, dass ich mir Sorgen um dich mache?“, fragte Caileass.

„Sorgen?“

„Du bist seit der Sache mit Duana wie verwandelt.“

„Ja, das bin ich, Vater.“

Die Rheinlandschaft zog an ihnen vorüber, hüben die germanische Seite, drüben die keltische. Die Sonne brannte so stark, dass allen warm wurde. Der Fürst und sein Sohn starrten schweigsam auf die vorübergleitende Landschaft.

„Ist dir auch so heiß, Junge?“, fragte Caileass.

„Nein. Mir ist nicht heiß.“

„Ach, Junge, kannst du nicht einen Augenblick lang wieder so sein, wie du früher warst?“

„Wie soll das gehen?“, fragte Caradoc bitter. „Es ist nichts mehr so, wie es früher war.“

„Denkst du ab und zu auch mal an die Leute in der Schmiede? Du bist immer ihr Vorbild gewesen.“

„Ich kann nicht länger ein Vorbild sein. Ich habe mein Leben darauf aufgebaut, dass Duana und ich einmal zusammen sein werden. Dass wir eine Familie haben, Kinder. Von einem Tag auf den anderen gibt es das alles nicht mehr. Es ist so, als wäre sie tot.“

„Sie erfüllt ihre Pflicht für die Gemeinschaft. Ich wünschte mir manchmal, du hättest das gleiche Pflichtbewusstsein wie sie. Komm zu dir, Junge. Dein Leben gehört nicht dir allein. Die Leute aus der Schmiede glauben an dich. Du bist ihre Zukunft. Nicht ich. Du darfst dich jetzt nicht so hängen lassen."

„Du denkst nur an deine Goldschüsselchen. Dich interessiert ausschließlich, dass die Werkstatt arbeitet. Ich soll dir deine Arbeit abnehmen, stimmt's? Darum dreht es sich! Aber jetzt geht es um etwas anderes. Jetzt geht es nämlich um mich."

„Ehrlich gesagt, mir gefällt nichts von dem, was du da von dir gibst", erwiderte Caileass bitter und verärgert. „Genauso wenig gefällt es deiner Mutter."

Auf einmal war es unruhig am Heck des Schiffes. „Flussabwärts kommt noch ein anderes Schiff!", war zu hören. Alle reckten die Hälse. Kaum einer sah was.

Dann hieß es: „Sie wollen uns anscheinend überholen!"

„Wer ist das auf dem anderen Schiff?", riefen ein paar andere.

„Das ist eine Bireme, die ist schneller als wir", rief der draufgängerische Schiffsführer dem Fürsten zu und deutete auf das imposante Schiff mit der doppelten Ruderreihe. „Das ist Libius. Er hat die beiden eburonischen Könige abgeholt."

„Ambiorix und Catuvolc kommen auch?", fragte der Fürst lauernd. „Gemeinsam? Was geschieht hier eigentlich?"

„Caesar hat sie eingeladen, so wie euch alle", erwiderte Varenus. „Weil er euch etwas zeigen will."

„Ich verstehe kein Wort."

Der Schiffsführer Varenus zuckte mit den Schultern. „Staatsgeheimnis", sagte er und machte mit der Hand eine entsprechende Geste, die seinen Mund verschloss.

„Jetzt haben sie uns bald!"

„Kein Wunder, sie haben ja doppelt so viele Ruderer."

„Hast du das auch gehört? Der Schiffsführer hat es eben gesagt. Es sind unsere Könige."

„Ambiorix und Catuvolc? Wirklich? Die sind auf dem anderen Schiff?"

„Es überholt uns rechts", sagte ein weiterer eburonischer Krieger, Dublachan, der junge Klanherr der Pferdezüchter, zu seinen Leuten. „Wir gehen an die rechte Seite. Vielleicht können wir unsere Könige dann besser sehen."

„Seht ihr? Sie winken uns!“

„Kein Wunder. Sie machen sich lustig darüber, dass wir langsamer sind.“

„He, ihr Ruderer, schneller!“, riefen ein paar junge keltische Männer. Aber die hörten nur auf den Taktgeber mit der Trommel.

Caradoc war plötzlich inmitten einer fiebernden Mannschaft. Auch wenn sie keine Chance hatten, gegen die doppelt so stark besetzte Bireme zu gewinnen, feuerten sie sich gegenseitig an. Der Wettstreit lag in ihrer Natur.

„Sie holen immer mehr auf“, riefen die Ersten enttäuscht.

Jetzt waren auch die Ruderer in ihrem Ehrgeiz angestachelt. Der Takt wurde unverhofft schneller, wie auf ein geheimes Kommando. Die Ruder tauchten immer kraftvoller ins Wasser.

„Der andere ist schwerer, und er muss die Außenbahn nehmen“, schöpften einige der Kelten wieder Hoffnung. „Siehst du das? Sie haben sogar Pferde an Bord.“

Auch Varenus hatte sich von der Stimmung an Bord anstecken lassen und machte dem Taktgeber ein Zeichen. Der Rhythmus der Trommel wurde schneller und dementsprechend der Ruderschlag. „Wir haben noch eine Rechnung mit Libius offen“, rief der Schiffsführer.

„Wir halten dagegen! Die holen nicht weiter auf!“

Der Fluss ließ die steilen Berge hinter sich, machte eine weite Schleife und öffnete sich unverhofft nach Süden zur sonnenüberfluteten Mündungsebene der Mosel.

„Seht ihr, was ich sehe?“

Plötzlich war der Wettkampf vergessen. Alle schauten nach vorn, flussaufwärts, und erstarrten. Da war etwas ganz und gar Ungewöhnliches. Noch fern, im Dunst, aber monströs und gewaltig.

„Oh, ihr Götter! Das gibt es doch nicht.“

„So etwas habe ich noch niemals gesehen.“

Varenus lachte. „Na, habe ich Euch zu viel versprochen, Fürst? Ist Caesars Rheinbrücke nicht ein wahres Wunderwerk?“

Die Anstrengungen der Ruderer nutzten nichts mehr. Die schnelle Bireme zog leichthin an ihnen vorbei. Ein Endspurt. Die Doppelreihe der Ruderer legte sich ins Zeug, während Caesars Brückenbauwerk, das bis auf eine kleine Lücke die ganze Breite des Rheines überspannte, immer näher kam.

Das Wasser spritzte. Die Männer an Bord wussten nicht, wohin sie zuerst schauen sollten.

Die beiden Könige Ambiorix und Catuvolc waren tatsächlich an Bord des anderen, größeren Schiffes. „Ich erkenne sie beide“, rief Fürst Marbod, trat an die Reling und hob den Arm zum Gruß. „Es sind tatsächlich unsere Könige.“

Die Könige grüßten zurück. Es war das erste Mal, dass Caradoc sie sah. Ambiorix war jung, und Catuvolc war alt. Man sah es auch auf die Entfernung deutlich. Beide hatten langes, königliches Haar, der eine braun, der andere weiß. Ambiorix war im Gegensatz zu Catuvolc fast bartlos, ungewöhnlich für einen Keltenfürsten. Durch seine aufrechte, stolze Haltung schien er größer zu sein als die anderen Männer an Bord. Catuvolc dagegen war eher von hagerer Gestalt; das Alter hatte seinen Rücken gebeugt. Beide Könige trugen prächtige Mäntel, die sie von allen anderen auf dem Schiff unterschieden. Die Mäntel waren aus glänzendem Stoff angefertigt und mit goldenen Rändern versehen.

„So sehen also unsere Könige aus“, sagte Caradoc ehrfürchtig.

Dann zog das große Schiff davon, um dort anzulanden, wo die Brücke entstand.

Dort war geradezu ein Gedränge an römischen, keltischen und germanischen Schiffen. Alles, was auf dem Rhein fuhr, schien hierhergekommen zu sein. Neben- und hintereinander lagen die Schiffe an der kurzen Hafenmole vertäut. Auf dem Fluss herrschte ein Gewimmel von Schiffen und Booten.

„Caesar will seine Macht demonstrieren“, sagte Donaghue. „Er will zeigen, dass er jederzeit seine Hand nach den rechtsrheinischen Germanen ausstrecken kann und dass sie sich niemals sicher fühlen dürfen vor seinem Zugriff. Der Rhein ist kein Hindernis für Caesar“, fuhr der Krieger fort. „Er will uns zeigen, dass wir ihm nicht entkommen können.“

Die Liburne mit den Kelten aus dem Ahrgau machte an dem großen Schiff fest, mit dem zuvor die Könige gekommen waren. Caradoc wusste nicht, wo er zuerst hinschauen sollte, und starrte wie gebannt auf die fast fertige Rheinbrücke. Die Römer hatten mit mächtigen Rammgeräten hundert Brückenjoche in den Grund des Flusses versenkt, die von dicken Prell- und Strebepfählen abgestützt und geschützt wurden. Bis auf den letzten Abschnitt, der die Brücke mit der germanischen Seite verbinden würde, war der Bau abgeschlossen. Dort lag eines der Flöße, mit deren Hilfe die römischen Pioniere die Rammungen vornahmen. Die Brücke sollte wohl in Anwesenheit der keltischen und germanischen Großen geschlossen werden. Zum ersten Mal würde es eine feste Verbindung zwischen Germanien und Gallien geben, die den Rhein überbrückte. Die hölzerne Brücke war – anderthalbtausend Fuß lang – das mächtigste Gebilde von Menschenhand, das sie alle jemals gesehen hatten.

Es dauerte eine Weile, bis sie über die nebeneinanderliegenden Schiffe an Land geklettert waren. Vor ihnen wurden die beiden eburonischen Könige unmittelbar vor dem Tor des diesseitigen Brückenkopfes von hohen Offizieren aus dem Stab des Feldherrn in Empfang genommen. „Als wären wir auf einem gallischen Landtag“, sagte Caileass mit vor Ehrfurcht zitternder Stimme. Sie mischten sich unter die Menge, die sich an Land sammelte.

Und plötzlich war Caesar mitten unter ihnen, umgeben von seiner waffenstarrenden Leibgarde. Keine zehn Schritt von Caradoc entfernt. Dieser Mann, der manchen Kelten erschien wie ein Gott. Der Imperator höchstselbst war zum Empfang der keltischen Gäste gekommen.

Caesar war mittelgroß, er hatte ein markantes Gesicht mit einer Habichtsnase, sein Haar war schlohweiß und schütter, er besaß einen langen, sehnigen Hals und war – trotz der vorzeitig weiß gewordenen Haare – in gutem Mannesalter, und was Caradoc besonders auffiel – und nicht unbedingt abschlägig –, war die schnörkellose Bekleidung eines Legionssoldaten, die er als oberster Anführer trug. Er machte sich gemein mit seinen Männern, und das verschaffte ihm offenbar ihre unbedingte, blinde Gefolgschaft. Gleichzeitig setzte seine Kleidung die hohen keltischen Gäste in ihrer ausgesuchten Robe auf subtile Weise herab, die ganz Caesars Charakter entsprach.

Es war ein verwirrender Nimbus, der Caesar umgab. Er gab sich leutselig, lachte, hörte zu. Er wandelte zwischen den keltischen Fürsten, und keiner von ihnen konnte sich seinem Charisma entziehen. Es waren nicht wenige, die Caesar als alte Bekannte begrüßte, weil er mit ihnen im Verlauf des Gallischen Krieges schon einmal auf die eine oder andere Weise zusammengetroffen war.

Als Caesar vor Ambiorix stehenblieb, der als eburonischer König beim Volk so beliebt war wie kein anderer zuvor, musterte er den jungen, königlich auftretenden Krieger mit milder Siegermiene.

Plötzlich wurde es still.

Ambiorix trat einen Schritt auf den Imperator zu. Der reichte ihm den rechten Arm zum Legionärsgruß. Ambiorix lächelte und nahm den Arm. „Seid gegrüßt, Konsul Gaius Julius“, sagte Ambiorix. Im Gegensatz zu den meisten anderen Fürsten war der junge Eburonenkönig nach römischer Art glattrasiert und trug nur einen schmalen Schnurrbart.

„Ich grüße Euch ebenfalls, König Ambiorix von Eburonien. Wenn ich mich recht entsinne, haben wir uns zuletzt am Ende der Nervierschlacht gesehen.“

Ambiorix senkte leicht den Kopf. „So ist es, Caesar.“

Der Imperator war entspannt und bester Laune. Er genoss seine Macht, die er den Anwesenden mit dem Brückenbau erneut demonstrierte. Caradoc sah es ganz deutlich. Der Feldherr war ihm nicht geheuer.

„König Ambiorix, ich wünsche mir, dass Ihr Eure starke Ausstrahlung nur zu Gunsten unserer gemeinsamen Freundschaft nutzt“, sagte Caesar. Der Wunsch klang freundlich, und doch enthielt er eine Warnung. „Ich habe diese Brücke auch für Euch bauen lassen, König Ambiorix, und natürlich auch für Euch, König Catuvolc.“ Caesar nickte dem etwas abseitsstehenden, zweiten Eburonenkönig zu. Dann lachte der römische Feldherr. „Ihr würdet gut in unseren Senat passen, König Ambiorix“, sagte Caesar. „Wollt Ihr, wenn wir speisen, an meiner Seite sitzen? Ich will mich gern etwas ausführlicher mit Euch unterhalten.“

Zweiter Teil

Der Himmel brennt

14

Morgenwaschung

„Der früheste Morgen reinigt den Kopf am meisten“, rief die Druidin ohne jede Fröhlichkeit. „Wach werden!“ Duana wurde unsanft aus ihren wirren Träumen gerissen, so wie an jedem Morgen. Sie hatte Kopfschmerzen. Ihr Monatsblut würde bald einsetzen. Sie brauchte ein paar Augenblicke, um sich außerhalb ihrer Traumwelt zurechtzufinden. Die Kammer Sinneds. Der Druidenhof. Die Druidin, die vor ihrer Schlafstelle stand. „Los, raus aus dem Bett! Als Druidin hast du keine Zeit, den Tag zu verschlafen oder auch nur herumzutrödeln.“

Immer diese Belehrungen! Zu Hause, dachte Duana unzufrieden, als sie noch auf dem Hof ihres Vaters gelebt hatte, war es ihr um so vieles besser ergangen als hier am Druidenhof. Dort hatte sie nicht noch vor dem allerersten Hahnenschrei aufstehen müssen, so wie an diesem kalten Frühjahrsmorgen.

Der Druidenhof war wie ein Gefängnis. Von morgens bis abends wurde ihr in aller Eile die Lehre des Druidenordens eingepeitscht. Eine Waldzeit würde es bei ihr, so hatte es die Druidin bestimmt, aufgrund der besonderen Umstände nicht geben. Sie sollte den kommenden Sommer zwischen dem Beltane- und dem Samhainfest im Heiligen Hain verbringen; das musste der Tradition des Druidenordens genügen.

Meredyd nahm keinerlei Rücksicht während der Ausbildung. Die persönlichen Belange Duanas kümmerten sie nicht. Die Druidin war vom Tod ihrer Tochter verbittert. Sie ließ an Duana den Schmerz ihres Verlustes aus.

„Auf geht es zur Morgenwaschung.“

Was sonst? Es war jeden Morgen das Gleiche. Duana hasste das Reinigungsritual. Ihr lag nichts daran, den Körper und den Geist an jedem Morgen im Wasser des Flusses zu befreien und zu säubern. Für sie hätten zur Reinigung genauso gut ein Bottich mit Wasser und ein Lappen gereicht. Doch für eine Hohe Druidin war das ja nicht gut genug. Es musste lebendiges, fließendes Wasser sein. Weil der Körper der Druidin eben etwas Besonderes war.

Meredyd duldete keinen Widerspruch. In den furchtbaren Monaten, seit das Blutorakel sie zur Nachfolgerin der Druidin erwählt hatte, hatte Duana zu gehorchen gelernt. Es gab keinen Ausweg und es gab kein Zurück. Hart brach die Lehrerin jeden Widerstand der Schülerin. Mit körperlicher Zucht und Gewalt, wenn nötig. Von ihrem Vater hatte Duana niemals die Rute bekommen. Der hatte allenfalls manchmal damit gedroht, wenn ihm seine beiden Töchter über den Kopf wuchsen. Die Druidin drohte nicht nur. Seit sie die schmerzhaften Bisse der Rute zu spüren bekommen hatte, gehorchte Duana schweigend.

Im Winter hatte Meredyd kompromisslos darauf bestanden, dass die Waschung im Wasser des immer eisigeren Flusses durchgeführt wurde. Sie forderte, was sie selbst tat. Ohne mit den Wimpern zu zucken, stieg sie selbst in das kälteste Wasser. Erst, als der Fluss zugefroren war, ließ Meredyd von den Eiswaschungen ab.

Doch trotz der strengen Erziehung, der sie von der Druidin seit jenem unseligen Tag ihrer Wahl unterzogen worden war, gab es keinen einzigen Morgen in ihrem neuen, hässlichen Leben, an dem sie nicht an Caradoc dachte und an ihre Liebe zu ihm. Sehnsüchtig lauschte Duana jeden Tag den ersten Hammerschlägen, die aus Caileass' Schmiede herüberdrangen. Sie stellte sich vor, dass der energischste und der wütendste Hammerschlag Caradoc gehörte. Sie war sicher, dass er genauso litt wie sie. Fünf- oder sechsmal war sie ihm seit dem schicksalhaften Blutorakel über den Weg gelaufen, hatte ein paar leere Worte mit ihm gewechselt, mehr war nicht möglich. Ihre stille Gemeinsamkeit, die der Kern und das Herz ihres Lebens gewesen war, war fort. Eine wuchernde, alles verschlingende Leere hatte sich breitgemacht. Ihre Liebe schien verloren zu sein. Und nur, weil widrige äußere Mächte es so wollten.

Langsam wurde es heller. Allmählich begann das Leben in der Keltenstadt Magos. Die Werkstätten im nahen Handwerkerviertel nahmen ihre Arbeit auf. Der typische kalte Nieselregen fiel, wie so oft im Frühjahr.

Zögerlich und widerwillig folgte Duana der Druidin auf dem Weg hinunter zur Waschstelle am Fluss.

Wie immer war der einarmige Priester Taran dabei, dessen kalte Augen sie auf unheimliche Weise anstarrten. Sie hasste Taran. Der einzige der Priester, den sie wirklich mochte, war der junge Cameron. Mit seiner guten Laune und den vorwitzigen Augen kam er ihr mehr als einmal fehl am Platz vor im düsteren Druidenhof, der nur Traurigkeit und Finsternis auszustrahlen schien, obwohl doch die Druidin eigentlich ein Symbol des sprudelnden Lebens sein sollte.

Die Druidin ging Duana mit weit ausholendem Schritt voraus. Sie hatte nackte Füße. Ihre Fußsohlen waren nach alter Druidensitte schwarz tätowiert. Das symbolisierte ewige Wanderschaft und Wiedergeburt. Duana musste ständig gähnen. Sie sehnte sich nach der Wärme ihrer Schlafstelle zurück. Ihre Füße waren ebenfalls nackt.

„Was bist du so langsam heute Morgen?“, schaute Meredyd über die Schulter zurück. Hochmut und Verachtung waren in den Worten und im Gesichtsausdruck der Druidin. „Ich hoffe nur, auf den letzten hundert Schritten schläfst du nicht ein.“

Duana antwortete nicht. Natürlich war sie müde! Sie hasste es, dass Meredyd ständig an ihr herumnörgelte. Sie war vier Mal so alt wie Duana und sie verstanden sich nicht. So Vieles von dem, was Meredyd ihr einschärfte und die älteren Priester ihr eintrichterten, vergaß sie, zur schieren Verzweiflung ihrer Lehrerin, gleich wieder. Wie oft fühlte sie sich von Meredyd überfordert. Das Amt der Hohen Druidin lag Duana wirklich nicht im Blut! Sie hasste die Auswendiglernerei. Und so zweifelte Duana an allem und jedem, was ihre Lehrerin für das unverbrüchliche Gesetz der Götter hielt ...

Sie erreichten den Waschplatz. Eine Rasenfläche an einer seichten Uferstelle des Flusses, nah am großen Tor der Siedlung. Duana wusste schon, wie es jetzt weiterging. „Wir ziehen uns aus“, sagte ihre Lehrerin. Wie jeden Morgen legten beide ihre aus zwei unterschiedlich farbigen Stoffbahnen zusammengesetzten Kleider ab. Duana mochte den dürren, sehnigen Körper der Druidin nicht. Sie verabscheute die zahlreichen Tätowierungen. Meredyds Haut war übersät von Symbolen, von dem jedes einzelne eine bestimmte Bedeutung hatte.

„Komm endlich!“ Die Druidin griff nach ihrer Hand und zog sie hinter sich her in den Fluss. Sie hatte das Gefühl, dass der Altpriester Taran sie anstarrte. Vor ihm fühlte Duana sich wirklich nackt. Ohne eine Miene zu verziehen, tauchte Meredyd in die frühjahrskalten Fluten des Baches. Duana hasste den Augenblick, wenn das Eiswasser ihren Körper wie eine Faust umschloss. Zuerst konnte sie kaum noch atmen. Sie würde sich an dieses Morgenritual niemals gewöhnen!

„Wir fangen wie immer mit unserem Schambereich an", sagte Meredyd. In diesem Augenblick erschienen zwei Mägde, die ganz früh mit ihrer Arbeit beginnen wollten. Duana kannte die beiden, denn sie gehörten zu ihrem Elternhaus. Taran scheuchte sie mit seinem Arm fort. Die Leute hassten den alten, hässlichen Priester ebenso wie Duana.

„Du weißt, dass du dich nicht ablenken lassen darfst", mahnte Meredyd. „Jetzt die Füße. Die Füße tragen dich überall hin. Ehre sie! Wasche sie."

„Mir ist kalt", jammerte Duana. „Ich friere."

„Oh, wie ich deine Winselei hasse! Glaubst du, dass es irgendjemanden kümmert, wenn dir kalt ist? Aus dir wird niemals eine richtige Druidin! Doch die Götter haben dich beim Blutorakel auserwählt. Sie werden wissen, warum sie das taten."

Schweigend fuhren die beiden so unterschiedlichen Frauen, die Lehrerin und die Schülerin, die eine alt, die andere jung, mit ihrer gemeinsamen rituellen Morgenwaschung fort.

„Du wirst dich bald dem Hirschgott hingeben", sagte Meredyd kompromisslos. „Noch an diesem Beltanefest."

Duana stockte der Atem. Stille. Nur das Murmeln des Flusses und das frühlingshaft spärliche Morgenkonzert der Vogelstimmen. Duana sagte kein Wort, atmete nur tief durch. Sie hatte es geahnt. Beltane kam näher. Die Druidin hatte es eilig. Sie gab ihr keine Zeit. Sie wollte fort. Sie wollte auf Wanderschaft gehen, so schnell wie möglich.

„Du wirst deine Unschuld verlieren. So wollen es die Götter. Verstehst du das? Der Hirschgott wird dich nehmen."

„Schon dieses Jahr?", fragte Duana tonlos.

„Was hast du denn gedacht?"

„Dass Ihr mir noch ein Jahr Zeit geben würdet."

„Zeit?" Die Druidin lachte bitter. „Wir haben keine Zeit."

15

Keine Antwort als Schweigen

Es war der Vorabend des Beltanefestes. Das letzte Ritual der körperlichen Verbindung zwischen dem Hirschgott und einer jungen Druidin hatte es vor ziemlich genau einem Jahreslauf gegeben. Damals hatte der Gehörnte Sinned genommen, und kurze Zeit später war die Tochter der Druidin tot gewesen.

Duana weigerte sich. Sie fühlte sich krank. War fest entschlossen, an ihrer Treue zu Caradoc festzuhalten. Wollte die Druidin denn nicht verstehen, dass sie ihren Körper keinem anderen Mann als Caradoc schenken konnte?

„Du bist nicht krank. Du täuschst. Du wirst morgen Abend genau das tun, was alle anderen Frauen vor dir getan haben, die auf den Stuhl der Druidin gestiegen sind“, sagte Meredyd ungeduldig und schlecht gelaunt. Sie ging vor der Bettstelle Duanas auf und ab. „Du solltest stolz sein, statt dich querzustellen und herumzunörgeln. Es ist eine Ehre für dich und deinen Klan! Stattdessen bist du undankbar und egoistisch. Aber glaub mir ... Das werde ich dir auch noch austreiben!“

Duanas Züge blieben unbeweglich. Sie hatte sich angewöhnt, möglichst nicht zu zeigen, was sie dachte oder fühlte. Sie starrte an die Decke. Sie wagte nicht zu sagen, dass sie auf ihr Druidinnenamt gut und gerne verzichtet hätte. Dass sie es hasste und verabscheute, wenn der Preis dafür war, Caradoc zu verraten. Eine Ehre? Nein! Doch es gab keinen Ausweg. Sie hatte es ihrem Vater geschworen. Sie lag verloren in ihrem Bett in Sinneds Kammer.

Meredyd blieb vor der Tochter Donaghues stehen, stemmte die Arme in die Seite und schaute sie zornig an: „Ich bin deine Herrin, und ich will, dass du endlich tust, was ich von dir verlange.“

„Ich kann nicht“, jammerte Duana.

„Hast du eine Ahnung, was man alles kann? Was wird denn schon von dir verlangt? Du sollst einen jungen, kräftigen, männlichen Burschen als Hirschgott bekommen, ich verspreche es dir. Das Baumorakel hat ihn bereits ausgewählt.“ Ganz kurz hatte die Druidin einen merkwürdigen, verlogenen Gesichtsausdruck. So, als hätte die Sache mit dem Hirschgott noch eine tiefer gehende Bedeutung, von der Duana keine Ahnung hatte.

„Du weißt ja, wie unsere Sitte ist: Du wirst niemals erfahren, wer es ist."

Die Hohe Druidin ging an der Schlafstelle Duanas in die Hocke und umschloss eine von Duanas Händen mit ihren kalten, dünnen Fingern. Duana fröstelte bei der Berührung. „Jetzt hör genau zu. Wenn du dich weiterhin weigerst, deine Pflicht zu tun, mein liebes Kind, und an dem göttlichen Akt in würdiger und angemessener Weise teilzunehmen, werde ich es dich und deinen Klan büßen lassen."

„Lasst meinen Klan aus dem Spiel!", flehte Duana.

„Was glaubst du denn?", erwiderte die Druidin abfällig. Wenn sie so gemein war, hatte sie ein hässliches Gesicht. „Ich wiederhole es noch einmal: Ich werde deinen Klan für dein Tun büßen lassen. Deinen Vater. Deine Mutter. Deine Schwester. Alle. Verstehst du das denn immer noch nicht? Kannst du denn nur an dich und an diesen kleinen, bedeutungslosen Caradoc denken? Weißt du eigentlich, was du tust? Du störst die Harmonie zwischen Himmel und Erde. Es beschwört Unheil und Unglück, Schrecken, Krankheit und Hungersnot herauf, was du tust. Das Gleichgewicht der Welt ist gestört, wenn sich das Land nicht mit dem Geist vermählt. Diese Vermählung willst du verweigern? Und willst alle Folgen für dich und für deinen Klan in Kauf nehmen?"

Duana wusste darauf keine andere Antwort als Schweigen. Sie wog alles ab, und am Ende gab den Ausschlag, dass sie ihrem Vater geschworen hatte, für ihren Klan im Druidenamt Ehre einzulegen, wenn das Los sie treffen sollte – wie es dann ja geschehen war.

Meredyd lächelte kalt. „Ich erkenne es an deinem Gesicht. Auch wenn du versuchst, keine Miene zu verziehen ... Du hast mich verstanden. Ich kann also morgen Abend mit dir rechnen?"

Duana zögerte noch, nickte dann aber. Es gab keinen Ausweg. Sie würde für den Klan ihre Pflicht tun. Sie wusste, dass sie sich selbst deswegen womöglich für alle Zeit hassen würde. Doch die Druidin hatte Recht. Es ging nicht nur um sie. Sie durfte nicht egoistisch sein. Auch wenn ihr eigenes Leben zerstört wurde.

16

Holzhacken

Caradoc hackte im Hof der Schmiede Holz, gleich am Zaun, der den Grund seines Vaters von dem des Bronzegießers trennte. Eigentlich war das die Aufgabe eines Knechtes, doch er hatte seinem Vater gesagt, dass er sich heute dieser Arbeit annehmen würde. Er musste sich ablenken. Seit die Druidin ihn besucht und ihm eröffnet hatte, dass er der Hirschgott für Duana sein sollte, hatte er kein Auge mehr zugetan. Das Schlimmste war, dass er niemandem davon erzählen durfte. Absolut niemandem. Jetzt nicht und auch später nicht. Er hatte den heiligsten aller druidischen Schwüre geleistet, dass er wie ein Grab schweigen würde. Es würde ihn nicht nur seinen Kopf kosten, wenn er irgendjemandem verriet, dass er der Hirschgott der jungen Druidin war. Er würde verflucht sein bis ans Ende der Zeit. Das alte Gesetz der Eburonen wollte es so.

Tausend Gedanken schwirrten ihm durch den Kopf. Für einen Abend sollte er ein Gott, kein Mensch sein. Es machte ihn schwindelig. Er holte mit dem Beil aus, um den nächsten Holzscheit zu zerkleinern. Die Axt war scharf und hatte einen breiten Kopf. Er hatte sie selbst geschmiedet, und er war dabei gewesen, als sie noch glühend in Öl getaucht und gehärtet und dann zu tödlicher Schärfe geschliffen worden war. Er war immer wieder erstaunt, wie wenig Kraft er aufwenden musste, um das Scheit zu spalten.

Der Kopf der Axt krachte auf das Holzstück, genau dort, wo Caradoc es gewollt hatte. Die Holzscheite flogen seitwärts auseinander. Das Wetter war frisch an diesem sonnigen Frühjahrsmorgen. Es war ein Morgen, wie er ihn gern zusammen mit Duana auf dem Mühlenteich verbracht hatte. So lange schien das her zu sein – ein halbes Leben.

Und jetzt sollte er den Beischlaf mit ihr vollziehen, ohne dass sie wusste, dass er es war!

Er hatte keinen einzigen Bissen heruntergebracht, seine Mutter hatte ihn besorgt gefragt, ob er krank sei.

Er setzte den nächsten zu spaltenden Scheit auf den großen Klotz auf, maß ihn mit einem kurzen, präzisen Blick und schlug dann wieder zu. Er zerteilte das Holzstück in Längsrichtung, wendete so viel Kraft – viel mehr Kraft als nötig – auf, und die Scheite flogen unkontrolliert durch die Luft.

Caradoc fluchte. Alles war ihm egal. Zuerst die gewaltsame Trennung von Duana, und jetzt das! Wortlos sammelte Caradoc die Holzstücke ein und schichtete sie als Vorrat für die Schmiede.

Die Vorstellung, Duana wider jedes Erwarten doch noch zu besitzen, mit ihr eine ganze Nacht – die Beltane-Nacht – verbringen zu dürfen ... Diese Vorstellung machte ihn vollkommen verrückt.

Nein. Nicht nur diese Vorstellung. Noch etwas anderes. Wenn Duana sich ihm in der Heiligen Grotte hingab, dann gab sie sich ihm als einem Fremden hin. Er besaß sie und verlor sie im gleichen Augenblick.

Und was wäre, wenn er davonliefe? Viele junge keltische Männer liefen in dieser Zeit davon. Etliche gingen nach Germanien, wo sie glaubten, freier leben und atmen zu können, auch wenn die Germanen die Todfeinde der Kelten waren. Seit so vielen Jahren hatten sich Kelten und Germanen bekämpft, dass sich die Feinde inzwischen ähnlich geworden waren. Wer nach Germanien ging, kam nicht mehr in ein vollkommen fremdes Land.

„Aah!" Die Axt schlug krachend ins nächste Scheit. Boyne, der junge Sohn des Schmiedes Gombo, stand plötzlich neben Caradoc.

„Was machst du denn hier, Boyne?" Caradoc setzte seine Axt ab. „Hier fliegen Holzstücke und Splitter herum."

„Ich schau dir zu, Caradoc", sagte der Junge aufmerksam.

„Was gibt's denn da zu schauen?"

„Die anderen Jungen sagen alle, dass du der stärkste bist."

Caradoc lächelte verlegen. „Sagen sie das?"

Boyne nickte eifrig. „Die Jungen sagen alle, dass du ein Krieger sein solltest."

Auch Caradoc dachte in letzter Zeit oft daran. Er wollte die Römer mit der Waffe in der Hand bekämpfen. „Vielleicht werde ich tatsächlich bald ein Krieger sein, wer weiß", sagte Caradoc nachdenklich.

Boyne war ganz stolz, dass der Sohn des Schmiedemeisters sich mit ihm befasste.

„Jetzt lass mich aber erst mal weiter Holz hacken", sagte Caradoc. Dann hob er das eiserne Beil mit dem langen Holzschaft hoch über seinen Kopf und ließ es mit aller Wucht auf das Holzscheit herniederkrachen – als würde es stellvertretend stehen für die Römer. Boyne schaute Caradoc mit einer Mischung aus Angst und Bewunderung an, dann drehte er sich um und lief zu seiner Mutter.

17

Hure der großen Göttin

Auf den Gipfeln der umliegenden Berge brannten die Beltanefeuer. Zwei Priester holten Caradoc von zu Hause ab. Beide kannte er ganz gut. Es waren Cameron, der jüngste Priester am Druidenhof, ein lustiger Bursche, der immer einen frechen Spruch auf den Lippen hatte. Und der düstere Taran, der als Kind einen Arm verloren hatte und zudem als der hässlichste Mann des ganzen Ahrgaus galt.

Schweigend führten sie Caradoc zu einem dunklen Hang, schon nahe den Ausläufern des Ardennerwaldes. Dort lag die geheimnisumwitterte heilige Grotte, die ein gewöhnlicher Sterblicher niemals von innen zu sehen bekam.

Kurz bevor sie den Eingang erreichten, wurde er als Hirschgott ausgestattet. Die Priester drückten ihm den altehrwürdigen Hirschschädel auf den Kopf. Das riesige, staubige Geweih, das die unzähligen Hirschgötter seit Generationen trugen, war eines der höchsten Heiligtümer des Gaus. Das Gewicht des rituellen Geweihs war groß. Er schwitzte. Hoffentlich verlor er im stickigen Inneren der Maske nicht irgendwann die Besinnung!

Am Eingang der Höhle standen die Priester und die Druidin. „Da seid ihr ja endlich“, begrüßte Meredyd sie unfreundlich. Taran und Cameron stellten sich mit säuerlichem Gesicht neben ihre Priestergenossen und stachen wie diese ihre langen Priesterstäbe mit dem Eulenkopf in den Boden.

„Und du, Hirschgott. Du denkst daran, dass der Hirschgott in der ganzen Nacht kein Wort sagen darf. Außer der Druidin darf in der heiligen Grotte kein Mensch ein Wort sprechen, sonst verliert er sein Leben. So ist das Gesetz der Götter. Und daran halten wir uns. Taran und Cameron, nehmt ihm das da ab.“

Die Druidin deutete auf den Lendenschurz, das einzige Kleidungsstück Caradocs. Die beiden Priester nahmen den Schurz mit ernster Miene ab. Um Camerons helle Augen waren kleine Fältchen, als würde er sich insgeheim über die altmodische Zeremonie lustig machen.

„Jetzt führt ihn hinein!"

Der vordere Bereich der Grotte war eng und niedrig. Der eine Priester nahm Caradoc bei der Hand, der andere drückte seinen Kopf weit nach vorne, so dass das Geweih mit seinen sechzehn Enden nicht gegen die Decke stieß und hängenblieb. Durch die toten Augenhöhlen des Hirschschädels konnte er seine Umgebung nur undeutlich erkennen. Der Schädel drückte schmerzhaft auf Unterkiefer und Nase.

Nur vage konnte er erahnen, wo er sich befand. Huschende Schatten. Fackeln. Masken. Die bemalten Felswände der Grotte, in der seit vielen Generationen den Göttern gehuldigt wurde. Und dann ein Blick auf seine Verlobte, die ihm von der Druidin fortgenommen worden war. Nackt lag sie vor ihm, und gemäß den Instruktionen der Druidin hatte sie die Beine gespreizt. Ihn schwindelte. So hatte er seine kleine Duana niemals zuvor gesehen. Doch es erregte ihn nicht. Es war nicht das, was er gewollt hatte.

Sie drehten ihn so, dass er genau vor ihr stand. Direkt vor ihm bot Duana sich mit nackter Scham an, wie eine Hure der großen Göttin.

Ihm war schlecht. Er fühlte sich hohl und leer. Er fragte sich, wie er jemals sein Glied steif bekommen sollte, wenn die Priester, die von allen ihm Tal gefürchtete Druidin und etliche alte, nackte Frauen und Männer mit unheimlichen Masken ihm dabei zusahen.

Duana rührte sich nicht, lag wie erstarrt mit geschlossenen Augen auf ihrem Lager aus duftenden Kräutern. Ihre Scham war glattrasiert und am Schoß beginnend waren mit geübter Hand und tiefschwarzer Farbe mystische, verschnörkelte Zeichen und geheimnisvolle Schlangenlinien, Spiralen und Kreuze auf die Haut aufgetragen. Die Symbole sollten die Fruchtbarkeit des Schoßes der jungen Druidin beschwören und böse Dämonen vom Zeugungsakt fernhalten. Sie sollten bewirken, dass das Kind ein Mädchen würde. Es durfte im Ahrgau – anders als sonst im Keltenland – keinen Mann als Druiden geben. So lautete das Gesetz der Urahnen. Wenn sie dennoch einen Jungen zur Welt brachte, würden die Priester ihn töten, kaum dass er den ersten Atemzug getan hätte. Die Menschen wussten, dass die Gesetze der Götter manchmal sehr grausam waren.

Nicht nur der Schoß, sondern auch Duanas Brüste waren mit schwarzen Symbolen bemalt. Sie ließen sie für Caradoc noch fremder erscheinen. Er schwitzte stark unter dem verdammten Hirschgeweih, sorgte sich noch immer wegen seiner Männlichkeit und war sich sicher, dass er niemals einen beeindruckenden Hirschgott abgeben würde.

Er stand keine fünf Schritt vor Duana, die er wider jedes Erwarten jetzt doch noch haben konnte, er durfte ihr sogar ihre Jungfräulichkeit nehmen, durfte all das tun, wovon er einmal geträumt hatte. Aber er war erstarrt und wie gelähmt. Tausend wirre Gedanken in seinem Kopf. Er wurde sich der Tatsache bewusst, dass er ihr nicht als Caradoc beiwohnen würde, dass er für sie eine fremde Gestalt war.

„Trink das!"

Unvermittelt war die Druidin von hinten an Caradoc herangetreten und hielt ihm auffordernd einen wertvollen, goldenen Pokal entgegen, der mit einem blutroten, dickflüssigen Saft gefüllt war.

„Cameron, du lüftest seinen Schädel so weit, dass er trinken kann, und du, Taran, flößt ihm die Flüssigkeit ein. Und während ihr das tut, nehme ich diesen zweiten Pokal und gebe Duana die gleiche Flüssigkeit."

Cameron nickte mit verkniffenem Mund. Auch wenn alle die Zeremonie so ernst nahmen wie kaum etwas anderes im Leben, nahm er sie, seinem Charakter entsprechend, mit einer gewissen Leichtigkeit. Beinahe hätte er über die starre Miene seines hässlichen, einarmigen Priesterkollegen, der die Welt und alles, was in ihr geschah, so bitter ernst sah, gelacht. Aber sein Lachen hätte die heilige Zeremonie zerstört – und die Druidin Meredyd hätte ihn gewiss vom Druidenhof gejagt, zurück in sein ärmliches, bäuerliches Elternhaus.

Caradoc ließ sich von den Priestern widerstandslos die seltsame Flüssigkeit einflößen. Sie hatte im ersten Augenblick keinen bestimmten Geschmack, aber dann breitete sich in seinem Bauch unverhofft eine solche Wärme aus, dass er erschrak.

„Dir wird jetzt heiß in deinem Innern, in deinen Gedärmen, Hirschgott", sagte die Hohe Druidin. „Und auch dir wird heiß, Duana."

Es stimmte! Duanas erstarrte Glieder lockerten sich, kleine Zuckungen gingen durch ihre Muskeln. Auch wenn sie sich immer gewünscht hatte, von Caradoc genommen zu werden, würde sie sich dem Hirschgott nicht verschließen. Der Trank ... er begann, sie zu verzaubern. Zu verändern. Zu enthemmen. Sie fand es richtig, dass dieses seltsame Wesen mit dem Körper eines kräftigen, jungen Mannes und dem Schädel eines toten Hirschs in sie eindringen würde.

„Was ich euch gegeben habe, ist ein druidischer Zaubertrank, der euch Flügel verleiht. Sowohl eurer Seele als auch eurem Körper. Merkt ihr schon, wie die Hitze sich in euren Gliedern ausbreitet? Doch denkt daran: Sagt kein Wort!"

Die Druidin wartete einen Augenblick ab, damit die Droge weiter ihre Wirkung tun konnte. „Die Götter haben uns die Anleitung zum Brauen dieses Tranks gegeben", sagte Meredyd mit Bestimmtheit. „Jetzt konzentriert sich die Hitze in zwei Regionen ... im Kopf und zwischen den Beinen."

Sie hatte Recht. Die Hitze konzentrierte sich im Sporn des Hirschgotts, der immer steifer und härter wurde. Aber in Caradocs Kopf entfaltete sich eine noch einschneidendere Wirkung: Die Droge brannte seine tausend wirren Gedanken weg wie die Sonne den Schnee. Er dachte jetzt nur noch an eines: die vor ihm liegende Druidin als der Hirschgott des Gaues zu besteigen und zu nehmen.

Caradoc war nicht mehr er selbst. Er verschmolz mit seiner Rolle. Er fühlte eine Kraft in seinen Lenden, wie er es noch nie zuvor erlebt hatte. In ihm versinnbildlichten sich alle Männer des Gaus in einem einzigen Mann, dem Hirschgott. Und Duana verkörperte alle Frauen des Gaus. In ihnen beiden kamen Erde und Himmel zusammen.

Die Masken murmelten ein uraltes Gebet.

Caradoc kannte kaum noch seinen Namen. Er sah nur noch die wilde Nacktheit seiner einstmaligen Gefährtin. Alles andere war egal.

„Ich weiß, dass du dich jetzt am liebsten auf sie stürzen würdest, doch ich rate dir, langsam vorzugehen", sagte die Druidin. „Wir haben eine lange Nacht vor uns. Es ist für euch beide besser, wenn du langsam beginnst."

Die Worte klangen merkwürdig verhallt und fern. Er wusste kaum noch, wer es war, der da sprach. Die Farben im Inneren der Höhle dagegen wirkten auf einmal unglaublich intensiv, als würde er zum ersten Mal in seinem Leben ein Rot, ein Blau, ein Violett sehen. Die schwarzen Zeichen auf der Fleischfarbe der Haut Duanas begannen sich zu bewegen, zu kringeln. Die schlangenförmigen Schnörkel schienen sich um ihre Schenkel zu winden.

Duanas Augen waren geschlossen. Er sollte langsam beginnen ..., klang es in seinem Kopf nach. Aber er wäre ohnehin nicht schnell fertig geworden. Der Hirschschädel schmerzte nicht mehr. Vielmehr machte es ihn stolz, dass er ihn tragen durfte und dass er die Kraft von so vielen Männern in sich vereinte. Alles fiel ihm leicht. Er hatte das Gefühl, dass jeder einzelne Muskel in seinem Körper besser arbeitete als je zuvor. Langsam kniete er zwischen Duanas Schenkeln nieder. Gerne hätte er ihr jetzt gesagt, wie sehr er sie noch immer liebte, doch das hätte ihn das Leben gekostet.

Mit seiner starken Hand streifte er an der Innenseite der Schenkel entlang. Die junge Druidin streckte sich dem Hirschgott entgegen wie eine geöffnete, schöne, fleischfarbene Blume. Er war fasziniert von den Schlangen und den Zeichen, die für ihn jetzt eine neue, eigene Bedeutung bekamen, die sich jedoch jeder Beschreibung durch Worte entzog und nur durch Gefühle erklärt werden konnte.

Er war jetzt so weit.

Er war jetzt endgültig und ganz und gar der Hirschgott Zernunos. Er beugte sich über Duana. Ihre Augen begegneten sich. Ob sie ihn erkannte? Nein, er sah, dass sie sich in einem Taumel der Lust befand, wie er, und alles abgestreift hatte, was sie mit ihrer Vergangenheit verband. Ihre Augen sahen in seinen Augen nur die Augen eines Gottes. Und Duanas Augen sagten, dass sie sich mit diesem Gott vereinen wollte, so sehr und so stark, wie es überhaupt nur möglich war.

Plötzlich erstrahlten über ihren Köpfen winzige, helle Sterne. Ein tiefes Glücksgefühl erfasste Caradoc, als er seine Männlichkeit ganz langsam auf Duanas Fleisch richtete. Dann eine kurze, knappe Bewegung. Ein kleiner, stechender Schmerz bei der jungen Druidin. Sie stöhnte leise auf. Das Gebet der umstehenden Masken und der Priester wurde lauter und intensiver.

Der Hirschgott zögerte. Dann spannten sich seine Muskeln an. Er gab einen tierischen Laut von sich, eine Mischung aus Grunzen und Stöhnen. Er war stark, er war wirklich stark, so stark, wie Duana sich Caradoc immer vorgestellt hatte.

Es war gut so, wie es war. Duana ließ sich fallen. Die Hitze, die ihre Scham und ihren ganzen Unterleib durchglühte und die heftig bis zu ihren Brustwarzen und selbst bis zu ihren Ohrläppchen ausstrahlte, schien sie zu verbrennen. Sie hatte eine solche Erregung niemals zuvor auch nur für möglich gehalten.

Der Sporn des Hirschgotts glitt in ihren weichen, feuchten Schoß, als wären beide füreinander gemacht. Sanft. Es war schön, wie er in ihr war. Sie spürte jetzt keinerlei Schmerzen mehr. Die Droge enthemmte sie. Sie hätte niemals geglaubt, dass es so schön sein könnte, sich einfach so in einen Taumel der wildesten Gefühle hineinfallen zu lassen. Jetzt wusste sie, dass sie es konnte. Und dass sie es genießen konnte.

Sie war das Tal. Sie war der Gau. Sie war die Felder und die Ernte. Sie war trotz ihrer Jugendlichkeit schon ganz Frau. Sie war die Fruchtbarkeit ihres Stammes. Sie wusste plötzlich genau, was das alles bedeutete. Es war die Wirklichkeit.

Jedenfalls ließ sie sich darauf ein. Caradoc, die Liebe ihres Lebens, war viel zu weit weg von ihrer jetzigen und zukünftigen Existenz, als dass die Erinnerung an ihn es verhindert hätte, dass sie sich jetzt dem Hirschgott hingab.

Während er sich immer schneller bewegte, stellte sie sich vor, es wäre tatsächlich Caradoc. Der Saft der Druidin beflügelte ihre Gedanken. Sie hatte Mühe, sich zu beherrschen, und nicht *Caradoc!* zu rufen. Unversehens gerieten ihr eigener Körper und der Körper des Hirschgottes in eine rhythmische, aufreizende Schaukelbewegung. Ihr Puls ging immer schneller. Sie umfasste den nackten Rücken ihres göttlichen Liebhabers. Er war von Schweiß bedeckt, obwohl es kühl war in der Heiligen Grotte.

Selbst ihr Atem ging im gleichen Rhythmus. Ihre beiden Körper bildeten eine mystische Einheit. Sie presste sich so nah an den Hirschgott, wie es dessen Maske und das Geweih erlaubten. Ihre Erregung wurde immer größer. Atemlos, umfassend, tief. Eine Erregung, die sich Augenblicke später in einem explosionsartigen, gemeinsamen Höhepunkt entlud. So, als seien sie die ersten Menschen, die sich vereinigt hatten.

18

Perlhühner

Maura hatte ihre Pflicht erfüllt. Sie hatte für ihren Herrn bei einem der Händler, die das römische Heer belieferten, noch genügend junge Perlhühner besorgt. Diese sollten bei dem Gastmahl serviert werden, zu dem Titurius seine Offiziere, anlässlich des gestrigen Aufbruchs von Caesar nach Britannien, zur Stunde der Dämmerung eingeladen hatte. Es war Mauras Aufgabe, das Essen zuzubereiten. Alle hohen Offiziere, die unter Titurius' Kommando standen, würden anwesend sein. Es würde eine fröhliche, laute, betrunkene und am Ende aggressive Runde werden, dachte Maura. Besonders bei dieser Gluthitze, die über dem Land lag und die einfach nicht weichen wollte. Mit dem Maul würden sie wieder Germanen und Kelten schlachten. Der Imperator war fort, der Druck seiner bloßen Anwesenheit war von ihren Schultern genommen. Sie konnten jetzt wieder alle freier atmen.

Maura erschien das Lager am Rhein mit den Resten der Brücke einsam und verlassen. Die abgebrochene Brückenkonstruktion wirkte geisterhaft. Nur zwei Wochen hatte die Brücke im letzten Spätsommer gestanden. Vierzehn Tage, in denen Caesar auf der anderen Rheinseite grausame Jagd auf Germanen machte. Viel erreicht hatte er nicht. Er kehrte zurück und ließ den größten Teil der Brücke wieder abreißen. Der beeindruckende Befestigungsturm auf der diesseitigen Rheinseite war stehen geblieben, und auch die ersten Joche der Brücke waren intakt. Sie waren eine beständige, unübersehbare Drohung, dass es nur weniger Tage bedurfte, die Rheinbrücke von Neuem zu errichten, um das Germanengebiet erneut für den blutigen Einfall der römischen Truppen zu öffnen.

Die Augenblicke mit Valerius waren die einzigen Lichtblicke in ihrem Sklavenleben. Valerius, der junge Militärtribun aus Placentia, war ein Strohhalm der Hoffnung für Maura. Er liebte sie wirklich. Er wollte sie nicht einfach nur besitzen. Als er sie zum ersten Mal besessen hatte, hatte sich ihr Wert für ihn noch erhöht und war nicht gesunken, weil er bekommen hatte, was er hatte haben wollen. Dass es Valerius gab, war für Maura die Quelle einer kleinen, unscheinbaren, aber stetigen Hoffnung.

Sie kehrte zum Prätorium zurück. Wegen ihrer Fußfesseln konnte sie nur langsam gehen und kleine Schritte machen. Wie immer, wenn sie durch das Lager ging, spürte sie die Blicke der rauen Legionäre auf ihrem Körper. Das provisorische Fachwerkhaus des Kommandanten hatte eine eigene Küche mit einem gemauerten Kamin, die sich unmittelbar an das Prätorium anschloss. Dorthin brachte Maura den Korb mit den Perlhühnern.

„Ihr wisst ja, wie es geht, oder?“, fragte sie die beiden jungen Küchenhilfen, keltische Mädchen aus der Gegend, die sich im Lager ein paar Denare oder Mahlzeiten erarbeiteten. Hunderte von Hilfskräften waren in dem Lager, viele davon keltisch, etliche auch germanisch. Die beiden jungen Keltinnen sollten die Perlhühner vorbereiten, die dann später von einem der Feldköche nach römischer Art zubereitet wurden.

„Ihr rupft die Hühner, dann wascht und kocht ihr sie. Zerstampft schon mal den Pfeffer und legt den Kümmel, das Laserpicium und den Koriander bereit. Öl, Honig, Essig ... von allem ist genug da. Datteln und Pinienkerne? Haben wir die?“

„Noch genügend, Maura.“ Obwohl sie eine Sklavin war, behandelten sie die beiden keltischen Küchenhilfen, die nach ihrem Dienst nach Hause gehen konnten, wie eine Herrin. Ihr flammendrotes Haar und ihr Selbstbewusstsein flößten ihnen Respekt ein. Außerdem teilte sie das Lager des Kommandanten.

Doch das war immer seltener. Sie war sicher, dass sie die Gunst des Titurius verloren hatte. Und das setzte sie einem stetig steigenden Gefühl der Bedrohung aus. Früher oder später würde der Kommandant sie los sein wollen, sie durch eine neue Favoritin ersetzen. Das war sicher. Für diesen Fall fürchtete Maura um ihr Leben.

19

Druidenunterricht im sengenden Sommer

Der Himmel war unerbittlich – für Kelten, Römer und Germanen. Eine erbarmungslose Glutglocke hing über dem Land. Die Sonne glühte bleiern über den braunen, staubigen Feldern. Alles war verdorrt. Die Luft stand. Das Atmen fiel schwer. Der trockene, rissige

Boden lechzte nach Wasser. Die Frucht verdarb am Halm. Viele Höfe oben im Vorgebirge, wo die Pferdezüchter ihre Weiden hatten, mussten das Wasser von weither transportieren, weil ihre Wasserstellen versiegt waren. Die Ahr war zu einem halb ausgetrockneten Rinnsal geworden, und der Rhein stand so niedrig, dass man an manchen Stellen hindurchgehen konnte. Die Hitze hatte das Land im Würgegriff. Und es kam allen so vor, als wolle sie niemals wieder aufhören. Die Götter schienen die Menschen verlassen zu haben.

Die Sonne lag gleißend über den Feldern, deren Rain die Druidin segnend abschritt. Auch wenn sie die Fruchtbarkeit der Felder nicht einfach mit einem Zauberspruch wiederherstellen konnte, so sollte doch ihr Segen auf der Scholle ruhen, wenn die Götter endlich wieder genug Regen gäben. Doch ein großer Teil der Ernte war bereits unwiederbringlich verloren. Daran bestand kein Zweifel. Müde gingen Duana, die alte Druidin und die anderen Prozessionsteilnehmer über die vertrockneten Felder. Überall sprachen sie ihren Landsegen, verspritzten ihr heiliges Wasser, sprachen ihre Beschwörungsformeln. Ein Heruntergebete. Der strahlend blaue Himmel verhöhnte sie.

Kurz nach dem längsten Tag hatte die Hitze begonnen, und sie hatte nicht wieder aufgehört. Die Hitze forderte Opfer. Eiblin war vor einer Woche gestorben, in den heißesten Tagen dieses Sommers.

Die Prozession hatte unten im Ahrtal ihren Ausgang genommen und führte an Fürst Marbods Burg vorbei über die sanft ansteigenden Flanken der Nordberge hinauf zum Vorgebirge mit seinem hügeligen Weideland. Ein paar Dutzend Menschen begleiteten die Hohe Druidin, ihre Nachfolgerin und die Priester. In den letzten Jahren hatten viele die Druidin bei ihrem rituellen Umgang über die abgeernteten Ackerflächen und die langsam kahl werdenden Weiden begleitet. Jetzt waren nur wenige übriggeblieben. Doch Meredyd war unbeirrbar. Als wäre nichts geschehen, segnete sie die Erde und flehte bei den Göttern um Fruchtbarkeit für das nächste Jahr.

Duana ging, der Vorschrift entsprechend, immer ein paar Schritt hinter der älteren Druidin. Sie war seit ein paar Tagen zurück von ihrem letzten Aufenthalt im Heiligen Hain. Dort war es trotz der Hitze angenehm kühl. Duana war regelrecht schockiert, als sie ins Tal zurückkehrte, wo die Menschen so sehr unter der ungewöhnlichen Hitze litten.

Sie war voll von Gedanken.

Duana hatte während der Zeit im Heiligen Hain so viele Dinge erfahren. Neue Welten hatten sich ihr offenbart, obwohl wegen der schweren Zeiten nur einige wenige Wissende und wandernde Lehrer sie während der drei Monate ihres Aufenthaltes dort aufgesucht hatten.

Dieses Wissen vieler Generationen konnte auch eine Last sein. Obwohl sie beeindruckt war von den Geheimnissen und Weisheiten der Druiden – sie wusste nicht, was sie mit diesem alten Wissen anfangen sollte, wenn es um die Probleme der Gegenwart ging. Die Hitze. Die Römer. Caradoc. Die Gegenwart sah vollkommen anders aus, als es die Weisheit der Ahnen beschrieb. Eine völlig neue, andere Zeit war angebrochen. Das war es, das Duana während der Monate im Heiligen Hain bewusst geworden war.

Duana trottete Meredyd unbeteiligt hinterher. Sie nannte sie nur noch die *Alte*. Die Druidin war ihr vollkommen fremd geworden. Wenn es jemals etwas wie Wärme zwischen den beiden ungleichen Frauen gegeben hatte, so war diese im Verlauf der letzten Monate gänzlich verflogen. Sie hatten keinerlei Gemeinsamkeiten. Jeder wusste es, die Priester, die hinter ihr am Feldrand entlangliefen, die Dienerinnen zu Hause im Druidenhof. Der ganze Druidenhof litt unter diesem Missklang, und es gab nicht wenige, die insgeheim hofften, die Alte würde den Hof, so schnell es ging, verlassen, auch wenn die neue Druidin eigentlich noch viel zu jung und vollkommen unerfahren war.

Manchmal suchte Duana Augenkontakt zu Cameron, dem jüngsten Priester, der nur wenig älter war als sie. Es war ein geheimes Einverständnis zwischen ihnen. Meredyds Bemühungen waren fruchtlos; die alten Zeremonien hatten sich überlebt. Manchmal, wenn Meredyd es nicht sehen konnte, verdrehte Cameron die Augen und verzog sein hübsches Jungengesicht zu einer albernen Grimasse, so dass Duana beinahe losgelacht hätte.

„Ich weiß, was du denkst“, sagte die Druidin unvermittelt, während sie an einer der ausgetrockneten Ackerflächen entlangschritten.

„Ihr wisst *was*? Was denke ich denn?“, fragte Duana widerspenstig. Ihr taten die armen Menschen leid, deren Felder vertrockneten und die Hunger leiden mussten.

„Du denkst, dass alles, was wir hier tun, vollkommener Unsinn und sinnlos ist. Wenn ich dich ansehe, habe ich das Gefühl, dass du nicht ein Wort von dem glaubst, was ich dir über den Segen der Götter und die wahre Natur der Dinge erkläre und beizubringen versuche."

„Ich weiß gar nicht, was Ihr von mir wollt", erwiderte Duana ausweichend. „Ich spreche Eure Segen genauso nach, wie Ihr es haben wollt. Ich lerne alle Eure Regeln auswendig. Ich mache alles ganz genau so, wie Ihr es wollt. Was also wollt Ihr mehr?"

Die Alte antwortete nicht. So war sie die ganze Zeit. Erst fragte sie einen, und wenn man etwas sagte, antwortete sie nicht. Duana zuckte mit den Schultern. Cameron, der in der Nähe stand und alles mitgehört hatte, verdrehte die Augen. Diesmal sah es der Altpriester Taran und warf ihm einen düsteren, missbilligenden Blick zu.

Sie gingen auf einen der Grenzsteine zu, die die Ackerflächen voneinander trennten. Diese waren, in die eine und die andere Richtung, immer mit den Zeichen der Klans versehen, denen das jeweilige Land gehörte. An dem Stein, der den Menschen heilig war, wartete ein Schar ausgemergelter Bauern. Alte, Frauen und Kinder waren dabei. Alle zogen ihre großen Strohhüte, als sich die Druidin mit ihrer Prozession näherte.

„Druidin, Hohe Priesterin, sagt der Göttin, dass wir ihr jede Rechenschaft geben über unser Leben, wenn sie uns nur den Regen und die Fruchtbarkeit unserer Felder zurückgibt", flehte der Haushaltsvorstand.

„Ich werde es der Göttin sagen", erwiderte die Druidin, „aber vergesst alle nicht, dass das Leben uns manchmal Prüfungen auferlegt, von denen wir nicht immer wissen, welchen Sinn sie haben. Meistens erkennen wir den Sinn erst sehr viel später."

Der Wortführer der Bauern neigte das Haupt. Die Druidin legte ihm die Hand segnend auf den Kopf. Nun folgten auch die anderen Bauern, um den Segen der Druidin zu empfangen. Die Priester murmelten ein Gebet. Auch Cameron. Für die einfache Landbevölkerung war die Druidin nach wie vor die wichtigste Verbindung zu den unsichtbaren Mächten, die den Himmel und das Jenseits beherrschten.

Zögernd traten die Bauern auch zur jungen Druidin. „Segne auch du uns, Duana", sagte der Wortführer und beugte sein Haupt vor der jungen Frau, die mit dieser Verehrung nicht gerechnet hatte und verlegen war. Zu Beginn des Jahres, als sie die Druidin zum ersten Mal über die Felder begleitet hatte, hatte keiner der Bauern sie angesprochen. Sie hatten sie gemieden und waren ihrem Blick ausgewichen. Anscheinend hatte sich etwas geändert. Vielleicht spürten die einfachen Menschen, was Duana in den Monaten im Heiligen Hain gelernt hatte. Vielleicht hatte Duana jetzt eine andere, eine stärkere Ausstrahlung – weil sie mehr wusste und Tieferes wusste als zuvor.

Duana formte ihre Hände wie zu einer umgedrehten Schale und legte sie dem Mann auf den Kopf. Cameron lächelte ihr aufmunternd zu. „Ich segne dich", sagte sie. Es rührte sie zutiefst. „Ich segne dich und deine Familie. Hast du eine Frau? Hast du Kinder?"

Gewöhnlich fragte eine Druidin nicht nach dem persönlichen Wohlbefinden eines Bauern. Umso mehr freute sich der Mann, dass sich Duana für sein Schicksal zu interessieren schien. Das wirkte ehrlich, und nichts am Wesen Duanas erweckte das Misstrauen der Landleute, im Gegenteil. „Ja, Herrin! Sieben Kinder. Masja ist meine Frau. Sie ist von einem fremden Stamm zu uns gekommen."

Jetzt kamen auch die anderen Bauern, um sich von Duana segnen zu lassen. Die Priester und selbst die alte Hohe Druidin sahen erstaunt, dass die Landleute der neuen, jungen Druidin vertrauten und dass sie sie akzeptierten. Die Alte lächelte eifersüchtig. Die Zeit ihres Abschiedes kam näher. Auch wenn dieser Abschied vielleicht anders aussehen würde, als sie es sich vorstellte.

20

Die Klinge am Hals

Auch wenn sich draußen im Land unter der drückenden Glocke der Sonne eine Missernte und somit eine Hungerkatastrophe anbahnte, fehlte es beim abendlichen Gastmahl des Titurius an nichts. Er ließ sogar einen Barden auftreten, der ausdrücklich angewiesen worden war, nur heitere Weisen zum Vortrag zu bringen. Junge Mädchen bedienten die römischen Offiziere, die Militärtribunen – unter ihnen Valerius –, die wichtigsten Zenturionen, die Anführer der Manipel, die Reiteroffiziere.

Maura bereitete das Gastmahl. Die Männer vertrieben sich die Zeit mit Würfelspiel, Schlemmen und hauptsächlich mit Trinken.

Es war schon spät, als endlich fast alle gegangen waren. Nur Cotta, der Stellvertreter des Kommandanten, Arpinius, der Freund des Titurius, und Valerius waren übrig geblieben. Alle drei aus unterschiedlichen Gründen. Cotta, weil er mit dem Kommandanten noch etwas Vertrauliches besprechen wollte, der Ritter Arpinius, um die zuletzt etwas vernachlässigte Freundschaft zu pflegen, und Valerius, weil seine geliebte Maura hier war.

Je mehr sie getrunken hatten, umso leidenschaftlicher würfelten die vier Männer. Jeder von ihnen hatte seine drei eigenen Würfel mitgebracht. Die römische Spielleidenschaft war so groß, dass jeder römische Legionär ständig einen kleinen Beutel mit Würfeln bei sich trug. Besonders gern würfelten sie um die keltischen Münzen, die Goldschüsselchen, die als Glücksbringer galten.

Es musste fast in der Mitte der Nacht sein. Es war immer noch heiß, die Luft wie zum Schneiden. Das Schlimmste an diesem heißen keltischen Sommer war, dass selbst die Nächte nicht kühl wurden. Die Hitze erdrückte alles. Und sie machte so aggressiv, schlecht gelaunt, nervös.

Titurius trank immer mehr. Maura und die anderen Mädchen hatten dafür zu sorgen, dass Wein und Schnaps nicht ausgingen. Der Kommandant hatte geweitete Augen und sah gespenstisch böse aus. Seine Lippen waren dunkel vom Rotwein. So übel sah er immer dann aus, wenn ihn seine grausame Ader überkam. Dann wollte er zerstören. Im Grunde seines Herzens liebte er das Chaos. Er war ein kleiner Junge, der alles kaputt machen wollte, das ihm in die Finger fiel. Und wenn Chaos herrschte, konnte er sich gut durchmogeln und seine eigenen Interessen vertreten.

„Macht endlich weiter!“, rief er mit aufgekratzter Stimme. „Ich weiß, dass die Würfel mir heute Abend günstig sind.“

„Arpinius und dann Valerius sind dran“, krächzte der grauhaarige Cotta. Cotta, Stellvertreter des Titurius, hatte nach dem Kommandanten den höchsten Rang. Er war ein alter Haudegen mit einem wettergegerbten, zernarbten Gesicht und diente schon lange in Caesars Armee.

Cotta schaute Arpinius spaßig herausfordernd an: „Wolltest du nun würfeln oder nicht? Oder traust du dich wieder nicht?“

„Hetze mich nicht! He, Maura!“

Die Trevererin war gleich zur Stelle.

„Ritter Arpinius?“ Sie hasste den Freund des Titurius. Wie oft hatte der sie schon mit seinen widerlichen Augen ausgezogen.

„Bring mir noch Wein. Süßen Wein, der mir die Sinne schwinden lässt."

„Jetzt würfle endlich, Arpinius!", rief Titurius hitzig.

„Also gut!" Der Ritter schüttelte den Lederbecher und legte eine Fünf-Fünf-Drei hin. Dreizehn! Er hatte Cotta übertroffen.

Jetzt war Valerius dran. Das Wurfrecht ging so lange reihum, bis einer der Spieler mit seinen Würfeln eine niedrigere Augenzahl erzielte als der Vordermann. Eine Runde war meist nach den Würfen von zwei, drei Spielern zu Ende.

„Na, mein Junge, da wirst du dich aber schwertun, eine Dreizehn zu knacken", sagte Cotta herausfordernd. Er war ein leidenschaftlicher Spieler.

Arpinius rieb sich die Hände. Sie spielten bei jeder Runde um eine Sesterze, also vier Sesterzen Einsatz – das war der Monatssold eines einfachen Legionärs, bei dem dann noch die Hälfte für Verpflegung und Ausrüstung abgezogen wurde. Wenn Valerius jetzt weniger als dreizehn oder gleich viel würfelte, hatte Arpinius gewonnen und konnte den ganzen Einsatz einstreichen.

Maura ging mit dem großen Krug herum und füllte die Pokale der Männer bis zum Rand mit Rotwein. Eines der Mädchen goss Schnaps nach.

Valerius würfelte hastig. Die Würfel fielen. Vier-Vier-Sechs. Sie mussten erst zusammenrechnen.

„Vierzehn!" Valerius lachte befreit. Für einen Augenblick vergaß er seine Zurückhaltung und wagte, Maura direkt in die Augen zu blicken. Der Blick war nur kurz, ein stilles Lächeln, und dennoch entging er dem rotäugigen Titurius nicht.

Titurius, nächster Spieler in der Runde, musste nun mehr als vierzehn Augen würfeln, sonst hatte Valerius den Einsatz gewonnen.

„Valerius, wir beide könnten den Einsatz erhöhen", sagte der Kommandant. Er hatte plötzlich ein irrlichternes Funkeln in den Augen.

„Wie meinst du das, Legat?", fragte Valerius unsicher.

„Ich sehe doch die Blicke, mit denen du meiner Sklavin Maura hinterherstarrst. Willst du sie haben?"

„Ich, ich ... ich weiß nicht, was ..."

„Bist du nicht Manns genug, Junge? Vielleicht habe ich mich ja auch geirrt."

Unversehens schaute Valerius Maura an. Er sah Angst in ihren Augen, doch auch ein Flehen. In seinen Blick trat etwas Festes, Klares, Männliches. „Ich ... Ja, ich will sie haben."

Arpinius lachte schmutzig. Alle starrten Maura an.

Titurius tat einen weiteren tiefen Schluck und grinste teuflisch. „Ich wusste es. Und ich weiß noch ein paar andere Dinge von euch beiden Turteltäubchen", fügte er vielsagend hinzu. „Also gut, wenn ich dich richtig verstanden habe, dann wollen wir also den Einsatz erhöhen?"

Valerius schaute den Kommandanten verständnislos an. „Was meinst du?"

„Der Einsatz ist ihr Leben, Valerius."

„Ich verstehe dich nicht, Legat", sagte der junge Militärtribun stockend. Maura, die in unmittelbarer Nähe stand, starrte den Legaten mit einer Mischung aus Entsetzen und Abscheu an.

„Doch, doch, du verstehst mich schon ganz genau", erwiderte Titurius mit lallender Stimme. Cotta, der grauhaarige und besonnene stellvertretende Kommandant, mischte sich nicht ein und verriet durch keine Miene, was er von dem Ganzen hielt.

„Herr!", rief Maura. „Was ..."

„Halt dein Maul, Hure!", fuhr Titurius dazwischen. „Wenn du noch ein einziges Wort sagst, dann ergeht es dir wie deiner Vorgängerin. Und zwar auf der Stelle." Der Kommandant hatte einen bösen, kalten Blick. Der grausame Hintergrundklang in seiner Stimme ließ keinen Zweifel daran, dass er ernst meinte, was er sagte.

„Du hast es gehört", sagte Titurius. „Mein kleiner, niedlicher Valerius ... dummer Junge ... Wir spielen nicht nur um die vier Sesterzen, sondern auch um ihr Leben. Weil du es so willst. Aber wir fangen noch mal ganz von vorn an mit dem Würfeln. Das ist doch klar?"

Valerius hatte einen Kloß im Hals. Er wollte etwas einwenden, doch Titurius machte eine harsche und herrische Geste mit der Hand. „Genug", sagte er. „Wachen! Wachen! Sofort hierher!"

Die beiden Legionäre, die am Eingang des Prätoriums Wache hielten, stürmten in den Gastraum.

„Soldat!", wandte sich Titurius an den Ersten und Älteren der beiden Männer, ein grobschlächtiges Raubein von einem Legionär. „Wie heißt du?"

„Marcellus, Legat."

„Legionär Marcellus, höre mir zu: Ziehe dein Schwert!"

„Mein Schwert, Herr?"

„Habe ich einen Sprachfehler? Habe ich mich missverständlich ausgedrückt, Soldat?"

„Nein, Kommandant", erwiderte Marcellus und zog sein Legionärsschwert aus der Scheide.

„Jetzt hör mir zu, Soldat: Siehst du dieses Frauenzimmer dort?" Titurius deutete auf Maura, die zitternd etwas abseits im Schatten der Lampen und Fackeln stand, die das wilde Würfelspiel der Männer beleuchtet hatten.

„Ich sehe es, Kommandant."

„Es kann sein, dass ich dir gleich den Befehl erteile, ihr den Hals durchzuschneiden. Bist du Manns genug, diesem Befehl Folge zu leisten, Marcellus?"

Der Soldat grinste anzüglich. „Ich hab dieses Luder oft genug durch unser Lager laufen sehen und gedacht, ihr Hochmut müsste mal bestraft werden. Gebt mir den Befehl, sie zu töten, und ich tue es auf der Stelle." Er schaute Maura in die Augen, und sie erkannte an seinem Blick, dass er es ernst meinte: Er würde sie ohne Zweifel auf der Stelle töten, wenn Titurius den Befehl dazu gab, und zwar mit Vergnügen.

„Tritt neben sie, aber berühre sie nicht, Marcellus. Tritt so nahe neben sie, dass du meine Befehle ohne Verzug ausführen kannst. Und höre genau zu – wenn ich sage: Töte sie, dann zögerst du nicht! Dann schneidest du ihr mit deinem Schwert langsam den Hals durch. Doch nicht so, dass ihr schöner Kopf herunterfällt, verstanden? Du bist ein gestandener Kämpfer. Ich weiß, dass du genau begreifst, wovon ich rede. Ich will, dass ihr Kopf am Rumpf bleibt. Ich will, dass sie mich ansieht, wenn sie stirbt."

„Ich weiß genau, was du meinst, Herr. Und genauso werde ich es tun."

„Gut. Was schaust du so entsetzt, mein junger Freund Valerius? Es ist doch nur ein Spiel!"

„Von mir aus müssen wir dieses Spiel nicht spielen", stieß der junge Militärtribun hervor.

„Nein, nein, jetzt wirst du aber kein Spielverderber sein, Valerius, oder? Das lasse ich nicht zu! Nein? Gut! Also los. Wer fängt an?"

Arpinius hockte sich neben die beiden: „Das würfeln wir aus. Ein Würfel, hier. Die höhere Zahl fängt an."

Maura war erstarrt. Die Klinge des Legionärs war auf ihren Hals gerichtet.

Arpinius füllte den Knobelbecher mit nur einem Würfel und reichte ihn Titurius. „Dem Älteren“, sagte er grinsend.

„Was heißt das genau, wir spielen um ihr Leben?“, fragte Valerius. „Eins hast du ja schon klargemacht, Titurius: Wenn ich verliere, dann schneidet der Soldat Marcellus ihr die Kehle durch.“

„Genauso ist es, junger Freund.“

„Und wenn ich gewinne?“

„Dann gehört sie dir. Dann kannst du mit ihr machen, was du willst.“ Titurius würfelte. „Fünf!“,

Dann würfelte Valerius. „Vier!“

Der Kommandant begann. „Wir machen drei Runden. Wer zwei von drei gewinnt, ist der Sieger.“ Titurius nahm den Würfelbecher, schüttelte ihn ausgiebig und ließ ihn dann auf den Spieltisch krachen.

„Vier-drei-zwei“, verkündete Arpinius. „Neun von möglichen achtzehn. Also genau die Hälfte.“

„Jetzt du, Valerius!“

Der junge Militärtribun wusste noch immer nicht so recht, wie ihm geschah. Dass von seinem Würfelspiel das Leben von Maura abhing, lähmte sein Denken. Maura, die er liebte. Maura, mit der er sich vereint hatte. Klammheimliche Vereinigungen, die für ihn Himmel und Hölle auf Erden zugleich gewesen waren. Maura, die er gern für sich haben wollte. Für immer.

Mit zitternder Hand schüttelte er den Lederkobel mit den Würfeln. Dann würfelte er, hob den Kobel hoch, erstarrte.

„Drei-drei-zwei“, rief Arpinius. „Eins weniger als Titurius. Die erste Runde geht an den Kommandanten.“

„Du jetzt! Der Verlierer fängt an“, sagte Titurius.

Valerius nickte. Bleich, verängstigt, zitternd. Wenn er das nächste Spiel verlor, dann hatte er schon alles verloren. Zwei von drei war die Regel. Ängstlich würfelte er.

„Vier-vier-drei“, verkündete Arpinius. „Elf Augen. Und jetzt du, Titurius. Ein Auge mehr als elf musst du haben.“

Der Kommandant grinste, nahm seinen Lederkobel, schüttelte ihn, wog ihn in der Hand, horchte an dem Knobelbecher, so als könnte er die Würfel belauschen, dann holte er aus und ließ den Becher auf den Spieltisch knallen.

„Na los!“, rief Arpinius. „Den Becher hoch.“

Titurius grinste selbstsicher, als hätten ihm die Würfel tatsächlich etwas geflüstert.

Dann lüftete er den Lederkobel.

Ein Würfelbild, bei dem keiner rechnen musste. „Drei Sechser!", rief Arpinius geradezu ehrfürchtig. Valerius war plötzlich weiß wie eine gekalkte Wand. Der höchste Wurf. Die Keltin war verloren. Valerius war entsetzt. Er war schuld.

Nur Maura handelte. Genau in dem Augenblick, da beim Hochheben des Würfelbechers offensichtlich war, dass Valerius verloren hatte, stürzte sich die Trevererin ansatzlos und geschmeidig auf Titurius. Blitzschnell war Maura bei ihm. Ihre Bewegungen waren präzise, behände, beherrscht. Titurius war zu betrunken für eine Abwehr. Maura hatte ihn an der Gurgel, ehe er etwas sagen konnte. Sie hatte es genau geplant. War hellwach. Hatte es auf das Kampfmesser des Kommandanten abgesehen. Es dauerte nur einen Augenblick, da hatte sie es schon in der Hand. Noch bevor der Legionär Marcellus oder der andere Soldat eingreifen konnte, packte sie Titurius beim Schopf, riss ihn zurück und setzte ihm das eigene Messer an die Kehle.

„Alle weg!", stieß Maura hervor. „Besonders die beiden Legionäre, weg! Haltet Abstand. Oder wollt ihr, dass ich eurem Kommandanten die Kehle durchschneide?"

„Tut, was sie sagt", keuchte Titurius.

„Lauter!"

„Ihr habt es doch alle gehört: Tut was sie sagt! Haltet Abstand!"

„Jetzt die Schlüssel!" Maura drückte das scharfe Messer an den Kehlkopf. Plötzlich zuckte der Kommandant. Ein feiner Streifen Blut lief seinen Hals hinunter. Maura hatte ihm einen kleinen Schnitt zugefügt, nichts Ernstes. Trotzdem begann Titurius, als er sah, dass er selbst blutete, erbärmlich zu zittern; eines Soldaten unwürdig. „Du, Valerius. Ich weiß, wo seine Schlüssel sind. Dort an seinem Gürtel auf dem Schemel."

„Diese hier?"

„Genau, der kleine Schlüssel mit dem dreifachen Bart. Und jetzt schließ meine Fußfesseln auf."

„Mach schon, Valerius!", keuchte der Kommandant. „Oder willst du, dass diese keltische Furie mich umbringt?"

Valerius öffnete die Fesseln seiner Geliebten. Maura ignorierte ihn. „Endlich frei", stieß sie hervor und rieb mit der einen Hand ihre Fesseln, an denen sich die Spuren der Fußschellen deutlich abzeichneten. Mit der anderen Hand hielt sie weiterhin den Dolch an Titurius' Kehle, so dass sich der überrumpelte, blutende Kommandant kaum bewegen konnte.

„Los, jetzt befiehl den beiden Legionären und deinen anderen Freunden, dass sie den Weg zur Tür frei machen und dass sie uns nicht verfolgen."

Titurius hatte Panik in den Augen. Er wand sich unter der Klinge. Erbärmlich! „Ihr habt es gehört. Tut, was sie sagt."

„Gut. Wir verschwinden. Los jetzt!" Maura stieß Titurius zum Ausgang. Wenige Augenblicke später hatten die beiden das Prätorium verlassen, tauchten draußen in die vage Dunkelheit der Vollmondnacht.

„Dort entlang!", befahl Maura und deutete in Richtung des nächstliegenden Tores, das zum Ardennerwald hinausführte. Es war das Lagertor, das dem Prätorium am nächsten lag.

„Los, schnell!"

Ihre linke Hand krallte sich in sein Haupthaar, das Messer an seinem Kehlkopf. Jede falsche Bewegung konnte den Kommandanten töten. Dieser schwitzte aus allen Poren.

Maura weidete sich an der panischen Angst ihres Sklavenhalters. Die konnte der römische Kommandant im grauen Licht des mitternächtlichen Mondes nicht verbergen. Einen Augenblick lang hatte sie den Impuls, Titurius einfach den Hals durchzuschneiden. Das würde ihren Hass befriedigen. Der Hass, der durch Hunderte von Demütigungen in ihr herangezüchtet worden war. Doch sie brauchte den Kommandanten noch. Ohne ihn würde es schwer sein, aus dem Lager hinauszukommen.

„Maura, ich will dich was fragen", stöhnte Titurius auf halbem Weg zum Westtor.

„Frag!", sagte die Keltin kalt. Was für ein Jammerlappen er war! Keinen Augenblick lang ließ Maura davon ab, dem Kommandanten das Messer an die Kehle zu drücken.

„Du lässt mich doch am Leben?", fragte Titurius flehend, kurz bevor sie das Tor erreicht hatten. Zehn Mann Besatzung, mindestens. Er winselte um Gnade. Ein Wort, das bei ihm selbst nicht vorkam.

„Hör zu. Vielleicht lasse ich dich wirklich leben", erwiderte Maura verächtlich. „Aber nur, wenn du uns aus dem Lager hinausbringst und wenn du versprichst, dass mich niemand verfolgen wird." Titurius hätte der Keltin in diesem Augenblick alles versprochen; wenn er nur überlebte.

„Schwöre, dass du mich am Leben lässt. Du hast es doch immer gut gehabt bei mir, oder? Schwör es, und ich sorge dafür, dass du hier unbehelligt herauskommst. Ich verspreche es, bei meinen Ahnen! Und dass dich niemand verfolgen wird."

„Du versprichst es?"

Titurius nickte, während Maura ihn weiter durch das finstere, mitternächtliche Heerlager trieb.

„Also gut", versetzte die Keltin knapp. Ihr blieb nicht viel Zeit zu überlegen. „Ich schwöre es."

„Bei deinen keltischen Göttern."

„Was denn noch? Ja, bei meinen Göttern."

Sie gingen weiter. Maura hatte gelernt, ihre Gefühle zu beherrschen. Hass und Wut und Rache konnten später kommen.

21

Landtag im Ahrgau

Die Römer hatten den Kelten des Ahrgaus befohlen, einen ihrer Landtage einzuberufen. Auch den Tag hatten sie bestimmt. Keiner, der gewöhnlich die Pflicht hatte, an der Versammlung teilzunehmen, durfte ihr unentschuldigt fern bleiben.

Auch in allen anderen umliegenden keltischen Gauen waren auf Weisung des römischen Legaten Titurius Landtage einberufen worden. Wie wild schwirrten in diesen Herbsttagen die Botschaften und die Gerüchte zwischen den keltischen Stämmen und ihren einzelnen Gauen hin und her. Das keltische Rheinland glich einem aufgeregten Hornissenschwarm.

Die Obersten der Familienklans, die nach dem Willen der Götter das Recht und die Pflicht hatten, am Landtag teilzunehmen, hätten dieses Mal gern auf ihr Recht verzichtet. Noch niemals zuvor war ihnen von einem Fremden befohlen worden, einen Landtag abzuhalten. Eine Schmähung! Eine Kränkung! Eine Lästerung der keltischen Traditionen!

Caradoc folgte seinem Vater Caileass, vorbei an dem alten Cauldron, dem eigenbrötlerischen Seher, der einen langen Stab in der Hand hielt. Es war Caradocs erster Landtag. Er betrat mit klopfendem Herzen den prächtigen Burgsaal des Fürsten Marbod, in dem sonst der Herr des Ahrgaus seine Feste feierte oder Empfänge abhielt. Der Saal war nach traditioneller eburonischer Art ausgeschmückt, die auf Nichtkelten einen fremdartigen Eindruck machte. Genau gegenüber der Pforte der Halle standen nebeneinander die beiden prächtigen Sitze des Fürsten und der Druidin.

Der wohlbeleibte Fürst Marbod, der mit dem Alter immer unbeweglicher wurde, hätte gern auf seinem eindrucksvollen Fürstensitz Platz genommen, aber weder die Druidin noch die Römer waren da. Es wurde teurer Wein ausgeschenkt, der in großen Mengen in tönernen Amphoren aus Südgallien bis zum Rhein gebracht worden war. Die Kelten liebten diesen Wein.

„Der Herr der Waffen, unser aller hochgeschätzter Caileass!" Rodric, der hochmütige, aalglatte Sohn des Fürsten, begrüßte Caradocs Vater. „Seid gegrüßt, Wunderschmied!"

Caradoc hatte das Gefühl, einen verächtlichen Unterton in der Stimme des jungen Fürsten zu hören. Der Klan des Schmiedes ... Sie waren eben nur Handwerker, keine Krieger.

„Und du bist zum ersten Mal hier, Caradoc?"

Sie kannten sich von den Wettfahrten auf dem Mühlteich und konnten einander nicht gut leiden. Sie waren sehr unterschiedlich.

„Ja, Rodric, zum ersten Mal. Aber das weißt du doch."

„Hatte ich vergessen", erwiderte der Fürstensohn und wandte sich ohne weitere Umstände anderen Neuankömmlingen zu.

Caradoc hatte gar keine Zeit, sich über die Arroganz Rodrics aufzuregen. Denn in der Mitte des Saales brachte der Seher Cauldron, bevor die Römer kamen, die Opfer dar, die für einen Landtag vorgeschrieben waren. Fasziniert beobachtete Caradoc, wie das Blut eines Lammes, dem Cauldron die Kehle durchgeschnitten hatte, auf dem kahlen, weiß gekalkten Boden ein bizarres rotes Muster bildete. Das war die Blutschrift, die der Seher zu lesen verstand.

„Komm!" Caileass führte seinen Sohn weiter, in den dunkleren, hinteren Bereich der Halle. „Dort ganz am Ende sitzen wir."

Caradoc nickte. Er hatte nichts anderes erwartet.

Die Klanherren liefen durcheinander, dann saßen sie wieder grübelnd auf einer der breiten, mit Fellen belegten Sitzbänke, die entlang der Wände standen. Viele rauften sich die Bärte. Viele schüttelten den Kopf. Etliche rasselten mit ihren Waffen. Manche zogen sie auch und fuchtelten damit über ihren Köpfen herum. Was für ein Gebrüll, Gezänk, Geschrei! Caradoc und sein Vater drängten sich durch die aufgeregten Landtagsteilnehmer, von denen die meisten die geschwungenen Schnurrbärte der Klanältesten trugen. Es schien, als redeten alle gleichzeitig aufeinander ein. Heftig. Mit großen Gesten. Keltisch eben. Caradoc kannte das, war aber dennoch eingeschüchtert. Alles schwirrte. Worte flogen wie Pfeile hin und her. Caradoc war kein Freund vieler Worte. Worte konnten ihn schnell verwirren. Eine Waffe war eine Waffe. Doch ein Wort konnte so vieles sein. Caradoc war kein Mann des Wortes, sondern ein Mann der Tat.

In einem unterschieden sich Caileass und sein Sohn von den meisten der anderen Männer: sie trugen keinen Schnurrbart – wegen des Funkenflugs während der Arbeit. Alle Männer waren jedoch in wertvolle Kleider gewandet, die nach keltischer Sitte bunt und stark gemustert waren.

„Hier!“ Sie hatten das andere Ende der Versammlungshalle erreicht, weit weg vom Sitz des Fürsten. „Setz dich hin, Junge, und bleibe hier. Hier an der Wand ist das Zeichen unserer Familie.“ Caileass zeigte es seinem Sohn.

„Und du? Was machst du?“

„Ich bin gleich wieder da. Ich muss noch mit ein paar Leuten reden.“ Der Schmied Caileass hatte einen guten Bekannten gesehen, hastete zu ihm und redete auf ihn ein.

Caradoc hatte Zeit, sich umzuschauen. Keiner achtete auf ihn. Er erinnerte sich daran, was er vor der Tür mit seinem Vater abgesprochen hatte: Er legte das neueste Schwert aus der Meisterwerkstatt des Wunderschmieds quer über seine Knie, so dass es auffallen musste. Es war eine neue, weiterentwickelte Waffe, sehr leicht zu führen und von starker Durchschlagskraft, ein kürzlich erst fertig gewordenes Gebrauchsmuster aus der Schmiede, zu dessen Herstellung sich der Vater selbst noch einmal für ein paar Wochen in die Werkstatt begeben hatte. Es war ein Prachtstück geworden, und Caradoc hätte es gern selber behalten. „Der Landtag ist eine großartige Gelegenheit, unsere Neuentwicklung allen Oberen unseres Gaus vorzuführen“, hatte Caileass gesagt.

„Die Druidin kommt“, rief plötzlich alles durcheinander. „Ihre Priester sind auch dabei und auch die junge Druidin Duana.“

Caradoc schreckte hoch. Er hatte keine Ahnung gehabt, dass Duana am Landtag teilnehmen würde! Meredyd kam mit ihrem Gefolge durch die Pforte. Sie hatte ihr leuchtend weißes Gewand angelegt. Ebenso Duana. Es war das erste Mal, dass er sie seit der Beltanenacht in der Heiligen Grotte wiedersah, und ihm wurde mit einem Schlag klar, dass er sie trotz allem noch immer genauso liebte wie früher – bevor das alles begonnen hatte.

Duana und die sechs Priester nahmen ihre Plätze ein. Alle Priester machten unbewegte, düstere Gesichter, so wie es von ihnen erwartet wurde. Auch Cameron, der jüngste von ihnen. Der alte Priester Taran machte sogar ein Gesicht, als würde im nächsten Augenblick der Himmel einstürzen.

Die Druidin ging auf den Fürsten zu und begrüßte ihn kühl. Die beiden waren Gegner, das sah man deutlich. Der Fürst vertrat eine proromische Position, die Druidin hingegen hasste die Römer. Doch beide vertraten den Ahrgau beim Landtag.

Caradoc suchte den Blick Duanas, aber die bemerkte ihn nicht.

„Die Römer kommen, die Römer kommen!", schrie ein Botenjunge, der hereingelaufen kam. „Der Wächter auf dem Turm hat sie das Ahrtal heraufkommen sehen. Sie werden gleich hier sein."

Die Männer umringten ihn. „Wie viele sind es? Wer ist es?"

Der Junge kam sich plötzlich ganz wichtig vor. „Viele, hat der Wächter gesagt. Ganz viele. Er hat gesagt: Hundert. Ja, hundert."

„Du weißt doch nicht mal, wie viel hundert sind", rief ein Witzbold.

Der Landtag lachte. Ihr Lachen nahm den Männern ein wenig ihre Befürchtungen.

„Ich gehe hinaus, Vater", sagte Rodric. „Jemand muss die Römer begrüßen und hereinführen."

„Ist gut so, Junge!"

Das war typisch Rodric, dachte Caradoc verächtlich. Den Römern hinten hineinzukriechen.

Rodric ließ die große Saalpforte offen, als er hinauseilte. Das Licht fiel auf Duanas blasses Gesicht. Obwohl sie Caradoc leer und ausgezehrt vorkam, fand er sie noch immer schön. Wenn er sich ihr doch nur bemerkbar machen könnte!

Draußen waren militärische Befehle zu hören. Waffengerassel. Pferde wieherten. Alle machten, dass sie auf ihre Plätze kamen, und warteten in höchster Anspannung darauf, den Feind in ihrer Mitte zu begrüßen.

Doch der Feind kam nicht. Die Römer ließen die Kelten warten. Betretenheit machte sich breit. Der Fürst trat von einem Fuß auf den anderen. Die Druidin wirkte wie erstarrt. Die Männer schauten sich fragend an, dann blickten sie zur offen stehenden Eingangspforte, wo im trüben Mittagslicht schemenhaft die römischen Soldaten zu erkennen waren.

Es dauerte noch eine geraume Weile, bis die Römer geruhten, zusammen mit Rodric hereinzukommen. Man sah sofort, wer von ihnen der Kommandant war: Titurius schaute großspurig in die Runde. Seine kleinen, besitzergreifenden Augen waren voller Machtbewusstsein. Niemand sollte sich ihm entgegenstellen. Titurius wusste, was die Stunde geschlagen hatte. Er und seine Offiziere traten waffenrasselnd und in voller Rüstung in den Landtag ein, als seien sie die Herren. Am Eingang des Saales ging ein gutes Dutzend weitere Legionäre in Stellung. Caradoc spürte einen tiefen Hass in seinem Herzen.

Sofort traten die Römer herausfordernd vor den Fürsten Marbod und die Druidin. Titurius sprach ein paar markige Worte auf Römisch, das kaum einer in der Versammlung verstand. Er vermied es, Meredyd anzuschauen. Er lehnte es arrogant ab, den Pokal mit Wein entgegenzunehmen, den der Fürstensohn ihm entgegenhielt. Die Luft knisterte. Alle waren auf das Höchste angespannt. Dann winkte er einen unscheinbaren, hässlichen Mann aus seinem Gefolge herbei, der eine Schriftrolle in der Hand hielt.

„Vertigo“, deutete Titurius auf den Übersetzer und überließ es diesem Gefolgsmann, die Forderungen der Römer an den Landtag vorzutragen, der sie von der Schriftrolle ablas. Alle seien gleich, hieß es da. Römer und Kelten. Eburonen, Aduatucer, Treverer, Caeroser, Remer und Menapier. Alle müssten den kommenden Winter und vor allem das Frühjahr gemeinsam überleben. Ein Drittel des Getreides, der Feldfrüchte und des Schlachtviehs der Eburonen wären für das römische Volk beschlagnahmt.

Ein Jammern und Zähneknirschen war in der Versammlung zu hören. Alle starrten den kleinen Vorleser Vertigo wie einen Todfeind an, aber der schien sich im Zentrum dieser Anfeindungen durchaus wohl zu fühlen. Caradoc schaute zu Duana hinüber, fragte sich, was sie dachte. Das Gesicht der jungen Druidin war vollkommen unbewegt. Sie saß auf ihrem Platz zwischen den Priestern, aber ihr Geist schien ganz woanders zu sein. Caradoc hatte das Gefühl, dass Duana kein Wort von dem mitbekam, was Vertigo mit gleichbleibend monotoner Stimme von seiner Schriftrolle ablas, so als sei es nichts Besonderes: „Caesar richtet ein Winterlager in Atuatuka ein“, verkündete Vertigo. „Dorthin legt Caesar eine Legion und fünf Kohorten, und er stellt sie unter das Kommando von Quintus Titurius Sabinus.“ Nach Atuatuka sollten sie die Sondersteuer liefern. Ein Drittel von allem.

Atuatuka. Es war nicht das erste Mal, dass Caradoc diesen Namen hörte. Atuatuka war eine große Kriegsschanze, eine ausgedehnte Verteidigungsanlage der Eburonen. Atuatuka, eine Tagesreise zu Pferd in westlicher Richtung. Der König Ambiorix galt als der Besitzer der Schanze Atuatuka; er war dort als Jüngling gekrönt worden. Dorthin also wollten die römischen Besatzer ihr Winterlager legen. Das klang einleuchtend. So schnell wie möglich sollten alle Nahrungsmittel in Atuatuka angeliefert sein. Bis dahin blieben landfremde Aufpasser und römische Schnüffler im Gau, so dass nichts unter der Hand weggeschafft und dem römischen Volk vorenthalten werden konnte. Abschließend sagte Vertigo, dass Caesar und das römische Volk jeden Gau, der seinen Verpflichtungen nicht bis aufs Kleinste nachkomme, als Feind und Verräter ansehen werde.

Als Vertigo endete, sagte keiner im Landtag ein Wort. Caradoc versuchte verzweifelt, doch noch einen Blick Duanas zu erhaschen, doch die schaute weiter nur starr in eine Richtung. Anscheinend war es ihm unmöglich, mit ihr Kontakt aufzunehmen. Aber er konnte sich damit nicht abfinden. Sein Vater stand neben ihm, mit erstarrter Miene. Ein Drittel aller Nahrungsmittel. Das bedeutete den Hungertod für viele tausend Leute aus dem Stamm.

Die Römer drehten sich um und verließen den Burgsaal des Fürsten Marbod waffenrasselnd und hochgerüstet, wie sie gekommen waren. Rodric lief ihnen hinterher, um sie zu verabschieden, so wie er sie schon begrüßt hatte. Die Legionäre an der großen Hallenpforte räumten ihre Posten. Dann die Pferde. Ein paar raue Befehle. Und schließlich war der Auftritt der Besatzer vorbei wie ein böser Spuk.

Wie schnell das alles gegangen war! Wie gering die Freiheit der Kelten gehandelt wurde!

Die Sitzordnung löste sich nach dem Abgang der Römer schnell auf. Wieder lamentierten alle, gestikulierten, rauften sich die Bärte, manche weinten, andere zogen die Waffen und drohten den abgezogenen Römern hinterher. Alle redeten und liefen durcheinander. Auch Caradoc sprang von seinem Platz auf. Er wollte zu Duana, eilte zielgerichtet zu ihr, und da sich in diesem Augenblick niemand um sie kümmerte, gelang es ihm, sie mit der Hand am Arm zu berühren.

Duana schien wie aus einem Traum zu erwachen. „Caradoc ... du?“, sagte sie staunend. Dann schlich sich ein Lächeln in ihr Gesicht.

„Duana, endlich. Ich habe dich so lange nicht gesehen“, sagte er. Er meinte die ferne Zeit, in der sie Seite an Seite auf dem Mühlteich in ihren Kanus gefahren waren.

„Caradoc ... du bist ein richtiger Mann geworden“, sagte Duana. Sie schaute sich zur Druidin um. Die sprach heftig auf den Fürsten Marbod ein und bemerkte nicht, dass Caradoc sich seiner einstigen Geliebten genähert hatte.

„Du hast dich aber auch verändert, Duana.“

„Findest du?“

„Wir haben uns beide weiterentwickelt“, sagte der Sohn des Caileass. So gern hätte er mit Duana über den großen, dunklen Abgrund gesprochen, in den sein Leben gestürzt worden war. Gern hätte er ihr die Qualen seiner schlaflosen Nächte beschrieben, in denen er sich schweißgebadet auf seinem Lager im Hause seines Vaters herumgewälzt und immer wieder den einen schrecklichen Alptraum durchlitten hatte: Er hielt Duana mit seinen bloßen Händen über einer tiefen, finsteren Schlucht, und es gelang ihm nicht, sie hochzuziehen über den Rand des Abgrunds, sondern irgendwann verließ beide die Kraft, und der Griff ihrer nach dem Leben zuckenden Hände entglitt ihm, und sie fiel stumm, ohne Schrei, und sie starrte ihm dabei in tiefster Panik und mit Todesangst in die Augen, bis sie in der Dunkelheit der ewigen schwarzen Schlucht verschwand. Er selbst blieb zurück in namenlosem Entsetzen und beladen mit einem so tiefen Gefühl der Schuld, dass er wusste, es würde ihn bis zu seinem Tode niederdrücken.

In diesem Augenblick bemerkte die Druidin, wer da mit Duana sprach, ihnen blieben nur wenige Augenblicke, und sie hatten sich nichts ... gar nichts gesagt.

„Ich liebe dich noch immer“, flüsterte Caradoc Duana hastig zu. Dabei sahen sich die beiden tief in die Augen und erkannten die gegenseitige, unerfüllte Sehnsucht. „Ich werde dich niemals vergessen."

„Ich auch", konnte Duana noch antworten, da war schon die Druidin bei ihnen.

„Kannst du dich immer noch nicht damit abfinden, Sohn des Schmieds?", fragte Meredyd eisig. Caradoc fragte sich, warum die Druidin ihn so sehr hasste.

Er duckte sich nicht. „Ihr habt Recht, Herrin: Es fällt mir schwer, mich damit abzufinden." Caradoc musterte die Druidin mit einem Blick voller Vorwürfe. Er wusste, dass Meredyd ihn verstand. Ich vertraue dir nicht, sagten seine Augen. Warum tust du uns das an?, fragten sie. Aber in den kalten Augen der Hohen Druidin war keine Antwort. Das Liebesglück eines einzelnen Menschen bedeutete ihr offenbar nicht das Mindeste.

„Ob es dir schwer fällt oder nicht, junger stolzer Caradoc, du wirst dich dennoch damit abfinden müssen. Es gibt Mächte, die stärker sind als euer Wille, vergesst das nicht. Und daran wird sich auch nichts ändern. Niemals."

„Niemals ist ein sehr großes Wort", entgegnete Caradoc, und er fragte sich, woher er den Mut nahm, der übermächtigen Druidin so zu antworten. „Niemals ist manchmal ganz schnell vorbei."

22

Nächtliche Gäste

Duana wickelte sich in ihre Decke. Es war spät, tiefe Nacht. Sie konnte nicht schlafen. Zu viele Dinge gingen ihr im Kopf herum. Ihre kleine Kammer im Druidenhof war zugig und kalt, doch das machte ihr nichts. Sie dachte an den übernächsten Tag, das Samhainfest. Es war schon das dritte Mal, dass der Hirschgott in der Heiligen Grotte zu ihr kommen würde. Nach dem wunderbaren Hirschgott an Beltane und dem langweiligen Hirschgott zu Lugnasad wartete beim Jahresendfest Samhain, dem Fest der Grauen Nebel, der nächste Gott auf sie. Sie war gespannt darauf, wie dieser neue Mann sein würde. Ob jemals einer wieder so sein würde wie der erste am Beltanefest?

Samhain war nicht Beltane. Samhain war Ende, nicht Anfang. Samhain war Herbst, nicht Frühling. Samhain war Vergehen, nicht Werden.

Duana drehte sich auf die andere Seite. Sie berührte sich selbst ganz sanft in ihrem Schoß und stellte sich – schon halb schlafend – den Hirschgott nicht mit dem ekelhaften, entmenschlichenden Schädel vor, sondern mit dem Gesicht Caradocs. Die Sehnsucht nach ihm blieb die melancholische Grundstimmung ihres neuen, kalten Lebens. Sie stellte sich vor, was geschehen wäre, wenn das Blutorakel anders entschieden hätte: Dann wäre sie längst die Gemahlin ihres Caradoc, vielleicht hätten sie sogar schon ein Kind. Über solchen Wunschträumen war sie fast eingeschlafen.

Sie befand sich in der Halbwelt zwischen Traum und Wirklichkeit. Sie hörte das Ächzen des Hauses. Es war ein großes Haus, aus Holz und Stroh und Lehm. Es lebte. Es gab Töne von sich.

Jedes Haus hatte seine eigene Sprache. Der Druidenhof, das Hauptgebäude, war in der Nacht niemals still. Eigentlich waren es Geräusche, die man gar nicht hören konnte, so leise waren sie. Aber wenn die ganze Welt schlief, konnte man sie durchaus wahrnehmen. Das Knistern des Strohs, mit dem das Dach gedeckt war, das Knirschen des trockenen Lehms der Mauern im Wechsel von warm und kalt, das Ächzen des Holzes, wenn es sich je nach Wetterlage veränderte.

Und dann waren auch die menschlichen Geräusche zu hören. Nebenan schlief die Druidin. Selten hörte Duana irgendetwas. Und wenn, dann kam es ihr vor wie ein ganz leises Wimmern, Klagen oder Wehleiden. So als würde die alte Druidin Meredyd in ihren Träumen schluchzen. Doch auch die anderen Mitbewohner des Hauses waren hin und wieder zu hören, wenn man die ganze Nacht schlaflos wach lag, so wie es bei Duana immer häufiger vorkam. Die Leute niesten und husteten, manchmal stöhnten sie in einem schlimmen Traum, hin und wieder war einer auch betrunken, fiel hin und machte Krach. All das hörte Duana nachts.

Selbst das andere Haus nebenan konnte Duana während der Nacht wahrnehmen, allerdings nur dann, wenn Wind oder Sturm ging. Sein Giebel, den eine kunstvoll geschnitzte Drachenfigur zierte, pfiff immer ganz seltsam, jammernd und heulend und geradezu jenseitig. Der Wind ging so merkwürdig um das Dach des Nebenhauses, dass unglaublich unheimliche Töne dabei herauskamen, die klangen wie aus einer anderen Welt.

Aber die Geräusche, die sie jetzt im Halbschlaf hörte, passten nicht in das bekannte Muster. Nein. Da war etwas anderes. Schlaftrunken richtete sie sich auf ihrer Bettstatt auf. Das Erste, was Duana vernahm, war dass jemand an die Türe des unmittelbar neben ihrer Kammer liegenden Raums der Druidin Meredyd klopfte. Das war schon sehr ungewöhnlich für diese nachtschlafende Zeit.

Sie hörte, wie die Tür zur Kammer der Druidin geöffnet wurde. Die Wände waren dünn, deswegen konnte Duana alles verstehen: „Wacht auf, Herrin! Macht auf!“, rief die Stimme der neuen Obermagd Sinora unsicher. „Es sind Herren hier, ich weiß nicht ...“

Die Tür nebenan wurde wieder geschlossen. Dann waren draußen auf dem Gang Schritte. Meredyd und Sinora. Duanas Atem und ihr Puls gingen schneller. Irgendwas war hier im Gange. Aber was? Sie war jetzt hellwach. Ihre Neugierde trieb sie aus dem Bett. Sie stand auf und ging leise zur Tür ihrer Kammer. Öffnete sie, so geräuschlos es ging. Sie trat auf den Gang, der direkt zum Saal führte. Von dort kamen die Stimmen. Am Ende des Ganges – der Saal des Druidenhofes. Duana konnte schräg vor sich den großen Tisch erkennen und einen winzigen Ausschnitt der geschnitzten Wand mit den angsteinflößenden Sagenmotiven. Doch sonst war nichts zu sehen. Duana hörte jetzt wieder die Stimme der Druidin, die irgendjemanden begrüßte.

„Mein König, Ambiorix! Es ist vollkommen unvermutet, dass Ihr hier auftaucht.“

Mein König? Ambiorix? Duana konnte nicht fassen, was sie da hörte. Ihre Knie begannen zu schlottern. Sie war dem Durchgang zum Saal jetzt so nahe wie möglich. Doch sie blieb noch im Dunkeln. Sie war angespannt und aufgeregt. Versuchte, mucksmäuschenstill zu sein. Ihr Herz pochte bis zum Hals, so dass sie glaubte, dass man es hören musste. Ihre Wangen glühten. Ihr wurde schwindelig.

„Ihr wisst, warum wir zu Euch gekommen sind?“, fragte eine sonore Stimme, die Duana sofort in den Bann zog. Sie passte zu einem Anführer. Zu König Ambiorix, so wie sie ihn sich immer vorgestellt hatte.

„Ah ... ist es endlich so weit?“, fragte die Druidin. „Beginnt es jetzt?“

„Vielleicht. Wahrscheinlich. Wir sind hier bei Euch, um Euren Rat einzuholen, Druidin Meredyd“, erwiderte die Stimme, die Duana für die des Königs Ambiorix hielt.

„Ich freue mich, dass auch Ihr hier seid, König Catuvolc, hoher Herr!", sagte die Druidin. „Das verdoppelt die Ehre für mein Haus. Habt Ihr also Eure Meinung geändert?"

„Das Leben ist ein langer, gewundener Fluss", erwiderte eine uralte Stimme. Geheimnisvoll klang diese Stimme, und sie war erfüllt von unendlicher Müdigkeit. Duana wurde an die Geschichten erinnert, die man sich im Volk über König Catuvolc erzählte. Dass er über hundert Jahre alt sei. Dass er über mächtige Zauberkräfte verfüge. Dass er sich mit den Göttern in deren eigener Sprache verständigen könne. Sie war nicht im Mindesten mit der ersten Stimme zu vergleichen. Duana fröstelte. Die feinen Härchen auf ihren Unterarmen richteten sich auf.

Schließlich siegte die Neugierde über ihre Furcht. Sie musste die beiden Männer sehen, die zu der energischen jungen und zu der geheimnisvollen alten Stimme gehörten – zu König Ambiorix und zu König Catuvolc. Auf nackten Füßen tastete sich Duana langsam den finsteren Gang entlang zum Hallendurchgang. Leise, nur leise! Sie hielt den Atem an. Langsam und vorsichtig versuchte sie, um die Ecke zu spähen.

Die Druidin trat genau in diesem Augenblick auf Ambiorix zu. Sie umschlangen sich fest und gaben sich den Verbrüderungskuss.

Dabei blickte Ambiorix in den hinteren Bereich der Halle. Endlich konnte Duana das Gesicht des Königs sehen. Es war zwar nur das fahle Licht der Fackeln, aber das reichte aus, um seine männlichen Gesichtszüge erkennen zu können. Und das, was die Leute sagten, war nicht gelogen. Er war in der Tat ein gut aussehender Mann.

Da fiel der Blick des Königs unverhofft genau auf sie.

„Wen haben wir denn da im Dunkeln? Einen Spion? Einen heimlichen Lauscher?"

Duana erstarrte. Ambiorix legte seine Hand auf den Knauf seines Schwertes, das – wie die junge Druidin wusste – vor ein paar Jahren in der Schmiede des Caileass entstanden war. Plötzlich war ihr Mund ganz trocken. Sie hatte sich zu sicher gefühlt, dass sie dort an dem im Dunkeln liegenden Hallenende schon niemand sehen würde. Sie hatte nicht mit der Aufmerksamkeit des Königs gerechnet.

„Los, Verräter, komm heraus, oder ich mach dir Beine!", rief der König scharf.

„Duana!“, rief Meredyd in diesem Augenblick wütend. „Was machst du da?“

Der König erkannte, dass keine Gefahr drohte. Mit einem breiten Grinsen kam er auf die junge Druidin zu. Duana wunderte sich, dass sie keine Angst hatte.

Ambiorix war groß und athletisch gebaut und hatte durchdringende Augen, deren Farbe Duana im Halbdunkel nicht erkennen konnte. Er trug einen ungewöhnlich akkuraten, kurzen Schnauzbart, nicht so einen riesigen bauschigen altmodischen Schnäuzer wie Catuvolc und wie ihn die meisten anderen Fürsten nach alter Tradition trugen. „Was ist das denn für ein Vögelchen, das hier durch Euer Haus flattert, Hohe Druidin? Duana sagtet ihr?“

„Ja. Sie ist die neue Druidin in meinem Gau.“

„Die neue Druidin?“ Ambiorix lachte und reichte Duana seine Hand und zog sie vom Boden hoch, wo sie noch immer wie angewurzelt hockte. „Ihr seid noch sehr jung, Duana“, stellte er fest.

„Das Blutorakel hat sie erwählt“, sagte die Druidin entschuldigend.

„Duana ... das ist ein Name von ganz besonderem Wohlklang“, sagte der König, als würde er etwas mit diesem Namen verbinden.

„Wie kannst du es wagen, uns zu belauschen, törichtes kleines Ding!“, fauchte die Druidin in strengem Tonfall.

„Ich habe Stimmen gehört“, verteidigte sich Duana, während der König sie schmunzelnd ans andere Ende des Raumes führte. Ihre Hand in der starken Hand des Königs zu fühlen machte sie mutig und selbstbewusst.

„Tadelt sie nicht, Hohe Druidin“, sagte Ambiorix in beschwichtigendem Tonfall. „Ich war in ihrem Alter genauso neugierig.“ Jetzt standen sie vor der Druidin. „Und ich bin froh, dass ich Euch kennen gelernt habe, junge Druidin. Denn wenn die Götter es wollen, dann werdet Ihr einmal die Herrin dieses Gaus sein.“

„Hoher Herr“, erwiderte Duana mutig. „Ich weiß es selbst nicht, warum das Blutorakel ausgerechnet mich ausgesucht hat.“

Die Druidin wollte etwas sagen, doch der König kam ihr zuvor: „Eure Gesichtszüge kommen mir bekannt vor, Duana. Aus welcher Familie dieses vortrefflichen Gaus stammt Ihr?“

„Ich bin die Tochter von Donaghue, dem Heermeister des Fürsten.“

Ambiorix nickte wohlwollend. „Als ich in unserem Stamm das Königtum erhalten habe, da war ich wohl noch jünger als Ihr es jetzt seid.“ Duana lächelte den König hingerissen an.

Meredyd machte ein strenges, säuerliches Gesicht. Der alte König Catuvolc wirkte abwesend und traurig, wie ein Wesen aus einer anderen Welt. Ambiorix schnürte seinen Gürtel auf, warf ihn achtlos zu Boden und zog dann seinen Reisemantel aus. „Sollen wir uns nicht setzen?“

„Wo habe ich nur meine Gastfreundschaft gelassen? Ihr sollt sofort versorgt werden.“ Meredyd klatschte in die Hände.

Duana aber war überaus stolz, dass sie unmittelbar an so großen Dingen teilhaben konnte, wie sie sich offenbar in dieser Nacht im Druidinnenhof abspielten. Deren Zeuge sie geworden war – auch wenn sie nicht genau wusste, was der geheimnisvolle Besuch der beiden Könige zu bedeuten hatte.

23

Der Ritter und der Spanier

Der Militärtribun Arpinius und der Offizier Junius waren eng miteinander befreundet. Beide hatten sie am Feldzug gegen die Helvetier teilgenommen, sie hatten beide in der Nervierschlacht Seite an Seite gekämpft, und gemeinsam waren sie dabei gewesen, als Caesar innerhalb weniger Tage das Wunderwerk der Rheinbrücke hatte errichten lassen.

Jetzt saßen sie hier zusammen tief im Ardennerwald in diesem vermaledeiten Winterlager Atuatuka fest, und sie waren eingeteilt, die Holzfällertrupps zu kommandieren, die rundum in den Wäldern Brennbares zusammensammelten für den langen und kalten keltischen Winter, der ihnen bevorstand. Wenigstens regnete es heute – an diesem Tag kurz vor den Kalenden des Novembers – ausnahmsweise einmal nicht. Dafür ging ein unangenehmer Wind, der die kalten Temperaturen noch eisiger erscheinen ließ.

Die beiden Freunde Arpinius und Junius befanden sich auf einem Hügel genau auf der anderen Seite der langen Schlucht, die von Atuatuka aus in Richtung des großen nördlichen Flachlands verlief. Hier war Eburonenland. Feindesland.

Zwei Stunden bis Mittag. Die beiden Offiziere banden ihre Pferde an einer Stelle fest, wo sie einen guten Blick auf Atuatuka, das nebelverhangene Tal und das dahinterliegende bergige Land hatten. Ihnen war kalt. Eine Windböe fegte über den Hügel.

„Ungemütlich", sagte Junius und schlug sich die Arme um die Brust. Der Offizier stammte aus der Stadt Saguntum in der römischen Provinz *Hispania citerior* und war in der Truppe nur als der *Spanier* bekannt. Er galt als mutig, gewitzt und verschlagen, und weil er darüber hinaus die keltische Sprache - warum auch immer - vorzüglich beherrschte, war er vom obersten Feldherrn Caesar höchstselbst mehrfach mit Botengängen zu Ambiorix, dem eburonischen König, beauftragt worden. Er hatte mit ihm und seinem Gefolge schon so manches nächtliche Gelage durchgezecht und galt als der Experte für alles, was den jungen, charismatischen Eburonenkönig betraf.

„Ja, ungemütlich ist fast noch untertrieben", erwiderte Arpinius.

„Wenn ich mir jetzt vorstelle, wie es bei mir zu Hause in Saguntum am Mittelmeer ist", schwärmte der Spanier und strich sich über das fingergliedkurze, pechschwarze, dichte Haar, das seine Herkunft aus dem Süden unschwer erkennen ließ. Er hatte einen muskulösen Körper und war der große Schwarm der Lagerhuren, die ihm alle umsonst zu Diensten waren, wenn er es wollte. „Lauer Himmel, ein warmer Wind streicht vom salzigen Meer herein, die Möwen schreien und du hast ein Gefühl von Freiheit. Das hast du nicht mal, wenn du dir eine willige Frau vornimmst und sie reitest, bis sie nicht mehr kann."

Junius lachte. „Wenigstens regnet es nicht."

„Hast du eigentlich eine Ahnung, wovon ich rede?" Arpinius setzte sich auf den Stamm eines vom Sturm gefällten jungen Baumes, an dessen absterbenden Ästen sie ihre Militärpferde festgebunden hatten. Hier überall gingen die Holzfäller der römischen Armee zu Werke. Es war ein einfaches Kommando, denn die Eburonen, zu deren Stammesgebiet das Winterlager Atuatuka gehörte, waren zwar Feinde, doch sie hatten sich dem Willen des Caesars, so wie alle anderen, bedingungslos unterworfen. Vor allen Dingen waren sie ein vollkommen unbedeutendes Volk. „Ich meine nicht das mit der willigen Frau. Davon hast du ja nun gewiss Ahnung."

Beide Männer grinsten spitzbübisch. „Ich meine das Gefühl der Freiheit. Ich meine den Blick vom roten Turm von Saguntum hinaus in die Weite des fernen Horizonts ..."

„Ich bin in Rom groß geworden, Junge", erwiderte Junius kumpelhaft. Beide Männer waren etwa gleich alt, der eine geboren im Jahr 666 *ab urbe condita*, der andere im Jahre 668 nach der Stadtgründung Roms durch Romulus und Remus. „Kaum ein Mensch in Rom hat jemals das Meer gesehen, auch wenn es nur fünfzehn Meilen entfernt ist. Die Römer fragen sich: Was sollen wir am Meer? Etwa in die Weite hinausstarren? Wozu? Niemand könnte das einfache römische Volk dazu bewegen, freiwillig vor die Mauern der Stadt zu gehen. Für die Römer beginnt das Feindesland noch immer genau vor ihren Stadttoren."

Junius nickte. „Ich kenne das von Saguntum. Du hast Recht. So eine Stadtmauer ist eine wirkliche Grenze. Die draußen und die drinnen – das sind zwei unterschiedliche Welten. Die Menschen in den Städten sind anders als die Bauern auf dem Land. Wir beide sind aus dem gleichen Holz geschnitzt, weil wir beide aus einer mächtigen Stadt stammen. Anders als diese Bauern, die Legionäre, von denen Caesar manche anscheinend direkt vom Acker geholt hat."

„Man meint wirklich, dass irgendwas Merkwürdiges dahintersteckt. Wieso hat der Feldherr sonst ausgerechnet die neu ausgehobenen, völlig unerfahrenen Kohorten gerade hier im Eburonenland stationiert, am weitesten entfernt von allem Nachschub und am nächsten an den Germanen?"

Junius beugte sich zu Arpinius hinüber und öffnete das Essenspaket, das er von seinem Diener geschnürt bekommen hatte. „Was willst du damit sagen?"

„Na, es gibt da so ein Gemunkel."

„Ein Gemunkel?"

Manchmal war es gefährlich, in Caesars Armee etwas Falsches zu sagen. Auch wenn es nur Gerede war. Für einen kurzen Augenblick überdachten beide Männer, wie weit ihrer beider Freundschaft die Wahrheit ertrug. Beide kamen in kurzer Zeit zum gleichen Ergebnis: Sie wagten einander die Wahrheit zu sagen, hier, wo es keine Zeugen gab.

„Ein Gemunkel unter den Offizieren", sagte Arpinius. „Jedenfalls unter den erfahreneren von ihnen. So wie wir beide es sind. Die einfachen Soldaten haben keine Ahnung von alldem. Du weißt ja, wir haben hier in Atuatuka kaum kampferprobte Truppen. Hört sich gut an, fünfzehntausend Mann. Es sind aber fast alles nur Frischlinge. Eben erst ausgehobene Truppen aus der *Gallia cisalpina*. Sie kommen geradewegs vom Po. Wie ich schon sagte: unerfahrene Bauern. Sie haben alle noch keine einzige Schlacht erlebt. Hast du gesehen, wie sie lachen und sich freuen, unter Caesars Kommando zu stehen?"

„Langsam, langsam", sagte Junius. „Dass die meisten unserer Legionäre Frischlinge sind, habe ich selbst gesehen." Er deutete auf die Schanze Atuatuka, die sich auf dem gegenüberliegenden Hügel erhob. Ameisengleich waren dort unzählige römische Soldaten und Hilfskräfte zu sehen, die die Schanzarbeiten zu Ende brachten und die Befestigungen, die jedes ordentliche römische Winterlager in Feindesland aufzuweisen hatte, hochzogen. „Aber das ist ja nun wirklich nichts Besonderes. Was meinst du mit Gemunkel?"

„Kennst du dich aus in der römischen Politik?"

„Naja. Du bist ein Ritter. Ich bin ein Zenturio. Nur ein kleiner Offizier in der Truppe des Römischen Reiches."

Arpinius lachte. „Mein Freund, so klein kannst du nicht sein, wenn dich Caesar schon mehrfach als Botengänger zu Ambiorix geschickt hat."

„Ich kann halt deren Keltisch", erwiderte Junius in gespielter Bescheidenheit.

„Also, kennst du dich nun aus in römischer Politik, oder nicht?"

„Eher nicht", gab Junius zu. „Ich bin nur Soldat. Politik interessiert mich nicht. Ich folge nur meinen Befehlen."

„Das kann ich verstehen. Ich versuche also alles mit einfachen Worten zu sagen. Hör zu: Wir haben hier Tausende junge Soldaten, die eben erst ausgehoben worden sind. Klar?"

„Ja, weiter!"

„Und wo sind wir hier?"

„Was?"

„Antworte einfach!"

„Wo wir hier sind? Also, Freund Arpinius, wir sind ... irgendwo in Gallien. Am Ende der Welt. Wir sind umgeben von dunklen, feindlichen Wäldern, in denen sich wer weiß wer verbirgt. Wissen wir, ob es Germanen sind oder Kelten? Wir sind außerdem in einem

Land, in dem es ständig nur regnet. Irgendwo, einen halben Tag in Richtung Osten, liegt der Rhein."

„Stimmt. Sagen wir vier stramme Reitstunden. Ich weiß es", sagte Arpinius, „denn ich habe diese Strecke erst letzte Woche zurückgelegt."

„Doch was willst du mir eigentlich sagen?"

„Findest du nicht auch, dass wir hier wie auf dem Präsentierteller sind? So weit vorgeschoben, fast bis an den Rhein! Keiner ist so nah an den Germanen wie wir hier. Ich meine, man kann sie förmlich schon riechen mit ihren stinkenden Fellen, die sie anziehen und die sie ihre Kleider nennen", sagte der römische Ritter und verzog sein Gesicht zu einer angewiderten Miene. „Alle anderen Winterlager sind viel weiter westlich, Junius, in ruhigen und sicheren Gebieten, weit weg von den Germanen. Aber ausgerechnet hierhin, wo wir sozusagen die Speerspitze des römischen Heeres bilden, hier, wo wir jederzeit mit unserem Todfeind aneinander geraten können, legt Caesar eineinhalb Legionen Frischlinge hin, die noch nie einen kämpfenden Keltenkrieger und geschweige denn einen Germanenkrieger auch nur von fern gesehen haben ..."

„Hast du nicht gesagt, dass die hohen Offiziere irgendetwas munkeln, Arpinius?"

„Genau. Sie glauben, dass Caesar unsere Frischlinge in der nächstbesten Schlacht opfern will. Er hat da Leute anwerben lassen, die unter normalen Umständen niemals zum Soldaten taugen. Fußkranke, Schwächlinge, Muttersöhnchen und Angsthasen. Höchstens ein paar von ihnen sind als Legionär geeignet."

„Doch welchen Sinn sollte das machen?"

„Na, überleg doch, Junius. Das ist eben Politik. Du weißt doch, wer Pompeius ist?"

„Pompeius? Meinst du Pompeius Magnus? Der ist wie Caesar ein Feldherr und ein Politiker in Rom. Aber er ist jetzt nicht mehr der Schwiegersohn Caesars."

„Genau. Weil Caesars Tochter diesen Sommer gestorben ist."

„Richtig, Junius. Seit dem Tod von Caesars Tochter Julia verbindet die beiden nichts mehr miteinander. Außer dass sie dasselbe wollen, nämlich die Herrschaft im Staat. Im Augenblick belauern sie sich gegenseitig."

„Und was ist jetzt mit diesem Pompeius?"

„Er hat etliche Legionen kampferprobter Männer unter seinem Kommando. Auf die ist Caesar scharf. Doch er kriegt sie nicht, ums Verrecken nicht! Jedenfalls wird Pompeius Magnus keinen einzigen Soldaten freiwillig herausrücken. Aber was meinst du, was im Senat und auf den Straßen von Rom für den Fall los wäre, wenn in Gallien anderthalb Legionen untergehen?"

„Na, du wirst es mir schon sagen, Arpinius. Schließlich bist du ein römischer Ritter, kommst gleich hinter den Senatoren. Was ganz Besonderes."

Arpinius lachte. „Caesar würde also darüber klagen, dass man ihm unfähige Männer als Soldaten schickt und dass die Ehre des römischen Volkes besudelt ist und dass der Ruf des römischen Staates wiederhergestellt werden muss, und er würde umgehend neue Truppen anfordern, um die Schmach auszumerzen."

„Aber diesmal richtige Truppen. Kampferprobte Männer."

„Genau. Du hast es verstanden, Junius. Die Legionen des Pompeius. Es wird ihm nichts anderes übrigbleiben, als Caesar einige davon zu schicken."

Der Spanier lachte roh. „Und das alles fädelt Caesar ein? Ist schon ein schlaues Kerlchen, unser oberster Kommandant. Weiß man eigentlich, wo er sich im Augenblick aufhält?"

„Er ist in Samarobriva."

„Wo ist das denn?"

Arpinius lachte. „Es ist eine Stadt bei den Belgern. Fast schon am Atlantischen Ozean. Er hält dort einen gallischen Landtag ab."

„Glaubst du eigentlich wirklich, dass Caesar alle diese jungen Männer ohne jeden Skrupel opfert, um an die Legionen des Pompeius zu kommen?"

„Glaub mir, Caesar würde alles opfern, um an seine Ziele zu kommen."

Jetzt setzte dünner Nieselregen ein. Wie sie diesen keltischen Nieselregen hassten! Junius schaute einer Gruppe junger Legionäre zu, die noch vor ein paar Wochen vom herbstlichen Sonnenlicht Norditaliens beschienen worden waren. Ihre Bewegungen waren müde und ungelenk. Arpinius hatte Recht. Sie taugten nicht als Soldaten. Doch das hätte ihnen der Anwerber sagen müssen. Gewöhnlich achteten sie auf so etwas. Soldaten, die nichts taugten, waren das Schlimmste für eine Armee. Wie ein schimmliger Apfel, der einen ganzen Korb gesunder Äpfel verdirbt. Wenn sie so langsam weiterarbeiteten, würden sie bis in den Winter brauchen, um den nötigen Holzvorrat anzulegen. Junius musste ein Wörtchen mit den Zenturionen reden.

Der stetige Wind zerrte an seinen Haaren. Sein Blick schweifte über den Hang und den Wald und das Tal hinweg, nach Atuatuka. Ihm war dieses Schanzwerk, diese alte Fluchtburg der Eburonen, nicht geheuer. Es hatte für ihn eine bedrohliche, düstere Ausstrahlung, als wäre es fremden, böswilligen Gottheiten geweiht. Atuatuka war kein guter Ort für einen Römer. Irgendwie spürten sie das alle. Das Holz, aus dem die mächtigen Stämme der Palisade bestanden, war ebenso dunkel wie der Ardennerwald, der die Fluchtburg umgab – oder besser einschnürte. Kein Mensch wusste, was jenseits der Meile Wald passierte, die sie kontrollierten. Junius war nicht besonders furchtsam, aber diesmal hatte er doch Angst vor dem langen keltischen Winter, der ihnen bevorstand. Die Mutmaßungen seines Freundes Arpinius über das vorherbestimmte Schicksal der jungen Legionäre waren nicht dazu angetan gewesen, seine Nerven zu beruhigen. Doch wie viele seiner Kameraden war Junius schicksalsergeben und stoisch. Es kam, was kommen sollte. Gegen den Plan der Götter konnte niemand ankommen. Wenn Atuatuka sein Schicksal war, dann war es eben so. Nur gut, dass niemand das vorher wissen konnte.

„Du hast doch die Nachrichten Caesars an Ambiorix überbracht, mein Freund“, unterbrach Arpinius das Schweigen. „Sag mir, wie ist er denn so? Dieser eburonische König Ambiorix?“

„Beeindruckend. Jung und tatkräftig. Ihm eilt der Ruf eines mächtigen Kriegers voraus, und dieser Ruf ist wahrlich nicht übertrieben. Die Leute sagen, er ist einer der besten Schwertkämpfer in ganz Gallien. Und außerdem ist er unglaublich gutaussehend. Die Frauen liegen ihm in Scharen zu Füßen. Man sagt, dass er auch sehr grausam sein kann. Aber ich habe ihn niemals grausam erlebt. Und was die Leute noch sagen – er soll ein kluger Kopf sein. Unbezwingbar in allen Kampf- und Geschicklichkeitsspielen.“

„Na, übertreib mal nicht. Du redest von ihm ja geradezu so, als wäre er Achilles.“

„Er hat noch eine seltsame Eigenschaft, die mir nicht geheuer ist. Man spürt seine Anwesenheit, auch wenn man ihn nicht sieht. Jedenfalls Leute mit einem Gespür für so etwas.“

„Was willst du denn damit sagen?“, fragte Arpinius mit angehaltenem Atem.

„Ich will ganz einfach sagen, dass ich seine Nähe immer gespürt habe. Und so ist es auch jetzt. Ich spüre, dass König Ambiorix irgendwo dort draußen ist."

24

Zwei Wegstunden bis Atuatuka

Als Krieger zu kämpfen und in den Krieg zu reiten, hatte lange Zeit außerhalb der Vorstellung Caradocs gelegen. Und doch war es jetzt so. Er ritt auf seinem Braunen im Gefolge von Dublachan, irgendwo in der unwegsamen Tiefe des endlosen Ardennerwaldes. Auf Wegen, die nur die einheimischen Führer kannten. Es war ein nebliger und düsterer Tag, an dem sie in die Schlacht zogen.

Die beiden Könige Ambiorix und Catuvolc ritten auf prächtigen Schimmeln vornweg, gefolgt von der Druidin des Ahrgaus und dem Fürsten Marbod mit seinem Sohn Rodric. Alle zusammen waren sie aufgebrochen gegen Atuatuka, um ihre Ehre zu retten und um ihr Volk, die Eburonen, vor dem Hungertod zu bewahren. Ihr Mindestziel war es, die Römer aus dem Winterlager und aus ihrem Land zu vertreiben. Nur so konnten sie nach ihrer aller festen Überzeugung verhindern, dass sie den Römern in Atuatuka über den ganzen kommenden Winter Nahrungsmittel liefern mussten, die sie selbst nicht hatten. Sie hatten die Wahl: Entweder sie verhungerten, oder sie starben im Kampf.

Der Heerbann der Eburonen bewegte sich durch ein langgezogenes Tal mit flachen Bergen an den Flanken. Sie folgten einem breiten Bach.

Caradoc trug wie die anderen die keltische Rüstung, einen Eisenhelm mit Wangenklappen, ein Kettenhemd, Schienbeinschützer, und die keltische Bewaffnung, die bei einem Krieger aus Schwert, Dolch, Schleuder und Lanze bestand, ergänzt durch den Schutz des ovalen Schildes. Auf dem Schild, den der Vater eigens für diesen Krieg und für seinen Sohn angefertigt hatte, trug er stolz das Zeichen seiner Familie.

Als Caradoc aufbrach, um die Ehre des Schmiedeklans zu verteidigen, hatten alle aus seinem Haus dabeigestanden, ihn beglückwünscht, und sie hatten Tränen vergossen, weil er in ein Abenteuer ging, von dessen Ende noch niemand die geringste Vorstellung hatte. Caradoc hatte kompromisslos darauf bestanden, zusammen mit den anderen Kriegern in den Krieg zu ziehen. Sein Vater verstand das nicht. Er wäre niemals auf die Idee gekommen, freiwillig an irgendwelchen kriegerischen Auseinandersetzungen teilzunehmen. Er kannte die Schärfe der Schwerter, die dabei zum Einsatz kamen, schließlich am besten.

Aber dann hatte der alte Schmied Caileass mit seinem Geld doch dafür gesorgt, dass sein Sohn Caradoc eine Rüstung bekam, die kein bisschen schlechter war als die eines jeden anderen keltischen Kriegers, und ein Pferd, um das ihn viele Männer beneideten. Die Familienehre ließ es gar nicht anders zu.

Caileass spürte, dass er dem Willen seines Sohnes nichts entgegenzusetzen hatte. Alle gingen mit voller Überzeugung in diesen Krieg, auch diejenigen, die zuvor noch auf der römischen Seite gestanden hatten. Im Angesicht der Hungerkatastrophe, die dem eburonischen Volk drohte, gab es die alten Überzeugungen nicht mehr. Romfreundlichkeit würde keinem über den kommenden Hungerwinter hinweghelfen. Keine einzige Familie, keine einzige Person im Ahrgau war noch auf römischer Seite. Auch der Fürst und sein Sohn waren umgeschwenkt – zu schlimm waren die Demütigungen des eburonischen Volkes, das seine eigene Nahrung – die es selbst so bitter benötigte, um zu überleben – an die Römer abgeben und den Hungertod von tausenden Stammesgenossen in Kauf nehmen sollte. Die Antwort auf eine solche Herausforderung konnte nur Krieg, Krieg und nochmals Krieg heißen, auch wenn es den Untergang bedeutete. Das Vorgehen der Römer hatte alle ernüchtert. Die Römer nahmen keine Rücksicht auf Verluste und kannten nur ihr eigenes Interesse. Die Kelten waren für die Römer offenbar nur Dreck ...

Es begann zu regnen. Die Wolken hingen tief. Es war kalt. Alle froren. Ein einsames Bergland. Der Wald, der sie umgab, war düster. Kein Mensch wusste, welche Wesen in den dunklen Tiefen dieser Wälder hausten – außer den Wesen, die sie kannten, wie Wolf, Wildkatze und Bär.

Der Tag neigte sich dem Ende zu. Sie ritten schweigend hintereinander. Sein Freund Leannan, sein Jugendgefährte aus der Heimat, ritt neben Caradoc. Keiner sagte etwas. Sie ahnten, dass sie womöglich in den Tod ritten.

Es dunkelte bereits, als sie auf einer großen Lichtung in einem Talkessel ankamen, der drei Reitstunden nördlich des Ahrgaus lag. Auf der Lichtung hatten sich zahlreiche Krieger versammelt, die zu Fuß oder zu Pferd gekommen waren. Eine schwere, fast greifbare Spannung lag über dem Talkessel. Hier war der Sammelpunkt. Er war von dichtem Eichenwald umgeben. Es war ein heiliger Platz, an dem die Kräfte der Innererde deutlicher zu spüren waren als anderswo. In der Mitte standen Totempfähle. Kein Römer kannte diesen Platz. Hier war der geheime Treffpunkt des eburonischen Heerbannes, des Aufgebotes, das die Könige Ambiorix und Catuvolc durch Geheimboten an diesen Ort befohlen hatten.

Von hier aus waren es nur noch zwei Wegstunden bis Atuatuka.

***

Bald war es stockfinster. Es nieselte immer noch. Die Schildknechte, Diener und Pferdeknechte spannten die auf den Saumpferden mitgebrachten Planen auf. Die zusammengeschnürten Heuballen, die sie später an die Pferde verfüttern würden, dienten als Sitzmöglichkeit.

Alles war nass und klamm. Es versprach eine kalte Nacht zu werden, aber es gab keinen unter den eburonischen Männern, der sich um irgendwelche Unannehmlichkeiten geschert hätte.

Auf der ganzen Lichtung wurden nach und nach Feuer entzündet. Caradoc hatte das Gefühl, dass sich der Sammelplatz zunehmend mit Männern und Pferden füllte.

Zwei große Zelte wurden aufgebaut, in denen jeweils Dutzende Männer Platz fanden, eines für König Ambiorix und eines für König Catuvolc. Caradoc war mit den anderen Männern aus dem Ahrgau im Zelt des Ambiorix.

Immer wieder kamen Boten und flüsterten König Ambiorix Nachrichten ins Ohr. Klanleute und hohe Herren aus den unterschiedlichen Gauen des Eburonenlandes waren beim König, umringten ihn. Der gab sich bestens gelaunt, ließ teuren Wein aus den Südlanden ausschenken. Geduldig beantwortete er die zahlreichen drängenden Fragen, die die Krieger an ihn richteten. Obwohl Caradoc nicht in unmittelbarer Nähe des Königs war, bemerkte er doch die ungeheure Anspannung, unter der Ambiorix stand. Er war der Urheber dieses Krieges, er hatte ihn gefordert, und er hatte ihn von seinem Volk bekommen, das ihm in dieser Sache uneingeschränkt folgte.

„Sagt mir, mein König", ergriff in diesem Augenblick der Fürst des heimatlichen Ahrgaus das Wort. Caradoc fand, dass Marbod gegen den jungen, tatkräftigen Kriegskönig der Eburonen fett, blass und langweilig wirkte. „Sagt mir, ob es stimmt, was sich die Leute sagen. Dass wir Eburonen ganz allein dastehen in diesem Krieg? Oder hat sich uns ein anderer Keltenstamm angeschlossen?"

Ambiorix kannte die frühere romfreundliche Haltung des Fürsten. Er richtete seine Augen auf ihn. Der konnte dem Blick des zwei Generationen jüngeren Königs nur ein paar Augenblicke lang standhalten. „Das, was wir hier tun, ist nur möglich, wenn wir den ersten Schritt allein tun. Ihr alle kennt die Geschichte der Kriege Roms gegen uns Kelten. Je mehr Keltenstämme daran beteiligt waren, umso leichter hatten es die Römer, Zwist und Zwietracht zu säen."

„Glaubt Ihr denn wirklich, dass wir Eburonen es allein mit den Römern aufnehmen können?", fragte auch der Fürstensohn Rodric zweifelnd.

Ambiorix lächelte und fixierte den jungen Krieger: „Ich will Euch antworten, Rodric: Wir Eburonen können es natürlich niemals ganz allein mit den Römern aufnehmen. Doch wir können etwas anderes. Wir können uns mit einem einzigen Winterlager der Römer messen ... allein."

„Atuatuka", flüsterte Rodric.

Dieser so bedrohliche wie wohlklingende Name, der inzwischen fast schon einen magischen Klang hatte und mit dem sie den Tag der großen Schlacht heraufbeschworen, vielleicht der letzten großen Schlacht, die die Eburonen jemals schlagen würden.

„Ja. Unser erstes Kriegsziel. Das Winterlager des Titurius in Atuatuka, auf eburonischem Gebiet. Ich sage es Euch, Rodric, als dem Erben des Fürstenstuhles im Ahrgau: Wenn es uns gelingt, Atuatuka zu vernichten, dann werden wir nicht mehr allein sein." In seiner Stimme schwang seine unbedingte Überzeugung mit. Dem Charisma des eburonischen Königs konnte sich keiner im Zelt entziehen. Auch Caradoc nicht. Er hörte dem König gebannt zu. Caradoc faszinierten die durchdringenden Augen des Königs, denen niemand widerstehen konnte. „Was glaubt Ihr, Fürst Marbod, habe ich Recht? Werden sich die anderen Stämme unserem Krieg anschließen, wenn wir erfolgreich sind?"

Marbod stockte. „König, Ihr kennt genauso gut wie ich die Unberechenbarkeit unseres Volkes. Doch eins ist gewiss: Die Kelten folgen dem Sieger."

Ohne dass jemand bemerkt hatte, dass sie von Catuvolcs Zelt herübergekommen war, stand plötzlich die Druidin Meredyd im Lichtkegel eines der Feuer, die das Zelt des Königs Ambiorix wärmten.

„Genau deswegen werden Euch auch die anderen Stämme folgen, König", warf die Druidin ein. Sie war gerüstet wie ein Krieger. „Ihr habt die Ausstrahlung eines Siegers." Sie wirkte wie ausgewechselt. Nichts erinnerte an die Traurigkeit und Hoffnungslosigkeit, die sich in ihrer Seele nach dem Tod ihrer Tochter breitgemacht hatte. Sie war voller Energie. Von innen strahlend. Das war ihr Weg. Sie wollte ihn gehen.

„Es ehrt mich, dies gerade aus Eurem Mund zu hören. Ihr, die man die größte Druidin im Rheinland nennt."

„Tut man das?", erwiderte Meredyd, und konnte für einen kurzen Augenblick nicht verbergen, dass ihr die charmante Schmeichelei des gut gelaunten Königs nicht eben missfiel.

„Ihr ahnt gar nicht, wie viele es bedauert haben, dass Ihr durch den tragischen Tod Eurer Tochter daran gehindert worden seid, auf die Große Wanderschaft zu gehen."

„Ihr wisst davon? Das ehrt mich sehr. Ich habe geglaubt, dass es mein persönliches Unglück ist."

„Da irrt Ihr Euch gewaltig, Meredyd. In dieser schweren Zeit warten viele in den Stämmen und an den Fürstenhöfen auf Euren Rat! Jetzt habt Ihr ja eine neue Nachfolgerin. Duana ist zwar noch sehr jung, aber ich vertraue ihr. Wenn sie die richtigen Lehrer hat und die Priester ihr treu zur Seite stehen, wird sie den Platz auf dem Druidenstuhl des Ahrgaus angemessen ausfüllen. Und Ihr seid frei, die Wanderschaft anzutreten."

Duana!

Caradoc war begeistert, als er ihren Name hörte. Selbst hier, am Feuer des Königs, zwei Stunden entfernt von der Schlacht, wurde ihr Name genannt. Unvermittelt verspürte Caradoc neben dem Schmerz, dass sie nicht die Seine war, auch einen großen Stolz auf das, was sie erreicht hatte. Hastig nahm er einen Schluck aus dem hölzernen Krug mit rotem Wein, der im Zelt herumgereicht und von den Knechten des Königs immer wieder aus ledernen Schläuchen aufgefüllt wurde.

„Ich versichere Euch, mein König, dass meine Priester ihr so treu zur Seite stehen werden, als wäre ich selbst auf dem Druidenstuhl des Ahrgaus. Und ich gestehe, dass ich mehr denn je die Sehnsucht spüre, meine Wanderschaft anzutreten, nach dem, was Ihr mir eben gesagt habt."

Alle keltischen Herren, die um Ambiorix saßen, waren berührt von der Szene. Insbesondere die Leute aus dem Ahrgau, die Meredyd seit langem nur noch als kalt und abweisend erlebten, sahen jetzt eine vollkommen andere Frau. Sie alle spürten, dass der König Ambiorix dazu in der Lage war, die Menschen zu inspirieren, ihre Wunden zu heilen und damit das Heil des Königs auf sie zu übertragen. Selbst in die kalte und so sehr schmerzende Wunde der Druidin konnte er das süße Betäubungsmittel seines Charismas träufeln. Die Druidin und alle anderen fühlten sich wohl, und sie fühlten sich stark in der Nähe dieses Königs, und sie waren alle gemeinsam bereit, ihm in die Schlacht zu folgen.

„Die Menschen haben Recht, wenn sie Euch als einen Sieger und Draufgänger, jedenfalls als einen richtigen Mann und König lieben", sagte Meredyd mit einem verinnerlichten Lächeln. Caradoc teilte die Meinung seiner Druidin. Er bewunderte den König, und er spürte, dass er bereit war, für ihn im Kampf notfalls zu sterben. Ein Gefühl, das er bisher noch nicht gekannt hatte.

„Doch eins müsst Ihr mir noch sagen, König", sagte der Fürst Marbod, dessen Zweifel anscheinend noch immer nicht ganz beseitigt waren. „Wieso habe ich das Gefühl, dass es da etwas gibt, das Ihr wisst und von dem wir alle nicht wissen? Eure Siegesgewissheit ... Woher kommt sie?"

„Ihr seid ein guter Beobachter, Fürst Marbod", schmeichelte Ambiorix dem Fürsten. „Also gut", erwiderte der König mit einem undurchsichtigen und zugleich vielsagenden Schmunzeln. „Der Tag ist endgültig in die Nacht entwichen. So kann ich Euch allen sagen, dass Fürst Marbod, mein Freund aus dem Ahrgau, ganz Recht hat mit seinem Gefühl."

Alle horchten auf. Auch Caradoc spitzte die Ohren. Es erschien ihm geradezu als unwirklich, dass er sich inmitten all dieser ungewöhnlichen und herausragenden Ereignisse befand. Was auch immer in den nächsten Tagen geschehen würde ... Er würde dabei sein. Caradoc war erfüllt von Stolz. Er war glücklich, ein Eburone zu sein.

„Morgen ist der Tag, an dem die Schlacht beginnt. Und heute Abend werde ich Euch in meine Pläne einweihen und meine Befehle erteilen, so wie ich sie mit der Druidin besprochen habe“, sagte Ambiorix. Meredyd nickte zustimmend. Es war noch immer ungewohnt, sie so gerüstet und bewaffnet zu sehen, dachte Caradoc, ohne ihre Druidengewänder. „Ihr werdet meine Befehle an meine Leute, an die Pferdekämpfer und die Krieger, die zu Fuß kämpfen, weitergeben. Ihr seid die Oberen eurer Reiterkontingente. Ich muss mich auf diese Befehlskette verlassen können.“

„Ihr wisst genau, dass Ihr Euch auf die Krieger des Ahrgaus jederzeit verlassen könnt“, meldete sich Donaghue zu Wort, der Vater Duanas. Die Flammen des Feuers malten sich in seinem Gesicht ab. Alle bekräftigten ihre unbedingte Treue zum König.

„Das hier ist eine Schlacht der Kelten gegen die Römer. Der einen Welt gegen die andere. Der Freiheit gegen den Zwang“, rief die Druidin. „Deswegen folge ich Euch, mein König, und ich folge Euch ohne Wenn und Aber.“

Alle riefen jetzt durcheinander, erklärten sich für den König. „Ihr wolltet doch wissen, Marbod, was mich so siegesgewiss macht“, ergriff Ambiorix wieder das Wort. „Ich weiß von Dingen, die man nicht auf den ersten Blick erkennt. Mir sind Tatsachen zur Kenntnis gebracht worden, die von – wie nennen es die Römer? – militärstrategischer Bedeutung sind, wie ihr alle mir gleich zustimmend bestätigen werdet.“

„Da sind wir aber gespannt“, sagte der Fürst Marbod.

„Eine Legion ist nicht gleich einer Legion. Soldat ist nicht gleich Soldat. Es gibt Mutige und Feiglinge. Es gibt Kräftige und Schwache. Vor allem gibt es erfahrene Kämpfer und unerfahrene.“

„Ihr redet in Rätseln, König.“

„Ich will deutlicher werden, Fürst Marbod. Ich weiß aus sicherer Quelle, dass die Römer in Atuatuka fast ausschließlich frisch ausgehobene Truppen liegen haben, die noch niemals gekämpft haben, noch in keiner Schlacht waren.“

„Und was bedeutet das?“

„Könnt Ihr Euch das nicht selbst ausmalen, Fürst? Es sind fünfzehntausend Mann, die sie in ihren großen Städten angeworben haben. Faulenzer, Verbrecher, Tagelöhner, Bettler. Abschaum. Ich sage euch“, erhob der eburonische Kriegskönig seine Stimme, so dass alle ihn gebannt anstarrten, „sie wollen uns täuschen. Was sie da haben sind nicht die kampferprobten Legionäre Caesars, die die Nervier und alle anderen besiegt haben. Im Gegenteil ..."

„Woher wisst Ihr das?", entfuhr es Marbod.

„Es ist meine Aufgabe als Anführer unseres Heeres, von solchen Dingen zu wissen", erwiderte Ambiorix ausweichend. „Fragt nicht weiter danach. Ich weiß es. Das muss genügen. Die Römer wollen jedenfalls, dass wir glauben, sie seien stärker als sie in Wirklichkeit sind." Ambiorix stand auf. Caradoc lief es kalt den Rücken hinunter. Seinem Freund Leannan und Dublachan, zwischen denen er auf dem gebündelten Stroh saß, ging es genauso.

„Sie halten uns für dumme Barbaren und schauen mit ihrem römischen Hochmut auf uns herab. Wir alle haben ihre Verachtung zu spüren bekommen, seit sie vor drei Jahren, ohne dass irgendeiner sie gereizt hätte, in unser Land eingefallen sind. Die Römer wollen unsere Seele", rief Ambiorix mit donnernder Stimme. „Sie sind nicht gekommen, um wieder zu gehen. Es gibt einige von euch, die schon in Rom gewesen sind, wie ich weiß. Ich selbst bin dort gewesen, und seit dieser Zeit kenne ich Caesar." Viele, die das nicht gewusst hatten, schauten einander erstaunt an. Auch für Caradoc war das neu. „Ja, ich habe ihn kennengelernt. Ich kenne seine Geschichte. Er ist durch und durch Römer. Und diese Römer haben, seit es sie gibt, nichts anderes im Sinn, als ein Volk nach dem nächsten zu unterwerfen. Immer größer ist das Römische Reich geworden. Die Römer haben zuerst ganz Italien unterworfen, dann die andere Seite des Mittelmeeres, dann das Land Arkadien, das man Hellas nennt, dann haben sie Südgallien und die iberische Halbinsel unterworfen, und jetzt sind wir dran. Und ihr habt ja in diesem Sommer selbst gesehen, dass sie ihre gierigen Finger auch schon nach Britannien und nach Germanien ausstrecken. Wenn ihnen niemand Einhalt gebietet, dann werden sie einmal die ganze Welt erobern."

Da machte Donaghue zwei Schritte nach vorn in Richtung des Königs. „Wir sind keltische Krieger, König Ambiorix", sagte der Oberst des Fürsten Marbod, „und wir sind bereit, für unsere Sache zu sterben. Ob wir gegen die Römer erfolgreich sind, das werden die Götter entscheiden, doch ich spüre die gewaltige Kraft, die von Euch ausgeht, mein König, und das gibt mir eine Hoffnung, die ich zuvor nicht gehabt habe."

„Wenn nicht wir den Römern ein Ende bereiten, wird es keiner unserer Nachfahren mehr schaffen", rief der König mit entschlossener Stimme. Er erhob sich und breitete die Arme aus, so als wollte er seinen ganzen Heerbann umfassen. „Ich spüre es. Die Götter sind mit uns. Wir ziehen zusammen in eine Entscheidungsschlacht auf Leben und Tod. Es ist eine Schlacht, die das Schicksal unseres ganzen Volkes entscheiden wird. Wir Eburonen haben viele Generationen unbehelligt und die meiste Zeit friedlich in diesem Land gelebt, das uns die Götter geschenkt haben. Wir haben es keinen anderen Menschen fortgenommen. Es ist unser Land. Und wenn wir die Römer erst einmal aus unserem Land vertrieben haben", fuhr der König selbstbewusst fort, „dann werden die anderen keltischen und gallischen Stämme die Ehre nicht bei uns allein lassen wollen. Doch wir ... Hört ihr, meine Freunde ... meine Weggefährten ... Wir Eburonen sind diejenigen, die das Licht anzünden. Das Feuer, das die Römer verbrennen wird. Wir!"

„Wir entzünden das Feuer!", schrien alle Männer wie aus einer Kehle. „Wir Eburonen! Das Feuer, in dem wir die Römer verbrennen!"

25

Das Feuer brennt

Die Holzfäller und -sammler zu beaufsichtigen war für den Militärtribunen Arpinius und den Offizier Junius inzwischen zu einer alltäglichen Aufgabe geworden. Der Befehlshaber des Winterlagers teilte die beiden immer gemeinsam ein, um die gefährlichen Kommandos draußen im Wald zu befehligen. Man konnte nie sicher sein, wer sich hinter dem nächsten Baumstamm versteckte.

An diesem Vormittag waren sie in einem Waldstück ungefähr eine Meile nordwärts von Atuatuka unterwegs. Rund zweihundert Mann. Nicht nur die jungen, unerfahrenen Legionäre, sondern auch Soldaten aus Cottas Einheit, Legionäre mit viel Erfahrung. Ihr Einsatzort war ein schmales Tal mit steilen Hängen, das viel Niederholz hatte. Am Grund des Tals floss ein Bach in Richtung Atuatuka.

Im Morgengrauen hatten sie einen Bären entdeckt. Ein paar Legionäre waren ihm gefolgt, denn eine Bärentatze galt als kraftvolles Schutzamulett. Außerdem, so behaupteten die Soldaten, machte einen Bärenfleisch besonders stark und männlich. Manche berichteten von einer übergroßen Erektion, die sie angeblich nach dem Verzehr von Bärenfleisch hatten. Die Legionäre kamen jedoch ohne den jungen, kräftigen Bären zurück.

Um das feuchte, große Holz überhaupt anzünden zu können, benötigten sie vor allem dürres Kleinholz. Das Holz mussten die Legionäre mühsam in großen Körben auf ihrem Rücken ins Lager transportieren, weil in den unwegsamen Wäldern und Tälern des feuchten Keltenlandes kein Ochsengespann oder sonst ein brauchbares Transportmittel eingesetzt werden konnte. Alles versank im Schlamm und Modder des Ardennerwaldes. Auch für die Pferde von Arpinius und Junius war das Vorankommen beschwerlich.

„Es ist im Augenblick so verdächtig ruhig in diesen verdammten dunklen Wäldern", grübelte Arpinius und tätschelte seinem Pferd den Hals. Den ganzen Morgen war das Tier schon so unruhig!

Die Legionäre, die ringsum in kleinen Fußtrupps Holz sammelten, hatten ihre Rüstungen anbehalten, die Waffen griffbereit. Einige befanden sich in Rufweite von Arpinius und Junius, die meisten aber waren weiter weg, irgendwo im dichten Wald. Sie konnten mit Signalhörnern jederzeit miteinander Verbindung aufnehmen. An allen strategisch wichtigen Punkten hatte Arpinius Hornisten aufgestellt. Der Ritter und der Spanier blieben immer in Sichtweite der Postenkette, die Arpinius aus Vorsicht eine halbe Meile entlang des Tales verteilt hatte.

Es war eine Arbeit, wie sie bei jedem Winterlager erforderlich war. Ohne Holz kein Feuer. Ohne Feuer keine Wärme und keine richtige Nahrung, keine Suppe und kein Brot. Und wer wollte schon ungebratenes oder ungekochtes Fleisch essen? Ohne Feuer keine Waffenschmiede. Holz war überlebenswichtig – für jede Armee.

„Was heißt denn *verdächtig* ruhig?", fragte Junius, der spanische Offizier. Er richtete sich im Sattel seines schönen schwarzen Hengstes auf und schaute in die Runde.

„Es heißt, dass mir irgendetwas nicht gefällt. Es ist meine Nase", Arpinius tippte an seine aristokratische römische Hakennase. „Du hast doch selber gesagt, dass du die Anwesenheit von König Ambiorix spürst."

Junius nickte und schaute sich misstrauisch um.

„Irgendwas braut sich zusammen“, sagte Arpinius. „Siehst du die Ohren meines Pferdes? Wie unruhig mein Brauner seine Lauscher spitzt?“

„Ist dir eigentlich aufgefallen, wie übellaunig Cotta ist, seit wir hier in Atuatuka eingezogen sind?“, fragte Junius.

„Er ist ein alter Hase. Er hat seine Gründe dafür, schlecht gelaunt zu sein. Er weiß wie wir, was hier los ist ...“

Plötzlich erklang eines der Signalhörner, nicht weit weg. Der blecherne Klang hallte von den Hängen des Tales wider.

Arpinius und Junius sahen sich aufmerksam um. Als hätten sie so etwas erwartet. Beide richteten sich gleichzeitig in ihren Sätteln auf. Es war die Signalfolge für einen feindlichen Angriff.

„Wir werden angegriffen? Ich sehe nichts“, stieß der Spanier hervor.

„Hört sich verdammt so an, mein Freund“ erwiderte der römische Ritter.

„Verdammt. Ihr Götter! Was machen wir, Arpinius?“

„Abwarten“, erwiderte Arpinius. „Wir werden gleich wissen, was wir zu machen haben.“

„Das Signal kommt von Norden. Vom Hang. Sollen wir hinreiten?“

„Nein, Junius. Wir warten, bis wir wissen, was los ist.“ Arpinius gab der Postenkette mit einem Handzeichen den Befehl, sich zum Kommandanten zurückzuziehen. „Sammeln!“, rief er mit lauter, klarer und fester Stimme. Junius bewunderte seinen Freund für seine kühle Beherrschtheit.

Jetzt waren immer mehr Signalhörner zu hören. Ringsum aus dem ganzen Tal erklangen die Hörner, und alle hatten die gleiche Signalfolge: Wir werden angegriffen! Die Lage war klar.

„Sie kommen anscheinend von überall“, stieß Junius hervor.

Im gleichen Augenblick kam der Zenturio der Hauptgruppe, die ganz in der Nähe Holz gesammelt hatte, zusammen mit seinem Signalisten und etlichen Soldaten aus dem Wald gerannt. Bleiche Gesichter. Aufgerissene Augen. Angst. Aber keiner war verletzt.

Binnen weniger Augenblicke hatten sich alle am Waldrand um den kommandierenden Offizier und seinen Stellvertreter geschart. Doch bisher hatten weder Junius noch Arpinius einen Feind gesehen.

„Gib Signal zum Rückzug“, befahl Arpinius. Er war angespannt und doch selbstbeherrscht. Gefechtssituation. Mit Caesar hatten sie schon so oft Gefechtssituationen erlebt. „Wir sammeln uns hier." Der Signalist war umständlich. „Mach schon!", rief Arpinius. Ein gutes Stück talaufwärts sah er die ersten Feinde auf ihren kleinen, wendigen Pferden. Sie jagten die Legionäre, die nicht hatten flüchten können. „Los, gib Signal! Alles hierher, dann schlagen wir uns talabwärts bis zum Winterlager durch."

26

Das Blut der getöteten Feinde

Wie König Ambiorix es geplant hatte, führten sie harte Angriffe auf die römischen Trupps durch, die außerhalb des Winterlagers Holz sammelten. Es war ein grauer Vormittag, und es war der Tag, an dem Caradoc zum ersten Mal einen Menschen tötete.

Bevor es dazu kam, ritten Krieger aus anderen Gauen die erste Angriffswelle. Caradoc gehörte zum Trupp unter dem Kommando des Klanobersten der Pferdezüchter, Dublachan. Ungefähr dreißig berittene und schwer gepanzerte Krieger umfasste das Fähnlein. Sie hielten sich bereit. Warteten auf ihren Einsatz, während die anderen schon kämpften. Sie hörten die fernen Kampfgeräusche. Verzweifelte Hornsignale der angegriffenen Römer. Gespannte Erregung. Atemlose Spannung. Getrappel von Pferdehufen. Gebellte, kurze Befehle. Die wenigen römischen Holzfäller sollten leichte Beute sein.

Caradocs Pferd schnaubte. Er hatte einen Rappen mit weißer Blesse und vier ebenso weißen Hufen. Das Pferd war aufgeregt, tänzelte. Genauso der Braune von Dublachan und Leannans stolzes Schlachtpferd. Alle reckten die Hälse. Das Kampffieber hatte sie erfasst. Auch Caradoc spürte es. Von Minute zu Minute wurde das Blut in seinen Adern heißer. Die Anspannung war geradezu mit Händen greifbar. Die Pferde spitzten die Ohren. Schlugen aus. Schnaubten.

Sie hatten die Nacht zusammen verbracht, hatten sich so wie die anderen an Ort und Stelle in ihre Decken eingerollt, sie hatten sich aneinandergepresst, damit der eine etwas von der Wärme des anderen hatte, denn die Nächte waren kalt in diesen Tagen kurz nach dem Jahresendfest Samhain.

„Die Männer aus den anderen Gauen ernten den Ruhm des ersten Scharmützels“, murrte der Klanherr Dublachan und lauschte auf den Kampfeslärm, „und wir müssen hier warten.“

„Bewahre die Ruhe, Dublachan, Bruder“, sagte Leannan beschwichtigend. Er war zwar der jüngere, aber dennoch der bedächtigere der beiden Halbbrüder.

Dublachan lachte rau. „Keine Angst. Wir halten uns ganz genau an die Befehle des Königs. Doch spar dir deine Belehrungen, Junge.“

Da kam ein berittener Bote des Königs. „Herr Dublachan, wir haben einen Teil der römischen Soldaten isoliert, sie nach Sonnenuntergang abgedrängt.“ Er deutete das Tal entlang. „Viele von ihnen sind schon tot. Der König will jedoch, dass noch mehr Blut fließt. Eure Aufgabe ist es, Angst und Schrecken auch unter denen zu verbreiten, die noch übrig sind. Talaufwärts. Lasst immer ein, zwei Mann leben, damit sie diesen Schrecken in ihr Winterlager tragen.“

„Ihr seid Eburonen!“, rief Dublachan wie befreit, als der Bote seinen Befehl losgeworden war. „Es geht los!“ Er reckte den rechten Arm mit dem gezogenen Schwert in den grauen Himmel. „Zeigt, dass ihr es wert seid, Eburonen genannt zu werden. Wild. Grausam. Gnadenlos.“

Begeistert schrien die Männer durcheinander. Auch Caradoc. Alle zogen ihre Kampfschwerter, schlugen gegen die Schilde, stießen das gefürchtete, wilde Kampfgebrüll der Eburonen aus. Blutgier und Kampflust stand in allen Augen. Auch bei Caradoc.

„Jetzt los!“, rief Dublachan. „Ihr habt es gehört: Tötet! Tötet diese Römer, wo ihr sie findet!“

Der Trupp setzte sich in Bewegung.

Bald ritten sie in gestrecktem Galopp das Tal entlang, folgten dem kleinen Bachlauf talaufwärts. Überall lagen Leichen getöteter Römer. Plündernde Krieger machten sich über die Leichen her. Etwas talabwärts Hörnerklang der Römer. Da hatten sich anscheinend welche gesammelt und bliesen zum Rückzug. Doch die waren nicht ihr Ziel. Für sie ging es in die andere Richtung. Caradoc ritt an der Seite von Dublachan und Leannan.

Er war in einem Zustand, den er an sich noch nicht kannte. Blutrünstigkeit. Völlig vernunftlose Wildheit. Sie waren alle wahnsinnig, ja – wahnsinnig, wie von Sinnen. Ihre Schwerter streckten sie voraus. Dann trafen sie endlich auf die ersten römischen Legionäre. Die hatten keine Chance. Einige waren blutjung, das sah Caradoc, während sie sich in irrem Galopp näherten. Die Römer warfen ihre Waffen und Schilde weg, rissen die Arme hoch zum Zeichen, dass sie sich ergaben.

Doch es gab keine Gnade. Kein Erbarmen.

Für Caradoc brannte sich ein besonderer Augenblick in sein Gehirn ein, wie entsprungen aus einem Traum. Es war, als er einen der jungen Legionäre traf, mit seinem wundersam scharfen Schwert aus der berühmten Schmiede seines Vaters. Mitten im Gesicht. Bis auf das Nasenbein ging der Hieb, die Augen klappten merkwürdig weg, so dass es geradezu grotesk aussah. Caradoc schrie wie wahnsinnig. Gellende, unartikulierte Schreie. Er war vollkommen außer Atem. War außer sich. Blut spritzte wie rote Gischt. Caradoc war jetzt wirklich ein eburonischer Krieger. Er hatte getötet. Er hatte Blut geleckt.

Sie töteten in den nächsten Minuten etwa dreißig römische Legionäre, die sie am Talende aufspürten. Sie ließen, wie befohlen, zwei Soldaten fliehen, die ihren Kameraden und dem Kommandanten Atuatukas von der Gnadenlosigkeit der Kelten berichten sollten. Die Männer konnten es kaum glauben, dass sie so viel Glück hatten. Die Kelten lachten ihnen hinterher, als sie das Weite suchten, ihre Beine in die Hand nahmen und die Botschaft des Schreckens mitnahmen.

Am Ende sammelten sich die Reiter wortlos an einem kleinen Bach, stiegen aus ihren Sätteln und wuschen sich das Blut ihrer getöteten Feinde ab.

27

Der schreiende Wald

Atuatuka befand sich seit den unverhofften, blutigen Angriffen auf die römischen Holzfällertrupps in heller Aufregung. Keiner war draußen vor dem Wall. Am Morgen hatte es sich herumgesprochen, dass es im Wald Aberdutzende Tote gegeben hatte, junge Soldaten zumeist. Die Soldaten waren beunruhigt, besonders die unerfahrenen. Zum ersten Mal waren sie mit dem Tod konfrontiert. Zum ersten Mal sahen sie die Wirklichkeit des Krieges. Sie hatten bis jetzt nicht einmal die Leichen der Legionäre bergen können, die noch immer dort draußen im Nirgendwo lagen. Einsamer Tod. Aasvögel kreisten über dem Wald. Fraßen das Fleisch der Römer. Es war fast windstill.

Junius war zusammen mit Arpinius auf dem Wall hinter der Palisade. Sie hatten unruhig geschlafen in ihren Zelten, unten, innerhalb der Umwallung des Winterlagers. Hunderte Zelte hatten die Legionäre errichtet. Durch das Lager führten zwei Straßen, auf denen Soldaten, Fuhrwerke vom Tross und Reiter zu sehen waren. Reges Leben herrschte dort, trotz des Ausnahmezustandes. Alles wirkte irgendwie unorganisiert. Hektisch. Dutzende weißer Rauchsäulen stiegen in den niedrigen, grauen Morgenhimmel. Das Hämmern aus den Schmieden hallte über das Plateau, das vom Winterlager umschlossen wurde und das eine Seitenlänge von mehr als tausend Fuß hatte. Am anderen Ende des Lagers, beim Nordtor, befanden sich die Kommandanturgebäude.

Sie wandten den Blick vom Lagerinneren ab. Schauten mit nachdenklicher Miene in die andere Richtung, zu der gerodeten Freifläche hinüber, die sich bis zum Wald erstreckte, einen Pfeilschuss entfernt.

„Bin gespannt, was unsere spanischen Reiter machen", sagte der Spanier kurz angebunden.

„Hoffentlich machen sie diesen dreckigen Kelten Beine", wünschte sich Arpinius.

„Bei den Göttern, hoffen wir es!", erwiderte Junius.

Arpinius spuckte aus. Junius spürte, dass sein römischer Freund ebenso verunsichert war wie er selbst. Trotz all seiner Beschwörungen, dass die Eburonen ein unbedeutender, schwacher und in jedem Fall ein unterlegener Gegner seien. Von den Eburonen war hier, auf der Südseite des Winterlagers, keine Spur zu sehen. Die Kelten waren wie ein unheimlicher Spuk.

Junius legte seinem Freund den Arm um die Schultern. „Wenn das alles vorbei ist, sollten wir uns Urlaub geben lassen und in meine Heimat reisen. Das Mittelmeer. Warme Wellen, glühender Wein, schöne Gallierinnen. Ein sanfter Wind, der von der See über das Land streicht. Schreiende Möwen. Und außer bei den Gladiatorenkämpfen in Tarraco oder Saguntum muss niemand um sein Leben kämpfen." Der Spanier seufzte.

„Jetzt hast du mir so oft von deiner Heimatprovinz vorgeschwärmt, und ich bin noch immer nicht dort gewesen", erwiderte Arpinius.

„Ja, leider. Aber statt Meer, Sonne und Wind ... Das dort!"

Er deutete in die Ferne. Der düstere Ardennerwald erstreckte sich bis zum Horizont. Es war dieses schwarze Meer von Bäumen, das sich ringsum in die Unendlichkeit verlor, das sie alle verrückt machte. Das ihre Nerven bloßlegte. Der Wald und der Nebel. Der ständige Regen und die tiefhängenden Wolken. Die nasse Kälte, die vor einem Tag den ersten Schnee hatte fallen lassen. Die sich in den Kleidern und nach ein paar Tagen in den Herzen festsetzte.

Es erschien ihnen, als wären sie auf einer einsamen Insel. Ein winziges Eiland in einem gewaltigen, dunklen Ozean aus Wald. Die Hügel und Berge waren die bedrohlichen Wogen dieses Meeres. Sie verloren sich im Dunst der Ferne, schienen gleichzeitig mit dumpfer, finsterer Bedrohlichkeit gegen die Schanzen, Wälle und Palisaden des römischen Winterlagers Atuatuka anzubranden. Die finstere Leere dort draußen ... Sie wirkte auf die Legionäre und die Offiziere angsteinflößend, insbesondere auf diejenigen, die neu waren und noch keinen Kampfeinsatz mitgemacht hatten. Atuatuka war ein keltischer, ein feindlicher Platz.

Arpinius hustete. „Verdammte Kälte."

„Ich frage mich manchmal, warum die Götter dieses verfluchte Land gemacht haben", stöhnte der Spanier, rieb sich sein stoppelbärtiges Kinn, verdrehte die schwarzen Augen.

„Damit wir wissen, was uns in der Welt der Toten erwartet", erwiderte Arpinius düster. Sein im Gegensatz zu Junius' hellhäutiges und bartloses Gesicht spiegelte einen Moment lang die unendliche Leere und Weite des Keltenwaldes wider.

Es begann wieder leicht zu schneien. Gemeinsam beobachteten sie, wie entlang der Umwallung Kohorten das Schanzwerk des Winterlagers ausbesserten und schnellstmöglich in Ordnung brachten, was an den Wällen, an der Palisade und an den vier Toren des Militärlagers reparaturbedürftig war.

„Ich frage mich, was sie vorhaben", sagte Arpinius.

„Sie sind alle wahnsinnig, mein Freund."

„Machen sie sich denn keine Gedanken darüber, wie schwer Caesar sie für ihren Verrat bestrafen wird?"

Plötzlich erhob sich draußen im Wald, jenseits des leicht hügeligen, kahlgeschlagen Geländes, ein Kreischen und Geschrei aus

Dutzenden Kehlen - doch weit weg. Junius und Arpinius schauten sich fragend an. Die Männer reckten ihre Hälse, starrten zum Waldrand, wo aber nichts zu sehen war. Nur ein paar morgendliche Nebelschwaden.

„Es kommt aus dem Wald“, sagte der Spanier.

„Wollen sie uns einschüchtern? Was haben diese Verrückten vor, Junius? Du kennst sie doch besser als wir alle.“

„Was weiß ich. Je näher man sie kennenlernt, umso weniger kann man sie verstehen, Arpinius. Es ist eine von ihren komischen Gewohnheiten, dass sie bei jeder Gelegenheit herumschreien, kreischen, grölen, mit ihren Gliedmaßen fuchteln, Grimassen schneiden, wild herumstampfen, manche von ihnen halbnackt, mit wilden Farben bemalt.“

„Na, du machst mir Freude, Spanier.“

„Kein Römer wird die Kelten jemals begreifen“, entgegnete Junius. „Schon gar nicht ein Ritter aus Rom, so wie du einer bist. Sie sind immer aufgeregt, nervös, hektisch, angespannt. Das gehört zur Volksseele der Kelten. Wir haben ja alle schon oft erlebt, wie schnell sie sich zu unbesonnenem Handeln hinreißen lassen.“

„Ich weiß. Da reicht ja das kleinste Gerücht. Wie schnell ihnen das Blut in den Kopf steigt!“

„Wie dem auch sei, Arpinius, dieses Geschrei dort draußen, was immer es auch bedeutet, es ist wieder eine dieser Verrücktheiten. Die Kelten machen mich wahnsinnig!“

„Der Wald schreit“, sagte Junius unbehaglich.

„Dieser verdammte Wald“, bestätigte Arpinius. „Man sollte diese ganzen beschissenen Bäume abholzen, bis zum Horizont.“

Wenig später kam ein Bote des Kommandanten. Junius und Arpinius sollten unverzüglich zum Nordtor kommen.

„Gut. Da bist du ja ... Junius“, begrüßte Titurius die beiden. Er wirkte nervös, wie jemand, der sich seiner Sache nicht sicher ist. „Weißt du schon, dass alle unsere Verbindungen zu den anderen Winterlagern unterbrochen sind? Seit zwei Tagen ist kein Meldereiter mehr durchgekommen.“

„Weswegen hast du uns holen lassen?“, fragte Arpinius, der Freund des Kommandanten. „Es klang dringend.“

„Ja, kommt, ihr beide! Wir gehen hinauf auf den Torturm, von dort haben wir die beste Sicht.“

„Sicht worauf?“

„Du wirst es schon sehen, Arpinius."

Gemeinsam mit Titurius' Offizieren kletterten der Spanier und der Ritter über eine hölzerne, steile Treppe hinauf zur Spitze des gedrungenen Torturmes. Eine massive Steinkonstruktion im gallischen Stil, die sich etwa dreißig Fuß über den Grund erhob, oben mit Zinnen bewehrt. Dort warteten Lucius Cotta, der stellvertretende Kommandant, und einige der Militärtribunen, unter ihnen Valerius.

Oben angekommen, deutete Titurius zum Waldrand, wo in etwa dreihundert Fuß Entfernung unter den Bäumen einige winzige Gestalten zu sehen waren. „Sie sind zu Fuß unter den Bäumen dieses elenden Waldes hervorgekommen, und seitdem rufen sie irgendetwas. Lausiges, barbarisches, dreckiges Pack. Elendige, kreischende, nichtsnutzige Irre."

Sie starrten alle über die abgeholzte Fläche, die sich bis zum Waldrand erstreckte. Was die wild gekleideten und gestikulierenden Gestalten riefen oder kreischten oder brüllten, war schwer auszumachen. Die Szene wirkte geradezu unwirklich und gespenstisch.

„Du, Spanier, du hast doch mit ihnen verhandelt?"

„So war es, Legat Titurius."

„Kannst du verstehen, was sie da brüllen?"

„So nicht ... vielleicht, wenn alles ruhig ist und ich mich konzentriere."

„Habt ihr gehört?", sprach Titurius die Offiziere auf der Turmkrone an. „Ihr sollt alle ruhig sein." Dann wandte er sich zu den Legionären im Innern des Lagers. „Alles herhören", rief er hinunter zu den Männern. „Ruhe! Das ganze Lager! Auch die Schmiede! Gebt den Befehl weiter."

Innerhalb kurzer Zeit überkam das ganze Winterlager Atuatuka, in dem bis dahin emsiges, lautstarkes Leben geherrscht hatte, eine geradezu unheimliche Stille.

Und in der Tat war jetzt das Geschrei der Kelten viel deutlicher zu hören.

„Gut, ich werde versuchen, etwas zu verstehen", sagte Junius. Er baute sich zwischen zwei Zinnen des Torturmes auf, gut sichtbar für die Kelten. Dann hob er beide Arme. Die Gestalten winkten zurück. Schließlich legte der Spanier seine Hände an die Ohren. Eine Zeitlang lauschte er, während der Kommandant und die anderen Offiziere nervös daneben standen, von einem Fuß auf den anderen traten und abwarteten, ob er irgendetwas verstehen konnte.

„Reden", sagte Junius nach einer Weile. „Sie wollen reden."

„Reden? Was soll das heißen?", fragte der Kommandant ungeduldig.

„Wartet!", erwiderte Junius. „Sie wollen, dass einer herauskommt."

„Einer herauskommt?"

„Ja ... herauskommt ... Warte ... ein Unterhändler. Ja, ich kenne das Wort. Ein Unterhändler."

„Was soll das heißen, ein Unterhändler? Was wollen ...?"

„Freies Geleit ...", unterbrach Junius den Kommandanten. „Ja, sie rufen: Freies Geleit." Junius hob gut erkennbar den Arm, zum Zeichen, dass er verstanden hatte.

Das Gesicht des Tribuns Cotta, der seinem Rang nach gleich hinter dem Kommandanten kam, lief rot an vor Ärger. „Kein dreckiger Kelte schreibt einem römischen Soldaten vor, was er tun und was er lassen soll." Die Offiziere redeten alle durcheinander.

„Wenn ihr alle immerzu redet, kann ich nicht verstehen, was die dort drüben weiter rufen", wandte sich der Spanier den Offizieren zu.

„Wir müssen nicht verstehen, was diese Bastarde von sich geben", sagte Cotta. „Sie sind Feinde. Sie haben uns angegriffen. Sie haben unsere Leute umgebracht. Wir sollen ihnen einen Unterhändler schicken? Das römische Heer verhandelt nicht mit Verrätern. Das römische Heer ..."

„Der Spanier hat Recht", schnitt Titurius seinem Stellvertreter das Wort ab. Jeder wusste, dass die beiden sich nicht ausstehen konnten, und dass sie fast immer unterschiedlicher Meinung waren. „Es schadet sicher nicht, wenn wir wissen, was ihr Gebrüll bedeuten soll. Es schadet auch der Ehre des römischen Heeres nicht."

Wieder horchte der Spanier eine Weile, was die verwegenen Gestalten am fernen Waldrand brüllten. „Sie rufen etwas von ihrem heiligen Eid."

„Heiliger Eid?", rief Cotta entrüstet. „Was soll dieser Unsinn? Wollen wir uns das Geschwätz dieser Wahnsinnigen weiter anhören?"

„Mit dem Feind zu reden ist nicht unehrenhaft", sagte der Kommandant kühl. „Caesar redet immer wieder mit dem Feind."

„Aber nicht, wenn der Feind es verlangt. Das ist der römischen ..."

„Wir kennen deine Meinung bereits, Lucius Cotta."

Der stellvertretende Kommandant funkelte Titurius hasserfüllt und mit verächtlich verzogenen Mundwinkeln an, schwieg aber als der Rangniedrigere.

Die Kelten fuhren unterdessen fort mit ihrem Geschrei.

„Und was rufen sie jetzt?", fragte der Kommandant.

„Warte, Titurius. Ich versuche es zu verstehen."

Wieder verging einige Zeit ungeduldigen Wartens.

„Waffenstillstand. Sie wollen einen Waffenstillstand ... einen Grund. Ja, ich verstehe. Sie rufen, sie haben einen Grund für einen Waffenstillstand."

„Einen Grund? Was meinen sie denn damit?"

Wieder hob Junius den Arm, sein Zeichen für den Feind, mit der Übermittlung seiner Botschaft fortzufahren. Er lauschte aufmerksam.

Es verging einige Zeit.

„Ich verstehe sie nicht", sagte Junius ratlos. Er winkte mit dem Arm, jedoch anders als zuvor. Die Kelten verstanden. Ihr Geschrei wurde lauter, aber langsamer. Einzelne Silben in ihrer singenden Sprache. „Ja, jetzt verstehe ich ..."

„Was? Was denn?", fragte Titurius ungeduldig.

„Wir sollen ihnen jemanden schicken, schreien sie immer wieder. Es ist wichtig, rufen sie. Ihm wird nichts geschehen. Jemand will mit einem Unterhändler reden."

„Jemand? Verdammt noch mal! Wer denn? Wer will mit diesem verfluchten Unterhändler reden?", tobte Titurius unbeherrscht.

Dann plötzlich ertönte eine Silbenfolge, die sie alle kannten, vom höchsten Offizier bis zum einfachen Legionär. *Am-bi-o-rix.* Unüberhörbar, und immer wieder erklang von der Feindesseite der Name, *Ambiorix.* Klar und deutlich war der Name zu hören, es gab keinen Zweifel.

„Da hast du deine Antwort, Titurius", sagte der Spanier. „Ambiorix will uns sprechen."

28

Der Dank des Königs

Arpinius und Junius, die Titurius als Unterhändler zu den Kelten geschickt hatte, ließen sich nebeneinander nieder. Sie waren gegen Mittag in ein großes Zelt gebracht worden, das auf einer Waldeslichtung etwas abseits von Atuatuka errichtet war. Ein prächtiges, mit geheimnisvollen Symbolen verziertes Zelt. Dort saßen sie eine Zeitlang allein. Man hatte ihnen alle Waffen abgenommen, was sie widerstandslos hatten geschehen lassen.

Von Ambiorix noch keine Spur.

Sie redeten nicht miteinander. Sicherlich wurden sie belauscht. Sie fühlten sich nicht wohl in ihrer Haut. Ihr Schicksal war ungewiss. Wer garantierte ihnen, dass die Eburonen sie nicht einfach einen Kopf kürzer machen würden? Auf die Kelten war auch in dieser Hinsicht kein Verlass. Wenn sie einmal richtig in Rage gerieten und ihren Verstand verloren, dann interessierte sie auch ein gegebenes Versprechen nicht. Es gab genug Fälle, in denen man Boten oder Unterhändler blindlings umgebracht hatte für Dinge, die sie gar nicht zu verantworten hatten.

Der Zelteingang war offen. Zwei keltische Krieger standen als Bewachung davor. Auf der Lichtung, an deren Rand das eindrucksvolle königliche Feldzelt errichtet worden war, machten eburonische Reiter Waffenübungen. Nur wenige Fußsoldaten waren zu erkennen. Ein geradezu friedliches Bild. Natürlich wussten sie, dass sie nur das zu sehen bekamen, was sie auch sehen sollten. Die Römer konnten nicht einschätzen, wie groß die Zahl der eburonischen Feinde vor den Wällen von Atuatuka tatsächlich war.

Dann betrat ein Mann in einer prächtigen keltischen Rüstung das Zelt. Allein. Kettenhemd, Helm, Beinschienen, das lange, starke Schwert mit dem reich verzierten, goldenen Knauf, anders als bei den Römern an einem Schultergurt, im Gürtel ein langes Messer. Diese Rüstung war eines Anführers würdig.

„König Ambiorix“, sagte der Spanier verblüfft und wollte sich erheben.

„Ist schon gut, Quintus Junius. Bleibt sitzen“, sagte der König zu den beiden römischen Unterhändlern. Er nahm seinen Helm ab.

Seine Leibgarde, die draußen vor dem Zelt Aufstellung genommen hatte, machte keine Anzeichen, dem König ins Zeltinnere zu folgen.

Er setzte sich ohne Förmlichkeiten den beiden Römern gegenüber. Gerade diese ungezwungene Art eines Jünglings, die keinen Wert auf Zeremonielles legte, war beeindruckend, dachte Arpinius, der Ambiorix zum ersten Mal begegnete. Dieser Mann könnte – ohne seinen Schnurrbart – auch in der Hauptstadt Rom als Politiker erfolgreich sein.

Arpinius spürte instinktiv, dass Ambiorix ein Mann war, dem die Menschen gerne folgten. Ein gutaussehender, muskulös gebauter Bursche, dachte Arpinius beeindruckt.

„Also dich, mein Freund, hat Titurius zu mir geschickt. Ich hätte es mir denken können. Ich grüße dich!" Er nickte Junius freundlich zu. Doch hinter dieser Freundlichkeit verbarg sich die Aufmerksamkeit eines Raubvogels, der hoch in der Luft auf Beute lauert. „Wie lange ist es her? Ein Jahr?"

„Ein gutes Jahr, König", erwiderte Junius vorsichtig. „Ihr wusstet, dass ich im Winterlager von Titurius bin?"

Statt einer Antwort lächelte der König Arpinius an. Ein gewinnendes Lächeln in einem offenen Gesicht. Dichte Augenbrauen, rötlichbraunes, geglättetes und straff nach hinten in den Nacken gekämmtes Haar, eine ausgeprägte Adlernase. Beeindruckende, helle Augen von einem schönen Blau, wie man es in Rom nur selten sah.

„Mein zweiter Gast hat ein typisch römisches Profil, würde ich sagen", sagte er mit leichter Ironie.

Der Römer nickte dem König zu. „Ich bin Gaius Arpinius. Ein Römer aus dem Stand der Ritter, und ich bin Dekurio ..."

„Ich danke dir", schnitt Ambiorix die Vorstellung des Arpinius kurzerhand ab. „Es tut mir Leid, wenn ich dir unhöflich ins Wort falle, aber wie ihr sicher verstehen werdet, habe ich nur wenig Zeit. Ich mache keine Umschweife." Er senkte die Stimme. „Ich will euch den Grund nennen, warum ich euch hier allein sprechen will. Warum mir Titurius einen Unterhändler schicken sollte. Wenn deren zwei gekommen sind – auch gut." Der König schaute seine beiden Gäste nachdenklich und abwägend an. Beide senkten den Blick. Die Ausstrahlung ihres Gegenübers war stark, auch wenn er vor ihnen wie ein ganz normaler – wenn auch reich gerüsteter – keltischer Krieger saß, ganz unprätentiös, auf seinem Kissen, den einen Arm auf das Knie seines angewinkelten Beines gestützt.

„Etwas mitteilen?", fragte Junius vorsichtig.

„Ja. Hört zu: Ihr sollt ihm die Botschaft überbringen ..."

Spielt er ein Spiel?, fragte sich Arpinius. Was sollte diese Geheimnistuerei? Was hat das alles zu bedeuten? „Eine Botschaft?", fragte er dazwischen.

Für einen kurzen Augenblick traten Falten auf die hohe Stirn des Königs, der es nicht gewohnt war, dass ihn irgendjemand unterbrach. Er fuhr mit leicht erhobener Stimme fort: „... dass ich mich Caesar, eurem Feldherren, zu großem Dank verpflichtet fühle." Am Ende sprach er so leise, dass es draußen vor dem Zelt niemand hören konnte.

Ungläubige Stille. Der König ließ seine Worte wirken. Draußen erklangen die Waffen, die bei den Kriegsübungen aufeinanderschlugen. Arpinius und Junius schauten sich an.

„Hmm ... Caesar? Unserem Feldherren? Zu Dank verpflichtet, König?", fragte Arpinius schließlich überrascht und zugleich misstrauisch. Was – bei allen Göttern des Pantheons – wollte dieser Mann?

„Ja. Ich bin eurem Feldherrn Caesar sogar zu großem Dank verpflichtet. Junius, du weißt es doch."

Der Spanier nickte. „Ich glaube, ich weiß, was Ihr meint, Herr. Er hat Euch Euren Sohn zurückgegeben, der bei Euren germanischen Feinden als Geisel gefangen gehalten wurde."

„Ja, Spanier. Mein Sohn und der Sohn meines Bruders. Sie wurden wie Gefangene und Sklaven gehalten. Vor drei Jahren hat Caesar sie aus den Händen unserer Feinde befreit und uns zurückgegeben. Nicht zu vergessen der jährliche Tribut, den wir dem Feind bezahlen mussten. Caesar hat all dem ein Ende bereitet. Deswegen sind ihm mein Volk und ich von tiefstem Herzen dankbar."

„Doch Herr, was hat das alles damit zu tun, dass Ihr uns ohne Grund angegriffen habt?", fragte Arpinius vorsichtig. „Warum die Toten?"

Ambiorix zuckte mit den Schultern. „Ein paar Soldaten. Mehr nicht. Was sind schon ein paar Soldaten? So wie ich gehört habe, waren es unerfahrene Burschen aus Norditalien. Es ist ein Verlust, den ihr leicht verschmerzen könnt."

„Doch es sind römische Soldaten. Warum mussten sie sterben?"

„Wir alle müssen sterben", erwiderte der König der Eburonen lakonisch. „Es ist der Beruf der Soldaten, im Krieg zu sterben. Doch es sind ohnehin nur die ersten Toten von vielen."

„Was meint Ihr damit?"

Ambiorix fixierte Arpinius. „Mein Volk hat beschlossen, dass es bei dem großen gallischen Aufstand nicht abseits stehen darf. Niemand soll sagen können, die Eburonen wären Feiglinge. Trotz all meiner Dankbarkeit kann ich mich dem Willen des Volkes nicht widersetzen. Und ich will es auch nicht. Wir Eburonen wollen nicht abseits stehen, wenn sich Gallien gegen die römische Fremdherrschaft erhebt."

„Ein Aufstand der Gallier?", fragte Arpinius ungläubig.

„Ja. Du hast richtig gehört. So ist es beschlossene Sache. Und wir reden nicht von zukünftigen Dingen. Nein, dieser Aufstand – er hat bereits begonnen. Heute ist der erste Tag. Heute beginnt er."

„Bei Jupiter! Habt Ihr denn alle Eure Niederlagen vergessen?", platzte es aus Arpinius heraus. Die Adern an seinen Schläfen waren dick geschwollen.

Der König zuckte mit den Schultern. „Beruhige dich. Die Gallier sind nun einmal nicht von der Art, dass sie sich einfach geschlagen geben und unterwerfen lassen", sagte Ambiorix selbstbewusst. Auf seinem Gesicht lag ein stilles, in sich gekehrtes Lächeln. So sah ein Mann aus, der sich seiner Sache vollkommen sicher war.

„Aber wieso verratet Ihr uns diese Pläne?", fragte der Spanier argwöhnisch.

„Verraten?" Ambiorix lachte. „Versteht ihr denn nicht? Es gibt nichts mehr zu verraten. All unsere Pläne sind bereits in die Tat umgesetzt. In diesen Tagen beginnt überall die Bestürmung eurer Winterlager. Alle Stämme erheben sich gegen euch. Ihr habt den Bogen überspannt. Wir hatten die Wahl zwischen dem Tod im Krieg und dem Hungertod. Welche Wahl hättet ihr wohl getroffen? Sollen wir wie alte Weiber in unseren Häusern sitzen bleiben und den Römern die Ernte übergeben, die uns nach diesem schrecklichen Dürrejahr geblieben ist? Sollen wir unsere Waffen feige hinter dem Misthaufen vergraben und euch unsere Rinder und Schafe, unsere Schweine und Gänse zuführen? Sollen wir unsere Männer und Frauen und unsere Kinder sterben lassen, nur um eure römischen Mäuler durchzufüttern? In allen unseren Stämmen hat es auf diese Fragen nur eine einzige Antwort gegeben, und die lautete: Krieg!"

Arpinius und Junius glaubten jedes Wort, das Ambiorix vorbrachte. In seiner Stimme war kein Trug. Warum auch sonst sollte sich ein eigentlich so unbedeutender Stamm wie die Eburonen gegen Rom erheben – das große, herrliche Rom –, wenn nicht, weil er im Bund mit den anderen Stämmen war? Ambiorix musste Recht haben!

Ambiorix erhob sich. Er wirkte größer als zuvor. „Es ist beschlossen, dass wir die Freiheit Galliens wiederherstellen, so wie sie vor der Ankunft der Römer bestanden hat."

„Und warum führen wir dann überhaupt diese Unterredung?", fragte Arpinius atemlos.

„Nennt es den Dank des Königs. Wie ich schon sagte, ihr sollt Titurius eine Botschaft überbringen. Hört genau zu: Teilt ihm mit, angesichts der Wohltaten, die uns durch Caesar erwachsen sind, bitten wir den Kommandanten Titurius dringlich, sich und seine Männer jetzt zu retten, wo es noch möglich ist."

„Uns retten?", fragte Arpinius verblüfft. „Beim großen Mars! Was soll das bedeuten?"

„Verlasst das Lager Atuatuka! Hört ihr? Verlasst das Lager! Rettet euer Leben! Schlagt euch zum nächstliegenden Winterlager durch, solange ihr es noch könnt. Ich schwöre Titurius meinen Eid, dass ich ihm und seinen Soldaten freien Durchzug gewähre. Doch ihr habt keine Zeit mehr. Selbst die Germanen, die auf der anderen Rheinseite wohnen, haben sich dem Krieg angeschlossen. Morgen oder übermorgen stoßen sie zu uns, und dann gibt es für euch keinen Ausweg mehr. Ihr kennt den Hass der Germanen auf alles Römische. Wenn die Germanen hier sind, nehmen die Dinge endgültig ihren Lauf. Dann kann ich nichts mehr für euch tun. Ich jedenfalls habe damit meine Pflicht erfüllt und meiner Ehre und Dankbarkeit gegen Caesar Genüge getan. Geht jetzt und überbringt eurem Kommandanten meine Botschaft und mein Versprechen!"

29

Im Druidenhof

Es war herbstlich kühl in der Halle des Druidenhofes. An Vollmondtagen konnte jeder Angehörige des Ahrgaus mit der Druidin sprechen. An diesem monatlichen Besuchstag konnte jeder sein Anliegen vortragen. Gewöhnlich war es Meredyds Aufgabe, aber die alte Druidin hatte ausdrücklich angeordnet, dass Duana während ihrer kriegsbedingten Abwesenheit und ihrer darauffolgenden Wanderschaft diese Pflicht erfüllen solle. Da sie durch das Blutorakel in den ersten Orden der Druidenschaft aufgenommen worden war, war sie dazu befähigt und dafür legitimiert, alle Aufgaben einer Druidin zu erfüllen. Außer dem abwesenden Altpriester Taran standen die Priester wie kalte Statuen hinter dem Stuhl der Druidin, von dem aus sie Recht sprach, Rat gab, Segen und Fluch erteilte. Sie waren Zeugen, hatten wie gewöhnlich eisern geschwiegen, während die Menschen aus dem Tal mit Duana sprachen. Seit dem frühen Morgen ging das schon so, und alle waren inzwischen müde.

Der junge Priester Cameron führte die unglückliche Magd hinaus, die mit ihrem neugeborenen Kind und dem Kopf voller Ängste und Sorgen zur Druidin gekommen war. Ob ihre Worte und ihre Segenssprüche der Frau geholfen hatten? Das Kind der Magd war schwer krank. Wahrscheinlich würde es sterben. Duana war keine Heilerin, aber das konnte sie auf den ersten Blick sehen. Sie fühlte sich hohl und leer. Befürchtete, dass die Segensformeln, die sie von Meredyd gelernt und die sie über dem Kind ausgesprochen hatte, nichts waren als Worthülsen, so wirksam wie ein Windhauch. Als Duana dem Kind die Hand auf den Kopf legte, hatte es aufgehört zu schreien, und in das Gesicht der Magd hatte sich ein Funke Hoffnung geschlichen. Aber war das mehr als Zufall? Duana hatte nicht das Gefühl, dass die Kraft der Götter durch ihre Hände floss. Widersprüche. Zweifel. Zwiespältigkeit. Meredyd war sich dessen immer sicher gewesen.

Duana war voller Gedanken. Die Menschen im Tal setzten eine so große Hoffnung in sie! Sie kamen zu ihr, vertrauten auf ihre Hilfe. Wie bedeutsam ihnen die Segenssprüche der Druidin noch immer waren! Eine Hilfe für die Seelen. Sie sahen in ihr nicht die fünfzehnjährige junge Frau, sondern das Sinnbild des Göttlichen in der Wirklichkeit, die Sprossenhalterin der Himmelsleiter. Wenn die Menschen ihr die Bedrängnisse ihres Lebens offenbarten, war es, als würden sie ihre Sorgen vor der großen Muttergöttin Dana höchstselbst ausbreiten.

Sie war dadurch – und das spürte sie inzwischen selbst ganz genau – mehr als ein gewöhnlicher Mensch.

Der Orden der Druiden hatte sie verändert. Obwohl sich Duana zunächst als ungeeignet angesehen und sich alles in ihr gegen die Trennung von Caradoc gesträubt hatte, hatte es sich anders entwickelt. Duana spürte die Last der Verantwortung auf ihren jungen Schultern. Für so viele aus dem Eburonenvolk des Ahrgaus war sie die Rettung. Und es war das erste Mal, dass es ganz allein auf sie ankam.

Auf sie, Duana.

Sie konnte es kaum glauben. Gewöhnlich war man nicht bereits nach einem Jahr der Lehre und des Lernens eine Druidin. Gewöhnlich nicht. Die Zeiten aber waren anders geworden. Nichts galt mehr für die Ewigkeit. Die alten Götter verschwanden im Dunst des Nirgendwo, das Meredyd die Anderswelt nannte. Ebenso die alten Gesetze, Regeln, Rituale, Traditionen. Das Eburonenvolk verlor nach und nach sein Gesicht, seine Identität ...

Sie dachte an die Krieger, die in die Schlacht gegen Caesars Legionen gezogen waren, in einen waghalsigen Krieg, dessen Ausgang ungewiss war. Sie kämpften um die Seele ihres Volkes, um sein Gesicht, um seine Identität. Wer würde zurückkommen? Caradoc war bei ihnen! Ihr schauderte bei dem Gedanken, dass ihm etwas passieren könnte, denn ihrem Herzen war er immer noch so nah wie einst.

Oh, Caradoc, noch immer bist du der Stern meiner Seele! Ein Stern, der nie verlischt. Mich schmerzt, dass du in den Krieg gezogen bist. Dass du den Schmiedehammer mit dem Schwert getauscht hast. Du warst so voller Kraft, so voller Schaffensdrang, und jetzt ist nur noch Zerstörerisches in dir! Oh, Caradoc!

Duanas Gedanken waren aber auch bei der Druidin Meredyd, die sie im Gegensatz zu Caradoc nicht liebte, doch die wie er zusammen mit König Ambiorix in die Schlacht gezogen war. Eine erbarmungslose Elfenkönigin, die das Blut ihrer Feinde trinken wollte.

Sie riss sich zusammen. Rief sich zur Ordnung. Durfte mit den Gedanken nicht ständig abschweifen. Sie saß auf dem Druidenstuhl am Kopfende der Halle in ihrem weißen Gewand, hatte sich den goldenen Torques, den breiten Goldreif, um den Hals legen lassen und zum weiteren Zeichen ihrer Würde die goldenen Armreifen angelegt. Alles war ziemlich unbequem. Auch die Priester trugen ihre zeremoniellen, roten Kleider. Nur der älteste, der einarmige Taran, fehlte unentschuldigt. Die Druidin war oftmals anderer Meinung als er. Cameron, der jüngste der Priester, regelte stattdessen auf Anweisung Duanas den Ablauf des Besuchstages. Das würde Taran zutiefst missfallen, denn bei Meredyd hatte immer er diese Rolle übernommen. Das Volk fürchtete ihn. Der Konflikt schwelte. Vielleicht würde er bald ausbrechen. Vielleicht fehlte dem einarmigen Alten ohne Meredyd die Kraft, sich mit der jungen Druidin anzulegen. Duana wusste es nicht, wollte es auch gar nicht wissen.

Cameron ging mit den Leuten anders um als der Altpriester. Menschlich. Freundlich. Er war Duana ans Herz gewachsen. Trotz aller Geschehnisse der letzten Monate hatte er seinen Optimismus und seine gute Laune nicht verloren. Im Gegenteil: Je schlimmer die Zeiten waren, umso weniger ernst schien er alles zu nehmen, und seine losen Sprüche waren für Duana oftmals die einzige Aufheiterung an den trüben Tagen dieses Jahres. Taran missbilligte die zarte Freundschaft zwischen dem jungen Priester und der Druidin zutiefst, und er wiegelte auch in diesem Fall die anderen Priester auf, die sich schon immer leicht von ihm hatten beeinflussen lassen. Sie waren nichts als Rauch im Wind, hatten keine eigene Meinung, keine eigenen Gesichter. Fielen niemals aus ihrer Rolle, die ihnen von den alten Traditionen zugewiesen worden war. Hatten sie eigentlich Eltern, Geschwister, eine Familie?, fragte sich Duana manchmal.

Trotz des Krieges ging bei den Menschen draußen im Land das Leben weiter. Der Krieg war weit weg. Worte, Gerüchte. Dennoch war die Angst groß. Riesengroß. Überall gingen die Vorräte zur Neige, vor allem natürlich bei den kleinen, abhängigen Bauern, und nirgendwo würde es über den Winter reichen. Der kam unerbittlich. Nichts hielt ihn auf. Nicht einmal die Götter. Leben und Tod. Das waren die Dinge, die das Volk bewegte, während die Großen und die Krieger nach Westen zogen, um ihre womöglich letzte Schlacht zu schlagen ...

Cameron begleitete die Magd, verabschiedete sie mit freundlichen und mitleidigen Worten.

„Wie viele wollen denn noch mit der Druidin sprechen?", fragte Duana müde.

„So viele wie Korn auf dem Feld", erwiderte Cameron und machte eine ausholende Geste. „Manchmal meint man, jede Familie aus dem Gau hat jemanden geschickt. Wer Angst hat ..." In seine Stimme senkte sich für einen Augenblick eine Traurigkeit, die man sonst von ihm nicht kannte. „Die Leute haben so viel Angst. Wer Angst hat, sucht den Rückhalt der höheren Mächte. Und das seid Ihr. Sie richten alle ihre Hoffnung auf Euch. Ihr sollt ihre Fragen beantworten. Wie geht der Krieg aus? Ihr sollt es ihnen sagen. Was macht Ambiorix? Ihr sollt es ihnen sagen. Wird die Aussaat reichen? Was machen die Römer? Werden wir sterben? Haben wir eine Zukunft? Ihr sollt all diese Fragen beantworten. Und manchmal einfach nur: Wie kriege ich meinen Furunkel weg?"

Duana lachte seufzend: „Und ich kann all diese Fragen nicht beantworten, Cameron. Nicht einmal die mit dem Furunkel."

Cameron nickte. „Doch wer sonst? Ich beneide Euch nicht. Aber Ihr habt etwas an Euch ..."

„Was denn?"

Cameron zögerte. Die Priester, die mit ihren scheinbar nichtssagenden, immer ausdruckslosen Gesichtern hinter dem Druidenstuhl standen, spitzten sicher die Ohren.

„Heraus mit der Sprache!"

„Na, etwas Besonderes. Sie merken das. Wie ich auch. Selbst der alte einarmige Finsterling Taran merkt das und traut sich nicht, offen gegen Euch zu reden. Geschweige denn all diejenigen, die immer nur nachschwatzen, was der Alte sagt." Sicherlich würden die schweigenden Priester dem Ältesten diese Bemerkung zutragen. So taten sie es immer. Doch Cameron war es vollkommen gleich, was sie von ihm dachten und ob er sich Taran zum Feind machte. Duana wunderte sich, dass sie wie unbeteiligt auf ihren Plätzen hinter dem Druidenstuhl verharrten, so als ginge sie das Gesagte nicht im Mindesten etwas an. Das Zeremoniell forderte ihr Schweigen, wie so oft. Aber brachen sie denn niemals aus diesen eisernen Klammern aus? Hatten sie kein eigenes Herz, keinen eigenen Verstand? Nein ... Es waren seltsam banale und farblose Männer, die Meredyd da für den Götterdienst ausgesucht hatte. Sie würden die Regeln nicht brechen. Sie würden eisern schweigen, weil das vom Ritual so von ihnen verlangt wurde. Es waren Männer, die der Vergangenheit angehörten. Wenn sich Duana ihre Gesichter hätte vorstellen sollen, wäre es ihr schwer gefallen. Männer, mit denen sie in all den Monaten kaum jemals ein persönliches Wort gesprochen hatte. Fremde. Ob sie Feinde waren, wusste sie nicht. Jedenfalls keine Freunde. Sie waren Geschöpfe Meredyds. Abbilder ihrer Kälte und Unbarmherzigkeit. Sie dienten den Göttern, nicht den Menschen, und vermutlich merkten sie, dass Duana sie verachtete. Was mochte wohl in ihren Köpfen vorgehen?

Duana seufzte. „Ich weiß", erwiderte sie. „Ein Glück, dass ich dich habe."

„Wer weiß, wie lange noch", sagte er vieldeutig, mit einem Seitenblick auf seine Priesterkollegen, deren leere Blicke sich im Nirgendwo der Halle verloren. „Ich glaube kaum, dass die strenge Herrin Meredyd mich noch einmal als Priesterschüler annehmen würde ... Ich glaube, am Druidenhof gibt es einige, die mich am liebsten los sein würden."

„Ich jedenfalls nicht", sagte Duana mit Bestimmtheit. „Und solange ich die Herrin des Druidenhofes bin, wird sich daran nichts ändern." Sie konnte aber die Beunruhigung in ihrer Stimme nicht ganz verbergen. Sie konnte sich nicht vorstellen, wie sie ihr Leben am Druidenhof ohne den optimistischen Cameron durchstehen sollte.

„Hoffen wir das Beste", sagte Cameron leichthin, so als würde er auch sein eigenes Schicksal nicht wirklich ernst nehmen. „Meine Mutter wäre jedenfalls ganz unglücklich, wenn sie keine Eier mehr aus dem Stall des Druidenhofs bekäme, und mein Bruder könnte nicht mehr mit mir angeben."

„Deine Mutter und dein Bruder brauchen sich keine Gedanken zu machen. Doch genug jetzt. Wir haben Besuchstag. Niemand soll sagen können, dass wir unsere Pflichten nicht erfüllen. Wen haben wir als nächstes?"

„Den Bauern Riocard."

Cameron ging zum Eingang, rief den Bauern, der in der Vorhalle gewartet hatte. Riocard trat mit gesenktem Kopf vor die junge Druidin. Er war ein behäbiger Mann am Ende seiner besten Tage und hatte strohblondes Haar, das aussah, als wäre es von der Sonne gebleicht.

„Was willst du, Riocard?", fragte Duana. Sie wunderte sich, woher die Kraft kam, die in ihrer Stimme lag. „Was ist dein Begehr?"

„Dass unser Klanherr aufkommt für die Abgaben wegen der Römer, die sie auf dem Landtag verlangt haben. Ein Drittel von allem Fleisch und Getreide an die Römer! Wie soll das gehen? Obwohl unser Klanherr uns versprochen hat, dass wir nur ihm zu Abgaben und Diensten verpflichtet sind."

„Riocard, wenn unsere Krieger die Römer besiegt haben, wird es diese Abgabe nicht mehr geben. Das ist das Einzige, das ich dir sagen kann. Ich kann dich also nur bitten, abzuwarten."

Aus dem vierschrötigen Gesicht des Bauern blickte ihr Trotz entgegen. „Ich weiß, Hohe Druidin, dass unsere Adligen in den Krieg gezogen sind, aber ich habe trotzdem den Befehl, dass ich wegen der Römer ein Drittel meiner Ernte und meines Viehs abliefern soll, und zwar schon sehr bald ... Nämlich morgen."

„Sag, bist du verheiratet, Riocard?", fragte Duana.

„Herrin? Ja, ich bin verheiratet."

„Hast du Kinder?"

„Drei. Ich habe drei Kinder."

„Dann kannst du stolz sein."

„Das bin ich auch, Herrin."

„Doch wer eine Familie hat, der hat auch gelernt abzuwarten. Abzuwarten, was aus den Kindern wird. Wie sich die eigene Wirtschaft entwickelt. Wie die Frucht auf den Feldern steht. Verstehst du? Du musst abwarten, was geschieht, Riocard."

Der Bauer zog die Schultern hoch. „Hmm ... Ja, Herrin ... Abwarten, ja, ist gut", druckste er herum. „Herrin, wir haben einen kleinen Hof, oben in der Gefolgschaft von Dublachan, dem Pferdezüchter. In einem Seitental, abseits gelegen. Nicht weit von den Weiden, wo die heiligen weißen Stiere sind. Wir haben uns in den Schutz unseres Klanherrn begeben. Wir haben gedacht, dass wir dadurch sicher sind. Das Schutzversprechen zwischen meinem Herrn und mir hieß, dass ich nur ihm zu Abgaben und Diensten verpflichtet bin. So war unsere Vereinbarung. Aber jetzt sind wir plötzlich auch noch den Römern zu Abgaben verpflichtet, die uns ein Loch in den Getreidesack fressen. Es hat also nichts geholfen, dass wir uns in den Schutz unseres Klanherrn begeben haben. Ist das gerecht?"

Duana schüttelte den Kopf. „Nein, Riocard, das ist nicht gerecht. Doch auch du bist nicht gerecht. Denn es sind die unverschämten Forderungen der Römer, derentwegen dein Klanherr zusammen mit den anderen Klanherren und Kriegern in den Kampf gezogen ist. Sie kämpfen auch für dich und deine Familie und all die anderen Bauern. Verstehst du das?"

„Und was ist mit dem Befehl meines Herrn, dass ich ein Drittel meiner Ernte bei ihm im Hof abliefern muss, damit er es den Römern übergibt?"

„Das war vor dem Krieg."

„Was geschieht, wenn ich ihn nicht befolge, Druidin? Ihr kennt die Strafe dafür so gut wie ich."

„Also gut." Duana erhob sich von ihrem Sitz. Plötzlich wirkte sie groß und erhaben in ihrem hellen Druidinnengewand und dem goldenen Torques. Die Macht des Ordens sprach aus ihr. Für einen Augenblick schien es, als hätten die alten Mächte nichts von ihrer magischen Kraft verloren. „Die Priester sind meine Zeugen", sagte Duana und ließ sich von einem von ihnen den über mannshohen Druidinnenstab des Gaues reichen. Der tat mit unbewegtem Gesicht wie ihm geheißen. „Ich, Duana, die Hohe Druidin des Ahrgaus, entbinde den Bauern Riocard von allen Abgaben an die Römer, und ich entbinde ihn von jeder Strafe in dieser Sache." Duana machte das Zeichen mit der geballten rechten Hand, die sie zur Stirn führte; es bedeutete, dass sie ihre Aussage in ihrem Amt als Richter des Gaues tätigte und dass diese endgültig und bindend war.

Der Bauer kniete vor der Druidin nieder. „Ich danke Euch, Hohe Druidin! Jetzt können ich und die Meinen wieder hoffen. Und wir bitten die Götter darum, dass der Krieg unserer Herren günstig für uns alle ausgeht."

„Tut das! Aus unserem Glauben und aus unseren Gebeten erwächst die Hoffnung und die Kraft, dass uns der Sieg gelingen wird."

30

Zeltgespräch

Es wurde zunehmend kälter. Böse und drohend klopfte der Winter an die Tür. Die Nacht draußen vor dem Zelt war sternlos schwarz. Es war jetzt schon sehr früh dunkel. Es regnete wieder. Die Tropfen trommelten leicht auf das Tuch des Feldzeltes, in dem Caradoc, Leannan und Dublachan die Nacht vor der Schlacht verbrachten -

irgendwo in einem Tal, das irgendwo in der Nähe von Atuatuka lag. Rundum stand ein weiteres Dutzend Drei-Mann-Zelte, alle belegt mit Dublachans Reiterkriegern.

Es waren nur das schwere Atmen der drei Männer und die Laute der nächtlichen Tierwelt zu hören. Hin und wieder zog sich einer von ihnen die Pferdedecke über den Kopf, mit der er sich gegen die spätherbstliche Kälte schützte, die seit dem Samhainfest herrschte. Nach dem verdorrten Sommer, in dem die Frucht auf dem Halm verdorben war, folgte jetzt ein düsterer Ausklang des Jahres.

„Könnt ihr schlafen, Männer?“, ließ sich nach längerem Schweigen die Stimme Dublachans vernehmen.

„Ich jedenfalls nicht“, erwiderte Caradoc.

„Bei Bran, dem Gott der Totenwelt, ich kann auch nicht schlafen“, sagte Leannan, Caradocs Freund und Dublachans Halbbruder. „Ich muss immer noch darüber nachgrübeln. Glaubt ihr, dass wir morgen wirklich angreifen werden?“

„Ehrlich gesagt ...“, sagte Dublachan, stockte dann kurz. Er schälte sich aus der Decke. Alles geschah in der Dunkelheit des Zeltes, dessen Eingang verschlossen war. Drei kräftige hölzerne Stangen. Drei spitz zulaufende Bahnen Zeltleinen, das sie vor dem Regen schützte. Drei Schlafplätze. „... ehrlich gesagt habe ich bis jetzt nicht richtig verstanden, was unser König eigentlich vorhat. Er sagt, er will die Römer aus Atuatuka herauslocken. Die werden aber doch nicht so dumm sein, sich einfach von dort vertreiben zu lassen. Warum sollten sie das tun?“

„Ambiorix scheint zu glauben, dass sie doch so dumm sind“, entgegnete Caradoc. Auch er hatte nicht einschlafen können, aber nicht wegen der bevorstehenden Schlacht, sondern weil er beim Einschlafen immer an Duana denken musste. Stets verweilte er bei ihr, bevor er sich in die Arme des Schlafs senkte. Längst hätte sie aus seinen Gedanken verschwinden sollen, doch sie verharrte dort unverdrossen. Sie ging ihm nicht aus dem Schädel, und das schien ein Zustand zu sein, an dem sich nichts änderte. Um es mit anderen Worten zu sagen: In seinem Herzen war sie noch immer seine Braut, so wie sie es einstmals gewesen war. Alles, was in der Zwischenzeit geschehen war, hatte an diesem Herzensgefühl nichts ändern können. Duana war jetzt zwar weit weg, zu Hause in der Heimat, aber er trug sie in seinem Innern. So war sie seine immerwährende Braut geworden, und er glaubte, dass Duana ebenso fühlte. Schon lange hatte er ihr verziehen, dass sie sich dem anonymen Hirschgott hingegeben hatte, ohne zu wissen, dass er es gewesen war, ihr einstiger Bräutigam. Sein Verdruss darüber war längst verraucht. Vielmehr war er glücklich, dass er sie für diese eine heilige Nacht in der Grotte der Göttin Dana besessen und ihre Jungfräulichkeit genommen hatte. „Wenn Ambiorix glaubt, dass die Römer so dumm sind, dann muss er einen Grund dafür haben, Cara", mutmaßte Leannan. „Unser König ist ein kluger Mann. Er macht nichts ohne Grund."

„Er kennt die Römer besser als jeder andere von uns hier in diesem Zelt", sagte Dublachan, der älteste der drei. Für die beiden jüngeren Männer war es der erste richtige Krieg. Dublachan war schon bei der Nervierschlacht mit dabei gewesen, die zu den ersten Kriegshandlungen in Caesars Krieg gegen Gallien gehört hatte. Er war an der Seite seines Vaters als dessen Schwertbursche geritten und er war Zeuge seines Todes inmitten der Schlacht geworden, in der Caesar die Gallier so vernichtend geschlagen hatte. Dublachan hatte überlebt und das Erbe seines Vaters angetreten, die Herrschaft über den Klan, das Land, den schönen Hof, die große Pferdezucht.

„Wenn ich der Anführer der Römer wäre, würde ich jedenfalls die sicheren Wälle von Atuatuka niemals verlassen", sagte Caradoc. „Er hat doch gar keinen Grund dafür. Er hat mehr Männer als wir, und er braucht nur abzuwarten, bis Caesar Truppen schickt. Wieso um aller Götter Willen sollten sie ihr Winterlager verlassen?"

„Zweifelst du am Plan unseres Königs, Cara?", fragte Leannan zaghaft. „Ich gebe ja zu, dass es ein komischer Gedanke ist, dass sie das Lager freiwillig verlassen. Was hat der König diesen beiden römischen Unterhändlern bloß erzählt?"

„Das allerdings würde ich auch gern wissen", mischte sich Dublachan ein. „Einer, der ganz in der Nähe war, hat gesagt, dass der König ganz allein mit ihnen im großen Feldherrenzelt war. Sie haben sich miteinander besprochen, hat er mir erzählt, und dann sollen die Römer ganz bleich aus dem Zelt herausgekommen sein und trotz der Kälte schweißgebadet."

„Das hört sich doch gut an, Bruder", sagte Leannan.

„Ehrlich gesagt, würde ich an Stelle der Römer kein Wort glauben, wenn es von einem Feind kommt, der kurz davor meine Soldaten umgebracht hat. Und der versucht hat, meine Wälle und Gräben zu stürmen."

„Das war doch nicht ernst gemeint."

„Eben. Genau das ist der Punkt", bekräftigte Caradoc. „Das war doch offensichtlich, dass unsere Angriffe gar nicht richtig ernst gemeint waren. Das müssen doch auch die Römer sehen."

„Anscheinend weiß unser König mehr davon, als wir wissen", meinte Leannan.

„Dafür ist er schließlich unser König", warf Dublachan ein. „Und außerdem sollten wir jetzt endlich versuchen, zu schlafen. Wenn wir morgen kämpfen, müssen wir frisch und ausgeruht sein. Morgen ist es anders als heute. Morgen wird es wirklich ernst. Morgen geht es auf Leben und Tod."

31

Die Ängste des Titurius

Die Nacht brach an. Die Römer hielten eine Offiziersversammlung ab. Sie saßen alle zusammen in dem großen Holzhaus, das dem vormaligen Kommandeur der eburonischen Fluchtburg Atuatuka als Behausung gedient hatte. Das große Feuer in dem gemauerten Kamin brannte warm. Die Römer hatten die Eburonen, die die Kommandanturgebäude von Atuatuka bewohnt hatten, einfach vertrieben. Sie durften nichts mitnehmen und mussten froh sein, dass sie ihr Leben retten konnten. Das heilige Recht am Eigentum, das für die Römer zu Hause so wichtig war, galt im besetzten Keltenland nichts. Und so fand die abendliche Versammlung, an der alle wichtigen Offiziere des Winterlagers teilnahmen, in der behaglichen Umgebung des keltischen Blockhauses statt.

Nachdem Junius und Arpinius berichtet hatten, war die versammelte Offiziersgesellschaft in heller Aufregung. Alle diskutierten wild durcheinander. Es war eine chaotische Versammlung, eines römischen Heers nicht würdig. Geschwätz, Gejammer, Herumgeprahle, Durcheinandergerede.

Der nervös wirkende Legat Titurius hockte wortlos auf dem gepolsterten Herrenstuhl, der dem keltischen Besitzer des Hauses gehört hatte und in unmittelbarer Nähe des wärmenden Feuers stand. Endlich richtete sich der Kommandant auf. Er hob den rechten Arm. Die Runde verstummte. Jetzt richteten sich alle Augen auf ihn.

„Obgleich alles, was unsere treuen Freunde Arpinius und Junius berichten, vom Feind kommt, dürfen wir es trotzdem nicht unbeachtet lassen", tönte Titurius.

„Ich habe etwas zu sagen, Kommandant", meldete sich einer der Zenturionen zu Wort. Ein grobschlächtiges Borstenschwein.

„Ja, rede, Retrox", sagte Titurius.

„Wie kann ein so unbedeutender und schwacher Stamm wie der der Eburonen es wagen, ganz allein ein römisches Winterlager anzugreifen? Das ist mir unbegreiflich. Mutig sind diese Barbaren doch nur, wenn sie sich zu großen Haufen zusammenschließen", sagte der Legionär verächtlich.

„Unbegreiflich ist das nicht. Doch für mich macht das Ganze nur dann einen Sinn", erwiderte der Kommandant, „wenn sie in Wirklichkeit gar nicht allein handeln. Und das ist ja genau das, was Ambiorix heute Mittag unseren Unterhändlern erzählt hat. Dass es einen großen, umfassenden Aufruhr in ganz Gallien gibt."

„Kommandant, auch ich will dazu meine Meinung sagen", meldete sich Lucius Aurunculeius Cotta zu Wort. Titurius verzog das Gesicht. Die Differenzen zwischen ihm und seinem Stellvertreter waren offenkundig, nicht erst seit dem heutigen Tag. Viele Altgediente standen eher zu Cotta, der zwar ein wortkarger und derber, aber in vielen Schlachten erprobter Anführer war, ein Soldat, wie ihn sich die Männer vorstellten. Nicht viel Gefasel, sondern Taten. Unaufgeregt. So war Cotta. Er trug die Narben seiner zahlreichen Verwundungen mit Stolz, wie Auszeichnungen. In der Nervierschlacht hatte er einen oberen Schneidezahn verloren, und im Nahkampf war ihm einst das linke Ohr halb abgeschlagen worden.

„Cotta, also gut, sag, was du denkst, aber fasse dich kurz."

„Das ist nicht im Mindesten schwierig: Wir dürfen nicht unbesonnen handeln, und wir dürfen vor allen Dingen nicht ohne den Befehl Caesars handeln. Dieses Winterlager, so wie wir es verschanzt haben, hält jedem Angriff stand, ob es nun Kelten oder Germanen sind. Sie haben es gestern versucht und sind kläglich gescheitert. Wir haben den ersten Ansturm des Feindes auf die Tore des Lagers erfolgreich abgewehrt. Sie haben große Verluste gehabt, ihr habt es alle gesehen."

Cotta schaute fragend in die Runde. Die Offiziere saßen auf den langen Bänken, die längs der Wände standen. Die meisten – besonders die jüngeren – wichen dem Blick des alten Haudegens aus.

Titurius nahm wieder Platz auf seinem Keltenstuhl. In den Gesichtern der meisten Offiziere sah er Angst und Verunsicherung. Die Männer waren angesteckt von der fahrigen, geradezu ängstlichen Reaktion des Kommandanten. Cotta spürte, wie die Angst beinahe greifbar war. Er hatte die größten Befürchtungen, was die Moral der Truppe betraf.

„Fahre fort, Cotta, rede nur frei heraus, die Männer werden sich schon ihre eigene Meinung bilden", forderte Titurius seinen Stellvertreter ungeduldig auf. Seine Stimme klang gereizt. Seine Augen waren glasig. Er hatte wahrscheinlich wieder zu viel Wein getrunken. Durch seine teigig-fahle Haut wirkte er wie eine übergroße Made in Uniform. Sein schütteres Haupthaar war wirr. Er stand offenbar noch immer stark unter dem Eindruck der Botschaft, die die beiden Unterhändler übermittelt hatten. Cotta wusste, dass Titurius großen Respekt vor den Germanen hatte. Wenn nicht sogar Angst. Die Ängste des Titurius – sie waren einer der Gründe, warum der kommandierende Legat bei vielen der altgedienten Offiziere als ein rückgrat- und charakterloser Emporkömmling galt, der es nur aufgrund der Beziehungen seiner neureichen Familie zu Caesar geschafft hatte, das Legatskommando zu bekommen. Ein weiterer Grund war seine sinnlose Gewalttätigkeit, die sich in den ungerechten Strafexpeditionen gegen die einheimische Bevölkerung äußerte und die Hass säte, wo es nicht nötig war. Zudem war Titurius als genusssüchtig, versoffen, verfressen und geil bekannt. Seine ständigen Gelage galten seinen Gegnern im Heer als unsoldatisch.

Cotta war klar, dass die Behauptung des eburonischen Königs über den angeblichen Anmarsch von Germanenverbänden auf Titurius und auf etliche andere Männer einen ziemlichen Eindruck gemacht hatten.

Die Germanen! Die meisten – allen voran der Kommandant – fürchteten die finsteren, barbarischen Bewohner der Sümpfe und Wälder, die jenseits des großen Flusses bis weit ins Land hinein lebten. Sie beteten den Mond, das Feuer und die Sonne an. Von Kind an härteten die Alten die jungen Kämpfer durch Enthaltsamkeit, Kampf und Jagd ab. Müßiggang und Verweichlichung galt ihnen als größte Sünde. Ihr Leben war arm, hart und dürftig, ihre Kleidung bestand hauptsächlich aus Fellen und Pelzen, und dennoch galt ihnen die Gastfreundschaft über alles. Doch wenn sie auf ihre gefürchteten Raubzüge gingen, dann kannten sie keine Furcht und keine Gnade und hinterließen überall Zerstörung, Ödnis und Tod.

Cotta teilte die Angst der jüngeren Offiziere und des Kommandanten nicht. Vielmehr verachtete er die zaudernden Männer, die sich hinter den Kommandanten Titurius scharten. Sie waren anders als die wenigen erfahrenen Zenturionen im Legionslager Atuatuka, die Cotta nahestanden. Verweichlicht, verwöhnt und unmännlich. Jüngelchen. Keine richtigen römischen Soldaten, deren alltägliches Handwerk es war, dem Tod in die Augen zu schauen. Ein römischer Soldat kannte keine Angst, das war Cottas Überzeugung.

„Wir haben genug Nahrungsmittel und Vorräte für viele Wochen", sagte Cotta, „daran wird es uns also nicht mangeln. Das ist auch nicht der Punkt. Der Punkt ist Caesar."

„Caesar?", fragte Retrox mit seltsam gekräuselter Unterlippe, die wohl seine Verachtung für Cotta anzeigen sollte. Das Borstenschwein hatte die Spannungen zwischen dem Kommandanten und seinem Stellvertreter erschnüffelt und schlug sich auf die Seite des Titurius.

„Ja, Caesar", erwiderte Cotta, ohne Retrox weiter zu beachten. „Sobald unser Feldherr erfahren hat, was hier im Gange ist, wird er kommen, um uns herauszuhauen! Ihr kennt ihn doch alle. Die Eburonen sind Verräter. Er wird sie bestrafen. Wir müssen uns nur verschanzen, bei allen unseren Göttern! Den Angriffen trotzen. Wie römische Soldaten standhalten, Donnerwetter, so wie es unser Feldherr erwarten darf."

„Bist du bald fertig?", fragte Titurius betont gelangweilt. In Wirklichkeit missfiel ihm sehr, was sein Stellvertreter sagte, denn es entsprach nicht dem, was er selbst dachte. Seine Angst nahm, genährt durch die finstere Macht der Todesahnungen, die ihn seit Tagen verfolgten, immer mehr Besitz von ihm. Er spürte es nahezu körperlich. Er spürte das eiskalte Messer des Todes schon an seiner Kehle.

Cotta fuhr trotzdem fort: „Schimpflich wäre es, wenn wir uns auf den Rat des Feindes hin zu leichtfertigen Handlungen hinreißen ließen, die unseren Untergang bedeuten."

„Wir warten also auf Caesar?", erwiderte Titurius stockend. Er schwitzte wie ein Schwein. Er atmete schnell, als würden die Germanen im nächsten Augenblick den Raum stürmen. Seine Stimme war brüchig, zeigte den hohen Grad seiner inneren Erregung an: „Warten, bis er hierherkommt, um uns zu befreien? Nicht, dass ich daran zweifle, dass unser Feldherr sofort kommen wird, wenn er hört, dass eines seiner Winterlager angegriffen wird. Nein, ich zweifle nicht. Heil Caesar!" Er schaute in die nächtliche Offiziersrunde. Das Feuer knisterte. „Aber wann wird das sein? An den nächsten Kalenden? Oder erst an den nächsten Nonen? Vielleicht erst an den Iden? Und was ist, wenn er schon nach Italien gereist ist? Wir wissen doch alle, wie wichtig seine politischen Geschäfte in Rom sind! Ich befürchte, dass uns die Kelten überrennen werden, wenn erst die Germanen von der anderen Rheinseite zu ihnen gestoßen sind. Zusammen entfalten sie womöglich die vielfache Durchschlagskraft, wer weiß es schon. Wir wissen ja alle, wie sehr man die Germanen als Feind ernst nehmen muss."

„Das mag sein, Titurius", erwiderte Cotta kühl. „Doch das Heer des römischen Volkes ist in der Lage, es mit jedem Feind aufzunehmen. Ob an den Kalenden, den Nonen oder den Iden oder sonstwann im Monat."

„Doch auch das römische Heer ist nicht vor Niederlagen gefeit, das weißt du genauso gut wie ich. Meinst du nicht, dass man eine Niederlage vermeiden sollte, wenn man die Möglichkeit dazu hat, mein Freund? Wir haben hier fünfzehntausend Mann. Caesar braucht diese Männer, Cotta. Wir dürfen sie nicht der Gefahr aussetzen, dass sie niedergemacht werden." Er wandte sich wieder an alle: „Bedenkt doch, wie nah der Rhein ist! Die Germanen hassen uns. Sie können es nicht verwinden, dass sie von Caesar besiegt worden sind. Ariovist ist unvergessen. Sie würden alles tun, um sich zu rächen, uns zu schaden und uns zu vernichten."

„Worauf willst du eigentlich hinaus, Kommandant?", fragte Cotta nachdrücklich. „Willst du wirklich das Schicksal deiner Soldaten davon abhängig machen, was uns der Feind dort draußen aufgetischt hat? Fragst du dich denn nicht, was der Feind damit bezweckt?"

„Ich interessiere mich nicht so sehr dafür, was unser Feind bezweckt", erwiderte Titurius. Seine Stimme klang jetzt wieder sicherer. Er versuchte, seine Todesahnungen beiseitezudrängen. „Sondern ich interessiere mich für das Ergebnis unseres Tuns. Das, was am Ende dabei herauskommt. Darauf kommt es an. Junius!"

„Herr?" Der Spanier machte ein erstauntes Gesicht und wusste nicht, warum ihn der Kommandant direkt ansprach. Vielleicht, um Cotta das Wort abzuschneiden.

„Ich will deine Meinung, Spanier. Du hast mit eigenen Ohren gehört, was Ambiorix gesagt hat. Du kennst ihn am besten von uns allen. Was ist, wenn dieser Kerl Recht hat?“

„Ambiorix? Wenn er Recht hat, Kommandant?“, fragte Junius verwirrt.

„Verstehst du denn nicht? Was, wenn tatsächlich ganz Gallien und Germanien einen Aufstand gegen die römische Herrschaft begonnen haben?“

„Ja, dann ...“

„Sprich, Spanier!“

„Dann wäre es vermutlich die einzige Rettung, tatsächlich das Winterlager zu verlassen und zu den anderen römischen Truppen zu stoßen, die weiter weg vom Rhein stationiert sind.“

„Und wenn er nicht Recht hat?“

„Dann gelangen wir ohne Gefahr zum nächsten Winterlager und machen uns dort zum Narren.“

„Der höchste Preis, den wir zu zahlen hätten, wäre es jedenfalls, dass wir uns zum Narren machen, ist das wahr?“

„Ja, Herr“, erwiderte der Spanier.

„Und was ist, Junius, wenn wir hierbleiben?“

„Wenn Ambiorix die Unwahrheit sagt – nichts.“

„Und wenn er die Wahrheit sagt?“

„Wenn er Recht hat, Kommandant, dann sind wir, wenn wir hierbleiben, vermutlich bald alle tot.“ Junius wusste, was sein Befehlshaber hören wollte. „Denn wenn tatsächlich ganz Gallien in Aufruhr ist, wird niemand kommen, um uns zu helfen und uns herauszuschlagen. Dann müssen sich die anderen Winterlager selbst gegen den Feind wehren.“

„Eins vergisst du, Titurius“, sagte Cotta hart und bitter. „Du vergisst, dass wir Römer niemals feige vor dem Feind zurückweichen. Schon gar nicht, wenn wir nicht wissen, was überhaupt los ist.“

„Willst du mich etwa einen Feigling nennen?“

„Nein, Titurius. Warum fragst du das? Ich sage nur meine Meinung. Die Meinung eines ehrlichen, einfachen römischen Soldaten. Verstehst du?“

„Glaubst du etwa, ich fürchte mich vor dem Tod? Ha! Darum geht es doch nicht! Also gut. Wie du willst. Bleiben wir also hier. Ehe ich mich von dir als Feigling beschimpfen lasse, nur weil ich mir Sorgen um das Leben meiner Männer mache.“ Er spuckte in das nahe Feuer. „Unsere Ehre will es so, meinst du? Unser Cotta will es so! Weil er ja ganz genau weiß, was ein römischer Legionär ist und will und was er zu tun und zu lassen hat.“

Bevor Cotta antworten konnte, erhoben sich die Stimmen der Offiziere. Alle redeten aufeinander ein.

„Macht nicht durch eure Uneinigkeit alles noch schlimmer“, rief der grobschlächtige Hastatus, einer der Zenturionen in Titurius' Armee, mit seiner durchdringenden Stimme, die das Stimmengewirr augenblicklich zum Schweigen brachte. „Durch unsere Uneinigkeit machen wir unsere Lage erst recht gefährlich! Ob wir nun wirklich hier im Lager bleiben, wie Cotta es anscheinend will, oder ob wir dieses Winterlager verlassen, wie unser Kommandant Titurius und offenbar die meisten anderen Offiziere in dieser Runde es wollen – das Wichtigste ist doch, dass wir alle zusammen gleich fühlen, gleich denken, gleich handeln. Wenn wir uneinig sind, kommt das Unheil sicherlich.“

„Hastatus hat Recht. Schluss mit der Diskussion! Schluss mit dem Herumgerede! Schluss mit dem Streit! Hört, was ich beschlossen habe. Wir machen es wie in Rom, im ehrwürdigen Senat, in der Curia Hostilia auf dem Forum. Am Ende der Senatsversammlung steht – wie ihr alle wisst – die Abstimmung, die vom Konsul angesetzt wird“, sagte der Kommandant wichtigtuerisch, mit aufgesetztem Selbstbewusstsein, während Cotta resignierte. „Ihr, meine Offiziere, Militärtribunen, Dekurionen, Zenturionen – ihr seid die Senatoren. Die Senatoren sammeln sich zur Abstimmung um denjenigen, dessen Meinung sie vertreten. Wer hier in diesem Lager bleiben und abwarten will, sammele sich um Cotta. Wer wie ich morgen zur frühesten Stunde mit allen Einheiten abrücken will, der sammle sich um mich. Dann wissen wir, welchen Beschluss unser hiesiger Senat gefasst hat.“

Natürlich gewann der Kommandant die Abstimmung. Nur wenige standen zu Cotta – unter ihnen der junge Militärtribun Valerius. Titurius gab noch in der Nacht an alle Heeresteile den Befehl aus, dass die Truppen am nächsten Morgen bei Tagesanbruch ausrücken sollten. Er vertraute fest auf das Wort des Königs Ambiorix, der ihnen freien Abzug gewährt hatte. Beim ersten Schimmer des Tageslichtes sollte das römische Heer aufbrechen. Nicht so, als ob der Feind sie dazu veranlasst hätte, sondern so, als hätte der allerbeste Freund einen guten Rat erteilt.

32

Himmelskrieger

Die Stelle, an der sie die Vorhut der Römer angreifen würden, war der tiefste Punkt im Gelände. Atuatuka war von hier nicht weit entfernt. Hunderte eburonische Krieger, Reiter und Bogenschützen, versteckten sich unter den Bäumen rechts und links des Bachlaufs. Sie hatten den Befehl, die Vorhut der Römer mit aller Härte anzugreifen und vom Rest des Heeres zu trennen. Sie waren alle gut getarnt. Vom Bach aus konnte man nichts erkennen. Dublachan, der Anführer ihrer Reiterabteilung, die aus rund dreißig Männern bestand, hatte sich selbst davon überzeugt. Sie hatten die bunte keltische Kriegsbemalung im Gesicht und auf den Armen. Kringel. Linien. Spiralen. Kreuze. Manche hatten nach alter Sitte den ganzen Oberkörper entblößt und bemalt.

Die Schlacht begann. Endlich. Auch die Pferde spürten das und waren kaum unter Kontrolle zu halten. Die Römer kamen. Sie kamen wirklich. Die Geräusche der römischen Marschkolonne waren unüberhörbar. Metall klirrte. Manchmal ein ferner Befehl, Geschrei, ein dumpfer Trommelschlag, ab und zu das Signal eines Hornes.

König Ambiorix hatte für den Hinterhalt eine günstige Stelle ausgesucht, wo der Wald talwärts fast bis an den Bach heranreichte, an dem entlang die Römer ihren Fluchtweg nahmen. Genau wie der König es erwartet hatte.

Caradocs Herz schlug bis zum Hals. Er war erregt. Die Hitze des beginnenden Gefechts. Fiebrige Erwartung dessen, was gleich kommen würde. Er ließ sein Pferd einen Schritt hinaus aus dem Unterholz machen, das ihnen bei ihrem Hinterhalt als Deckung diente. Von dort hatte er freiere Sicht.

Caradoc reckte den Hals. Das Pferd tänzelte. Sein Blick glitt das langgestreckte, schmale Tal entlang, das sich durch den Ardennerwald in Richtung des Winterlagers erstreckte.

„Jetzt! Ich sehe das vorderste Feldzeichen. Ja, dort in der Ferne. Den goldenen Adler. Ambiorix hat Recht gehabt. Diese Dummköpfe“, stieß er heiser hervor. Er lachte. Es befreite ihn, sich über den Feind lustig zu machen. „Unglaublich. Die Römer sind wirklich auf die List unseres Königs hereingefallen.“

„Komm sofort zurück in Deckung, Caradoc! Sie dürfen nicht vorzeitig merken, dass wir hier sind!", zischte Dublachan. „Achtet alle auf eure Deckung!"

Caradocs Pferd war nur mit Mühe zurück in das Gebüsch zu bringen. Es war nervös wie sein Reiter. Die Anspannung hatte von allen, Ross und Reitern, Besitz ergriffen.

Leannan reckte ebenfalls den Kopf. „Ich seh sie auch. Den goldenen Legionsadler. Drei Pfeilschussweiten noch", sagte er atemlos. Er stieß Caradoc mit dem Ellbogen in die Seite. „Sollen wir wetten, wer von uns beiden den goldenen Adler erobert?"

„Ruhig! Alle warten auf das Signal", befahl Dublachan mit vor Erregung zitternder Stimme. „Das Horn, dreimal kurz hintereinander. Dann greifen wir an. Nicht vorher. Denkt daran! Wir sind ein Drache mit vielen Köpfen. Wir müssen alle gleichzeitig zubeißen."

Der feine Nieselregen nässte den grauenden Morgen, dämpfte die Geräusche. Die schwere Luft war von feinem Nebel durchzogen. Der Lärm der römischen Marschkolonne wurde immer lauter. Es war unglaublich, dass sich die Römer tatsächlich so einfach zu dieser kopflosen Flucht hatten verleiten lassen! Caradoc hatte das Gefühl, dass alles möglich war, wenn ihnen schon diese unglaubliche Sache gelungen war.

Unverhofft spürte Caradoc eine Freiheit in sich, die er niemals zuvor erlebt hatte: Es war die Freiheit dessen, dem es nichts ausmacht, ob er leben wird oder stirbt. Wenn er schon sterben musste, dann sollte es für die gemeinsame Sache sein. Für Ambiorix. Für das eburonische Volk. Für die Heimat. Für Duana. Er wusste, wofür er starb, wenn er denn sterben musste. Ob das die römischen Soldaten auch wussten, die sich da näherten, ohne zu ahnen, dass sie der keltische Drache in wenigen Augenblicken verschlingen würde? Die sich nicht vorstellen konnten, dass sie den Abend dieses Tages nicht erleben würden?

Die Eburonen glaubten, dass sie sofort in die Anderswelt gelangten, wenn sie im Kampf für das Volk starben. Viele der keltischen Krieger dürsteten geradezu danach, im Kampf um die Heimat zu fallen. Sie waren sich sicher, dass sie damit die Unsterblichkeit gewannen und mit der Großen Göttin Dana an einer Tafel speisen würden, an einem Ort, an dem die Zeit nicht verging. Sie warteten nur darauf, nach dem Tod in der Schlacht das Tor in die Welt der Toten, der Ahnen und der ewigen Jugend zu durchschreiten. Weiterzuleben in einer Welt der Heldentaten und der Weisheit, aus deren Brunnen die Dichter ihr Wissen und ihre Erleuchtung schöpften und die Druiden ihre Macht und ihre Zauberkraft. Musik und Tanz, Jagd und Frauenliebe sollten ihr Zeitvertreib sein, und es gab weder Krankheit noch Trauer, weder Tränen noch Tod. Caradoc hoffte, dass er wenigstens in der Anderswelt mit Duana vereint sein würde, wenn es schon in dieser Welt nicht möglich war.

Mittlerweile waren die Römer schon sehr nahe. Die Vorhut musste jedoch erst vollständig an ihrem Hinterhalt vorbeigezogen sein, ehe sie zuschlagen würden. So war der Plan des Königs. Sie sollten die Vorhut vom Rest der Truppe abschneiden und niedermachen, und vor allem sollten sie das römische Heer am Weiterzug hindern.

Jetzt waren die Legionäre auf gleicher Höhe mit den Kelten. Alle machten sich klein, zogen sich noch ein Stück weiter ins Unterholz zurück. Nur nicht gesehen werden! Die Römer waren nur einen Pfeilschuss entfernt. Die Spannung war nicht auszuhalten. Caradoc merkte gar nicht, dass seine Backenknochen mahlten, dass seine Zähne aufeinander rieben, knirschten.

Ohne Eile bewegte sich der arglose Kopf des römischen Heerwurmes voran durch das Tal. Die Trommeln, die das Marschtempo angaben, klangen schlaff und lustlos. Der an erster Stelle gehende Standartenträger war ein dicker, großer Soldat. Um ihn herum ein paar Reiter, ohne feste Ordnung. Dahinter zwei, drei Kohorten in lockerer Marschformation. Der tiefe Boden, das Gelände, die frühe Stunde machten die Beine der jungen Soldaten schwer. Kommandos erklangen.

Ein paar hundert Mann hatten den Hinterhalt inzwischen schon passiert – da endlich erklang in unmittelbarer Nähe das keltische Signalhorn für den Angriff. Drei Stöße aus dem Kriegshorn. Sie hallten von den Hängen des Tales wider. Sofort antworteten Dutzende weitere Signalhörner entlang des gesamten Tales. Der Angriffsbefehl. Es begann.

„Stürzt euch auf sie! Zerschmettert den Feind, tötet!“, schrie Dublachan donnernd. „Der keltische Drache beißt zu! Lasst den Römern ihren Himmel einstürzen!“

Sogleich preschten die Hundertschaften der Reiterkrieger aus dem Unterholz. Ein Schwarm stechwütiger Wespen. Ihnen folgten die Bogenschützen mit ihren großen Bögen aus Eibenholz. Die Männer schrien sich die Stimme aus dem Hals. Gellendes Johlen. Ohrenbetäubendes Brüllen. Die Pferde schnaubten vor Erregung, stiegen, gewannen schnell an Geschwindigkeit. Die Hufe trommelten auf dem schweren Talboden.

Caradoc war mitten unter ihnen. Gepanzert, gerüstet und bewaffnet wie sie. Er hatte wie die anderen eine Lanze in der Hand, im Schultergurt das Schwert, das er selbst geschmiedet hatte. Auch er trug Kriegsbemalung, genau wie die anderen. Einer von ihnen, stürmte er auf dem Rücken seines Pferdes auf den Feind zu.

Caradoc und Leannan ritten nebeneinander. Feuerten sich gegenseitig an. Ihr Blut kochte. Ihre Bewegungen schienen sich zu verlangsamen, als würde die Zeit in ihrem Lauf gehemmt. Sie waren Himmelsstürmer. Himmelskrieger. Mit dem Blut der Römer würden sie ihre Zukunft reinwaschen.

Die Römer, abgeschnitten vom nachfolgenden Rest des Heeres, reagierten, wie sie es gelernt hatten; formierten sich zu einem Viereck, ließen dabei ihr schweres Gepäck im Stich. Die Offiziere brüllten Kommandos. Der dicke Soldat rettete den goldenen Legionsadler in die Mitte des Vierecks. Ihre mannshohen Schilde, die sie *Scutum* nannten, ein Doppeldutzend auf jeder Seite des Vierecks, eng nebeneinander auf dem Boden aufgesetzt. „Schildkröte" nannten sie das. Die Schilde bildeten nach außen eine dichte Mauer. Ihre Farbe war rot. Rot wie das Blut, das der keltische Drache vergießen würde. Auf den römischen Kampfschilden waren goldene Verzierungen. Golden wie die Ehre, die die keltischen Krieger auf dem Schlachtfeld für ihr Volk einlegen würden. Golden wie das Licht der Sonne am Himmel der Anderswelt.

Caradoc verschmolz mit den anderen Kriegern zu einer Einheit ... verschmolz zugleich zu einem einzigen Wesen mit seinem Pferd ... Die Römer waren jetzt schon sehr nah ...

Bevor sie die Römer erreichten, bogen sie scharf nach rechts ab. So wie der König es befohlen hatte, umkreisten sie das römische Viereck in geringem Abstand.

Dann begann das Werk der Bogenschützen, die sich ebenfalls aus dem Unterholz gelöst hatten und zu Fuß vorgerückt waren. Sie nahmen die römische Formation unter massiven Beschuss, über die Köpfe der Reiter hinweg. Immer mehr römische Legionäre in den hinteren Reihen fielen den Pfeilschüssen der eburonischen Schützen zum Opfer.

Es war ein wilder Ritt. Die Reiter umkreisten die Römer schreiend und mit gezückten Waffen. Caradoc war im Rausch, in einem rasenden Traum, als würde er in eine unendlich tiefe Schlucht stürzen, in freiem Fall. Er lachte unbändig, während die Talaue unter den Hufen seines Pferdes dahinflog und der Boden unter dem Trommelschlag der Pferdehufe erzitterte. Es war wie ein Ritt durch die Tore der Anderswelt.

Unschlüssig und zögerlich begannen die Römer mit der Gegenwehr. Ungezielte Schüsse mit dem Bogen, Lanzenwürfe. Einer der keltischen Krieger wurde regelrecht aufgespießt und spuckte einen Schwall Blut, bevor er aus dem Sattel seines Pferdes fiel. Reiterlose Pferde querten die eigenen Reihen. Weitere Männer starben. Dutzende. Doch der Tod hielt bei den Feinden reichere Ernte. Die Angst der jungen Römer lag wie ein übler Geruch über der Schlacht.

Von überallher aus dem Tal ertönten jetzt die Signalhörner, hallten Unheil verkündend von den Bergen wider. Es war das Totenlied des Feindes. An allen Stellen war die Front eröffnet, überall entlang des langen Heereszuges wurden die Römer angegriffen.

Die keltischen Bogenschützen hielten blutige Ernte. Es dauerte nicht lange, bis eine Lücke in die Mauer der Schilde geschossen war. Mehrere Legionäre wurden nahezu gleichzeitig getroffen und einige andere waren über die hingeschlagenen Körper gestolpert, so dass die Schildabwehr an dieser Stelle in schwere Unordnung geraten war. Dublachan gewahrte als Erster die aufgerissene Lücke. Er lenkte seinen gewaltigen Gaul todesmutig in die offene Flanke des römischen Vierecks. Caradoc und Leannan folgten ihm unmittelbar. Ein Speer prallte gegen die seitliche, aus Kork gefertigte Rüstung von Dublachans Pferd und blieb stecken. Er war er nur noch ein paar Mannslängen von den römischen Reihen entfernt. Ein römischer Offizier gestikulierte verzweifelt, stieß verängstigte Soldaten voran in die Lücke. Dublachans Pferd war irritiert. Es stieg auf die Hinterbeine. Einer der römischen Legionäre warf geistesgegenwärtig eine kurze Lanze in die Beine des strauchelnden Pferdes. Das brachte das Tier endgültig zu Fall. Der schwere Leib krachte in den noch geschlossenen Abschnitt der Schildmauer, die dadurch noch weiter aufgerissen wurde. Dublachan rollte vom Rücken des Pferdes mitten unter die römischen Legionäre und wurde sofort von einem Dutzend Speeren und Schwertern durchbohrt, so dass er sein diesseitiges Leben ohne jede Qual, von einem Augenblick zum nächsten aushauchte.

Caradoc, Leannan und die anderen erhoben beim Tod ihres Anführers ein unmenschliches Wutgeschrei. Sie sprangen aus dem Sattel, stürzten sich hasserfüllt, mit entschlossenen Stichen ihrer langen Lanzen auf die Römer. Waren die Lanzen gebrochen oder ihren Händen entwunden, kämpften sie mit ihren Schwertern weiter. Das Fähnlein des Dublachan, das aus drei Handvoll Mann bestanden hatte, war inzwischen um die Hälfte dezimiert, doch sie wussten: Der keltische Drache würde siegreich sein. „Jetzt tötet sie alle!", schrie Leannan, an Caradocs Seite.

Sie waren die Himmelskrieger – die Herren des Todes.

33

Valerius aus Placentia

Seit dem Ertönen der keltischen Kriegshörner waren vielleicht vier, fünf römische Tagesstunden vergangen. Hunderte schwarzer, aasfressender Vögel kreisten über dem Schlachtfeld oder hockten in den nahen Bäumen, in Erwartung reichlicher Nahrung. Der junge Militärtribun Valerius aus Placentia wusste es nicht genau, denn der Himmel war immer noch wolkenverhangen.

War es Mittag? Nachmittag?

Valerius war froh, dass er an der Seite von Cotta, dem alten Haudegen, kämpfte. Cotta befehligte ihre Verschanzung, zwei Kohorten, die sich am Talgrund, in unmittelbarer Nähe des Baches, eingeigelt hatten. Je einen doppelten Pfeilschuss bachaufwärts und -abwärts die nächste römische Verschanzung, wieder mit tausend Mann. Und so weiter, das ganze Tal entlang, so weit man sehen konnte. Dazwischen das schwere Gepäck, das die Römer gerade dort hatten liegen lassen, wo sie sich im Augenblick des unverhofften Angriffs befunden hatten. Titurius hatte es so befohlen.

Erschöpft hatte sich Valerius aus der vorderen Reihe zurückgezogen, wo der Kampf unvermindert weiterging. In immer neuen Wellen griffen die Kelten an. Ritten auf ihren schnellen, kleinen Pferden Attacken. Zogen sich zurück. Kamen wieder. Dann wurden sie von allen Seiten von einem Hagel von Geschossen getroffen. Pfeile. Speere. Steine. Die Wurfgeschosse kosteten die meisten Opfer.

Schließlich griffen die waghalsigen eburonischen Reiterkrieger mit ihren langen Lanzen und ihren scharfen Schwertern wieder an, und in deren Gefolge kamen die halbnackten Fußkämpfer mit ihrer grellen Kriegsbemalung. Wegen ihres Blutdurstes, ihrer Rohheit und ihrer Kaltblütigkeit hatten sie die Römer schon während der ersten Angriffswellen das Schaudern gelehrt. Sie waren unberechenbar wie Dämonen. Sie fürchteten den Tod nicht, viele suchten ihn sogar. Unablässig erklangen die Kriegshörner. Es zerrüttete einem die Nerven.

Die Schlacht von Atuatuka war keine gewöhnliche Schlacht. Kein herkömmlicher Kampf gegen die üblichen Soldaten oder Krieger. Es war ein Kampf gegen Geister, gegen einen Drachen mit vielen Köpfen, ein Ringen mit dem Tod höchstselbst, der aus den Tiefen der finsteren Wälder Galliens über sie gekommen war. Wenn die Kampfhandlungen einmal für kurze Zeit ruhten, hegte keiner Hoffnung, dass damit alles ausgestanden wäre. Zu Recht. Der nächste Angriff kam gewiss, wurde nur noch brutaler, noch blutiger. Die wenigen toten Kameraden, die sie hatten bergen können, waren in der Mitte der Verschanzung aufgeschichtet.

Cotta war in der Nähe von Valerius und dirigierte die Männer. Er blieb trotz der niederschmetternden Lage der Truppen ruhig und bedacht. Seine Befehle waren knapp, eindeutig, bestimmt. Mit seinen vielen Narben und seinem halben Ohr war er ein Beispiel dafür, welche Kriegsstürme man lebend überstehen konnte.

Valerius stand noch immer unter dem tiefen Eindruck des Todes von Lucanius, mit dem er sich in den letzten Monaten etwas angefreundet hatte. Lucanius und sein Sohn kämpften Seite an Seite. Der väterliche, grauhaarige Zenturio erster Ordnung war bei der letzten Angriffswelle vor seinen Augen von den keltischen Angreifern niedergehauen worden, ohne dass Valerius ihm hätte helfen können. Entsetzt musste der junge Placenti mitansehen, wie die keltischen Feinde ihn mit Äxten verstümmelten und mit Speeren durchbohrten, während er tapfer versuchte, seinem bedrängten Sohn zu Hilfe zu kommen, der ebenfalls von Feinden umzingelt worden war. Der Sohn und seine Kameraden konnten sich aus eigener Kraft, wenn auch schwer verletzt, aus der feindlichen Umzingelung befreien und sich wieder in die römische Verteidigungsstellung zurückkämpfen, doch der Vater starb einen qualvollen und blutigen Tod.

Der Geruch von Tod, der über dem Schlachtfeld lag, war betäubend. Valerius war wie gelähmt. Er war voller Blut, jedoch nicht verwundet. Er war zutiefst erschöpft und glaubte, keine Gliedmaße mehr bewegen zu können. Die Schreie der Verletzten und Sterbenden waren entsetzlich. Die Toten, eigene Leute und Feinde, lagen neben- und übereinander um ihre Stellung herum, wo sie sich mit den beiden Kohorten Cottas – an die tausend Legionäre – eingeigelt hatten. Die verstümmelten menschlichen Körper, die zerbrochenen Waffen, die Pferdeleiber mit ihren aufgeschlitzten Bäuchen, aus denen die dampfenden Gedärme quollen, bildeten einen bizarren Wall um ihre Igelstellung, die sie nach außen hin mit einer beweglichen und flexiblen Mauer aus großen, römischen Militärschilden schützten.

„Valerius! Bist du verletzt?"

Der junge Militärtribun war in dumpfe Gedanken versunken, wollte die Schreie der Sterbenden und den furchteinflößenden Lärm der Kampfhandlungen nicht mehr hören. Sie dort draußen vor der Schildmauer zu bergen, hätte den sicheren Tod bedeutet. Qualvoll krepierten diese jungen Männer, die es im niedergetrampelten Gras und Dreck des einsamen Atuatuka-Tales niedergeworfen hatte. Hier holte sie ihr hässlicher Tod. Weit weg von Zuhause. Ohne Trost, die brechenden Augen in den tiefen, bösartigen keltischen Himmel gerichtet, den die fremden Götter regierten.

„Valerius? Hörst du nicht? Was ist los mit dir?", sagte Cotta rau.

„Cotta ... Tut mir leid ... Ich glaube, ich bin nicht mehr bei Sinnen. Vielleicht werde ich verrückt", stöhnte Valerius.

Cotta lachte bitter. „Verrückt? Das hat jeder von uns schon mal gedacht hier draußen. Es ist der Krieg und es sind diese dunklen Wälder und der immerwährende Regen. Das legt sich jedem auf die Seele."

„Ja, Legat."

„Komm mit, mein Junge!" Sie zogen sich in die Mitte der Verschanzung zurück, die die Kohorten Cottas gebildet hatten, während vor der Mauer aus Schilden der Kampf unerbittlich weiterging. Sie hockten sich zu Boden, wo die Leichen lagen und die Verletzten von den Feldschern der Truppe notdürftig versorgt wurden. Cotta winkte drei Schildträger herbei, die ihn und Valerius vor den ständig niedergehenden Geschossen schützen sollten.

„Junge, du kommst doch aus Placentia?", fragte Cotta. Valerius nickte. „Ich hatte mal eine Geliebte in Placentia. Ist lange her. Wir sind oft über die Via Aemilia zu euch in die Stadt gekommen und haben dort ein paar Tage verbracht. Caesar ist gerne in Placentia, das weiß ich. Dann haben wir den Po überquert und sind meist nach Mediolanum weitergezogen. Immer, wenn wir Mediolanum in Richtung der Alpen verlassen haben, wurde es ernst."

„Du hattest eine Geliebte in Placentia?"

Cotta lachte. Es war geradezu makaber, ihn hier draußen, im Angesicht des Untergangs, so lachen zu hören, während ringsum die Schlacht tobte und die Sterbenden schrien. „Ja. Eine wunderbare Geliebte. Zwanzig Jahre ist das wohl her. Sabina. So hieß sie. Lebt schon lange nicht mehr."

„Was willst du von mir?"

„Was ich von dir will? Junge, du bist nach mir der ranghöchste Offizier hier. Du weißt, was das bedeutet?"

Valerius starrte auf den Leichenhaufen in der Mitte des Vierecks. Das waren vierzig, sechzig, hundert Kameraden. Noch einmal so viele Verletzte. Ihn schauderte. „Und? Was bedeutet es?"

„Wenn ich falle oder verletzt werde, bist du der Anführer von tausend Mann."

„Du fällst nicht, Legat."

„Nenn mich besser nicht Legat", erwiderte Cotta bitter. „Ein Legat kommandiert. Dort hinten, sechshundert Schritt von hier, ist unser richtiger Legat. Dort, wo die nächsten Kohorten sich verschanzt haben. Ich bin nur sein Stellvertreter. Meine Meinung ist nicht so wichtig. Frag mich nicht, was Caesar sich dabei gedacht hat, ihn einzusetzen. Ich weiß es nicht." Die Bitterkeit in Cottas Stimme war groß. „Du weißt doch, wie Titurius mit allen meinen Bedenken umgesprungen ist. Du warst dabei. Alle waren dabei in der Nacht. Als er diese lächerliche Senatsabstimmung durchgeführt hat. Am Ende stand ich fast alleine da."

„Ich war auf deiner Seite", erinnerte ihn Valerius.

Cotta nickte. Er duckte sich unter einem keltischen Pfeil weg, der zwischen zwei Schilden ihrer Deckung durchzischte und ihn nur knapp verfehlte. Er spuckte aus. Spuckte auf die Gefährdung seines Lebens. „Ja. Das warst du, Junge. Einer von wenigen. Und ich bin dir dankbar dafür. Wenigstens Valerius, habe ich gedacht. Aber die meisten anderen sind den Weg gegangen, den sie für leichter gehalten haben. Zusammen mit Titurius. Und jetzt siehst du, wie sehr ich Recht hatte. Jetzt sind wir hier. Wir hätten Atuatuka niemals verlassen dürfen. Schau dir nur all diese gefallenen Legionäre an. Diese jungen Männer, die jeder eine Mutter und einen Vater und Verwandte und Freunde hatten, die sie jetzt beweinen müssen."

Valerius hatte Cotta noch niemals so viele Worte machen hören. Es sprudelte geradezu aus dem Mund des alten Haudegens hervor. Die Kampfhandlungen und der Beschuss nahmen jetzt wieder zu. Das Geschrei der keltischen Krieger wurde lauter. Auch die zermürbenden Kriegshörner der Eburonen wurden lauter. Der Regen von Pfeilen, Lanzen, Steinen wurde dichter, wollte gar nicht mehr aufhören. Es schien, dass eine neue, noch schwerere Angriffswelle begann.

„Das ist eine beschissene Zermürbungstaktik, mit der sie uns fertigmachen. Titurius hat uns an den Rand des Abgrunds geführt. Ich habe ein schlechtes Gewissen. Ich hätte niemals nachgeben und zustimmen dürfen, dass wir Atuatuka verlassen."

„Du hast getan, was du tun konntest, Cotta. Aber die Angst unserer Männer war stärker."

„Ja, unsere Angst. Mit dieser Angst wäre Rom niemals so groß geworden, wie es jetzt ist. Die Götter stehen auf der Seite der Tapferkeit. Nicht auf der Seite der Angst."

„Du hast mir noch nicht gesagt, worüber du eigentlich mit mir reden wolltest."

„Ich wollte mich mit dir beratschlagen, denn ich habe einen Plan. Ich will diesen Platz hier verlassen und unsere beiden Kohorten mit der nächstgelegenen Verschanzung vereinen."

„Mit der von Titurius?"

„Genau. Sie liegt in Richtung Atuatuka."

„Ich halte das für eine gute Idee. Zusammen sind wir stärker. Wir zeigen dem Feind, dass wir immer noch handlungsfähig sind."

„Du gibst mir also Recht? Ich glaube, wir dürfen nicht zögern. Wenn diese Angriffswelle vorbei ist, müssen wir handeln. Genau dann stürmen wir los."

„Alles ist besser, als stumpfsinnig abzuwarten, was der Feind tut."

Der alte Haudegen Cotta umarmte den jungen Militärtribunen. „Du bist aus dem Holz, aus dem ein richtiger römischer Soldat ist, Junge. Bei Jupiter, es ist womöglich die letzte Schlacht, die wir beide zusammen bestreiten", sagte er grimmig. „Doch wenn es so ist, dann soll es eben so sein. Wir sind Legionäre. Das Sterben gehört dazu. Geh jetzt wieder nach vorne! Mach unseren jungen Soldaten Mut! Sie brauchen einen wie dich, der ihnen ein Beispiel gibt."

34

Blutkönigin

Die blutrote Farbe der großen Schlacht war in den Himmel gemalt. Der Entscheidungskampf zwischen Römern und Eburonen hatte begonnen. Duana fühlte in ihrem Herzen, dass Caradoc inmitten eines Gefechtes auf Leben und Tod stand. Inmitten eines Kampfes, bei dem es um Sein oder Nichtsein des eburonischen Volkes ging. Es war nicht ihr Verstand, der zu ihr sprach. Duana spürte mit jeder Faser ihres Körpers, dass etwas Schwerwiegendes und Unumkehrbares geschehen war. Das Gefüge der Welt hatte sich über Nacht verändert. Der Krieg hatte angefangen. Draußen im Ardennerwald.

Die Zeit der kurzen Tage hatte begonnen. Die Alten sagten, dass sie in den nächsten Tagen den ersten Schnee erwarteten. Die Wintersterne standen jetzt am Nachthimmel. Schwere Stürme fegten über das Land. Das Samhainfest war gekommen: Am Vorabend hatten die Menschen vor den Häusern Lichter aufgestellt. Sie sollten die Seelen der Ahnen leiten, die in dieser Nacht das Tor der Anderswelt durchschritten und in die Welt der Lebenden zurückkehrten.

Obwohl sich das Volk im Kriegszustand mit den römischen Besatzungstruppen befand, ging das alltägliche Leben im Ahrgau weiter. Noch hatten sie – trotz des katastrophalen Dürrejahres – genügend Vorräte. Noch hatte der Hunger nicht in die strohgedeckten Hütten und Höfe Einzug gehalten. Noch war der Tod nicht der tägliche Gast im Tal.

Duana hatte sich nie so sehr als Eburonin gefühlt wie in dem Augenblick, da die Gefahr bestand, dass ihr eburonisches Volk für immer ausgelöscht würde. Sie war stolz auf ihr Volk, litt mit den Menschen, fühlte mit ihnen, spürte ihre unerwartet tiefe Verwurzelung im Mutterboden der Traditionen, der Sitten und Bräuche.

Die junge Druidin hatte sehr unruhig geschlafen, sich schweißgebadet auf ihrem Lager herumgewälzt, Alpträume gehabt. Es war der Tag, an dem ihr Monatsblut am stärksten floss. Sie lag lange wach, fantasierte und dachte dabei an Caradoc. Ihre Sehnsucht hatte sich eher vergrößert, als dass sie sich vermindert hätte. In einer der wilden Fantasien der einsamen Samhainnacht schlüpfte ihr verlorener Bräutigam in die Rolle des Hirschgottes, mit dem sie in der Beltanenacht des vergangenen Jahres zusammen gewesen war. Mehrfach waren seitdem Männer aus dem Tal als Hirschgötter bei ihr gewesen. Zu jedem der großen Feste. Duana hatte nichts empfunden. Der Geschlechtsakt war ihr lästig, sogar unappetitlich. Die nackten Leute, die der Zeremonie beiwohnten, ekelten sie. Ein Glück, dachte sie, dass sie auch diesmal nicht empfangen hatte. Jetzt war die alte Druidin fort. Duana hatte die Verantwortung. Und sie hatte entschieden, dass es beim diesjährigen Samhainfest keine Hirschgottzeremonie geben würde. Kein ritueller Beischlaf in der Heiligen Grotte. Der einarmige Altpriester Taran war entsetzt und niedergeschmettert über die Entscheidung. Alle Priester außer Cameron teilten die Fassungslosigkeit des ältesten Priesters. Natürlich.

Aber Duana setzte sich durch. Sie würde stattdessen den Göttern ein großes Opfer bringen, einen der heiligen weißen Stiere, den sie als Blutkönigin ihres Stammes auf dem Altarstein unter der Stammeseibe töten würde.

„Kann ich das so entscheiden oder kann ich es nicht?“, fragte sie Taran.

„Die Götter werden zürnen! Und das jetzt, wo der große Krieg begonnen hat!“

„Das Opfer macht mich zur Blutkönigin. Das ist es, was den Göttern zukommt. Nicht mein hinfälliger Leib. Nicht dem Hirschgott, sondern dem Kriegsgott Teutates opfern wir.“ Duana hatte sich das alles gut überlegt. Sie fühlte, dass sie richtig handelte. Es würde dem Volk Mut machen, wenn sie das Leben des weißen Stiers darbrachte.

„Ihr sitzt auf dem Stuhl der Hohen Druidin“, erwiderte der Altpriester vielsagend und rieb sich den widerlichen roten Stumpf seines rechten Arms. Duana hatte keine Ahnung, wie der Alte seinen Arm verloren hatte, er machte ein dunkles Geheimnis daraus. Mit allem wollte er die Menschen in Furcht versetzen, und beim

Volk des Tales gelang ihm das. Die Menschen, so war sich Duana sicher, hassten den Altpriester.

„Du hast meine Frage nicht beantwortet. Du sagst selbst, ich sitze auf dem Stuhl der Hohen Druidin. Ich will mich nicht unter den Hirschgott legen. Ich will vor dem ganzen Volk den Stier opfern. Kann ich so entscheiden? Ja oder nein?"

„Entscheidet, wie Ihr wollt", sagte Taran, und es hatte den Anschein, als würde in seinem Ton Verachtung und Geringschätzung liegen. Duana fragte sich selbst, ob sie dieser Aufgabe gewachsen war. Wenn das blutige Ritual misslang und von den Göttern nicht angenommen wurde – etwa weil der Todesschnitt die Halsschlagader des Stiers verfehlte –, würde es großes Unglück über das Volk bringen.

Wenig später, am Abend des Samhainfestes, stand die junge Druidin angespannt im Mittelpunkt des Geschehens. Sie hatte eine Krone aus roten Beeren, Früchten und Blättern auf dem Kopf. Der Abend graute. Das Volk strömte zusammen, um der Zeremonie beizuwohnen. Die Menschen waren erregt. Das große Schlachtopfer – es war kein alltägliches Ritual. Alle wussten, dass der große Krieg gegen die Römer der Anlass des Rituals war. Es ging um das Überleben ihres Volkes. Sie wollten verhindern, dass ihr Himmel einstürzte.

Zerrissene Wolkenfetzen rasten über diesen Himmel. Es war bitterkalt. Duana fror. Sie suchte in der um den heiligen Eibenbaum versammelten tausendköpfigen Menge Enid, ihre jüngere Schwester, und die Mutter Gwenfrew. Zu beiden hatte sie seit vielen Wochen keinen Kontakt mehr gehabt. Sie sah ihre Gesichter nicht. War froh, dass Cameron in ihrer Nähe war. Sein Lebensmut und seine Zuversicht hatten ihr über viele Tiefs in ihrem einsamen Leben hinweggeholfen. Sie suchte seinen Blick, bevor sie mit den rituellen Handlungen begann.

Alle Priester, außer dem Altpriester, der wegen seines fehlenden rechten Arms dazu nicht in der Lage war, hielten den weißen Stier mit aller Kraft, damit er nicht ausbrach. Über und über war das glänzende Fell des heiligen Stiers mit magischen Zeichen bedeckt, so wie sie auch die Krieger im Kampf auf der Haut trugen, zu Ehren der keltischen Götter. Wenn sich der Stier mit seinen langen, spitzen Hörnern losriss, bevor Duana ihn tötete, konnte es Tote und Verletzte geben.

Duana sprach den geheimen druidischen Segen über das Opfer. Taran betete:

„Golden küssen die Sonnenstrahlen die Erde.
Süß liebkost der Regen das Land.
Silbern tanzt das Mondlicht auf den Äckern.
Kühl nässt der Nachttau das Gras."

Mit düsterem, wichtigem Gesicht nahm Taran den Druidinnendolch vom steinernen Opfertisch, drückte ihn an seine Stirn, streckte ihn dem Wolkenhimmel entgegen. Er fuhr in der Weise fort, wie es die Tradition lehrte:

„Der Schoß der Mutter.
Der Samen des Vaters.
Der Segen der Ahnen.
Das Blut für die Götter."

Dann reichte er den Dolch an Duana weiter: „Nehmt, Druidin, jetzt ist es an Euch." Das Zeremonienmesser war schärfer als jedes andere Messer, das man im Ahrgau kannte. Es war in der Schmiede von Caileass hergestellt worden, lange vor Caradocs Geburt.

Duana fühlte den Knauf des Ritualmessers kalt zwischen den Händen. Alle Augen waren auf sie gerichtet. Sie trug ein weißes Kleid, auf das sich das Blut des Stieres ergießen würde. Um den Hals hatte sie den schweren, goldenen Torques.

„Macht es genauso, wie die alte Druidin es Euch gezeigt hat", flüsterte Taran kalt. Duana nickte. Ihr erstes großes Blutopfer. Es mangelte ihr nicht an Entschlossenheit. Sie würde den Stier schlachten, ihn töten, wenn das Wohl der Gemeinschaft davon abhing.

Das Volk stimmte in den althergebrachten, gleichförmigen Gesang ein. Das geheimnisvolle Lied zum Samhain. Es bestand nur aus wenigen Silben. Sie hatten eine geheime Bedeutung, die in keinem Buch der Welt verzeichnet war.

„Das Blut für die Götter", rief Taran ekstatisch aus. Er war erst recht furchterregend, wenn zu seiner Düsternis noch religiöse Verzückung hinzukam. „Das Blut für die Götter ... Jetzt!" Seine Stimme war heiser und aufgewühlt.

Die Erregung übertrug sich auf Duana. Aus der Tiefe der Erde entsprang eine urtümliche, alte Kraft, durchströmte Duana, die sich ganz auf dieses Gefühl einließ. In ihr manifestierte sich eine Macht, die sie zuvor nicht gekannt hatte. Das spürte auch Taran, der Altpriester, und er verneigte sich voller Ehrfurcht vor der jungen Druidin. „Die Götter sind mit Euch", sagte er. „Sie nehmen Euch an als Blutkönigin."

Duana zückte das Messer. Der Stier zitterte. Er spürte seinen Tod, doch Duanas Macht brach seinen Widerstandswillen. Er fügte sich in das ihm bestimmte Schicksal. Er hatte die herrlichen Jahre seines freien Lebens auf den Weiden oberhalb des Tales verbracht, auf dem Land Dublachans. Er hatte viele Nachkommen gezeugt, und er war jetzt der Mittelpunkt einer Samhain-Zeremonie.

Duana spürte, dass das Leben des Tieres schön gewesen war. Ihre Seele vereinte sich mit der Seele des Stiers. Der hörte auf zu zittern. Sie schaute dem Bullen in die Augen. Er hatte keine Angst mehr. Duana war ganz sicher in dem, was sie tat. Es war die Vollendung des Schicksals.

Die Klinge blitzte.

Der Schnitt war glatt und schnell, durchtrennte die Halsschlagader und die Halssehnen. Der Kopf des Stiers kippte zur Seite. Das Blut spritzte. Duanas weißes Kleid war dazu ausersehen, die Blutspuren aufzunehmen. Die junge Druidin blieb in unmittelbarer Nähe des sterbenden Tieres stehen und ließ das Blut wie einen Wasserfall aus rotem Leben über sich fließen. Das Blut zeichnete ein bizarres Muster auf ihr weißes Gewand, den steinernen Altar, den heiligen Druidenstuhl. Der Stier knickte mit den Vorderläufen ein, dann schlug sein massiger Körper zu Boden. Das Gebet des Volks steigerte sich zu ekstatischer Lautstärke, gleichförmig, intensiv, existenziell. Ein letztes Zittern ging durch den Leib des Opfertieres, dann war es vorbei.

Duana war Blutkönigin geworden, tief verstrickt in die Geheimnisse des Druidenordens, verwurzelt im alten Glauben der Ahnen, sie war Teil einer Gemeinschaft von Toten und Lebenden, stand in der langen Reihe mit ihren Vorgängerinnen als Blutkönigin ihres Tales. Druidinnen, die die Ehre hatten, das Große Ritual durchzuführen – sei es mit der Schlachtung eines heiligen, weißen Stiers, sei es mit der Opferung eines Menschen.

Die junge Druidin war Mittelpunkt einer Zeremonie, die wesenhaft und Gemeinschaft stiftend war für das Leben des Volkes. Die Menschen umringten sie. Sie berührte die Hände der vielen Frauen und Männer und Kinder, die ihr entgegengestreckt wurden. Sie erhofften sich durch diese Berührung Segen.

Es war gewiss keine Kleinigkeit, das Opfer eines weißen Stiers zu vollbringen. Sie hatte sich richtig entschieden. Hatte es gut gemacht. Sie wusste es. Sie sah es in den Gesichtern der Menschen. In den Augen. Das Volk fasste neuen Mut. Sie schaute an sich herab. Alles voller Blut. Sie wusste, auch ihr Gesicht, ihr Haar war voller Blut.

Die Blutkönigin!

Blut tropfte in ihre Augen, brannte, aber sie wischte es einfach weg. Sie spürte, dass es ein Gleichnis war: für die Schlacht, den großen Krieg, der dort draußen seiner Entscheidung harrte.

35

Das Ende der Dreißig

Nachdem sich Cottas Truppen mit denen des Titurius in der benachbarten Verschanzung vereinigt hatten, hörten die Angriffe der Eburonen schlagartig auf. Auch wenn es dazu eigentlich keine Veranlassung gab, keimte etwas Hoffnung in den Legionären, obwohl Cotta im Verlauf der Kampfhandlungen schwer am Kopf verletzt worden war. Zusammen waren sie jetzt fast zweitausend Mann in der Verschanzung, die dem verlassenen Winterlager am nächsten war. Der Tag neigte sich allmählich dem Ende zu.

„Seht ihr das da hinten?“, rief der junge Legionär und deutete über den Wall der Schilde hinweg, der ihre äußere Abwehrlinie kennzeichnete. Davor lagen verstreut, wie überall im Tal, Leichen, verendete Tiere, verlassenes Gepäck, Waffen, Ausrüstungsgegenstände. Wären sie doch nur zurück in Atuatuka, wünschten sich alle.

„Was meinst du?“

„Das da ... das ist doch der König dieser verdammten Kelten!“

„Dieser Hundesohn? Und woran willst du das erkennen?“

„Na, genau was der Spanier gesagt hat“, rief der junge Legionär. „Das weiße Pferd. Der purpurne Mantel. Und der goldene Schmuck.“

„Scheint, du hast besonders gute Augen.“

„Ja, du hast Recht“, rief jetzt ein anderer Legionär. „Es ist der keltische König! Der Blitz soll ihn treffen!“

„Wir müssen unserem Kommandanten Meldung machen.“

„Ja, das müssen wir.“

Wenig später war Quintus Titurius, Caesars Legat, zur Stelle, zusammen mit den überlebenden Offizieren. Unter ihnen auch Arpinius und der Spanier. „Wo ist er?"

„Dort oben!", sagte der Legionär.

„Ja, es ist der König", stellte Junius nach einem kurzen Blick fest. „Jeder, der ihn schon einmal gesehen hat, würde ihn wiedererkennen."

„Ist schon gut", erwiderte Titurius säuerlich. Er winkte einen seiner Offiziere herbei. „Das hier ist Gnaeus Pompeius." Ein akzeptabler Mann, befand Junius nach dem ersten Blick. „Spanier, du gehst zusammen mit Gnaeus zu den Kelten. Auch Gnaeus kann gut Keltisch. Vier Ohren hören mehr als zwei. Frag sie, unter welchen Bedingungen wir zu einem Waffenstillstand kommen können."

„Habe ich richtig gehört, dass du den Feind nach seinen Bedingungen fragst?" Plötzlich war Cotta da. Auf einer blutigen Trage, transportiert von zwei Soldaten. Valerius war weiter an seiner Seite, wich nicht von der Trage. Cotta hatte einen riesigen, blutigen Verband um den Kopf. Er stützte sich auf seine Ellbogen.

„Cotta? Ich dachte, du hättest ein Loch im Kopf?", fragte Titurius entnervt. „Lässt du dich hinter mir hertragen, um mich zu kritisieren?" Selbst die aussichtslose Lage hatte ihre Feindschaft nicht beenden können.

„Meine Verletzung ist halb so wild." Cottas Gesicht bewies das Gegenteil, es glich einem Trümmerfeld. Alles war voller Blut, und die Nase war gebrochen. Das zerstörte Auge war vollkommen zugeschwollen. Cotta sah schrecklich aus, aber er wäre am liebsten aufgesprungen und Titurius an die Gurgel gegangen. „Willst du ... zum zweiten Mal ... zu Kreuze kriechen?"

„Ich habe von Waffenstillstand geredet", erwiderte Titurius unwillig. „Ich wüsste nicht, was so schlimm daran sein soll. Was willst du eigentlich von mir?"

„Willst du jetzt wirklich ... den Feind nach seinen Bedingungen fragen, Titurius? Du Feigling! Wir müssen ... auf unsere eigene Kraft vertrauen ... Sonst sind wir verloren", stieß Cotta mit letzter Kraft hervor. Das Reden fiel ihm schwer. Doch er konnte nicht schweigen. „Das musst du doch genauso wie ich begreifen."

„Wir wollen nicht, dass sich die Legaten streiten", rief einer der Männer, einer der Zenturionen. Man konnte in seinen Augen ein flirrendes, geisterhaftes Licht sehen, das auch in den Augen der meisten anderen Männer in der römischen Verschanzung zu sehen war. Es war das Irrlicht der Todesangst, das in ihren Augen flackerte.

Titurius wirkte in diesem Augenblick seltsam kalt. So war er immer, wenn er einen Entschluss gefasst hatte. „Nein, Cotta“, sagte er mit Bestimmtheit. „Ich werde den Feind nicht nach seinen Bedingungen fragen. Das ist nicht die römische Art. Aber ich sehe nur ein paar Pfeilschuss entfernt den König der Eburonen, der mir inmitten der Schlacht etwas sagen will, und deswegen schicke ich Junius und Gnaeus zu ihm, um von ihm zu hören, ob es eine Möglichkeit gibt, zu einem Waffenstillstand zu kommen, ohne dass weiterhin römisches und keltisches Blut fließt.“

Vor allen Dingen römisches Blut, dachte der Spanier. Doch vielleicht würde alles tatsächlich gut ausgehen. Seit sich die beiden Kohorten des Cotta mit den beiden Kohorten des Titurius vereinigt hatten, war die Schlacht vorläufig zum Stillstand gekommen, als würden alle abwarten, was jetzt geschah, ehe es zur endgültigen Entscheidung ging. Eine Atempause. Hoffnung. Was mit den übrigen Truppenteilen weiter unten im Tal geschehen war, wussten sie nicht. Der Abend dämmerte allmählich.

„Also los, Junius und Gnaeus, bindet das weiße Tuch an diesen Speer. Damit wissen diese verdammten Kelten, dass ihr Unterhändler seid. Und dann zum König der Eburonen“, befahl Titurius.

Junius blickte über die Schulter zurück, während er sich zusammen mit Gnaeus auf die etwa fünfhundert Schritt lange Strecke zum eburonischen König machte.

„Wissen wir eigentlich, was wir Ambiorix fragen wollen?“, fragte Gnaeus, der Übersetzer.

„Ihn fragen? Ich glaube eher, dass er uns irgendetwas diktieren wird. Ich weiß, wie er ist. Ich habe ihn gestern erst gesprochen. Er ist sehr von sich eingenommen. Und er ist sehr klug.“

Sie gingen langsam hügelaufwärts. Hohes nasses Gras, dazwischen Schlamm. Mühsam. Die Kelten akzeptierten das weiße Tuch an ihrem Speer, das sie als Unterhändler auswies. Sie winkten Junius und Gnaeus näher, damit sie die Botschaft hörten, die Ambiorix ihnen mitzuteilen hatte.

„Kommt, der König will euch aus der Nähe sehen“, riefen die Kelten.

„Jetzt wird es ernst“, stellte Junius fest.

Ambiorix schlug seinem Pferd die Fersen in die Flanken. Er kam auf die beiden Römer zu. Seine Leibgarde begleitete ihn. Er wirkte wirklich wie ein König. Niemand hätte dem kleinen Volk der Eburonen zugetraut, dass es einen solchen König hervorbrachte! Einen König, der in der Lage war, die Römer zu besiegen.

„Junius, sehen wir uns so schnell wieder", sagte der König, als er auf Rufweite herangekommen war. Überall auf dem langgestreckten Schlachtfeld ruhten in diesem Augenblick die Kämpfe, auch aus dem unteren Abschnitt des Tales war nichts zu hören. Die römischen Soldaten, die Angst hatten um ihr Leben, schöpften neuen Mut.

„König Ambiorix, edler Herr", Junius senkte den Kopf. „Es ist mir eine Ehre, Euch wieder zu begegnen."

Der König lachte kalt. „Ja. Aber diesmal mache ich es kurz." Sein Gesicht war stolz und abweisend. „Teilt eurem Befehlshaber Titurius mit, dass er und seine höchsten Offiziere zu mir kommen und mit mir reden können. Ihnen wird nichts zustoßen. Habt ihr das verstanden?"

Der Spanier nickte: „Ja, ich verstehe."

Auch Gnaeus nickte.

„Ich gebe eurem Kommandanten Titurius mein Wort, dass ihm nichts geschehen wird. Hört ihr? Ich bin den Römern nicht feindlich gesonnen. Glaubt mir, dass wir zu einer Lösung kommen werden!", sagte Ambiorix mit lauter und starker Stimme. Er versuchte, seiner Stimme Glaubwürdigkeit zu verleihen. Junius kannte diesen Klang und zweifelte an der Aufrichtigkeit des Königs. „Und sagt den römischen Soldaten, dass ich bei meinem Volk durchsetzen werde, dass sie geschont werden, wenn alles vernünftig verläuft. Unsere Götter sind nicht so rachsüchtig wie die römischen!" Ambiorix lachte. Der Spanier bekam eine Gänsehaut bei diesem Lachen. „Und sag Titurius persönlich, dass er sich keine Sorgen machen soll. Wir werden uns schon einigen. Ihr wisst doch, dass ich schon immer ein Freund der Römer war. Er soll daran denken, dass wir immer Verbündete und Freunde waren. Wir müssen dieses Blutvergießen nicht bis zum bitteren Ende treiben. Sag ihm, dass ihnen nichts zustößt, wenn sie zu mir kommen – darauf gebe ich ihm mein Wort!"

***

Cotta war auch dieses Mal dagegen, auf die Versprechungen des Feindes einzugehen. Doch durch seine schwere Verwundung im Gesicht war er außer Gefecht gesetzt. Der Verband, den der Feldscher angelegt hatte, war schon wieder völlig durchgeblutet.

„Wir sind römische Soldaten", sagte Cotta mit brüchiger, schwacher Stimme. „Ein römischer Soldat geht nicht zum Feind, um bei ihm um sein Leben zu betteln."

„Wir sind keine Bittsteller, wir sind Unterhändler", erwiderte Titurius mit gespieltem Selbstbewusstsein. „Wenn wir in einer überlegenen Situation wären, würde ich anders entscheiden, doch unsere Stellung hier im Tal ist mehr als schlecht." Er vermied es, zu erwähnen, wer das römische Heer von Atuatuka genau in diese Stellung gebracht hatte. „Ich habe meine Entscheidung getroffen", verkündete er mit lauter Stimme, die allerdings, wenn man genau hinhörte, zitterte. „Wir gehen auf das Angebot König Ambiorix' ein und gehen als Unterhändler zu ihm, um über freies Geleit zu verhandeln. Unterhändler hat er immer respektiert. Und wir wissen ja, was er will: Den Abzug aus ihrem Gebiet. Den sofortigen Abzug, den können wir ihnen wohl garantieren?"

Titurius lachte unsicher in die Runde seiner Offiziere. Diese erwiderten das Lachen, nickten, manche von den jüngeren hatten sogar so etwas wie Hoffnung in ihren Gesichtern.

„Wieso sollte Ambiorix denn jetzt sein Wort halten?", fragte Junius seinen Freund Arpinius mit leiser Stimme. Arpinius zuckte mit den Schultern. Schicksalsergeben.

„Meine Militärtribunen, meine Offiziere, die Zenturionen der ersten Ordnung und die anderen kommandierenden Zenturionen der Kohorten, die hier im Tal von Atuatuka eingekesselt sind, kommen alle mit. Die einzige Ausnahme ist Lucius Aurunculeius Cotta. Er bleibt hier zurück. Alle anderen gehen mit mir. Wir statten König Ambiorix einen Besuch ab."

Die betroffenen Offiziere schauten sich unsicher an. Niemand war da, der sich dem Befehl des Titurius entgegengestellt hätte. Der Spanier gehörte nicht zu den aufgerufenen Offizieren. Er würde mit den anderen Soldaten in der Verschanzung zurückbleiben. Arpinius verabschiedete sich von seinem Freund. Cotta sackte in sich zusammen. Valerius, Arpinius und die meisten anderen höheren Offiziere, denen Titurius befohlen hatte, ihn zu begleiten, taten das mit einem überaus mulmigen Gefühl. Sie sahen Ambiorix, oben auf dem Hügel. „Bringen wir es hinter uns“, rief der Kommandant mit gespielter Zuversicht. „Wir werden das alles bald durchgestanden haben.“

Dreißig Mann waren sie, Titurius inbegriffen. Und plötzlich wusste Valerius, der ein wenig hinter Titurius ging, dass der stellvertretende Kommandant Cotta mit allen seinen Warnungen Recht gehabt hatte. Die Offiziere verließen die eigene Truppe! Sie ließen die einfachen Soldaten zurück, und von den Anführern blieb nur der schwerverletzte Cotta zurück. Die Soldaten waren kopflos. Führerlos. Ihre Führer liefen geschlossen wie geprügelte Hunde zum König des Feindes.

Valerius schnaufte. Der Weg zum Standort von Ambiorix war eine Demütigung für die Römer. Es ging stetig bergauf. Das Gelände war schlammiger, als er gedacht hatte. Sie wateten schwerfällig durch kniehohes, nasses Gras, jedenfalls dort, wo es nicht durch die Kampfhandlungen plattgetrampelt war.

Eine merkwürdige Stille lag über dem Tal. Die Hörner und Trommeln schwiegen. Allein die schwarzen Aasvögel drehten weiter ihre Kreise über dem Schlachtfeld. Ab und zu ein unheilverkündendes Krächzen aus der Höhe. Valerius ließ seinen Blick zum Waldsaum wandern und sah im Schatten der Bäume entlang des Tales Tausende von keltischen Kriegern, die alle wie gebannt auf das verlorene Fähnlein der dreißig Römer starrten, das sich durch die Talaue kämpfte.

„Sie machen sich über uns lustig“, sagte Arpinius zornig zu seinem Kommandanten. „Ich weiß nicht, was daraus noch werden soll.“

„Beruhige dich, mein Freund“, erwiderte Titurius selbstsicher. „Sie werden uns mit Respekt behandeln, denn sie wissen, dass Caesar hinter uns steht. Glaub mir, weil sie Caesar so sehr fürchten, werden sie uns nichts tun.“

„Mögen die Götter dich erhören“, erwiderte Arpinius.

„Fächert auf!“, befahl Titurius.

Die Gruppe der dreißig Unterhändler war jetzt bis auf fünfzig Schritt an Ambiorix herangekommen. Der König saß weiterhin wie eine Statue auf seinem schneeweißen Pferd und trug den purpurroten Königsmantel. Sein goldener Schmuck leuchtete.

Plötzlich schwärmten hinter dem König gut drei Dutzend Reiter aus, eburonische Pferdekrieger, die mit gezücktem Schwert auf die römischen Unterhändler zuritten, sie umkreisten und dabei grimmig die Gesichter verzogen. Valerius überlief eine Gänsehaut vor Furcht. Die anderen erbleichten vor Schreck. Die Reiterkrieger sprangen aus dem Sattel, blieben in der Nähe der Römer. Einer der Reiter gab seine Zügel einem anderen Krieger und löste sich von der Gruppe. Er kam auf die Römer zu. Auf Rufweite blieb er stehen. Es war ein respekteinflößender, schon leicht angegrauter Mann. „Wer vor unseren König tritt“, sagte der Mann in gutem Lateinisch, „der muss seine Waffen abgeben. Ich weiß, dass es in eurem heiligen Senat genauso ist. Da darf auch kein Soldat mit einer Waffe hinein.“

Die römischen Offiziere schauten einander bestürzt an. Ihre schlimmsten Befürchtungen wurden wahr. Niedergeschmettert spürten sie das drohende Verhängnis. Jetzt sollten sie sich auch noch entwaffnen lassen! Aussichtslos, sie konnten sich nicht widersetzen. Titurius war von Neuem in eine eburonische Falle getappt. Doch vielleicht hatten sie Glück und das alles hatte nichts zu bedeuten. Zurück konnten sie jetzt sowieso nicht mehr.

„Ihr braucht euch deswegen keine Gedanken zu machen. Es hat auch nichts mit euch zu tun. Außer seinen eigenen Leuten darf niemand bewaffnet vor den eburonischen König treten. Das ist das Gesetz, das uns die Alten hinterlassen haben. Doch ich denke, wir werden trotzdem alle miteinander zurechtkommen.“

War da Spott in der Stimme des grauhaarigen Kriegers? Unbewegt standen die Römer da. Sie zitterten, allerdings nicht wegen der zunehmenden Abendkälte.

„Eure Waffen!“, forderte der eburonische Krieger jetzt nachdrücklicher. „Legt sie einfach ins Gras. Wir kümmern uns um sie. Ihr bekommt sie dann zurück.“

Valerius glaubte kein Wort davon. Er hatte das Gefühl, dass sein Tod unmittelbar bevorstand. Es war ihm seltsam gleichgültig. Er hatte sich in sein Schicksal ergeben, und er spürte, dass es auch bei den anderen Offizieren kaum anders war. Sie hatten heute bereits so viele Männer, die sie kannten, sterben sehen.

Alle schauten auf den Kommandanten. Auch Titurius schien wie betäubt. Er zog sein Schwert. „Tut, was sie sagen“, befahl er seinen Offizieren schließlich mit stockender Stimme und warf sein Schwert fort. Dann zog er sein Messer aus dem Gürtel und warf es ebenfalls fort. Valerius dachte daran, was Cotta wohl sagen würde. *Eines römischen Soldaten unwürdig.*

„Gut“, sprach der eburonische Krieger verächtlich. „Jetzt könnt ihr zum König vortreten und ihm euer Gesuch vortragen.“

Es war ein Gang wie in einem Alptraum. Wegen der fortgeschrittenen Tageszeit war es düster im Tal geworden. Herrisch erwartete der König die römischen Unterhändler. Valerius fiel auf, dass sie inzwischen nicht nur von den Reiterkriegern umgeben waren, sondern auch von etlichen weiteren Kriegern zu Fuß, die riesige Schwerter, Speere und Spieße in Händen hielten.

Endlich waren sie vor dem König angekommen. „So sehen wir uns also endlich, Kommandant Titurius“, sagte Ambiorix. Es war das erste Mal, dass Valerius die Stimme des Königs hörte, und er war – wie schon so viele andere vor ihm – gleichzeitig fasziniert und eingeschüchtert. Einen Augenblick war er von der bedrohlichen Situation, in der sie sich befanden, abgelenkt. „Quintus Titurius Sabinus, der immer zu den heftigsten Feinden aller Kelten gehört hat. So stehst du also vor mir. Warum bist du zu mir gekommen?“

Sie waren jetzt nur noch einen Steinwurf vom König auf seinem weißen Pferd entfernt. Hoch zu Ross sah er auf die Römer hinab wie auf Unterworfene. Es schien ihm eine Genugtuung zu sein, die Männer zu demütigen.

„Ich bin zu dir gekommen, weil du meinen Boten Junius und Gnaeus gesagt hast, dass wir miteinander reden sollen“, erwiderte Titurius.

„Da unterliegst du einem Irrtum, Römer! Wir reden nicht miteinander. Nein. Es geschieht etwas anderes. Ihr werdet jetzt getötet. Bis auf zwei werden meine Männer euch alle in Stücke hauen. Sprecht ein letztes Gebet zu euren Ahnen.“

Sie waren wie vom Donner gerührt. Waffenlos. Alle bis auf zwei sollten sterben. War das nur eine leere Drohung? Eine weitere Demütigung? Valerius hatte das Gefühl, als schnüre etwas seinen Hals zu. Seine Todesahnungen wurden Wirklichkeit – hier an diesem namenlosen Platz inmitten der gallischen Wildnis würde er sein Leben verlieren.

Nun gut, es war ein erfülltes Leben gewesen, und er hatte mit Maura sogar eine Frau kennengelernt, die die Liebe seines Lebens hätte sein können – wenn er sie nicht in den Wirren dieses unmenschlichen Krieges so schnell wieder verloren hätte. Wo sie jetzt wohl war? Wenn er sie doch noch einmal sehen könnte, bevor er starb!

Auch den anderen Männer standen lähmendes Entsetzen und ungläubiger Schrecken im Gesicht. Denn es war ganz offenkundig keine weitere Demütigung, sondern bitterer Ernst. Von allen Seiten kamen sie mit ihren Schwertern und Spießen drohend auf die Römer zu.

„Haut sie in Stücke, bis auf die zwei, die ich euch bezeichnet habe“, befahl Ambiorix mit vor Erregung bebender Stimme. Offenbar konnte er selbst noch immer nicht glauben, dass sein Plan tatsächlich so leicht aufgegangen war.

Valerius verspürte den Wunsch, ehrenvoll zu sterben. Schon wegen Maura. Ehrenvoll zu sterben hieß – da er seine Waffen auf Befehl des Titurius abgegeben hatte – zu sterben, ohne zu jammern und dem Tod geradeaus, mit klarem Blick entgegen zu sehen. Das war das Einzige, das ihm blieb.

Die Vollstrecker erreichten die Gruppe der römischen Offiziere. Es war seltsam, durch die Aussage, dass zwei das Schlachten überleben würden, blieb Valerius immer noch ein Quäntchen Hoffnung.

Das Abschlachten begann.

Rechts und links von Valerius wurden die römischen Offiziere gnadenlos niedergemacht. Wieder floss römisches Blut. Panik und lächerliche Fluchtversuche einzelner. Schrille letzte Gebete. Schrecklich gellende Todesschreie. Grausame Szenen, wie aus den schlimmsten Alpträumen. Dazu das Triumphgeheul und das unmenschliche Gelächter der Kelten. Der Schlächter. Jeden Augenblick mussten sie bei Valerius sein. Rechts von ihm fiel einer der jüngeren Offiziere, ein Spaßvogel, der immer alle zum Lachen gebracht hatte. Er starb durch ein Keltenschwert, das ihm in den Bauch gebohrt und dann umgedreht wurde, so dass die Gedärme nicht nur hervorquollen, sondern auch durchtrennt wurden. Für den Römer war es ein kurzes, überaus schmerzhaftes Krepieren. Der *Tribunus laticlavius*, der dritthöchste Mann nach dem Kommandanten, erlitt einen besonders schändlichen und schmerzlichen Tod, als ein muskelbepackter, bemalter Keltenkrieger ihm einen eisernen Spieß durch den Anus in die Gedärme trieb, und da der Mann nicht sofort starb, trieb der keltische Krieger noch ein paar Spielchen mit dem Körper des Sterbenden. Laut brüllend und lachend bewegte er seinen Spieß hin und her und zerfetzte die inneren Organe seines Opfers eines nach dem anderen. Endlich starb der römische Offizier. Er spie einen gewaltigen Schwall Blut aus. Die eburonischen Krieger genossen es, durch den Blutstrom der getöteten und sterbenden Feinde zu waten. Das war es, weswegen sie in diesen Krieg gezogen waren. Sie wollten töten, und hier konnten sie es.

Valerius war verwundert, dass alle anderen um ihn herum unter den Hieben und Stichen, unter den Schwertern, Messern, Spießen und Äxten der Kelten ihr jämmerliches Ende fanden und er noch immer lebte.

Die keltischen Krieger leisteten ganze Arbeit. Alle römischen Offiziere lagen schließlich am Boden außer zweien. Valerius konnte nicht glauben, dass er zu den beiden Überlebenden zählte, von denen König Ambiorix gesprochen hatte. Der andere Überlebende war Titurius, der Kommandant.

Eine seltsame Stimmung lag über dem Schlachtfeld, als das Abschlachten vorbei war und die dampfenden Leichen blutend und zerstückelt am Boden lagen.

„Zwei Überlebende“, sagte Ambiorix lachend. Offenbar gefiel ihm seine Inszenierung. „Aber nur einer von euch beiden wird auch die nächsten fünf Minuten überleben.“

Valerius starrte Titurius an. Er verstand nicht.

„Du hast mir dein Wort gegeben, dass mir nichts geschieht“, rief Titurius mit schlotternden Knien. „Nur weil du uns dein Wort gegeben hast, sind wir hierhergekommen.“

„Zu dumm“, erwiderte Ambiorix. „Doch du hast Recht. Daran habe ich auch gedacht. Ich habe dir mein Wort gegeben. Aber hier ist eine, die dir ganz gewiss nicht ihr Wort gegeben hat. Ich werde dich ihr überlassen, Titurius.“

„Was soll das heißen, Ambiorix?“

Eine Frau mit auffallend rotem, langem, glattem Haar löste sich aus der Menge, die sich hinter dem König der Eburonen versammelt hatte. „Es soll heißen, dass der König es mir überlässt, mich an dir zu rächen“, sagte sie.

Es war Maura.

Valerius war mindestens so überrascht wie Titurius, sie wiederzusehen. Sein Herz klopfte jetzt mit einem Mal noch heftiger. Was hatte das alles zu bedeuten?

Für einen kurzen Moment blitzte im Blick der Trevererin so etwas wie Freude auf – als sie Valerius in die Augen schaute. Sie lächelte kurz, doch gleich wandte sie sich wieder Titurius zu.

„Ave Kommandant“, sprach sie in fast fehlerfreiem Latein. „Kennst du mich wieder? Ich weiß, du tötest und benutzt uns Kelten so wie andere Leute Mücken erschlagen. So habe ich dich kennengelernt, als man mich als Sklavin an dich verkaufte. Ich bin Maura. Mein Name ist Rache. Ihr Römer habt unser Dorf vernichtet und alle getötet, die mir die Liebsten waren. Und du, du hast mich dir unzählige Male in deinem Zelt zu Willen sein lassen!"

Sie trat einen Schritt zurück, lachte schrill und schaute Titurius ins Gesicht, der nun endlich ahnte, was geschehen würde.

„Ich habe den König um die Gunst gebeten, dich mit eigener Hand töten zu dürfen. Also stirb!", rief Maura. Sie schwang ihr scharfes Schwert über dem Kopf und enthauptete ihn in einer eleganten Bewegung mit einem einzigen Streich. Der Kopf des Kommandanten rollte Valerius vor die Füße.

„Es ist vollbracht", sagte die Trevererin.

Die schrillen Jubelschreie der Kelten erfüllten das Tal. Für die zurückgebliebenen, führungslosen Soldaten unten in der Verschanzung musste es wie ein Todesfanal sein.

Jetzt stand allein noch Valerius, von oben bis unten bespritzt mit dem Blut des Kommandanten, als letzter Überlebender inmitten der Leichen der anderen Offiziere.

„Weißt du, warum du als Letzter hier stehst?", fragte Ambiorix. Seine Stimme klang nun angenehm und freundlich. Valerius' Blut pochte glühend durch die Adern seines Kopfes, als würde er platzen – und jetzt begriff der junge Römer. Nicht nur er liebte Maura, Maura liebte auch ihn. Ihre Liebe hatte ihn gerettet. Doch er konnte auch viel später noch nicht verstehen, dass er wirklich der einzige der Römer war, der überlebt hatte.

Wegen Maura, der Keltin, die ihn in den Arm nahm und vom Schlachtfeld führte.

36

Der letzte Kampf des Lucius Aurunculeius Cotta

Wenige hundert Mann hatten sich am Ende um den schwer verletzten stellvertretenden Kommandanten Cotta geschart. Das letzte Aufgebot, ein verlorenes Häuflein, dessen Untergang gewiss war.

Junius, der Spanier, beobachtete in der Ferne, im diesigen Abendlicht, das Abschlachten der Offiziere. Knickende Rohre im Sturm, ohne Gegenwehr. Atemlos. Fassungslos. Verstört. Er sah den eigenen Tod. Spürte einen tiefen, schmerzhaften Stich in seinem Herzen, als er auch seinen Freund Arpinius fallen sah. Am Ende, das konnte man trotz der Entfernung sehen, lebten nur noch zwei der dreißig römischen Offiziere, die als „Unterhändler“ zum eburonischen Herrscher gegangen waren.

Lähmende Bestürzung erfasste die zurückgebliebenen Soldaten. Ihnen war klar, was das verhängnisvolle Geschehen bedeutete: der Tod erwartete sie. Ein letzter Kampf auf Leben und Tod, an dessen Ende aufgrund ihrer hoffnungslosen Lage nur ihre vollständige Vernichtung stehen konnte.

Die Ahnung wurde binnen weniger Augenblicke zur Gewissheit. Eiseskalter Schrecken – der Vorbote des Todes – durchfuhr die Soldaten, als die Kampfhörner der Eburonen von Neuem im Tal von Atuatuka erklangen. Ihnen wurde der Boden unter den Füßen fortgezogen. Sie schwebten über dem Abgrund, dem Nichts, und sie wussten, sie würden haltlos abstürzen. Nichts gab es mehr, das sie in dieser Welt hielt. So war das Ende. Es kam unerbittlich. Der Feind blies zum letzten Angriff.

Der Spanier spürte die Angst, die sich breitmachte, als sich die keltischen Reiter erneut in Bewegung setzten, gefolgt von den Schrecken bringenden Kriegern zu Fuß. Die keltischen Hilfstruppen plünderten derweil rundum im Tal den kopflos von der römischen Truppe zurückgelassenen Tross des Heeres und die Leichen der Legionäre. Viele der jungen Legionäre beteten zu ihren Göttern, zu den Penaten, den Schutzgöttern ihrer Familien, und zu den Laren, den vergöttlichten Seelen der verstorbenen Vorfahren. Andere jammerten einfach nur. Flennten in Todesangst. Das machte die Lage auch für die wenigen erfahrenen Soldaten unerträglich, und so wurden auch diese hartgesottenen Burschen von Todesangst und Panik erfasst, als sich der Feind mit ohrenbetäubendem und siegesgewissem Gebrüll auf sie stürzte.

„Hörst du, was sie da brüllen?“, fragte der zitternde junge Soldat, der unmittelbar neben dem Spanier stand.

Junius zuckte mit den Schultern. „Hab keine Ahnung“, stieß er hervor. „Was weiß ich, was diese Wilden brüllen.“ Doch er wusste es genau, er kannte das zweisilbige Wort, das neben dem Schall der

Kriegshörner durch das Tal von Atuatuka hallte: „Sego! Sego!", riefen sie auf Keltisch, und das bedeutete: *Sieg! Sieg!*

Plötzlich drängte sich Cotta in die offene Lücke. „Komm, Spanier, stirb an meiner Seite!", keuchte der alte Soldat mit letzter Kraft.

„Ihr! Ihr habt Speere ... Sofort nach vorn, an den Schildwall. Gegen die Pferde ... Doch werft sie nicht. Versucht ihre Läufe zu treffen, wenn sie uns zu nah kommen." Niemand rührte sich. „Muss ich es euch vormachen? Verflucht!", stieß Cotta hervor, riss eine Lanze an sich. „Hier unter den Schilden hindurch ... Wenn wir ein paar von den Pferden erwischen, können wir sie wie einen Wall benutzen!"

Er machte es vor. Und tatsächlich erwischte er nach wenigen Augenblicken die Hinterläufe eines schwarzen Pferdes, das von einem unvorsichtigen oder ungestümen Reiter zu nahe an den römischen Schildwall geritten worden war. Sofort sackte das Tier zusammen, überschlug sich und brach sich den Hals.

„Los, wir rücken ein Stück nach vorn, bis an den Pferdekadaver", befahl Junius. „Dort haben wir Deckung!"

In diesem Augenblick stürzte sich einer der todesmutigen Fußkämpfer der Kelten mit grässlichem Geschrei auf Junius, er sprang auf den Pferdekadaver. Der furchterregende Mann war mit grellen Farben bemalt. Der Krieger war trotz der Abendkälte fast vollkommen nackt, außer einem Lendenschurz und gebundenen Stiefeln trug er nur einen Waffengürtel am Leib. Er hatte goldene Spangen an Armen und Füßen. Er benutzte nicht einmal einen Schild und es war klar, dass er den Tod in der Schlacht suchte. Der Mann hatte einen gewaltigen Eichenknüppel in der Hand, der am Ende eine Spitze aus sternförmig angebrachten, großen Eisenstiften aufwies, eine furchtbare Waffe, wenn sie mit der todesverachtenden Gewalt eines solch alptraumhaften Kriegers geführt wurde.

Junius gelang es, dem keltischen Hünen mit seinem Schwert einen schweren Stich zu versetzen, unterhalb des herzseitigen Rippenbogens. Jeder andere wäre auf der Stelle zusammengebrochen, der nackt kämpfende Hüne jedoch, der um zwei Köpfe größer war als die meisten Römer, zuckte nicht einmal zusammen. Mit einem ohrenbetäubenden Schrei ließ er den eisernen Stern auf die Legionäre hinter dem Pferdekadaver niedersausen. Nur weil sich Junius reflexartig duckte, entkam er dem Schlag. Der Schutzschild fiel ihm aus den Händen. Rechts und links neben Junius sanken die beiden Legionäre mit zerschmetterten Köpfen nieder. Ein Schrei des Schreckens ging durch die römischen Reihen. Der keltische Hünenkämpfer erschien ihnen wie aus dem dunkelsten Schlund der Unterwelt entsprungen. Es hätte keinen gewundert, wenn der Höllenhund Cerberus auf Seiten der Kelten mitgekämpft hätte.

Der nackte Kelte sprang vom Rücken des Kadavers, landete neben Cotta, schwankte, fiel aber nicht. Junius stürzte und wurde halb unter den blutigen Leichen seiner Kameraden begraben. Er sah nichts außer Blut. Er hörte Cotta irgendetwas schreien. Das schreckliche Geräusch zersplitternder Knochen und zerreißenden Fleisches beendete jäh Cottas Schrei. Als dann etwas Schweres auf die toten Körper fiel, unter denen Junius am Fuß des mächtigen Pferdekadavers begraben war, verließen ihn die Sinne.

***

Als er erwachte, war er sich zunächst nicht einmal sicher, ob er wirklich noch lebte. Zeit seines Lebens, das vor so vielen Jahren in Tarraco, der Hauptstadt der römischen Provinz *Hispania citerior* begonnen hatte, hatte er sich nie irgendwelche Gedanken darüber gemacht, was nach seinem Tod sein würde. Es gab niemanden, der erklären konnte, was nach dem Tod kam. Das war für alle ein unergründliches Geheimnis

Er dachte praktisch. Alles erschien zu wirklich, als dass er tot sein konnte. Der Gestank, die Geräusche. Er war wach, weil das Gewicht der Leichen, unter deren Last er ohnmächtig geworden und beinahe erstickt war, plötzlich von ihm weggenommen worden war. Er stellte sich tot. Zuerst hörte er ganz nah mehrere keltische Stimmen, die sich dann aber schnell entfernten. Als er endlich wagte, die Augen zu öffnen, sah er, dass es bereits stockdunkel war. Er wagte nicht, sich zu bewegen. Jeder Knochen tat ihm weh. Vorsichtig schaute er hoch. Überall im ganzen Tal brannten Freudenfeuer und machten die Nacht zum Tag, die keltischen Sieger feierten ihren Triumph. Noch immer erklangen die Keltenhörner, aber jetzt nicht mehr, um zum Angriff zu blasen, sondern um den Sieg zu feiern. Wilde Gesänge schallten durch das Atuatuka-Tal.

Junius verfluchte Titurius. So wie es sich anfühlte, war er bis auf ein paar Schrammen und kleinere Blessuren unverwundet und körperlich noch gut beieinander. Plötzlich wurde ihm bewusst, dass er das Desaster von Atuatuka wider Erwarten doch noch überleben konnte, wenn er nur klug vorging. Aber er musste in dieser Nacht handeln, vor dem Morgengrauen. Das war seine einzige Chance.

Wie lange hatte er wohl ohnmächtig dagelegen? Ob es schon Mitternacht war?

Etwas Nasses klebte an seiner Hand. Das flackernde Licht, das von den Feuern im Tal ausging, erlaubte es, die Umgebung wenigstens in groben Umrissen zu erkennen. Zuerst wusste er nicht, was sich da so nass und kalt und klebrig anfühlte. Doch dann durchfuhr ihn der Schrecken: Es war das zerfetzte Gesicht eines der jungen Legionäre, die neben ihm die Stellung gehalten hatten. Der Eisenstern des bemalten Keltenhünen hatte ihn voll getroffen, mitten ins Gesicht.

Im Augenblick schien kein Feind in der Nähe zu sein, jedenfalls war nichts zu hören. Er versuchte sich zu bewegen. Es ging.

Junius reckte den Kopf. Was er im gespenstischen Licht der Freudenfeuer im Tal sah, erschütterte ihn zutiefst. Rundum lagen all die jungen Soldaten, die sie im frühen Herbst in Norditalien angeworben hatten. Die Kelten hatten sie ohne Ausnahme niedergemetzelt, und so wie es aussah, war keiner von ihnen entkommen. Vorsichtig stemmte sich Junius hoch. Er machte sich klein, blieb in gehockter Stellung. Sein Herz pochte bis zum Hals. Kein Feind in der Nähe. Wenn ihn irgendjemand sah, würden sie ihn genauso zerfleischen wie alle anderen, die hier im Tal von Atuatuka gefallen waren. Oder ihn womöglich auf einem Altar ihrer Götter als Opfer darbringen.

Er schaute zu der Stelle, an der Cotta gelegen hatte. In seiner letzten Erinnerung hatte der keltische Hüne den alten Kommandanten mit seinem Eisenstern erschlagen. Jetzt war der Leichnam weg. Auch der des hünenhaften Kelten, dem er selbst mit dem Schwert in den Bauch gestochen hatte.

Junius versuchte zu erkennen, welcher Waldessaum am nächsten lag, aber er konnte dort in der Dunkelheit außerhalb des Feuerscheins nichts ausmachen. Er musste fort, einfach nur fort von diesem Schlachtfeld des Grauens. Langsam kroch er los. Auf allen Vieren. Durch das niedergetrampelte Gras, vorbei an den Leichen der Kameraden. Er glaubte, in südliche Richtung, zum Wald.

Nach einer kurzen Strecke hielt er inne. Er konnte seine Gliedmaßen kaum bewegen, so sehr schmerzten sie. „Reiß dich zusammen,

Junius", sagte der Spanier leise zu sich. „Die Götter haben dich auserwählt. Du wirst nicht in diesem Tal verrecken."

Je höher er im Gelände kam, und je weiter er sich vom Schlachtort und von seinen toten Gefährten entfernte, umso sicherer fühlte er sich. Das Gras stand hoch, hier war nicht gekämpft worden. Es bot Deckung. Er ging etwas aufrechter, schneller. Doch immer noch mit äußerster Vorsicht. Es war kein Kelte in der Nähe. Alle tanzten sie um die Feuer und feierten. Warum auch nicht? Welche Gefahr drohte ihnen noch? Es gab in dieser Nacht keinen Grund mehr, das Schlachtfeld zu bewachen, und das erwies sich als Junius' Glück.

Er erreichte den Waldrand. Er wusste, unter den Bäumen war er, wenn er Vorsicht walten ließ und keinem wilden Tier zum Opfer fiel, vorläufig gerettet. Er musste nur einen Platz finden, wo er den Rest der Nacht sicher verbringen konnte. Am nächsten Morgen würde er sehen, wie er sich zu den nächstgelegenen römischen Truppen durchschlagen konnte. Langsam arbeitete er sich im finsteren Wald voran. In der stern- und mondlosen Nacht konnte er die Hand kaum vor Augen sehen. Er versuchte, so wenig Geräusche zu verursachen, wie irgend möglich, aber erst, als er das Licht der Siegesfeuer im Atuatuka-Tal nirgendwo mehr sehen konnte, hatte er das Gefühl, dass er tief genug im Wald war, um einigermaßen sicher zu sein. Vorsichtshalber schleppte er sich noch ein paar hundert Schritt weiter, auf einen dicht mit Unterholz bewachsenen Hang, den Reiterkrieger unmöglich erklimmen konnten.

In einem hohlen Baum, den er mehr tastend als sehend gefunden hatte, fand er einen Platz, an dem er sicher schlafen konnte. Endlich fühlte er sich geborgen.

37

Leichenverbrennung

Es war der Tag, an dem der erste Schnee fiel und liegenblieb, an dem der Leichnam der Druidin in die Heimat zurückkehrte. Es hatte gefroren. Der Wind kam aus Norden und war kalt. Gerüchte durcheilten seit Tagen das Land, schnell wie der Wind. Doch nur tröpfchenweise sickerten die Informationen. Zuerst der Sieg des Königs. Dann das Gerücht von hundertfachem Tod. Die Nachricht, dass Meredyd gefallen war. Und Dublachan. Etliche andere Adelige aus dem Gau. Dutzende von Kriegern.

Raunend ging die Rede davon, dass der siegreiche Eburonenkönig Ambiorix und seine erfolgstrunkenen Männer versuchten, die anderen römischen Winterlager zu bestürmen und ebenso leicht zu Fall zu bringen wie das Winterlager des Titurius. Die Treverer unter König Indutiomar und einige andere Stämme, so hieß es, nutzten die Gunst der Stunde und hatten sich dem eburonischen Krieg angeschlossen.

Als die traurige Nachricht vom Tod der Druidin Meredyd die Heimat erreichte, nahm ein lähmender Schockzustand den Druidenhof in seinen eisernen Klammergriff. Duana, die Priester und alle anderen im Haus fühlten sich alleingelassen und hilflos. Verloren in dieser kalten Welt. Für Taran war es der Weltuntergang. Das erste Mal, dass Duana den finsteren Altpriester weinen sah. Selbst Cameron, der sonst immer gut gelaunt war und einen kecken Spruch auf der Lippe führte, war in sich gekehrt und wortkarg.

Duana spürte sofort, dass der Sieg des Ambiorix zugleich ein Fluch war. Sie erwartete jede neue Nachricht, jeden Boten mit Schrecken, konnte er doch auch die Kunde vom Tod Caradocs bringen.

Gegen Mittag des Tages, an dem der erste Schnee fiel, erreichte ein Trupp keltischer Krieger das fest verschlossene Tor der Siedlung. Sie muteten an, als kämen sie geradewegs aus der Schlacht, und es erwies sich, dass es tatsächlich so war. Sie führten den in weiße Tücher eingeschnürten Leichnam der Druidin mit sich.

Die Krieger wurden von der Torwache zu Duana gebracht. Die Männer, die nicht aus dem Ahrgau stammten, wunderten sich, als sie der jungen Druidin angesichtig wurden, die eigentlich viel zu jung für ein solch hohes Amt war. Doch die Zeiten hatten sich geändert. Nichts war mehr so, wie es gewesen war. Duana empfing die Männer in der Halle des Haupthauses, in dem sie von ihren Dienern rasch wohlriechende Ölfeuer entfachen ließ, zu Ehren ihrer Gäste.

Vorsichtig und voller Ehrfurcht legten die keltischen Krieger den eingeschnürten Leichnam in der Mitte der Halle ab, dann stellten sie sich vor. Ihr Anführer hieß Gaelan. Die anderen Namen hatte Duana Augenblicke später wieder vergessen. Sie starrte auf das Leichenpaket, konnte ihren Blick nicht davon wenden.

„Ihr seid sehr jung, Druidin", sagte Gaelan nach der Begrüßung. „Werdet Ihr damit klarkommen?" Er deutete auf den Leichnam der Druidin. „Wir müssen wieder fort, versteht Ihr, wir müssen zurück zu Ambiorix in den Kampf."

Duana hatte so viele Fragen! Ob einer der Männer etwas über Caradoc wusste? „Ja, wir werden damit zurechtkommen", sagte sie schließlich mit fester Stimme. „Die Götter werden uns zur Seite stehen. Und im Andenken an unsere Hohe Druidin Meredyd werden wir Kraft schöpfen. Wir werden ihr eine würdige Verbrennung ausrichten." Sie machte ihren Priestern ein Zeichen. „Taran, du kümmerst dich darum", sagte sie mit einer konzentrierten Bestimmtheit, die die Keltenkrieger aufhorchen ließ. „Bereite alles vor, was nötig ist."

Sie ließ die angstvollen Gedanken, die sie bedrängten, nicht an sich heran. Die Frage, wie sie ihr Amt ohne die Anleitung ihrer Meisterin bewältigen sollte. Sie legte einen Schutzschild um sich, um nicht von ihrer großen Furcht vor dem Alleinsein und Verlorensein aufgefressen zu werden. „Du wirst sie für die rituelle Waschung vorbereiten", sagte Duana zu dem Altpriester. „Ich verlasse mich auf dich. Es ist deine Aufgabe. Organisiere alles, was dafür erforderlich ist. Bring sie hinauf in ihre Kammer. Dort soll sie für die Leichenverbrennung vorbereitet werden."

„Ja, Druidin, so soll es geschehen", erwiderte Taran eisig. Er starrte Duana verzweifelt an, als trüge sie eine Mitschuld am Tod der alten Druidin. Sie spürte, dass Taran dem Wahnsinn nahe war. Seine ganze Welt lag in Trümmern. Zusammen mit den anderen Priestern nahm er den eingewickelten Leichnam der Druidin auf und brachte ihn aus der Halle. Auch Camerons Gesicht war düster, seine Augen leer.

Duana wandte sich wieder den fremden Kriegern und ihrem Wortführer Gaelan zu. Ein temperamentvoller Mann mit großen, hellen Augen. „Ich weiß, dass ihr schnell wieder in die Schlachtreihe von Ambiorix zurückkehren wollt“, sagte Duana mit Bestimmtheit. „Doch zuvor seid meine Gäste. Unbedingt. Esst und trinkt südländischen Wein und ruht euch aus. Und vor allen Dingen erzählt mir alles, was ihr von der Schlacht von Atuatuka wisst.“

***

Das Volk des Ahrgaus hatte sich am Fluss versammelt, etwas oberhalb der Stadt, auf dem heiligen Platz, auf dem die Toten verbrannt wurden. Es war Abend. Der Schnee war geschmolzen. Alles war schlammig, morastig. Überall Fackeln, Lichter, Schreie, Gebet. Das Volk nahm Abschied von der alten Druidin, die für so lange Jahre über das Wohl und Wehe des Ahrgaus gewacht hatte. Seit dem Tod ihrer Mutter Eiluned eine Generation zuvor war sie die Hohe Druidin und Blutkönigin gewesen. Obwohl sie den dritten Orden des Druidentums erreicht hatte, war sie an der Seite ihres Stammes geblieben. Auch im Krieg, in der Schlacht von Atuatuka. Der Stamm hatte gesiegt, aber Meredyd war gestorben. Ihre Pläne, als Wissende und Lehrerin durch die Gaue des Keltenreiches zu wandern, hatten ein jähes Ende gefunden. Sie hatte sich im Kampf um die Freiheit des eburonischen Stammes geopfert. Gaelan und seine Männer erzählten, wie heldenhaft Meredyd gekämpft hatte. Von Caradocs Schicksal jedoch konnten sie Duana nichts berichten ...

Unter der Leitung von Taran hatten die Knechte des Druidenhofes eine würdige und feierliche Zeremonie vorbereitet. Cameron leitete den Chor der Jungen und Mädchen, die die Druidenschule besuchten. Er hatte mit ihnen ein trauriges und zugleich ergreifendes Abschiedslied einstudiert.

„Hört zu, Leute des Ahrgaus! Hört zu, ihr Eburonen“, rief Duana. „Wer will, kann der Druidin Briefe an die Verstorbenen in der Anderswelt mitgeben.“ Darauf hatten viele nur gewartet. Dutzende eilten nach vorn zur Bahre der Druidin, die von den Priestern auf dem Scheiterhaufen abgesetzt worden war. „Legt die Briefe auf den Leichnam!“

Die Leute hatten auf kleinen Pergamentfetzen ihre sehnlichsten Wünsche aufschreiben lassen. Sie würden mit dem Leichnam verbrannt werden. Wünsche schriftlich festhalten konnten in Magos nur die Priester. Sie waren die Einzigen, die die griechische Schriftsprache beherrschten. Die Kelten selbst kannten keinerlei Schrift. Für sie galt ausschließlich das Wort.

Die Wolken hatten sich verzogen, und der Himmel zeigte sich in ungewöhnlich angenehmen, winterlichen Pastellfarben.

Mit Tränen in den Augen entzündete Duana den Scheiterhaufen. Der Feuergott Taranis wurde angerufen, damit er die Seele der Toten in die Anderswelt begleite. „Wir werden deine Asche in unseren Fluss streuen. In die Ahr. Ich weiß, dass du den Fluss geliebt hast. Auch wenn dich das Feuer verzehrt, wirst du immer hier sein", sagte Duana mit erstickter Stimme. Die Gebete der Priester und des Volkes und der Gesang der jungen Leute erfüllten das Tal. Das Totenfeuer glich einem Fanal. Rasend schnell fraß es das trockene Holz des Scheiterhaufens, erfasste den Leichnam. Es war fast windstill. Steil stiegen die Flammen aufwärts. Wie ein Sternenregen stieben die Funken in den Abendhimmel.

So verging eine Weile.

Meredyds Leichnam verbrannte bis auf die Knochen. Diese würde man zusammensuchen und beerdigen. Doch zuvor musste Duana, dem alten Ritus folgend, die Schädeldecke der Verbrannten einschlagen. Das gehörte zu ihren heiligen Aufgaben. Dadurch wurde der Geist der alten Druidin befreit. Duana nahm den eisernen Meißel und den Hammer und spaltete den Kopf. Das durch die Verbrennung gekochte Gehirn spritzte aus der zertrümmerten Schädeldecke.

Mit dieser traurigen Zeremonie feierte das Ahrtal den Sieg von Atuatuka und die Druidin Meredyd, die während dieses Kriegszuges ums Leben gekommen war. So begann der Winter des denkwürdigen Jahres, das das Jahr des Bussards genannt worden war. Doch was im kommenden Jahr des Salamanders geschehen würde, wenn die Römer Rache nehmen würden, das wusste an diesem Abend niemand.

Als die Priester die Asche und die verkohlten Knochen der Druidin in einem vergoldeten Tongefäß einsammelten, um sie an der ihr vorherbestimmten Stelle im Ahrgau zu beerdigen, schwieg das Volk voller Ehrfurcht. Alle spürten, dass mit Meredyd ein Zeitalter zu Ende gegangen war.

Dritter Teil

Der Himmel stürzt

38

Der Wanderdruide

Das Jahr des Salamanders hatte begonnen. Die längste Nacht und die Zwölfnächte waren vorüber. Klirrender Frost lag über dem Land. Da kam durch den Winter und durch den tiefen Schnee ein Wissender zu Duana, ein uralter Druide. Er stellte sich als Einion vor und behauptete, dass sein Weg ihn geradewegs aus Britannien zu ihr geführt habe.

Gemeinsam mit dem alten Druiden des dritten Ordens ritt sie durch den tiefen Schnee das Ahrtal hinauf in den heiligen Hain, den sie zuletzt vor wenigen Monden an der Seite der alten Druidin aufgesucht hatte. „Meredyd hat mich gerufen", sagte der heimatlose Druide mit dem schlohweißen Bart. Trotz seines offensichtlich hohen Alters war er sehr beweglich und erwies sich nicht nur als zäher Wanderer, sondern auch als guter Reiter. Es waren schwierige Bedingungen, ein mühseliges Vorankommen durch das winterliche Ahrtal, hinauf durch das Tor der Amarandel, wo Sinned gestorben war. Der Winterwind pfiff um jeden Baum, um jeden Fels. Weg und Steg waren vereist, der Fluss war auch hier vollkommen zugefroren.

Seit ihrer Erwählung durch das Blutorakel hatte Duanas Weg sie wohl ein halbes Dutzend Mal an den Oberlauf des Flusses geführt. Der Heilige Hain war für sie eine Quelle unergründlich tiefer Inspiration. Dort, inmitten des alten Eichenwaldes, war ihr zum ersten Mal die Bedeutung ihrer Berufung zur Druidin bewusst geworden, unabhängig von allem, was sie selbst geglaubt und für möglich gehalten hatte. Dieser Platz bündelte große Kräfte, viel größere Kräfte, als sie sich Duana zuvor hatte vorstellen können. Im Heiligen Hain waren die Anderswelt und die wirkliche Welt miteinander verbunden, ähnlich wie in der Heiligen Grotte, nur viel stärker. Es war ein Hin- und Herfließen wie bei Wellen, die an den Strand laufen. Auch die Tore zum Mittleren Reich der Feen, Gnome, Dämonen, der Wald- und Wassergeister standen hier weit offen. Man spürte die Gegenwart dieser Wesen auf Schritt und Tritt.

Endlich erreichten sie ihr Ziel. Einion und die junge Druidin übergaben die Zügel ihrer Pferde an den hasenschartigen Krieger, den Beschützer des Heiligen Hains, Cearnach. Er und die Hüterin der Druidinnenhöhle, die uralte, glatzköpfige Dienerin Bronwen, hatten trotz aller Geschehnisse und Umstürze diesen Ort nie verlassen. Der Hain erschien noch immer so, wie er einst gewesen war – vollkommen unversehrt, ein Ort jenseits von Gegenwart und Wirklichkeit.

„Es ist bitterkalt, Herrin", begrüßte Bronwen die beiden Ankömmlinge. „Wir sollten in die Höhle gehen." Sie hatte Eiluned, Meredyds Mutter, Meredyd selbst, deren Tochter Sinned und schließlich Duana als Druidinnen kennengelernt, und zu jeder der vier Frauen hatte sie eine ganz eigene, unverwechselbare Beziehung. Was sie dachte, verriet sie nie.

Sie betraten die Wohnhöhle im Eichenwald oberhalb des heiligen Tümpels, der das Herz und der Mittelpunkt des geweihten Platzes war.

„Meredyd hat Euch gerufen, habt Ihr gesagt, Meister Einion", sagte Duana. „Doch Meredyd ist tot. Könnt Ihr mir sagen, warum sie Euch gerufen hat?"

„Um dich zu lehren, mein Kind, hat sie mich gerufen. Um dir zu sagen, dass wir Druiden die Hüter der natürlichen Ordnung sind. Dass alles Sein etwas Werdendes ist. Ich will dich lehren, die unscheinbare Eichel in deine Hand zu nehmen und in ihr die ganze Kraft und Lebensenergie des großen, gewachsenen Baumes zu spüren. Nach unserer Lehre ist derjenige ein Meister, der diese Kraft beherrscht und anwendet."

„Eure Worte haben einen zauberhaften Wohlklang in meinen Ohren", erwiderte Duana ehrfürchtig. „Und ich wünschte, ich könnte die Tiefe ihrer Bedeutung vollständig erfassen."

Da lächelte der alte Wanderdruide: „Du bist ein gutes Mädchen. Ich erkenne, dass du es ernst meinst mit deiner Berufung."

„Das ist das Gute an dieser Höhle", sagte Bronwen und legte ein paar Scheite auf das Feuer, das im Hintergrund brannte. „Der Rauch zieht nach hinten ab."

***

Einion hatte Duana ein wohlriechendes, harziges Kraut mitgebracht. Es wurde in einer aus Ton gemachten Pfeife geraucht. Der Alte hatte beides aus seiner großen Ledertasche hervorgekramt. Die Pflanze, aus der das Kraut gewonnen wurde, war im Ahrtal unbekannt. Der Rauch öffnete Duanas Sinne und den Verstand und befreite sie von der Last des alltäglichen Lebens, jedenfalls für den Augenblick. Das Kraut brachte sie, so war die Lehre des Druiden, den Göttern näher.

„Du bist Eburonin, mein Kind. Also erzähle ich dir zuerst von der Eibe, die eurem Stamm den Namen gegeben hat", begann Einion. Obwohl in der Höhle das Feuer brannte, das Bronwen unterhielt, konnte man den Atem vor dem Mund des alten Druiden erkennen. Doch die Kühle in der Höhle war wohltuend und klärte den Kopf. „Stolz und mächtig trägt die Eibe ihre Wipfel in den Himmel. Ihr Stamm ist ungewöhnlich. Es scheint, als würde er ein Eigenleben entfalten. Die Stämme zeigen Gesichter, und in den Kronen kann man manchmal die seltsamsten Lebewesen entdecken. Für viele ist sie aber auch ein düsterer Baum. Das Gift aus dem Sud ihrer Blätter tötet. Die Eibe steht für das Ende des Jahres, den Tod der Sonne. Sie hütet die Pforte der Ewigkeit. Höre! Länger lebt die Eibe denn die Eiche. Aus ihrem Holz werden die Stäbe der Druiden geschnitten. Die Eibe bändigt jeden bösen Zauber." Und der Wissende erzählte Duana noch viele andere Geheimnisse über die Eibe, den heiligen Baum der Eburonen.

„Ich bin sehr, sehr dankbar, dass Ihr mich an Eurem wunderbaren Wissen teilhaben lasst", flüsterte Duana schließlich entrückt, geradezu trunken von den Worten des alten Mannes. Ihr Geist war wie ein Vogel hoch in den Wolken. Sie erkannte Zusammenhänge, die sie niemals zuvor gesehen hatte. Sie liebte die wissenden, dunklen Augen Einions. Sie waren wie tiefe Brunnen, an deren Grund es eine andere, weite, magische Welt zu entdecken und zu gewinnen gab. „Diesen Abend hier im Heiligen Hain werde ich niemals vergessen, mein liebster Lehrer. Fahrt nur bitte fort, Einion."

„Dann will ich dir von den Bäumen, die nicht sterben wollen, erzählen. Die allerältesten Eichen sind so. Sie neiden den Eiben ihr längeres Leben. Kennst du solche Eichen? Hier im Heiligen Hain sind einige von ihnen. Eine ist so unendlich alt ... Ich spüre ihre Gegenwart." Der Druide schloss die Augen. „Ja, ich spüre sie genau. Höre! Sie vergessen keine Lüge, keinen Betrug. Ihrer Kraft erliegt alles, was in ihrer Nähe ist. Sie sind ungerecht. So ungerecht wie die Welt. Sterbende Bäume sind die ungerechtesten und dabei die stärksten Lebewesen, die es gibt. Weil sie noch einmal all ihre Kraft sammeln. Kaum einer ahnt das, aber es ist genau so“, sagte der alte Druide. Duana lauschte gebannt seinen Worten, sog sie geradezu in sich auf. Sie hatte die eisige Kälte, die draußen herrschte, vollkommen vergessen.

Es wurde bald dunkel im verschneiten Tal des Heiligen Haines. Duana wollte so viel wie möglich wissen. Sie spürte, dass auch sie eine Wissensträgerin sein würde, eine von wenigen. Sie fühlte immer deutlicher, dass ihr Leben noch eine andere Dimension hatte, die über das bloß Alltägliche hinausging. Es war eine Vision, die in der Vergangenheit wurzelte. Ihr wurde bewusst, dass die Gegenwart ein Hauch war. Ein flüchtiger Moment, das Verbindungsglied zwischen dem Gestern und dem Morgen. Auch wenn sie nicht wusste, wie dieses Morgen aussah, war womöglich das Wissen des alten Wanderdruiden entscheidend, wie die Zukunft aussehen würde. Sie war fest entschlossen, sich alles ganz genau zu merken, was sie an diesem Winterabend in der Druidinnenhöhle hörte. Denn Einion wünschte sich, dass sie als junge Druidin das Wissen der Ahnen an die nächsten Generationen weitergab. Das hatte auch Meredyd gewollt.

Duana war froh, dass sie mit Meredyd damals Gedächtnisübungen durchgeführt hatte: „Das Gedächtnis ist bei uns so wichtig wie bei anderen Völkern das Buch.“ Da das Wissen der Kelten nirgendwo schriftlich festgehalten war und von Mund zu Mund weitergegeben wurde, würde alles, was die Kelten in Hunderten von Generationen jemals zusammengetragen hatten, mit dem Tod der letzten Wissenden für immer im Nirgendwo verschwinden ...

Nicht nur das Wissen um das Wesen der Bäume.

„Höre! Bäume haben wahrlich eine Seele“, flüsterte Einion. „Oft glaubt man, dass sie jahrelang stillstehen. Doch das trügt. Du darfst sie niemals missbrauchen oder quälen, versprich mir das. Das vergessen sie nicht. Sie werden dich für alle Zeit mit ihrem Hass verfolgen. Genauso aber werden die Bäume deine Liebe niemals vergessen. Sie werden dir ihre Freundschaft schenken, solange ihr langes Leben währt. Viele Menschen lachen, wenn sie hören, dass sie sich hüten sollen, sich den Hass eines Baumes zuzuziehen. Besonders die Römer. Es mag sein, dass Bäume sehr, sehr langsam reagieren. Vielleicht viele Jahre später. Aber du darfst niemals glauben, dass sie jemals etwas vergessen, was man ihnen angetan hat." Er schaute Duana durchdringend an. „Viele Menschen sagen, was kümmert mich der Baum, er hat keine Füße. Aber diese Menschen täuschen sich. Braucht der Wald Füße? Er reicht vom Sonnenaufgang bis zum Sonnenuntergang. Hörst du nicht sein immerwährendes Flüstern? Hörst du nicht, wie der Wald raunt? Der Wald ist ein eigenes Wesen. Das Raunen – es ist nur der Wind, mögen die Menschen sagen. Doch dabei lassen sie außer Acht, dass die Bäume Verbündete haben, die größer und älter sind als die Menschen. Was, wenn der Wind der Verbündete der Bäume ist? Was, wenn er ihre Botschaft schneller als der Vogel am Himmel verbreitet?"

„Oh, Ihr wisst sehr viel über die Bäume und den Wald und den Wind, Einion. Ich bin noch niemandem begegnet, der wie Ihr gewesen wäre."

Einion lächelte und kraulte seinen weißen Bart. Die glatzköpfige Bronwen sorgte weiter gewissenhaft für das Feuer in der Druidinnenhöhle, so dass weder die junge Druidin noch ihr verehrungswürdiger Gast frieren mussten. Cearnach war irgendwo draußen in den Ställen beim Vieh und den Pferden.

„Kind, ich war lange Zeit der oberste Druide des Nervierstammes und wäre beinahe der Erzdruide geworden, der im Karnutenwald residiert. Doch das ist lange her. Es war zu einer Zeit, in der das Keltische noch Kraft hatte. Verzeih mir meine Eitelkeit – aber wisse, dass es niemanden gab, dem die Bäume so intensiv zugehört haben wie mir." Er lächelte versonnen, schien in die alten Zeiten zurückzuschauen. Ein versunkenes Land, das Gefahr lief, von der Zukunft abgeschnitten zu werden. „Aber wie sieht es heute aus", fuhr er mit klagender Stimme fort, während draußen über den heiligen Hain ein heftiger Wintersturm fegte, der den Wald ächzen ließ. Duana hörte ihn jetzt mit ganz anderen Ohren. „Wir werden von drei Seiten überrannt, und wir sind nicht im Stande, uns zu wehren. Wir werden aufgerieben zwischen den Römern, den Germanen und unserem eigenen Vergessen."

Diese Worte standen wie ein böses Menetekel im Raum. Vertrieben den Zauber des Wissens. Schweigen. Duana fasste sich ein Herz und schaute dem alten Oberdruiden in die Augen. „Und das sagt Ihr, obwohl unser König erst vor ein paar Wochen die Römer besiegt hat?"

„Ja, euer Sieg ...“

„Was ist mit unserem Sieg?“ Duana hatte das Gefühl, ihr würde der Hals zugeschnürt.

„Er wäre etwas wert gewesen, wenn nicht gleich danach vor dem nächsten römischen Winterlager alles wieder verloren gegangen wäre. Nach der Schlacht von Atuatuka hat es Ambiorix gemeinsam mit dem Trevererkönig Indutiomar belagert. Vergeblich. Ambiorix hat zwar gegen Titurius Sabinus gesiegt. Gut. Doch nicht gegen Caesar. Nein, gegen Caesar hat noch keiner gesiegt“, murmelte der Alte nachdenklich. Duana fragte sich, ob sie sich die Tränen in den Augen des alten Druiden nur einbildete.

„Ihr wolltet mir noch viel mehr über die Bäume erzählen“, sagte Duana sanft. Obwohl sie gerne Genaueres über die misslungene Belagerung des zweiten Winterlagers gehört hätte, bezähmte sie ihre Neugierde. So wie sie es von der alten Druidin gelernt hatte. Sie nahm stattdessen die leicht zitternden Hände des alten Druiden zwischen ihre jungen Frauenhände. Der Alte schaute sie zärtlich an. Duana stellte sich vor, wie er wohl als jüngerer Mann gewesen war. Vielleicht waren es solche Männer, die dem keltischen Volk in der Jetztzeit fehlten.

„Also gut. Ich will nicht trauern. Trübsal ist das Lied des Alters. Ich will dich lieber weiter lehren. Ich will, dass mein Geist und meine Seele in dir weiterexistieren, mein Kind.“

„Ihr bereitet mir große Freude und Ehre, Meister. Ich kann es gar nicht in Worte fassen. Ich verspreche Euch, ich werde nichts von dem vergessen, was Ihr mich gelehrt habt und was Ihr mich noch lehren werdet, solange Ihr bei mir bleibt. Wovon wollt Ihr mir jetzt erzählen?“

Der Alte strich sich über den Bart und konzentrierte sich. „Ich will dir nach den Bäumen von den Waldelfen erzählen. Du weißt doch sicherlich, dass sich die Waldelfen, anders als die Hochelfen, nicht dazu entschieden haben, in die Anderswelt zu gehen und dort auf den Verlorenen Inseln zu leben?“ Duana nickte. „Sie sind hier bei uns geblieben. Hier in unserer alten Welt, die sie als ihre Heimat bezeichnen. Und das ist es, wovon ich dir als Nächstes berichten will: Die Waldelfen sind eine enge Verbindung eingegangen mit allen Bäumen. Sie haben ein Abkommen geschlossen. Nicht nur der Wind ist mit den Bäumen verbündet. Nicht nur der Wind ... Die Elfen schenkten den Bäumen ihr langes, langes Leben, so alt wie kein Mensch jemals werden kann, und dafür verbergen die Bäume die Elfen vor den Blicken der Menschen. Das ist ihr Pakt. Tagsüber kann niemand einen Waldelfen sehen. Aber nachts gehen sie in ihrer eigenen Gestalt über die Erde und schauen nach dem Rechten. Denn sie betrachten sich als die Hüter der Erde, so wie ein guter Hirte, der der Hüter seiner Herde ist."

„Das heißt, dass die Waldelfen hier sind, hier mitten unter uns? Und wir sehen sie nur nicht?", fragte Duana ehrfürchtig.

Einion nickte bedächtig. Das Feuer knisterte. „Menschen und Waldelfen haben lange Zeit nebeneinander gelebt, ohne dass der eine Notiz vom anderen nahm. Und trotzdem ist es immer wieder zu Begegnungen gekommen, auch wenn die Elfen noch nicht so weit sind, sich uns zu offenbaren. Vielleicht wird es irgendwann einmal so sein. Solange halten sie eisern an ihrer Aufgabe fest, unsere Welt zu schützen und zu behüten."

„Aber werden sie unsere Welt auch vor den Römern behüten und beschützen können?"

Einion, der alte Druide, der einer der letzten bedeutenden Männer im dritten Orden der Druidenbruderschaft war, schwieg lange, schaute Duana dann traurig in die Augen und zuckte schließlich mit den Schultern. „Ich habe manchmal Angst, dass es nichts gibt, das unsere Welt vor dem Römertum bewahren kann, junge Druidin."

39

Das Gesetz des Lebens

Das Wasser des Flusses sprudelte über die glatten Felsen des Wehrs. Die Morgensonne schien hell. Der Himmel war blau, wie leergefegt. „Der Salm ist im Monat vor Beltane immer am besten", rief Cameron. Er hatte einige Mühe, der Strömung der Ahr zu widerstehen, und er wollte sich nicht vor Duana blamieren. Wollte eine gute Figur abgeben. Außer der Druidin und dem Priester waren noch zwei Knechte dabei.

„Die Göttin hat ein Einsehen!", rief Duana fröhlich. „Sie schickt uns in diesem Jahr so viel Salm, dass wir alle unsere knurrenden Mägen füllen können."

Der Winter war so hart gewesen, wie sie es alle befürchtet hatten. Der Hunger regierte das Land. Die im Boden eingelassenen großen Vorratssilos für das Getreide waren sämtlich leer. Die Wölfe kamen tief ins Tal hinab. Viele Menschen waren gestorben: Alte. Schwache. Kinder. Ihre kleine Gemeinschaft, ihr Gau schien sich in Auflösung zu befinden. Viele waren nach Westen abgewandert, ins innere Gallien. Nur fort aus dem Stammesgebiet der Eburonen.

Die Eburonen waren ein Volk, das vom Glück und von den Göttern verlassen worden war. Ein Volk, so schien es, ohne Zukunft. Es hatte so viele Totenfeuer in diesem Winter gegeben, dass sich nicht einmal die Ältesten an etwas Vergleichbares erinnern konnten ...

Zum Glück gab es in diesem Jahr so viel Salm wie schon lange Jahre nicht, als hätten die Götter beschlossen, die katastrophale Getreideernte des vergangenen Sommers wiedergutzumachen. Überall am Lauf des Flusses fischten die Kelten des Ahrgaus. Der Lachs war, in diesem Frühjahr für sie lebenswichtig.

Duana konzentrierte sich darauf, den nächsten Salm zu erwischen. Drei hatte sie schon in ihrem Weidenkorb. Die Leute fanden es ungewöhnlich, dass die Druidin selbst in die Ahr stieg und für die Speise ihres Hofes sorgte, aber es gab in diesen Zeiten nichts mehr, das so war, wie man es gewohnt war.

Der junge Priester hatte mit dem kurzen Speer einen Fisch erwischt. „Ja! Hab ich dich!“, jubelte er. Dann machte er das Zeichen, mit dem er sich bei der Kreatur dafür entschuldigte, dass er ihr das Leben nahm, um für das eigene zu sorgen.

So war das Gesetz des Lebens.

Die eiserne Speerspitze war sehr scharf und in Caileass' Schmiede hergestellt. Sie hatte winzige Widerhaken, so dass die mächtigen, schweren Salme sich nicht losreißen konnten. Duana dachte, dass es vielleicht Caradoc gewesen war, der die Speerspitze geschmiedet hatte – damals als er noch in der Schmiede seines Vaters arbeitete und glücklich war und sich auf das Leben freute. Wie sehr sie den Klang seines Hammers auf dem Amboss vermisste! Sie hatte an der Art des Schlags genau heraushören können, wann Caradoc arbeitete, und der metallische Klang hatte sie irgendwie ... beruhigt.

„Ich glaube, wir haben bald genug“, sagte die Druidin.

Cameron nickte. „Wisst Ihr noch, wie wir über den ersten Salm hergefallen sind, als er kurz nach dem Ende des Eises endlich gekommen ist?“

„Jetzt!“, rief Duana erregt. Im gleichen Augenblick ließ sie den Speer, den sie hoch über den Kopf gehalten hatte, herabsausen. Sie hatte den nächsten Fisch erwischt. Ein großes Tier, das sich kräftig wehrte, das wie wild den Körper verdrehte und sich damit nur noch mehr in den Widerhaken bohrte. „Ich hab ihn“, keuchte Duana und machte das Entschuldigungszeichen.

Einer der Knechte trat zur Druidin, packte den Salm, nahm ihn vom Speer und legte ihn in einen der Weidenkörbe.

Duana, Cameron und die beiden Diener stiegen aus der kräftig fließenden Ahr zurück ans grasbewachsene Ufer. Viele Hände halfen der jungen, anmutigen Druidin. Duana freute sich. Sie hatte das Gefühl, für kurze Zeit in eine ferne, friedliche, wunderbare Welt heimgekehrt zu sein, in der keine Römer existierten und in der es ein Gestern, ein Heute und ein Morgen gab ...

Barfuß gingen sie am Ufer der Ahr entlang. Die Knechte trugen die Körbe mit dem gefangenen Fisch. Duana und Cameron redeten kaum ein Wort; Duana hing ihren Gedanken nach, und der junge Priester wollte sie nicht stören.

Es waren nur ein paar hundert Schritte bis zum Graben und zum Ringwall der Siedlung. Sie umrundeten ein Viertel davon, bis sie zum einzigen Tor kamen, das sich nach Norden öffnete. Hier lag die Burg des Fürsten Marbod, in halber Höhe des nördlichen Talhanges. Eine Ziehbrücke führte über den tiefen Graben, in den sie die Ahr an dieser Stelle geleitet hatten. Der Fluss bildete den natürlichen Wassergraben der Keltensiedlung. Noch bevor die Druidin das Tor erreichte hatte, öffnete ihr die Wachmannschaft.

Duana erinnerte sich vage an eine Zeit, in der das Tor des Oppidums tagsüber, von Sonnenaufgang bis Sonnenuntergang, offengestanden hatte; jedenfalls die meiste Zeit, und jeder Wanderer, Händler oder Pilger hatte ein- und ausgehen können. Die Besatzung der Torburg hatte aus zwei Mann bestanden, wo jetzt ein Dutzend Mann Tag und Nacht schwer bewaffnet und gerüstet Dienst tat und die Gemeinschaft im Ahrtal jederzeit mit einem Angriff germanischer oder römischer Verbände rechnen musste.

Sie passierten die Torburg und durchquerten die Siedlung von Norden her. Innerhalb der Umwallung verliefen unterschiedliche Wege, und die einzelnen Grundstücke waren mit Flechtzäunen oder dichten Hecken voneinander getrennt. Sie kamen zum Richtplatz in der Mitte von Magos, wo Duana Recht sprach über alle

Übeltaten, die im Gau geschahen. Das Dach der Eibe, die seit unendlich vielen Generationen den Mittelpunkt der Keltenstadt und des ganzen Gaus kennzeichnete und wo der Opferaltar und der Stuhl der Druidin standen, war merklich dünner geworden, wie das schüttere Haar eines Greises. Die Eibe wirkte gebeugt und müde, als müsse sie der Last ihres Alters nach all der langen Zeit ihres Lebens jetzt doch Tribut zollen.

Die Druidin und ihr kleines Gefolge steuerten auf den Druidenhof zu, der sich in unmittelbarer Nähe der Eibe befand. Duana wurde von einem wehmütigen Gefühl erfasst, als sie durch das reich verzierte Tor trat. Sie glaubte, dass dies alles, was ihr mittlerweile lieb und wert war, bald nicht mehr existieren würde.

Sie hatte böse Ahnungen. Ihr Volk würde zwischen die Mühlsteine geraten und zerrieben werden. Oft hatte sie in der letzten Zeit Alpträume, in denen sich die bedrohlichen Vorzeichen manifestierten: Die Germanen oder Caesar würden das Volk der Eburonen niederringen und ihr Land, auf das viele ein Auge geworfen hatten, in Besitz nehmen. Nichts würde jemals wieder so sein, wie es einmal gewesen war.

40

Gothfraidh

Valerius erinnerte sich kaum noch an seinen alten, römischen Namen. Doch er war noch immer ein Fremder in Mauras Sippe, in Mauras Dorf, das inmitten des Ardennerwaldes lag, nicht weit entfernt vom Tal der Mosel. Vielleicht würde er immer ein Fremder bleiben. Und dennoch nannte er sich selbst fast nur noch bei seinem neuen, keltischen Namen, den Maura ihm als ein Liebesgeschenk gegeben hatte: Gothfraidh.

Sanft leuchtete das Morgenlicht jenseits der Ostberge auf. Ein schöner, milder Tag. In der Nacht zuvor hatte sich den Spuren nach ein starker Eber an den Gärten des Dorfes gütlich getan, die die strohgedeckten Häuser umgaben. Weder Ackerbohnen noch Zwiebeln, weder Rüben, Karotten noch Kohl waren vor den Wildschweinen sicher. Wenn die Eichen und Buchen nicht ausreichend Frucht angesetzt hatten, weil das Frühjahr dürr und trocken gewesen war, untergruben sie die Dorfpalisade und machten sich über die Gärten her, durchwühlten die Äcker und Weiden.

Der Fährte nach zu urteilen, der Maura und Gothfraidh an diesem Morgen folgen wollten, war es dasselbe Tier, das in diesem Frühsommer schon drei- oder viermal das Dorf heimgesucht hatte. Ein mächtiges, kräftiges Tier. Ein Einzelgänger. Ein kluges, vorsichtiges Tier. Niemand hatte etwas davon mitbekommen, wie der Eber den Boden an zahllosen Stellen aufgewühlt hatte und das, obwohl die Kelten ein Gehör hatten, das so fein war wie das eines Luchses.

Als sie beim Aufstehen die immensen Schäden entdeckt hatten, die der Eber von Neuem angerichtet hatte, wurde beschlossen, ihn zu töten. Maura hatte sich von ihrem Vater, dem Klanältesten des Dorfes, ausbedungen, dass er ihr und ihrem Mann, dem Römer, die Aufgabe übertrug, den Eber zu jagen. Die jungen Männer des Dorfes murrten vernehmlich. Der Römer – Fremder und Feind – solle doch zurückkehren in sein eigenes Land. Er nehme ihnen die Ehre und den Jagderfolg. Schließlich beugten sich die jungen Krieger aber der Autorität von Mauras Vater und ließen ihr und ihrem fremdländischen Mann den Vortritt.

Und so machten sich Gothfraidh-Valerius und Maura in früher Stunde auf, dem Eber zu folgen. Sie hatten zwei Schweißhunde dabei, einen großen, erfahrenen Rüden, und einen jungen, verspielten Hund, den Maura liebte und dem sie den Namen Arco gegeben hatte. Wodurch sich der ältere Hund auszeichnete, nämlich durch seinen Gehorsam, seine Gelassenheit, Charakterstärke und Zielstrebigkeit, all das musste Arco noch lernen. Deswegen nahmen sie ihn mit. Was Arcos starken Geruchssinn betraf, waren seine Fähigkeiten denen des älteren Hundes gleich.

Es hatte in den letzten Tagen ausgiebig geregnet. Der Boden war feucht und tief. Die lohende Spur am Grunde des Waldes war für den geübten Blick der Keltin nicht zu übersehen. Selbst der Römer, der nicht so gut Spuren lesen konnte, erkannte ohne Mühe die Fährte, als sie das friedlich im Morgenlicht liegende Dorf hinter sich ließen.

„Ich kann mir gar nicht mehr vorstellen, dass ich in einem steinernen Häusergewirr groß geworden bin, in einer fernen Stadt", sagte Gothfraidh. „Und nicht genauso wie du hier im Wald."

Maura lachte. Gothfraidh liebte ihr Lachen. Je länger, je mehr. Als sie noch Sklavin im Militärlager des Titurius gewesen war, hatte sie niemals so gelacht. Ihr Lachen hatte er erst kennen gelernt, als er mit ihr zusammen heimkehrte in ihr Dorf, nach der Schlacht von Atuatuka, als alle seine römischen Kameraden ihr Leben verloren.

Der Wald war noch ein Schatten. Das Laub flüsterte geheimnisvoll im ersten Licht. Die Hunde waren voller Tatendrang.

„Ich bin glücklich, dass mein Vater meine Bitte erfüllt hat. Das bedeutet, dass er beginnt, dich zu akzeptieren."

„Und das Gemurre der jungen Krieger?"

„Ach, Gothfraidh, daraus solltest du dir nichts machen. Sie murren schnell und gerne über alles und jedes. So wie junge Männer nun einmal sind. Heißblütig. Jähzornig. Aufbrausend. Bei den Römern nicht anders als bei uns."

Sie kämpften sich durchs Unterholz mit seinen wispernden Blättern. Hielten ihre Waffen bereit: Der groß gewachsene, schlaksige Gothfraidh hatte einen der fast mannshohen keltischen Eibenbogen bei sich, auf dem Rücken den Köcher mit einem Dutzend Pfeilen. Maura hielt in der einen Hand den kurzen Speer mit der Eisenspitze und der Lederschlaufe am Ende, eine mörderische Waffe, die auf kurze Entfernung eingesetzt wurde. In der anderen Hand führte sie die Leinen der beiden Hunde. Beide trugen am Gürtel ein Fangmesser und eine Schleuder.

Die Fährte des alten, starken Keilers war kaum zu übersehen. Er hatte es nicht eilig gehabt. Er hatte keine Angst, sich mit den Menschen zu messen, er fürchtete die Verfolgung nicht. Seine Fährte führte in südliche Richtung, geradewegs vom Dorf weg, bergaufwärts durch einen dichten Buchenhain. Das vielfältige Leben des frühsommerlichen Waldes umgab sie. Vogelgeschrei, Gezwitscher, Gekreisch. Ein Eichhörnchen. Winzige blaue Tagfalter. Spinnweben, die über das Gesicht strichen.

„Vielleicht sind die jungen Römer ebenso jähzornig und heißblütig wie die keltischen Jünglinge", nahm Gothfraidh den Gesprächsfaden wieder auf. „Doch es gibt hier so vieles, das ganz anders ist als in meiner Heimat." Als er das Wort Heimat erwähnte, bekam sein Gesicht mit dem unrömischen Schnauzbart einen Ausdruck wie bei jemandem, der von einem verstorbenen, lieben Menschen spricht, wohl wissend, dass er ihn niemals wiedersehen wird.

„Magst du mir sagen, was anders ist?", fragte Maura leise. Die Spur des Keilers, der sie folgten, war nicht mehr ganz frisch, aber bei der Verfolgung eines so mächtigen Tieres hütete sich der kluge Jäger trotzdem, laut zu sein. Überhaupt schrie kein Kelte jemals unnötig laut im Wald herum und zerstörte damit die heilige Gelassenheit und natürliche Stille dieses Reiches, in dem der Hirschgott Zernunos der oberste Herr war.

„Das Leben ist ganz anders. Nicht mit dem Leben zu vergleichen, das ich kenne. So als wäre alles eine Einheit."

„So lehren es unsere Druiden", bestätigte Maura und strich sich eine wilde Strähne ihres roten Haares aus der Stirn. Gothfraidhs Herz war erfüllt von Glück, dass sie die Seine war, seit der Druide des Gaus sie am letzten Beltanetag zu Mann und Frau gemacht hatte. Ihre Anmut. Ihre Stärke. Ihre Klugheit.

„Unsere Götter, die so zänkisch und eifersüchtig und rachsüchtig sind wie die geringsten Menschen, auch sie sind ganz anders als eure Götter."

Maura lachte. „Auch die können ganz schön zänkisch sein ... Aber ich weiß schon, was du meinst."

„Und vor allem sind die keltischen Frauen anders ..."

Gothfraidh hielt an, drehte sich zu seiner keltischen Frau um, nahm sie in den Arm. Die Hunde knurrten. Maura gab einen kurzen Befehl und sie beruhigten sich wieder. Sie küssten sich leidenschaftlich. „Und ich bin ganz anders. Ich habe nicht nur einen anderen Namen, Gothfraid statt Valerius ... Ich bin auch ein anderer Mensch geworden, seit ich dich getroffen habe, mein Sonnenlicht. Ohne dich könnte ich mir ein Leben nicht mehr vorstellen."

„Und ich nicht ohne dich, mein Mann. Doch jetzt lass uns weiter der Fährte folgen. Wir wollen meinen Vater nicht enttäuschen. Ich will, dass du mit einer Trophäe ins Dorf zurückkehrst: Mit den Hauern des Keilers. Ich kann mir schon ganz genau vorstellen, wie du sie als stolzen Schmuck um deinen Hals trägst."

„Ja, das will ich ganz bestimmt", erwiderte Gothfraidh, der von seinem römischen Ursprung als junger Militärtribun aus Placentia und von seinem römischen Namen Valerius noch nie so weit entfernt gewesen war wie in diesem Augenblick. Einzig die Sprache der Römer erinnerte noch an sein altes Leben. Maura und er benutzten sie, wenn sie allein waren, um sich zu verständigen, denn obwohl Gothfraidh lernbegierig war, verstand er das Keltische, die Heimatsprache Mauras und ihres Klans, nur bruchstückhaft. Das war der Hauptgrund dafür, dass er im Dorf noch immer als Fremder angesehen wurde, auch wenn er die eigensinnige Tochter des Klanältesten zur Frau gewonnen hatte und von ihrem Vater als ein vollwertiger Klanangehöriger anerkannt worden war. Seit er sich den dunkelblonden Schnurrbart wachsen ließ, konnte man ihn äußerlich kaum noch von einem Kelten unterscheiden.

Die Zeit verging. Die Spur des Keilers wurde jetzt immer deutlicher. „Er ist müde. Er ist nicht weit weg", flüsterte Maura und umfasste sowohl den Schaft ihres Speeres als auch die Leinen der Schweißhunde fester. „Wir müssen jetzt vorsichtig sein. Ich glaube, dass er sich irgendwo hier eine Schlafstelle gesucht hat."

Angespannt bewegten sie sich voran. Die Hunde machten keinen Laut. Ihr Jagdinstinkt erwachte. Sie spürten, dass sie vielleicht schon bald zum Einsatz kamen. Sie waren ebenso wachsam wie die beiden Menschen.

„Da vorne, die Lichtung!", sagte Maura kaum hörbar. Sie war eine geborene Jägerin, eine leibhaftig gewordene Göttin Diana. Er hatte unter den römischen Frauen niemals eine wie sie kennengelernt. Sein Herz schlug bis zum Hals. Der Jagdtrieb erfasste die beiden.

„Ich sehe nichts."

„Psst! Da vorn, die kleine Lichtung. Nimm deinen Bogen."

Gothfraidh sah den Keiler immer noch nicht. Nur ein grünes, braunes Wogen aus Licht und Schatten, aus Ästen und Blättern. Dennoch nahm er einen Pfeil aus dem Köcher und legte ihn in den Eibenbogen ein. Als römischer Soldat hatte er unzählige Male geübt, mit dem Bogen zu schießen. Ein römischer Bogen war kleiner und aus anderem Holz, leichter zu spannen. Doch Gothfraidh war trotz seiner Schlaksigkeit ein starker, sehniger Mann, dem das Spannen des Keltenbogens leicht gelang.

Sie gingen langsam vorwärts. Gothfraidh ging voran.

In diesem Augenblick schoss der gewaltige Keiler schnaubend aus dem Unterholz auf sie zu. Kein Doppeldutzend Schritte. „Schieß!", rief Maura.

Gothfraidh kannte keine Angst. Er wartete noch einen Augenblick, zielte, und erst als er sicher war, das heranstürmende Ungetüm auch tatsächlich zu treffen, ließ er die Sehne los. Der Pfeil durchteilte sirrend die Luft, ein kurzes, böses Fauchen, schlug aus nächster Nähe in den mächtigen, borstigen Kamm des Keilers ein, der sich mitten im Ansturm überschlug und mit schlagenden Läufen fast vor die Füße der beiden Jäger rollte.

Gothfraidh ließ den Bogen fallen, griff nach dem Fangmesser. Doch das alte Tier war zäher als erwartet. Alles ging sehr schnell. Kreischend vor Schmerz kam es schneller auf die Läufe, als Gothfraidh zustechen konnte. In wilder Flucht brach der Keiler durch das Unterholz auf der gegenüberliegenden Seite der Lichtung und verschwand.

„Die Hunde!“, schrie Gothfraidh. „Gib mir die Leinen!“

„Da! Nimm! Sie werden dir gehorchen“, stieß Maura erregt hervor. „Du hast ihn schon fast. Du wirst ihn bekommen.“

„Ja!“, rief Gothfraidh.

„Ich folge dir.“

Die Schweißhunde nahmen die Blutspur des Keilers auf. Die Hetze begann. Unwegsames Gelände, dichtes Unterholz. Immer hinterher. Er war völlig außer Atem, seine Lungen barsten, aber er verlangsamte seinen Lauf nicht. Die Hunde zerrten an den Leinen. Blut am Boden. Dornen rissen Striemen in sein Gesicht. Äste peitschten seine Haut. Es gab nichts in diesem Augenblick als die wilde Jagd, die Hunde, das angeschossene Tier voraus und Maura als Nachhut. Es war gleichgültig, welches Waldstück sie durchquerten, wohin die Hetze ging. Sie würden schon irgendwie zurückfinden. Mehrmals sah Gothfraidh den zotteligen, mächtigen, dunklen Rücken des Keilers ganz nah vor sich, der das Unterholz in seiner wilden Flucht teilte und in seiner Kraft kaum nachzulassen schien, trotz der schweren Verwundung und trotz des offensichtlichen Blutverlustes.

Doch Gothfraidh war sicher, dass der Keiler ihm nicht entkommen würde. Er würde weder Maura noch ihren Vater enttäuschen. Er würde Ehre einlegen für sich und seine Frau. Er würde mit der blutigen Trophäe heimkehren. Maura würde stolz sein auf ihn ...

Plötzlich blieb der Keiler stehen. Auf einer winzigen Lichtung erwartete er seine Todfeinde, Mensch und Hund. Seine winzigen Augen funkelten drohend, tödlich. Die beiden Rüden stellten das verwundete Tier, verbellten es aus geringer Entfernung.

„Jetzt stirb!“, stieß Gothfraidh hervor, zog sein Fangmesser, stürzte sich todesmutig auf den mächtigen Keiler, wich geschickt den Hauern aus und stieß dem Tier das Messer in die Seite. Voller Schmerzen schrie der Keiler, offenbar an der Leber getroffen. Tödlich verwundet, bäumte er sich auf, warf sich auf Gothfraidh, der zu Boden stürzte, unter den mächtigen Rumpf des torkelnden Tieres kam, fast erdrückt wurde. Mit aller Kraft stieß er den Keiler von sich, erlangte seine Bewegungsfreiheit zurück, hatte sein blutiges Fangmesser noch fest in der Hand, stieß es dem Tier ins Herz. Der Eber rollte zur Seite, zuckte mit den Läufen, ein paar Mal, stieß endlich einen gequälten Todesschrei hervor, grunzte noch einmal schmerzhaft und blutig und hauchte dann mit einem gewaltigen Zittern des mächtigen, borstigen Körpers sein Leben aus. Ein langes, einsames Leben. Das Leben eines Kämpfers und Einzelgängers.

„Du hast es geschafft." Maura stand stolz neben Gothfraidh, die Lanze wurfbereit in der Hand.

„Hast du etwas anderes erwartet?", stieß Gothfraidh völlig atemlos hervor. Jetzt spürte er plötzlich die Schmerzen aller Wunden und Striemen, die er sich bei der wilden Verfolgungsjagd zugezogen hatte. Die Risse, Schürfungen, Prellungen. Fast – aber nur fast – schwanden dem erfolgreichen Jäger die Sinne.

„Nein, mein Held, ich habe gewiss nichts anderes erwartet", erwiderte Maura zärtlich und kniete sich neben ihren Mann, streichelte seine blutigen Wangen.

„Bist du stolz auf mich?", fragte Gothfraidh, zugleich erfüllt vom Glück des siegreichen Jägers und dem Wohlbehagen des bewunderten und geliebten Mannes.

„Ich bin so stolz, wie ich es noch nie in meinem Leben gewesen bin", sagte Maura. Freudentränen flossen über ihr anmutiges Gesicht. Sie küsste ihn vorsichtig, zuerst auf die Stirn, dann auf den Mund: „Jetzt gehörst du wirklich zu uns, mein Mann. Wenn wir mit unserer Jagdtrophäe heimkehren ins Dorf, dann bist du wirklich in deinem neuen Leben angekommen."

41

Schwarzer Sommer

Trauertücher schienen an Beltane über dem Land zu liegen. Ein schwarzer Sommer stand ihnen bevor. Cauldron, der merkwürdige alte Seher, der Pflegevater Novancos, war erstmals seit vielen Jahren in die Siedlung gekommen, wo er Tag für Tag seine düsteren Untergangsvisionen verbreitete. Das Volk hörte auf ihn und glaubte ihm. Anders als Meredyd es getan hätte, ließ Duana ihn gewähren, obwohl der Altpriester Taran von ihr forderte, Cauldron in die Schranken zu weisen.

Die Zeremonie mit dem Hirschgott in der Heiligen Grotte fiel auch an Beltane aus. Tiefe Traurigkeit und Niedergeschlagenheit hatte das ganze Land erfasst.

„Caesars Truppen jagen hinter König Ambiorix her, als gäbe es keinen schlimmeren Feind in ihrem ganzen Reich", sagte der junge Cameron. Der Priester saß gedankenverloren neben der Druidin, hoch oben auf der Landskrone, dem heiligen Berg des Ahrgaus. Ein kräftiger Wind strich über den Bergkegel hinweg. Der Blick war klar. Man konnte das wunderschöne Tal des Ahrgaus in der Sonne liegen sehen. Wie friedlich es dort lag. Doch der Wind ... Brachte er nicht den Geruch von Brand und Verderben?

„Ambiorix hat Caesar herausgefordert", erwiderte Duana. „Und er hat dieses Spiel verloren."

„Oh, Herrin, kannst du nicht den Himmel und die Götter beschwören und machen, dass alles nur ein böser Alptraum war?" Er legte den Arm um die Druidin, und diese ließ es geschehen. Ihr fehlte die Geborgenheit, die Nähe eines Menschen, wie sie es zuletzt mit Caradoc erlebt hatte. Die Wärme des anderen Körpers. Sie schmiegte sich an Cameron, und der drückte sie an sich. „Kannst du nicht machen, dass alles ist wie zuvor? Dass unser Fürst Marbod noch lebt und sein Sohn?"

„Ich wünschte, ich könnte es", seufzte Duana. „Ich habe mich nicht danach gesehnt, ganz allein die Verantwortung zu tragen. Ich fühle mich einsam und überfordert ohne Meredyd. Ich bin kein Mann. Ich bin kein Krieger. Aber alle schauen nur auf mich. Selbst die Kämpfer, die aus dem Krieg nach Hause zurückgekehrt sind."

„Du bist die letzte Verbindung zur alten Zeit", versetzte Cameron.

„Ich verstehe die Leute, die aus der Heimat fliehen", erwiderte Duana.

„Es sind so viele. So viele Höfe stehen schon leer. So wenige Krieger sind noch hier! Wir sind ohne Schutz, Duana. Der letzte Schutz, den wir haben, ist deine Druidenkraft."

Duana lachte bitter. „Was ist das für eine Kraft? Wo ist sie? Ich spüre sie nicht. Jedenfalls nicht jetzt. Meredyd ... Vielleicht hatte sie diese Kraft. Ich jedenfalls nicht. Ich kann unseren Gau nicht anführen."

„Du machst mir Angst."

„Ich weiß. Und ich habe selbst Angst."

Duana nahm die Finger des Priesters. Er hatte kräftige, wohlgeformte Hände und gepflegte Nägel. Keiner, der harte Arbeit verrichtete. Doch einer, der trotzdem kräftig und muskulös war wie Caradoc. Wo mochte der Geliebte ihres Herzens in diesem Augenblick sein? Ob es stimmte, was die Leute sagten, dass er König Ambiorix auf seiner Flucht begleitete und beschützte? Dann war er überall und nirgends.

Als Ambiorix in Atuatuka gesiegt hatte, war er für den Augenblick der große Befreier der Kelten. Der alte Wanderdruide hatte ihr die Einzelheiten erzählt, bevor er sie wieder verlassen hatte. Die Kelten waren wie immer: Entweder himmelhoch jauchzend oder zu Tode betrübt. In diesem Fall jubelten ihm alle zu, alle liefen ihm hinterher. Und sofort ging es gegen das zweite Winterlager Caesars. Es war das Lager seines Legaten Cicero. Aber der war aus anderem Holz geschnitzt als der Legat Titurius, den Ambiorix in Atuatuka besiegt hatte. Cicero gab sich nicht geschlagen. Und als er schon daran zweifelte, kam Caesar ihm und seinen bedrängten Männern im letzten Augenblick zu Hilfe und jagte die keltischen Krieger einfach davon. Und Caesar kämpfte weiter. Der größte Stamm, der am Aufstand des Ambiorix beteiligt gewesen war, waren die Nervier. Mitten im Winter zog Caesar gegen sie in den Krieg und besiegte sie als seien sie eine Handvoll Knaben. Die Sache des Ambiorix war schon zu diesem Zeitpunkt endgültig verloren – nur wenige Wochen nach seinem grandiosen Sieg. Danach wurde auf Betreiben der Römer ein Landtag aller Kelten einberufen. In Lutetia, im Land der Parisier, in der Nähe des Karnutenwaldes, wo der Erzdruide wandelte. Alle Stämme mussten kommen, wer nicht kam und sich unterwarf, galt Caesar als Feind. Alle beugten sich. Es schien der endgültige Zusammenbruch zu sein, das Ende des keltischen Widerstandswillens ...

Duana und Cameron schauten einem Falken zu, der im Aufwind am Felsensturz rüttelnd in der Luft stand und nach Beute spähte. Der Wind, der über den Berg strich, trug schon die Wärme des Südens in sich. Und den Duft der Ferne. Ein Gefühl von Erlösung, als gäbe es jenseits des Horizonts wirklich verborgene Inseln, auf denen die Menschen friedlich leben konnten.

„Caesars Götter haben sich als stärker erwiesen. Unsere Götter sind offenbar schwach und alt und ausgebrannt“, sinnierte Cameron mit tieftrauriger und immer noch etwas ungläubiger Stimme.

„Es ist wohl so“, erwiderte Duana mit leerem Gesicht und mit Tränen in den Augen. „Unsere Götter sind von Anfang an zu schwach gewesen. Seit die Römer aufgetaucht sind.“

Die beiden schwiegen eine Zeitlang, starrten in das heimatliche Tal hinab. Grübelten. Hingen ihren traurigen Gedanken nach. „Ich habe ein bedrückendes Gefühl“, sagte Duana schließlich zu Cameron. Sie spürte, dass sich plötzlich auf ihren Unterarmen eine Gänsehaut bildete.

„Was für ein Gefühl, Herrin?“

„Das Gefühl, als würden wir heute zum letzten Mal in diesem Leben hier oben sitzen und auf unser Tal hinabschauen.“

42

Das letzte Aufgebot

Der König und seine Leibwache verließen das einsame Gehöft inmitten des Ardennerwaldes, wo sie auf ihrer Flucht vor den römischen Bluthunden Unterschlupf gefunden hatten. Sie waren vorgestern Abend angekommen – die sieben Männer des letzten Aufgebots, die den König auf seiner Flucht durch das eigene Land begleiteten, deckten und mit ihrem Leben schützten. Caradoc war seit der Schlacht von Atuatuka stets an der Seite des Königs geblieben. Es hatte sich so ergeben, dass er zu den letzten sieben gehörte. Zusammen mit Leannan, Donaghue und den anderen Kriegern.

Es war ein kurzer, wortkarger Abschied. Sie ritten durch eine langgezogene Senke. Weideland. Rundum gab es nichts als dichten, finsteren, unwegsamen Wald, in dem die Geschöpfe des Mittleren Reiches herrschten, die Feen, Kobolde, Gnome und Dämonen. Der Weg schien frei. Der Himmel war strahlend blau, ein Blau, wie es nur am frischen frühen Morgen zu beobachten ist. Es war Sommer. Doch es war ein Sommer, dessen einziger Inhalt Zerstörung, Tod, Vernichtung war. Ein Sommer des Verhängnisses.

Der Wind strich durch Caradocs Haar. Das Pferd gehorchte auf den kleinsten Druck. Er war eins mit dem Tier, und er fühlte sich genauso eins mit seinen Waffen, insbesondere mit seinem Schwert, dem *Eisenbändiger*.

Vorn ritt der König. Er gab die Richtung an, talabwärts, im herrlichen hellen Morgensonnenschein. Es war eine ziellose Flucht. Es gab keine Zuflucht, kein Entkommen, keinen Platz, wo sie sicher gewesen wären vor der Rache Caesars. Und trotzdem war Caradoc stolz, diesem König Ambiorix auch in seiner letzten Schlacht zur Seite zu stehen. Was konnte ehrenhafter sein für einen Eburonen, als an der Seite des letzten Königs seines Stammes zu kämpfen und zu sterben, wenn der übermächtige Feind die Vernichtung des gesamten Stammes beschlossen hatte? Ihre Flucht hatte etwas Unwirkliches, Alptraumhaftes, etwas von urtümlicher Heldenhaftigkeit.

Leannan galoppierte neben seinem Freund Caradoc. Er lachte wild, hatte sein Schwert gezückt, obwohl kein Feind zu sehen war. Ihre Herzen schlugen hart. Ihre Haare flogen im Wind. Alle sieben Getreuen des Königs ritten mit Ambiorix das Tal hinab. Keiner von ihnen wusste, wo die Römer waren. Irgendwo hier. Seit fast zwei Monden waren sie ihnen auf den Fersen, verfolgten sie durchs ganze Land. Sie mussten so schnell wie möglich wegkommen von den Römern, irgendwohin fliehen, in eine Richtung, die der Feind nicht erraten konnte. Caradoc hoffte, dass sich Ambiorix in Richtung Rhein bewegen würde, in Richtung des Ahrgaus. Er hätte Duana so gern wiedergesehen!

Tod lag in der Luft. Sie spürten die Nähe des Feindes, bevor sie ihn sahen. Ein römischer Stoßtrupp, ein Doppeldutzend Reiter auf Kampfpferden in langgezogener Formation. Die feindlichen Reiter kamen aus einem Seitental hervorgeschossen, genau in dem Augenblick, als Ambiorix mit seinen sieben Verteidigern vorbeiritt.

Der König trieb seinen Schimmel an. Krachender Galopp. Das Land erzitterte unter den Hufen. In spitzem Winkel kamen die feindlichen Trupps aufeinander zu. Alles ging sehr schnell. Es war nur noch die Weite eines Pfeilschusses, dann würden die vordersten Römer und die Kelten aufeinanderprallen. Ihre einzige Chance war durchzubrechen.

Caradoc zückte sein Schwert. Jetzt waren die Römer kaum noch einen Herzschlag entfernt. Die Bäume, die das Tal säumten, flogen nur so an ihm vorbei. Ein böses Zischen, wie eine giftige Schlange. Sie schossen mit ihren Bögen. Aber aus dem Sattel heraus war das ein unsicheres Unterfangen.

Die Kelten und die ersten Römer krachten aufeinander. In vollem Galopp droschen sie mit dem scharfen Stahl aufeinander, als würde ihr Leben nichts gelten. Caradoc fühlte sein Pferd sicher zwischen den Schenkeln. Unmittelbar neben ihm ritt ein römischer Reiteroffizier. Die Tiere berührten sich fast. Der Mann versuchte Caradoc mit seinem Schwert zu treffen, war jedoch nicht eins mit seinem Armeepferd, schlug es mit der flachen Seite seines Schwertes, damit es nicht seitlich ausbrach. Das gab Caradoc einen unschätzbaren Vorteil. Einen Augenblicksvorteil. Der junge keltische Krieger hatte in den vergangenen Monaten, in denen er immer wieder Kämpfe auf Leben und Tod geführt hatte, gelernt, diese Augenblicke kaltblütig zu nutzen.

Während der Römer versuchte, sein Pferd zu bändigen, lenkte Caradoc seinen Schwarzen schräg hinter den Feind. In vollem Galopp, mit einem schrecklichen Schrei aus tiefster Kehle, hieb er dem Römer in die rechte Schulter, so dass der trotz der Panzerung sein Schwert fallen ließ. In einer schnellen Bewegung zerschlug Caradoc mit einem tief angesetzten Hieb die Hinterbeine des römischen Kampfpferdes. Sein keltischer Stahl war so scharf, dass ein Lauf des Pferdes glatt abgetrennt wurde. Das Tier überschlug sich, begrub den Reiter unter sich. Zwei, drei weitere römische Pferde stürzten über den Leib des niedergeschmetterten Tieres. Die Kelten schrien freudig. Die Römer blieben für einen Moment zurück, und von den sieben Männern der Leibwache des Königs war nur einer verletzt, von einem Schwerthieb am Oberschenkel getroffen.

Die Kelten stießen ein schrilles Triumphgebrüll aus. „Ich habe die besten Männer der Welt an meiner Seite“, schrie der König. Die Römer hatten weitaus schlechtere Pferde als die Kelten und blieben immer weiter zurück.

Offenbar waren Ambiorix und seine Leibgarde dem Feind wieder einmal um Haaresbreite entkommen.

43
Feuerzeichen

Der Feldherr Gaius Julius Caesar war seit Wochen in einer höchst eigenen Mission im Eburonenland unterwegs. Die Mission hieß Hass, Rache und Vernichtung. So wie er seine jungen Männer in dem vorhersehbaren Grab von Atuatuka hatte versinken lassen, so vernichtete er jetzt, von eben diesem Atuatuka als Militärbasis aus, die Eburonen, wo immer er welche fand. Zuerst im Norden und im Westen des Stammesgebietes, an der Maas, im Tiefland. Die Siedlungen und Höfe, die seine mordsengenden Soldaten fanden, verbrannten sie, das Vieh wurde abgeschlachtet, alles wurde geplündert, die Frauen brutal vergewaltigt. Nichts war den Römern heilig. Sie hinterließen eine Spur des Entsetzens. Caesars erklärtes Ziel war es, den Stamm der Eburonen zu vernichten. Sogar ihren Namen wollte er austilgen.

Die Römer kamen einen Tag, nachdem Duana und Cameron auf der Landskrone gewesen waren.

Über den nördlich gelegenen Vorbergen erhob sich kurz vor Mittag eine gewaltige Rauchsäule. Die Bewohner des Oppidums rannten verängstigt vor ihre Häuser, starrten auf den Rauch, der sich grau, braun und schwarz in den blauen Himmel wälzte. Hässlich, unheilverkündend. Endgültig. Selbst den weiten Himmel beherrschten die Römer mit ihrem Schmutz aus Gewalt und Tod.

Jeder im Oppidum wusste, was das hieß. Die meisten waren vorbereitet, hatten das Wenige geschnürt, das sie an Habseligkeiten mit sich führen konnten, flohen nach allen Seiten, kopflos, haltlos, ziellos. Die Gemeinschaft brach auseinander. Es war das Ende.

Duana stand zusammen mit Cameron, Taran und den anderen Priestern vor dem Eingang des Druidenhofs.

„Es ist so weit", sagte die junge Druidin, die ihr weißes Gewand und um den Hals ihren goldenen Torques, den Halsreif der Blutkönigin, trug.

„Es ist der Hof Dublachans, der brennt", sagte Taran mit Grabesstimme.

Jetzt erhob sich eine weitere Rauchwolke, etwas weiter westlich, näher. „Die Burg des Fürsten", stellte Cameron erschüttert fest.

Zu den beiden großen Rauchsäulen kamen jetzt etliche kleinere hinzu, Gehöfte der Bauern, die oben auf den Höhen lagen. „Sie zerstören alles“, sagte Duana mit zitternder Stimme. Tränen liefen über ihr Gesicht. „Es sind meine Leute. Sie haben mir vertraut. Und jetzt verlieren sie alles. Hab und Gut. Ihr Leben. Ich habe versagt. Ich habe vollkommen versagt.“

Die unterschiedlichen Rauchsäulen verbanden sich zu einem einzigen, hässlichen, gewaltig aufgeblähten Wolkenbauch, der den blauen Himmel in seine finsteren Gedärme aufnahm, als wolle er ihn für ewig verschlingen.

„Du hättest es nicht verhindern können“, versuchte Cameron ein tröstendes Wort und legte seinen Arm um den zitternden Leib der Druidin. „Niemand hätte es verhindern können. Auch die alte Druidin nicht. Du darfst dir keine Vorwürfe machen.“

Die Männer, die bis jetzt in der Schmiede des Caileass gearbeitet hatten, eilten zusammen mit ihren Familien am Druidenhof vorbei. Sie trugen einige Habseligkeiten bei sich, die Frauen hielten ihre schreienden Kinder auf dem Arm, in den Gesichtern waren Todesangst und Panik. Wenn sie die Hoffnung gehabt hatten, dass die Welle der Gewalt ihre Siedlung verschonen würde, so war diese Hoffnung heute bitter enttäuscht worden. Jetzt gab es keine Hoffnung mehr ...

„Ihr müsst fliehen, Druidin“, rief einer der Schmiede. „Lauft davon, solange noch Zeit ist. Sie werden gleich da sein!“ Er deutete in die Richtung, aus der die römischen Mordbrenner heranrückten. „Ihr wisst doch, wie sehr sie die Druiden hassen!“

Dann waren die Flüchtlinge verschwunden, in Richtung Torburg, wo der einzige Ausgang aus der Stadt lag. Noch war das Tor anscheinend offen.

„Er hat Recht“, sagte Cameron hastig. „Wir müssen weg. Sofort, sonst ist es zu spät.“ Er zerrte Duana am Arm.

„Wir bleiben hier“, sagte Taran mit finsterer Entschlossenheit. „Wir fliehen nicht. Wir sind die Priester der Göttin. Unser Platz ist an ihrem Opferstein. Unser Platz ist an der Eibe. Die Göttin wird uns schützen. Und dein Platz, Druidin, ist an unserer Seite. Hier steht der Druidenstuhl. Wenn die Göttin es so will, dann gehen wir zusammen durch die Tore der Anderswelt. Es ist unwürdig, davonzulaufen. Einer Druidin unwürdig.“

„Unsinn! Sie hat es sich nicht ausgesucht, hast du das vergessen, du alter Narr? Geh unter mit deinen Göttern, aber lass sie damit in Ruhe“, rief Cameron.

„Verräter! Ich wusste es von Anfang an!“ Tarans Hand glitt zu seinem Gürtel, wo der Dolch saß. „Stirb!“

Taran riss die Waffe aus dem Gürtel, wollte sich auf Cameron stürzen. Der taumelte rückwärts. Im gleichen Moment aber brach am Tor ein Kreischen und Wehklagen los, zugleich krachte es, berstendes Holz, erklangen Kommandoschreie, Waffengeklirr. Das Tor von Magos war geschlossen worden. Sie waren gefangen, saßen in der Falle.

„Schluss!“, fiel Duana dem Altpriester in den Arm, ungeachtet der Gefahr, dass sie sich selbst verletzen konnte. „Seid ihr von Sinnen? Bei den Göttern! Hört auf!“

Der Kampflärm wurde lauter, die Schreie der Fliehenden leiser. Jetzt stieg auch an der Torburg schwarzer Rauch auf. Nur noch wenige Augenblicke und die Römer würden die Siedlung stürmen. Der Rammbock war deutlich zu hören, das gewalttätige Herzklopfen eines mordgierigen Tieres.

„Es hat sowieso keine Bedeutung“, sagte Taran und steckte den Dolch weg. „Sie sind gleich hier. Wir sind in ein paar Augenblicken alle tot. Kommt!“, sagte er zu den anderen Priestern. Sie folgten dem Altpriester zum steinernen Opferstock des Gaues unter der Eibe, wo Duana den Weißen Stier geopfert hatte und damit zur Blutkönigin geworden war, genauso wie Meredyd zuvor. Die Priester stellten sich schützend um den Altar und erwarteten mit grimmigen Blicken und gezückten Dolchen ihren Tod.

„Was sollen wir tun?“, fragte Duana.

„Ich will nicht sterben“, stieß Cameron hervor. „Ich höre den Ruf der Götter nicht wie die anderen Priester. Ich höre den Ruf des Lebens. Und wie ist es mit dir?“

„Aber wie sollen wir uns retten?“

„Komm!“

Cameron nahm Duana bei der Hand. Zusammen liefen sie in Richtung von Caileass’ Schmiede. Hinter sich hörte Duana die Schmährufe des Altpriesters, der sie des Verrats bezichtigte, aber das kümmerte sie jetzt nicht mehr. Sie wusste, es war nicht ihr Schicksal, an Tarans Seite zu sterben. Niemals. Wenn sie jetzt sterben musste, dann an Camerons Seite. Doch was wollte er im Süden der Siedlung, bei der Schmiede?

Atemlos erreichten sie den rauschenden Kanal mit dem schnell laufenden Wasser, das die Antriebswerke der Schmiedehämmer bewegte. Cameron deutete in die Fluten. „Es führt dort vorn unter der Palisade in den Fluss zurück“, stieß er hervor und deutete auf das dunkle Loch, den gemauerten Durchfluss, nur ein paar Schritt entfernt.

Duana verstand. Der Durchfluss unter der Befestigungsanlage war eng, aber sie waren schlank und würden hindurchpassen. „Wir haben uns als Jungen mehr als einmal durch den Kanal gleiten lassen“, sagte Cameron. „Es war eine Mutprobe.“

Das Krachen von berstendem Holz war zu hören. Plötzlich schwieg der Rammbock. Dann das triumphierende Geschrei der Angreifer.

„Sie haben das Tor erobert“, stellte Cameron fest.

„Los!“, rief Duana entschlossen. „Durch den Kanal! Ich zuerst.“ Sie ließ sich in den reißenden Mühlbach gleiten. Sie ließ los, wurde von der Strömung erfasst. Schnell kam das dunkle Loch näher. Sie hielt den Atem an, wurde unter Wasser gedrückt, presste die Hände an den Körper. Prustete. Das Gewicht ihres goldenen Halsreifs zerrte an ihr. Sie schloss die Augen. Das rauschende Wasser war kühl. Jetzt war sie im Durchfluss. Ihre Haut schürfte an der gemauerten Wand entlang, riss auf, aber sie spürte die Schmerzen kaum. Sie wurde herumgewirbelt, wusste nicht mehr, wo oben, wo unten war. Ihre Lungen schienen zu bersten, so lang schien sie schon unter Wasser zu sein. Wann kam sie endlich zurück ans Licht? Plötzlich spürte sie Panik. Wo war Cameron? War er noch hinter ihr? Wie lang war der unterirdische Kanal?

Dann wurde sie ausgespuckt, zurück in die Helligkeit. Landete im tiefen Wasser des Flusses. Augenblicke später folgte Cameron. Seine Füße trafen ihren Körper. Beide spuckten Wasser, ruderten mit den Armen, wurden von der Strömung des Flusses erfasst, abgetrieben. Duana hatte viel Wasser geschluckt, spie aus. Atmete hastig, schluckte wieder Wasser. Spürte dann Camerons kräftige Arme. Er umschlang sie von hinten, umfasste ihre Taille. „Ruhig, Duana, ruhig. Wir müssen zum jenseitigen Ufer.“

Duana fasste sich. „Wir müssen vorsichtig sein“, sagte Cameron, während er sie mit kräftigen Bewegungen in Richtung der nahen Uferböschung bugsierte. „Nicht, dass die Römer bereits hier sind.“ Er deutete in Richtung Siedlung. Jenseits der Palisaden erhoben sich zahlreiche Rauchwolken in den Himmel.

„Danke“, sagte Duana erleichtert. „Ich danke dir. Du hast mich gerettet.“

„Noch nicht“, erwiderte Cameron. Da spürten sie schon den Kieselgrund des Flusses unter den Füßen, kamen schnell ans Ufer, ließen sich schwer atmend, erschöpft, durchnässt auf das Gras und in den Schlamm der Uferböschung sinken. „Wir können nicht ausruhen. Wir müssen weiter. Am besten bergauf, in Richtung Wald. Den Weg an der heiligen Grotte entlang. Den finden die Römer so schnell nicht!"

Zur Heiligen Grotte ging es zunächst fast flach durch die Obstgärten. Sie benutzten jede Deckung, die sich ihnen bot. Hinter sich ließen sie Geschrei, das Donnern von Feuern, Waffengeklirr, das Geräusch zusammenkrachender Gebäude. Das panische Blöken und Kreischen geschlachteter Tiere. Und immer wieder Schreie – Frauen, Kinder. Es war wie ein eisernes Band um Duanas Hals. Sie flüchtete und hatte das Gefühl, ihr Volk im Stich zu lassen.

„Du darfst jetzt nicht stehen bleiben. Sie werden kommen und unsere Obstbäume abhacken. Ganz sicher. Sie tun das überall."

Duana wischte sich die Tränen aus dem Gesicht. Es war, als würde ihr Herz zerspringen. „Wieso geschieht das? Wieso lassen unsere Götter zu, dass sie unsere Kinder abschlachten? Unsere Frauen vergewaltigen? Unsere Männer zu Tode quälen?", stieß sie mühsam hervor. Ihr Blick fiel auf die Rauchsäule, die aus ihrem Oppidum aufstieg. Die ganze Siedlung, das Magos, in dem sie geboren und aufgewachsen war, in dem sie zur heimlichen Braut Caradocs und vom Orakel zur Druidin gemacht worden war und wo sie den weißen Stier geschlachtet hatte ... Dieses Magos fiel genau in diesem Augenblick vollständiger Vernichtung anheim. Dieses Magos gab es von heute an nicht mehr. Die blühenden Obstbäume wirkten wie ein böser, bitterer Hohn. Jenseits von ihrer Pracht vereinigte sich der Rauch der brennenden Stadt mit den Schwaden der lodernden Höfe im Hinterland zu einem einzigen, gewaltigen, höhnischen Rauchbaum, der den Himmel beherrschte und verdunkelte, das weithin im Land sichtbare Fanal ihres Untergangs. Das Land, das für Dutzende von Generationen, seit grauer Vorzeit die Heimat ihres Stammes gewesen war – die erbarmungslosen Legionäre des römischen Feldherrn Caesar löschten es aus, genauso wie er es wollte: der Sache und dem Namen nach.

„Wir müssen weiter", drängte Cameron. „Wir haben es bis hierhin geschafft ... Jetzt schaffen wir es auch bis zur heiligen Grotte und in den Wald."

Cameron nahm Duana an der Hand. Ihre Flucht ging weiter. Die römischen Kohorten wüteten in der Stadt, bis zu den Obstbaumhainen waren sie aber noch nicht vorgedrungen. Duana und Cameron eilten den Weg zur Grotte hoch. Vor der Grotte, wo die heiligen Pfähle standen, konnten sie in das Flusstal schauen, und was sie dort sahen, ließ ihnen das Blut in den Adern gefrieren. Kein einziges Haus war verschont geblieben, alle standen in Flammen, viele waren schon eingestürzt, verkohlte, qualmende Ruinen. Die trutzige Torburg war in sich zusammengefallen, die alte Eibe umgehauen, der Druidenhof und Caradocs Schmiede dem Erdboden gleichgemacht.

„Nein, nein", stieß Duana entsetzt hervor. „Das darf nicht sein ..." Sie barg ihr von Entsetzen gezeichnetes Gesicht an Camerons Brust. Ihr Inneres war leer, vollkommen leer. Es war, als hätte das Schicksal ihr das Herz herausgeschnitten. Sie spürte, dass ein Teil ihrer selbst gestorben war, dass ihre Wurzeln aus dem Boden gerissen, dass ihre Lebensadern durchschnitten waren. Niemals würde das Leben wieder sein wie zuvor. Würde es überhaupt noch ein Leben geben? Gab es einen Tag danach? Wäre es nicht besser gewesen, zusammen mit Taran und den anderen zu sterben? Zusammen mit der Heimat unterzugehen? Es gab in all der grausamen Leere ihrer Seele nur einen einzigen Gedanken, der sie am Leben hielt: den Gedanken, dass Caradoc vielleicht noch lebte. Ein fernes schwaches Licht. Sie war froh, dass er das Inferno im Tal nicht hatte mitansehen müssen. Auch ihm hätte dieser Anblick das Herz gebrochen.

Plötzlich hörten sie hinter sich das Knacken eines Astes im Unterholz. Cameron ließ Duana los und zog seinen Dolch. „Wer ist da?"

Langsam löste sich eine Gestalt aus dem Gebüsch. „Dewi!", erkannte Cameron den jungen Hirten, der für ein paar Höfe im Tal im Sommer die Ziegen durch den Wald führte. Auch Dewis Gesicht war von Entsetzen gezeichnet. „Komm her, Junge!", forderte Cameron den Ziegenhirten auf. „Hab keine Angst!"

„Ich habe den Rauch im Himmel gesehen. Sind die Römer gekommen?", fragte der völlig verängstigte Junge. Er kam näher, wagte kaum ins Tal zu blicken. Cameron nickte.

Dann erst nahm Dewi Duana wahr. In sein Gesicht schlich sich ein kleines Leuchten, das ihr zu Herzen ging. „Die Druidin", flüsterte der Junge. „Wenigstens haben sie Euch nicht erwischt."

Duana strich dem Ziegenhirten über den Kopf. Er war ein linkischer Junge mit einem verschlossenen, misstrauischen und vernarbten Gesicht, in dem der erste Bart spross. Nur im Winter lebte er im Tal. Sonst war der tiefe Wald sein Zuhause. Mit Menschen hatte er wenig zu schaffen. Seine Eltern kannte er nicht.

„Wir können nicht hierbleiben", drängte Cameron. Er deutete ins Tal. „Ich kann sie sehen. Sie sind in den Obstwiesen", sagte er bitter. „Alles hauen sie nieder. Es dauert nicht mehr lange, und sie werden auch hier sein."

„Du hast Recht", sagte Duana. „Dewi, du kennst dich doch aus in diesem Wald." Der Junge nickte. „Kennst du einen sicheren Platz, an dem wir uns verstecken können?"

„Ja, Herrin. Meine Ziegenwiese. Kommt!"

44

Im Schilf am Großen Fluss

Einige Zeit später erreichten sie eine große Lichtung, Dewis Ziegenwiese mitten im Wald. Durch die Wiese schlängelte sich ein Bach. Die letzten Sonnenstrahlen schienen durch den angrenzenden Wald. Es sah so friedlich aus. Die Ziegenherde weidete am anderen Ende. Nichts erinnerte an die Katastrophe, die sich im Tal zugetragen hatte. Unzählige Insekten, Schmetterlinge, aber auch Mücken tanzten über dem hüfthohen, saftigen Gras, das die Lichtung bedeckte. Myriaden von bunten Blumen durchsetzten das Grün. Ein kleines Rudel Damhirsche äste auf der gegenüberliegenden Seite. Die Tiere trugen ihr braunrötliches, auf der Oberseite weiß geflecktes Sommerfell, beäugten die Menschen zuerst misstrauisch, dann flohen sie in den Wald. Die schöne Lichtung lag in einer flachen Mulde und war ringsum von riesigen Laubbäumen wie von treuen Wächtern umgeben.

Die Flüchtlinge übernachteten am Rande der Waldwiese. Duana fiel erst spät in einen unruhigen, von Alpträumen durchzogenen Schlaf, aus dem sie schweißgebadet und schreiend erwachte und sich erst beruhigte, als Cameron sie fest in den Arm nahm.

Am Morgen aßen sie schweigsam Ziegenkäse aus Dewis Vorräten und tranken Ziegenmilch. Duana war in sich gekehrt und wirkte unendlich müde. Jede Hoffnung war aus ihrem Gesicht gewichen.

Nicht einmal Hass war übriggeblieben. Sie war ausgebrannt. Ihre Seele schien geradezu verdorrt zu sein. Immer wieder sah sie die Gesichter der Menschen vor sich, die sie verloren hatte. Sah die brennenden Häuser, hörte die Schreie der Kinder. Spürte eine unendliche Verlassenheit. Sie wusste nicht, was mit ihrer Mutter, mit ihrer Schwester Enid geschehen war. Hoffentlich hatten sie überlebt.

Irgendwann kam die Sprache darauf, wie es nun weitergehen solle, aber weder Cameron noch Duana wussten es. Wohin sollten sie fliehen? Wo konnten sie Sicherheit finden? Wie würde ihre Zukunft aussehen?

Da meldete sich Dewi zu Wort: „Vielleicht weiß ich, was ihr tun könnt“, sagte der Junge mit leiser Stimme.

„Du?“, fragte Cameron ungläubig. „Wieso du?“

„Ja, ich. Ich komme viel herum im Wald. Ich weiß Einiges.“

„Dann sag uns, was du weißt“, sagte Duana freundlich, trank an der Milch und legte ihre schmalgliedrige Hand auf den Arm des jungen Hirten, der diese Berührung sichtlich genoss. Seine wettergegerbte Haut fühlte sich rau an.

„Ich weiß, dass wir von hier quer durch den Wald in einem Tag bergab zum Großen Fluss hinuntergehen können, und ich weiß, wann und wo das Schiff der Germanen anlegt, mit dem die Leute nachts auf die andere Seite des Rheins hinüberfahren, wo sie alle in Sicherheit sind.“ Er deutete in Richtung des Sonnenaufgangs.

„Nachts? Und woher weißt du das, Dewi?“, wollte Cameron wissen.

„Ich habe meine Herde dorthin geführt, und ich habe mich auf die Lauer gelegt und alles ganz genau beobachtet.“

„Weißt du noch mehr?“, fragte Duana.

„Ja, Herrin. Ein bisschen. Das Boot fährt alle paar Tage. Immer nach Mitternacht. Aber nur, wenn der Mond nicht scheint. An Neumond, oder wenn Wolken sind. Wegen der römischen Schiffe. Und sie wollen Gold oder Münzen als Bezahlung.“ Duanas Hand fuhr zu ihrem Hals mit dem goldenen Torques. Es würde ihr nichts ausmachen, ihn zu opfern.

„Dann lass uns diesen Weg einschlagen“, sagte Duana schließlich. „Einen anderen haben wir sowieso nicht.“

Einen halben Tageslauf später trennte sie nur noch ein letzter, steiler Abstieg von der Talsohle des Rheins. Er beanspruchte ihre ganze Aufmerksamkeit. Endlich erreichten die drei eine Stelle, an der sich der Blick hinab ins Rheintal öffnete. „Schaut, Druidin!", sagte Dewi.

Aus halber Höhe der Berge, die den Fluss säumten, blickten sie hinab in die Tiefe. Es war ein grandioser, ein einmaliger Anblick, den Großen Fluss so friedlich vor sich zu sehen, einen großen Bogen beschreibend. Der stark bewölkte Himmel spiegelte sich auf seiner Oberfläche. In der Nähe stieg ein Schwarm weißer Vögel auf. Flussmöwen. Nichts erinnerte hier an den Krieg der Römer gegen die Eburonen. „Hier, unterhalb, ist die Stelle, wo das Schiff anlegt", sagte der Hirte. „Flache Ufer. Doch Vorsicht", warnte er. „Römer sind hier."

Der Weg war bald nicht mehr so abschüssig. Duana ging als Letzte. Sie konnte den Strom schon riechen. Fühlte sich einsam, trotz ihrer beiden Begleiter. Verletzlich. Heimatlos. Sie wusste nichts mehr. War von sich selbst abgeschnitten. Sie schaute auf die beiden Weggefährten, die sich vor ihr durch dichtes Buschwerk voranarbeiteten. Sie waren eine Schicksalsgemeinschaft, Flüchtlinge. Ihr dreiköpfiger Trupp war der einzige Schutz, den sie gegenüber der feindlichen Welt besaßen.

Es war – nach dem Stand der Sonne zu urteilen – nach Mittag, als sie auf der Talsohle anlangten. Vor ihnen erstreckte sich ein Altarm des Stromes, an einigen Stellen versumpft, an anderen von Kieselbänken gesäumt.

„Dort, seht", deutete Dewi auf ein Stück, wo sich fetter, bräunlicher Sand angesammelt hatte. Spuren! Es war kaum ein zweiter Blick erforderlich, um die Fußstapfen einer römischen Patrouille zu erkennen. Drei Mann. Tiefe Abdrücke, noch nicht sehr alt. Von schweren, genagelten Legionärsschuhen, die sie Caligae nannten.

Tief geduckt, auf Deckung achtend, näherten sie sich dem Rhein, den sie den Vater nannten. Duana hatte Angst, nasse Hände, Schweiß auf der Stirn, ein heftig schlagendes Herz, das ihr zum Hals herausspringen wollte. Aber auch ihre Gefährten hatten furchtsame, beklommene Gesichter. Zwischen ihnen und dem Strom lag jetzt nur noch ein flaches Ufergebiet, übersät mit Kieselsteinen, durchsetzt mit Senken, in denen sich bei höherem Wasserstand Tümpel bildeten. Buschwerk. Baumgruppen. Weiter zum Fluss Sandbänke. Vereinzelt schlanke Pappeln, von denen aber keine wirklich groß geworden war; irgendwann hatte eines der verheerenden Hochwasser des Großen Stromes jede größer gewordene Pappel weggerissen. Junge Birken. Röhrichtflächen.

Der Rhein führte Niedrigwasser und war jetzt nur noch einen Steinschleuderwurf entfernt. „Dort vorn!“, deutete Dewi in Richtung des Stroms. „Dort können wir uns verstecken bis zur Nacht.“ Am Rand des Ufers gab es ein dichtes, ausgedehntes Röhricht aus mannshohem Schilfrohr, großgewachsenen Rohrkolben, dottergelben Schwertlilien und vereinzelten helllila blühenden Schwanenblumen. Dort konnten sie sich verstecken, ohne dass sie Gefahr liefen, entdeckt zu werden.

Die drei Gefährten drangen in das Schilfröhricht ein und versuchten, so wenig Spuren wie nur möglich zu hinterlassen. Zwanzig Schritte vom äußeren Rand des Uferröhrichts entfernt hielten sie inne.

„Bist du sicher, dass das Schiff heute fährt?“, fragte Cameron.

„Heute ist Neumond“, erwiderte Dewi.

Cameron seufzte. „Hoffen wir das Beste.“

Der Boden war feucht und dunkel, und überall waren Mücken. Es sirrte und schwirrte rundum. Und dann stachen sie, die winzigen Quälgeister. Duana wurde immer unruhiger, schlug nach den Stechmücken, musste sich im Zaum halten, nicht davonzulaufen, denn es konnten jederzeit römische Reiter oder Fußtruppen vorbeikommen.

„Reibt euch damit ein.“ Dewi zog aus seiner Hirtentasche ein stark duftendes Kraut. „Verteilt das Kraut auf eurer Haut.“ Sie rieben ihre Haut mit dem Kraut ein. Es duftete betäubend, etwas faulig, nicht gerade angenehm, doch es half sofort. Sie wurden nicht mehr gestochen. Duana atmete auf, sprang aber im gleichen Augenblick entsetzt in die Höhe. Die beiden jungen Männer sprangen ebenfalls auf und griffen instinktiv nach ihren Waffen. „Ihhh!“, schrie Duana. „Was ist das?“

Unmittelbar vor ihr, im schwarzen Schlamm, unten am Boden des Röhrichts, schlängelte sich etwas. Dewi und Cameron lachten los. „Ist doch nur eine Blindschleiche!“, riefen sie. Das Lachen hatte etwas Befreiendes, eine lustige Erleichterung im Augenblick der Anspannung.

Duana schämte sich für ihre Ängstlichkeit. „Nur eine Blindschleiche?“

„Ja, dort, da kriecht sie doch noch!“ Cameron deutete auf das dunkelbraune Kriechtier. „Sie tut niemandem etwas zu Leide. Sie hat mehr Angst als du.“

„Das weiß ich selbst“, erwiderte Duana etwas schnippisch, weil sie sich ärgerte, dass sie sich wie ein Mädchen und nicht wie eine Druidin verhalten hatte.

„Hoffen wir nur, dass wir in der kommenden Nacht keinen größeren Gefahren begegnen“, sagte Cameron nachdenklich, „als sie von dieser kleinen Blindschleiche ausgehen.“

„Wir schlafen jetzt besser“, gähnte Dewi und streckte sich am Boden aus. „Ist noch viel Zeit bis Mitternacht.“

45

Das Ubierschiff

Das ubische Schiff war ein klobiges, schwarzes Etwas im Fastdunkel der mondlosen Nacht. Fünfzig, sechzig Fuß lang. Die Ubier waren ein eher friedliches Germanenvolk, das lieber Handel trieb als Krieg führte. Duana kannte solche Schiffe. Ubierschiffe sah man oft auf dem Rhein. Sie hatte in ihrer Kindheit manche von ihnen gesehen, wenn sie gelegentlich zusammen mit dem Vater bis zum Großen Fluss geritten war. Eine schöne, traurig ferne Erinnerung. Die Schiffe waren breit, grobschlächtig, sie wurden durch Ruder angetrieben. Der Kiel war flach, so dass sie leicht über die zahlreichen Sandbänke hinwegsteuern und problemlos am flachen Ufer anlegen konnten. Der Bug und ebenso das Heck ragten hoch empor, so dass auch hoher Wellengang den Schiffen wenig anhaben konnte.

Nachdem das Schiff knirschend auf die nahe Sandbank aufgelaufen war und ruhig dalag, verließen Duana und Cameron ihr Versteck. Dewi blieb allein in der Finsternis der Nacht zurück, ausgestattet mit dem von Herzen kommenden, tiefen Dank der Hohen Druidin. Er würde in den großen Wald zu seiner Ziegenherde zurückkehren. „Ich kann meine Tiere nicht im Stich lassen“, sagte er.

Hand in Hand liefen die Druidin und ihr Priester los. Alles war dunkel. Unsicher. Wirbelte. Zitterte. Vibrierte um sie herum. Sie liefen über die abschüssige Sandbank auf das Schiff der Ubier zu. Die nackten Füße sanken ein im Schlamm, im Sand. Die letzten Schritte wurden immer schwerer.

Dann ein stechender Schmerz in Duanas rechtem Fuß. Ein scharfkantiger Stein wahrscheinlich. Sie stolperte, riss Cameron beinahe um. Sie hatte Mühe, den Schmerzensschrei zu unterdrücken. Cameron zog sie wieder hoch. Zerrte an ihrem Arm. „Komm, schnell. Sie werden bestimmt bald wieder losfahren. Los, Duana!", stieß er keuchend hervor. Weiter. Völlig abgehetzt erreichten sie das Schiff. Eine Planke war auf das Ufer herabgelassen.

Dort waren Gestalten. Sie hatten sie zuvor in der Dunkelheit der Neumondnacht nicht bemerkt. Duana und Cameron erschraken entsetzlich. Sie stockten. Wer war das? Römer? Doch nein ... Natürlich: Sie waren gewiss nicht die einzigen Flüchtlinge.

Es waren vielleicht zwanzig Schatten an der Planke. Ein paar schleppten sich hinauf aufs Schiff. Müde wirkten sie. Kaum zu erkennen, welche Menschen sich dahinter verbargen. Es war zu dunkel. Duana und Cameron fassten sich so fest bei den Händen, dass sich die Fingernägel der Druidin in die Handflächen des jungen Priesters gruben. So gesellten sie sich zu den anderen namenlosen Gestalten am Ufer des großen Stromes. Jetzt, da sie nahe waren, konnten sie im Licht der Sterne erkennen, dass die meisten großgewachsene Männer waren, in weiten, keltischen Umhängen. Einige schienen Helme zu tragen. Manchmal war das Plinkern einer Waffe zu hören, eines Schwertes, das sich in der Scheide bewegte.

Langsam gliederte sich die Szenerie in erkennbare, wenn auch immer noch diffuse Einzelheiten auf, die trotz des spärlichen Nachtlichts erkennbar wurden. Die Ruder, die ins Wasser ragten. An der Rampe waren Besatzungsmitglieder des Schiffes. Geflüstere. Dann hörte man das Geräusch von Münzen, keltischen Goldschüsselchen, die in eine hohle Hand gegeben wurden. Ein leiser Fluch. Dann verhaltenes, abschätziges Lachen. Die Bezahlung für die Überfahrt, schoss es Duana durch den Kopf.

Viel zu langsam ging das Einschiffen voran. Es kamen noch weitere Flüchtlinge, erschienen wie Geister aus dem dunklen Nirgendwo des umliegenden Ufergeländes. Schlossen sich wortlos den anderen an.

Endlich waren Cameron und Duana an der Reihe. „Was für ein Kätzchen haben wir denn hier?", fragte einer der Ubier an der Planke anzüglich. Er sprach Keltisch mit einem grässlich rauen germanischen Akzent. „Bezahl!"

Duana griff wortlos in ihren Nacken, öffnete den Verschluss ihres goldenen Torques, zog ihn unter ihrem Gewand hervor und reichte ihn dem Ubier. Das Druidengold schien im Dunkeln der Nacht in einem seltsamen Licht zu glühen.

Der ubische Schiffsherr nahm das Goldgeschmeide in Empfang. „Du weißt, dies ist der Torques einer Druidin", stellte der Mann unbehaglich fest.

„Ich bin eine Druidin", erwiderte Duana leise.

„So jung?"

„Willst du mich ausfragen, oder willst du uns auf die andere Seite des Flusses übersetzen?"

„Druidin ... also, kommt auf mein Schiff."

Der Respekt, um nicht zu sagen die Angst, in der Stimme des Ubiers war unüberhörbar.

Duana und Cameron balancierten die Planke hoch und setzten sich am Heck des Schiffs zwischen den übrigen Flüchtlingen nieder. Alles war feucht. Das Holz roch modrig. Es war viel zu dunkel, als dass man ihre Gesicht hätte erkennen können. Sie blieben finstere Schatten in der mondlosen Nacht.

Wenig später legten sie ab. Die Planke wurde eingeholt. Die Ruder tauchten schwer ins Wasser, ohne dass ein Kommando ihren Rhythmus vorgeben hätte. Mit jedem Ruderzug entfernte sich das ubische Handelsschiff weiter vom eburonischen Rheinufer.

Das Schiff nahm sofort Fahrt auf. Seine Spitze richtete sich zur Mitte des Stromes aus. Duana konnte jetzt deutlich mehr erkennen, denn die Wellen des Flusses reflektierten und verstärkten das spärliche nächtliche Restlicht. In ihrer Nähe war der Rudergänger, der das schwerfällige Ubierschiff mit dem großen Blatt des Seitenruders steuerte. Viel mehr Menschen hätten nicht auf das schmale Schiff gepasst. Sie verteilten sich über das ganze Deck. So viel konnte Duana im Nachtlicht noch erkennen: Außer dem Schiffsführer, dem Duana den Torques überlassen hatte, und dem Rudergänger gehörten noch vielleicht ein Dutzend Mann an den Rudern zur Besatzung.

Die schwarze Masse der Berge, die den Fluss säumten, unterschied sich jetzt klar vom Himmel und von der weiten Fläche des Stroms. Die Nacht war kühl, aber noch ganz angenehm.

Der Rhein kam Duana in der Finsternis unendlich breit vor. Es würde Ewigkeiten dauern, um auf die andere Seite zu gelangen. Sie schaute angstvoll in die düsteren Fluten, die hinter dem Heck des Schiffes glucksend und irgendwie gierig schmatzend zusammengewirbelt wurden.

Das Ufer entfernte sich immer weiter. Duana hatte ein ganz eigentümliches Gefühl. „Wir lassen alles hinter uns“, sagte sie zu ihrem Begleiter. „Und wir wissen nicht im Mindesten, was uns auf der anderen Seite erwartet.“

„Jetzt ist es zu spät, sich darüber Gedanken zu machen“, sagte Cameron leise. Sonst sagte kaum einer etwas an Bord, während sie allmählich der Strommitte näherkamen. Es war ein bedrücktes und trauriges Schweigen. Für viele schien es ein Abschied für immer zu sein. Hin und wieder war ein leiser, unverständlicher Befehl des Schiffsführers zu vernehmen. Wenn jetzt alles gut ging, waren sie in kurzer Zeit am anderen Ufer und konnten sich der neu gewonnenen Freiheit erfreuen.

46

Schattenkrieger

In der Mitte des Stromes fuhr plötzlich ein scharfer, kalter Wind über das Deck. In schnellem Takt trieben die Ruderer das Schiff voran. Etwas stimmte nicht. Es war nicht klar, was. Eine Unruhe, ein Riss, der sich in der Wirklichkeit bildete. Gefahr. Duana beobachtete die Schatten der Männer vorn am Bug. Die dunklen Gestalten, die anderen Flüchtlinge, hatten eine angespannte, misstrauische Haltung eingenommen. Kaum merklich hatte sich irgendetwas geändert. Oder täuschte sie sich?

Duana versuchte, von ihrem Platz im Heck aus, über die Weite des Stromes zu schauen. Flussabwärts. Flussaufwärts. An den Ufern. Nichts schien sich verändert zu haben. Und doch wuchs der Eindruck einer unmittelbaren Bedrohung. Ihr Magen zog sich zusammen, und sie hatte das Gefühl, eine unsichtbare Schlinge würde sich um ihren Hals zuziehen. Eine böse Vorahnung.

Sie fasste ihren Begleiter beim Arm. „Cameron, merkst du das auch?“, fragte sie im Flüsterton.

„Was soll ich merken, Duana?“

„Ich weiß nicht ... Die Männer vorn im Schiff. Irgendwas ist anders."

„Anders?" Cameron bemerkte nichts, schüttelte den Kopf. „Was soll sein? Ein paar müde Gestalten. Genau wie vorher. Mehr nicht."

„Nein, etwas ist merkwürdig, Cameron. So, als würden sie etwas erwarten."

„Bist du eingeschlafen? Hast du etwas Schlechtes geträumt?"

„Nein", erwiderte Duana. „Ich habe nicht geträumt."

„Soll ich zu ihnen gehen?", fragte Cameron halb scherzhaft. „Vielleicht sollten wir uns nur alle miteinander bekannt..."

Plötzlich tat der Schiffsführer einen lauten, erregten Ausruf. Bellte ein paar Befehle. Gab hektische Anweisungen in ubischer Sprache.

Cameron fuhr auf. „Anscheinend hast du Recht gehabt."

Sofort war helle Aufregung an Bord. Alle sprangen auf, redeten durcheinander.

Dann sah Duana, wie einige flussaufwärts deuteten. Dorther kam die Gefahr! Und nach Lage der Dinge konnte das nur eines sein: ein römisches Kriegsschiff, eine Flusspatrouille.

„Die Römer!", rief jemand mit Angst in der Stimme. „Eine Liburne!"

Duana erstarrte. Ihre Hand verkrampfte sich in Camerons Hand. Jetzt entdeckte auch sie die römische Liburne, weil an deren Bord Fackeln entzündet worden waren. Eine kriegerische Wespe, von Süden kommend, in Strömungsrichtung des Flusses, stieß das römische Kriegsschiff auf das ubische Handelsschiff zu. Sie sah den Schaum, der von den Rudern geschlagen wurde. Wie weit waren die Römer noch entfernt? Nicht sehr weit, schien es, und sie kamen schnell näher.

Der Schiffsmeister nahm dem Rudergänger fluchend das Steuer aus der Hand und übernahm es selbst. Zugleich gab er seinen Männern hektische Befehle. Fackeln wurden entzündet. Jetzt hatte es keinen Zweck mehr, sich zu verstecken.

„Die werden uns rammen", sagte erst einer, dann viele. Ängstliche Stimmen. Einzig die paar Männer am Bug, am entgegengesetzten Ende des Schiffes, deren straffe Haltung Duana am Anfang aufgefallen war, blieben schweigsam und ließen sich keine Aufregung anmerken. Sie schienen abzuwarten, und plötzlich erkannte Duana, dass es keltische Krieger waren. Das rief in ihrer Brust ein unbestimmtes Gefühl der Erleichterung hervor. Sie wusste nicht, warum, denn es waren nur wenige. Aber dennoch war es so.

Die schrillen, angsterfüllten Stimmen wurden lauter: „Sie wollen uns rammen, und dann wollen sie unser Schiff stürmen, und dann werden sie uns alle umbringen."

„Oder wir werden erbärmlich ersaufen", rief eine aufgeregte, wütende Frauenstimme scharf. Duana hatte nicht geahnt, dass es noch andere Frauen an Bord gab. Sie starrte zu den übrigen Passagieren hinüber, doch sie entdeckte die Frau nicht.

„Sie kommen immer näher!"

Flüche. Gebete. Ein paar jammerten, weinten, flehten um Hilfe.

Die Ruderer gaben ihr Letztes. Der ubische Schiffsmeister steuerte das Schiff auf die gegenüberliegende, germanische Flussseite zu, aber er musste sehen, dass er eine Stelle fand, wo das Ufer flach genug und für eine Landung geeignet war. Keinesfalls durfte er auf eines der heimtückischen Felsenriffe auflaufen, die man an verräterischen Strudeln mitten im Fluss erkannte.

Die Liburne aber holte unerbittlich auf. Auf Liburnen dieser Größe waren neben etlichen Ruderern bis zu zwanzig bewaffnete Mann – und auf dem Ubierschiff nur Flüchtlinge und die germanischen Besatzungsmitglieder, denen nichts an einem aussichtlosen Kampf mit den Römern gelegen war. Die Lage schien hoffnungslos. Die Flüchtlinge waren der Verzweiflung nah, nicht jedoch die aufrecht stehenden Männer am Bug mit ihren langen Mänteln, dem geflochtenen Haar und den Bärten, die man jetzt im Schein der Fackeln vage erkennen konnte.

Es war nicht mehr weit bis zum gegenüberliegenden Rheinufer, wo die Germanen und die Freiheit vor der römischen Herrschaft warteten. Die Sandbank, die der ubische Schiffsführer ansteuerte, war gut erkennbar. Doch es war zu spät. Raues römisches Triumphgeheul schallte von der Liburne über die Wasseroberfläche herüber.

Sie hatten sie fast eingeholt.

Nur noch wenige Augenblicke.

Jetzt!

Siegessicher rammte die schlanke, längliche Liburne mit ihrem eisenverstärkten Rammsporn den bauchigen Leib des plumpen Ubierschiffes. Die kriegerische Wespe stach zu. Tödlich. Gnadenlos. Die beiden Schiffsleiber erzitterten, als sie zusammenkrachten.

Das Wasser schäumte schwarz und bedrohlich zwischen den knirschenden Leibern der beiden Schiffe. Die Ruder krachten ineinander, Holz splitterte. Kreischen, berstendes Holz, Angstschreie, Panik. Spritzendes Wasser, das Duana im Gesicht traf. Ein gebrochener Ruderschaft durchbohrte einen der ubischen Ruderknechte. Der Mann schrie, tödlich verletzt. Der Strom rauschte. Gleichgültig, welche Kämpfe der Menschen auf seinem Rücken ausgetragen wurden. Wartete sein gieriges Maul auf die Opfer, die er in die Tiefe ziehen konnte? Die Strömung war stark.

Sofort lösten sich die römischen Legionäre von ihren Plätzen und packten ihre Waffen, um das gekaperte Schiff zu entern und alle niederzumachen, so wie es ihr Befehl war.

Der Schiffs-Zenturio gab kurze, unerbittliche Befehle. Es war eine Welle von Gewalt, von Tod, von Vernichtung, die auf sie einstürmte. Zwanzig hoch gerüstete Legionäre gegen ein paar Flüchtlinge, auf schwankenden Planken, mitten auf dem Rhein, in tiefer Nacht, nur beleuchtet von ein paar Fackeln – wie es enden würde, war allen klar. Sie erwarteten den Tod.

Alle?

„Wir werden zusammen durch das Tor der Anderswelt treten“, sagte Cameron mit rauer Stimme zu Duana.

„Irgendwann bestimmt“, erwiderte Duana fest. Cameron konnte sich nicht erklären, warum sie so ruhig und furchtlos war. Erfasste sie denn nicht den tödlichen Ernst ihrer Lage?

Doch dann geschah etwas Unerwartetes.

Die Handvoll Männer, in denen Duana schon zuvor keltische Krieger erkannt hatte, hatte plötzlich Schwerter in der Hand, nahm Gefechtshaltung ein, formierte sich. Sie stießen das schrille Kampfgeschrei aus, vor dem sich die Römer so fürchteten, besonders wenn es derart vollkommen unerwartet erscholl wie hier auf dem Schiff, das für die Legionäre bis jetzt wie eine beliebige, leichte Beute ausgesehen hatte. Die Römer glaubten zu wissen, dass die Augen mancher keltischer Krieger im Dunkeln geisterhaft leuchteten. Druidenzauber. Und war es hier nicht so?

„Wir kämpfen bis zum Tod!“, riefen die Männer. „Wir ergeben uns niemals!“

Dann stürzten sie sich mit blutrünstiger Gewalt auf die Legionäre, die ihre Liburne inzwischen mit Enterhaken und dicken Tauen mit dem Ubierschiff verbunden hatten.

„Tod dem Feind! Tod allen Römern!“

Die Römer waren völlig überrascht. Statt das germanische Schiff zu entern, die Flüchtlinge zu töten, alles zu plündern – ein berserkerhafter Gegenangriff!

Alles schrie durcheinander, die Keltenkrieger, die Ubier, die Römer, die Flüchtlinge. Jetzt hatten auch die Ubier ihre Waffen in der Hand. Unter anderen Umständen hätte sich der Schiffsherr der römischen Übermacht widerstandslos ergeben, in der Hoffnung, nur sein Schiff zu verlieren, nicht aber sein Leben. Jetzt sah alles anders aus. Auch die Ubier waren zum Kampf bereit.

Die vordersten Römer fielen, von wuchtigen Schwerthieben tödlich getroffen. Ihr Schreck war so groß, dass sie sich nicht wehrten. Einige ließen sich in die Fluten fallen, um dem ungestümen Angriff der Keltenkrieger zu entkommen. Doch das waren nur wenige; dahinter formierten sich die restlichen Männer.

Plötzlich stand der ubische Schiffsführer bei Duana. Er hatte den goldenen Torques in der Hand. „Du bist Druidin! Zeige dich! Mach den Römern Angst!“

Er drückte ihr den goldenen Halsreif in die Hand und ging dann wieder zu seinen Leuten, die keine Krieger waren, sondern Rheinschiffer und Ruderer, die meisten von ihnen nur wenig bewaffnet. Dazwischen die panisch schreienden Flüchtlinge.

Die keltischen Krieger hatten alle Römer zu Fall gebracht, die in die Nähe ihrer Schwerter gekommen waren. Der Kampf erlahmte.

Duanas Herz schwoll an. Sie spürte das kühle Druidengold in ihren Händen. Sie spürte die Kraft, die von dem Schmuck ausging und legte den Goldreif um den Hals. Cameron schloss mit zitternden Fingern die Schließe am Nacken. Die alte Druidenkraft, die Duana schon lange nicht mehr gespürt hatte, durchströmte sie wieder. Stärker denn je. Meredyd und all die Druidinnen des Ahrtals, die ihr vorangegangen waren, vereinten sich mit ihr. Aber da war noch etwas anderes. Es war jemand in der Nähe, das spürte sie, der für ihr Leben eine überaus große Bedeutung hatte. Auch das spürte sie durch ihre Druidenkraft. Das Gefühl Duanas war stark, geradezu überwältigend. Sie spürte die Macht der Blutkönigin, der Herrin über Leben und Tod. Duana griff sich an die Brust. Was geschah mit ihr?

Sie erklomm den höchsten Punkt des Hecks. Sie spürte eine Aura, ein seltsames, bläuliches Glühen, das sie umgab. Duana streckte die

Arme in den Himmel. War es nicht deutlich sichtbar, dieses Glühen? Die anderen sahen es auch. Die Krieger stießen ein Triumphgeschrei aus. Die Römer erstarrten. „Druidenzauber!", riefen sie. „Verfluchter Druidenzauber!" Und ihre Gedanken verengten sich auf Flucht, Angst, Panik vor der Kraft der Druiden, vor dem Druidengold, das um den Hals der geheimnisvollen Frau glühte, die da so plötzlich auf dem Schiff aufgetaucht war wie eine schreckliche, Entsetzen erregende Geistererscheinung. Die Krieger, mit denen wären sie vielleicht fertig geworden. Doch mit der Druidenkraft wollte sich keiner von ihnen messen, hier am Ende der Welt, mitten auf dem fremden, geheimnisumwitterten Strom, der den Kelten und nicht den Römern gehörte.

Die keltischen Krieger nutzten den Augenblick. Sie stürmten über die enge, schwankende Verbindungsplanke auf die römische Liburne.

„Heil der Druidin, Heil unseren Göttern!", schrien sie.

Und: „Heil unserem König!"

„Heil Ambiorix!"

Der Fackelschein erhellte die Gesichter der römischen Soldaten: Sie waren fassungslos, entgeistert, hatten weit aufgerissene Augen.

Ambiorix? Das war der Feind, den sie alle jagten, der König, der eine Armee römischer Legionäre niedergemetzelt hatte, der Führer, der sich mit Caesar angelegt hatte und den der Imperator seit vielen Monaten fieberhaft suchte. Das Trugbild, die Schimäre, das Gespenst, das sie niemals zu fassen bekamen. Das Caesar mit verbissener Wut und Rachsucht verfolgte und dem er anscheinend nichts anhaben konnte.

Ambiorix – jetzt war er hier!

Sie hatten doch nur ein Flüchtlingsschiff aufbringen wollen, sie hatten gehofft, leichte Beute zu machen – und jetzt stand ihnen eine todbringende Wand keltischer Kämpfer gegenüber und eine in der Dunkelheit boshaft leuchtende Druidenhexe, die mehr Macht hatte als alle Krieger zusammen.

Die Kelten schlugen wild auf die römischen Soldaten und die Ruderer ein. Sieben geisterhafte Schatten, einer davon der König. Wie Boten aus dem Totenreich. Unheimlich, verderbenbringend. Jeder, der es sah, erschauderte. Beim Töten gerieten sie wie alle Kelten in blutrünstige Rage. Alle Ruderer, die bis jetzt unverletzt geblieben waren, und etliche der Legionäre sprangen über Bord und wurden von den gurgelnden, dunklen Fluten abgetrieben. Mit den Übrigen kannten die Keltenkrieger keine Gnade. Die Schatten brachten den Tod. Das Blut der Feinde war im Nachtlicht schwarz. Und es floss eine Flut römischen Bluts über das Schiff, das in der finsteren Nacht neben dem Ubierschiff auf dem Rhein trieb.

Als alle Römer erschlagen waren, reckten die keltischen Krieger ihre Schwerter im Triumph schreiend in den Himmel, auf schwankendem Schiff. Die Schwerter, ja selbst der Himmel, schienen das geheimnisvolle Glühen, das von der Druidin ausging, aufzunehmen, weiterzuleiten, zu verbreiten. Und auch Duana stimmte in den Siegesschrei ein, ihre Stimme vereinte sich mit denen der Krieger. Die anderen Flüchtlinge, sogar die Ubier, stimmten mit ein. Auch Cameron.

Ein kalter Schauder lief ihr über die ganze Haut.

Caradoc!

Hieß es denn nicht, dass er im Gefolge des Königs war? Und auch ihr Vater? Sie starrte gebannt auf die Männer, die Schatten, die Krieger auf dem Römerschiff, die dort in Siegespose standen und ihren König umringten. Starrte auf die blutverschmierten Gesichter, konnte aber in der Dunkelheit keines von dem anderen unterscheiden.

Die römische Liburne und das ubische Schiff hatten sich verkeilt wie zwei ineinander verbissene Straßenhunde. Trieben ab in Richtung Strommitte, weg vom rettenden germanischen Ufer. Waren vom Schicksal, von den Göttern miteinander verbunden.

„Trennt die Schiffe“, befahl die Stimme des Königs, einer der Schatten, bei denen womöglich auch Caradoc war und ihr Vater.

Die keltischen Krieger kamen zurück auf das Ubierschiff. Sie lösten die Enterhaken und zerschlugen die Taue. Schnell war das ubische Schiff wieder frei. Das Römerschiff trieb ab in die Finsternis der Nacht, auf ihm die Leichen der Legionäre. Wohin es auch treiben würde, es würde von der neuen Niederlage der Römer künden.

„Ruderer, alle auf mein Kommando – los!“, befahl der ubische Schiffsführer.

Das Ubierschiff lehnte sich gegen die Strömung auf. Die übriggebliebenen Ruder bogen sich kraftvoll ins tiefschwarze Nachtwasser. Endlich ging es wieder in Richtung des germanischen, rechten Rheinufers.

In diesem Augenblick erkannte Duana – die noch immer am höchsten Punkt des Hecks stand – in einem der Schattenkrieger eine Haltung, eine Bewegung, die ihr aus tiefstem Herzen bekannt war. Etwas berührte ihre Seele, dessen Nähe sie schon lange nicht mehr gespürt hatte. Eine Wärme. Eine Zuversicht. Eine wunderbare Hoffnung. Ihre Liebe.

„Caradoc!", rief sie in höchster Erregung, mit zitternder Stimme. „Caradoc, du bist es wirklich!"

Der Angesprochene fuhr herum, wie vom Donner gerührt. Er war es tatsächlich! Und es waren kaum zwanzig Schritte zwischen ihnen. Auch Caradoc erkannte sie. Sie war die fremde Druidin, deren Erscheinen ihrem Kampf auf dem Fluss die entscheidende Wendung gegeben hatte. Er hielt noch sein blutiges Schwert in der Hand. Ein Schrei, aus tiefster Seele, brach aus ihm heraus.

Caradoc ließ sein Schwert sinken, es fiel auf die Planken des Ubierschiffs. Er riss die Arme auseinander, stürzte auf seine Duana zu. Sie umarmten einander, küssten sich wie Verdurstende in der Wüste, die im letzten Augenblick die Quelle des Lebens gefunden haben.

„Mein Lieblingsplatz wird immer da sein, wo du bist", schluchzte Duana unter Tränen. Die übrigen Keltenkrieger, der König, ihr Vater, Leannan und die anderen, klopften anerkennend mit den Schwertern auf ihre Schilde. Die anderen Passagiere und die germanischen Besatzungsmitglieder ließen das Paar hochleben. Tränen flossen. Beifall wurde geklatscht. Sie alle waren noch im Hochgefühl des Sieges, den sie über das feindliche Schiff errungen hatten, und erfüllt von dem Glück, so knapp dem Tode entronnen zu sein. Weitere Fackeln wurden entzündet. Gesang erklang. Ihr flammendes Hochgefühl schütteten sie alle zusammen über das eng umschlungene Paar aus, das sich hier in der Mitte des Stromes wiedergefunden hatte. Das Schicksal und die Götter hatten anscheinend die Hände im Spiel.

Sie alle waren Zeuge von etwas Außergewöhnlichem geworden, von dem sie noch ihren Kindern und Kindeskindern erzählen würden. Währenddessen trieben die Rudergänger des Ubierschiffes das Gefährt singend ans rechte Rheinufer.

„Anlegen!", befahl der ubische Schiffsführer. „Wir haben es geschafft." Duana wollte ihm ihren Torques zurückgeben, doch der Alte lehnte entschieden ab. „Das Gold hat seinen Platz an Eurem Hals, Druidin", sagte er mit Rührung in der Stimme.

Duana nickte. Gemeinsam mit Caradoc und den anderen ging sie mit festen Schritten über die ausgelegte Planke auf das germanische Ufer des Großen Stroms, wo für sie der letzte Funken Hoffnung auf ein Leben in Freiheit glühte.

Epilog

Sechzig Jahre später

So lange herrschte bei den Römern schon der alte Kaiser Augustus über sein riesiges Reich, der Adoptivsohn des vergöttlichten Caesars, und noch immer galt die alte Maxime des Imperiums, dass alle Länder der Welt dem römischen Volk von Jupiter zur Herrschaft überlassen wären, ganz gleich, wohin das römische Volk kam und wer vorher geherrscht hatte.

„Wir keltischstämmigen Frauen gelten viel bei den germanischen Männern, Tochter", nahm die alte Gwenfrew den Gesprächsfaden wieder auf, nachdem Mutter und Tochter eine Zeitlang sinnend dagesessen hatten. Es war ein schöner, milder Herbsttag, an dem die Sonne noch einmal ihre schöpferische Kraft entfaltete. Die beiden Frauen saßen auf der Bank vor dem Haupthaus des großen, herrschaftlichen Cheruskergehöftes. Mitten im Germanenland, weit weg vom Rhein und den Römern.

Die Tochter Tusnelda lachte und kämmte ihr langes, glattes, rötlichbraunes Haar, das sie von ihrer Mutter geerbt hatte. „Sie sagen uns Liebreiz, Klugheit, Gelassenheit, Schönheit nach, doch vor allem sagen sie, dass wir keltischen Frauen gut als Gespielinnen auf dem Beilager sind."

Tusnelda kicherte. „Mutter!"

„Jetzt fehlte nur noch, dass du sagst: Mein Arminius denkt an so etwas nicht."

Tusnelda lächelte verschämt: „Ich will nicht behaupten, dass ihn meine Künste kalt lassen. Selbst wenn er in Rom von fremdländischen Früchten gekostet hat."

Tusneldas Vorfahren gehörten zu den Flüchtlingen von der anderen Rheinseite, die während des Gallischen Krieges vor den Gewalttaten der römischen Invasionstruppen geflohen waren und sich diesseits des Rheins, bei den Germanen, vor den latinischen Mordbrennern in Sicherheit gebracht hatten. Das war zu Zeiten des Imperators Caesar gewesen, der vor über einem Menschenalter in Rom ermordet worden war; später waren viele der Flüchtlinge im Stamm der Cherusker heimisch geworden. Auch die vor ein paar Jahren verstorbene Duana, die Großmutter Tusneldas, von der man erzählte, dass sie vor ihrer Flucht eine Druidin gewesen war.

„Es war gut, dass dein Arminius nach Rom gegangen ist, Tusnelda, du solltest ihm das nicht vorwerfen."

„Nein, Mutter, ich werfe ihm nichts vor. Gar nichts. Es ist gut so, wie es ist. Ich liebe ihn genauso, wie ich ihn bekommen habe."

Dann sah die Mutter ihre Tochter ernst an: „Du weißt, dass dein Bräutigam den Krieg mit den Römern will?"

„Still, Mutter", erwiderte Tusnelda. „Manchmal glaube ich, dass selbst in unserem eigenen Haus die Wände Ohren haben."

Gwenfrew lächelte milde: „Wie sehr du dich schon deinem künftigen Gemahl verpflichtet fühlst", sagte sie leise. „Ich bin froh, dass Arminius dein Mann wird."

„Ich weiß, was Arminius vorhat", sagte Tusnelda schließlich mit fast tonloser Stimme. „Und ich habe ganz genau das gemacht, was du mir gesagt hast, Mutter. Ich habe ihm von Großvater Caradoc erzählt."

Gwenfrew strahlte. „Gut. Du bist meine Tochter, unverkennbar. Und die Enkelin von Duana. Und die Urenkelin von Gwenfrew, deren Namen ich tragen. Und was hat Arminius gesagt?"

„Nichts", erwiderte Tusnelda.

„Nichts?"

„Nein. Zuerst mal nichts. Er war beeindruckt. Er hat nachgedacht. Und dann hat er gesagt, dass er von jetzt an den Namen Atuatuka nicht mehr vergessen wird."

Gwenfrew umarmte ihre Tochter. „Das hast du gut gemacht. So wollte es dein Großvater."

„Das hat ihm auch sehr gefallen, dass Großvater Caradoc zum Gefolge des Königs Ambiorix gehört hat. Der Name Ambiorix hat auch heute noch bei allen germanischen Stämmen einen guten Klang."

„Arminius war also beeindruckt von dem, was du ihm erzählt hast?"

„Ja. Er hat gesagt, so einfach ist das also. Das römische Heer in ein langes Tal locken, es auseinanderziehen und dann von allen Seiten angreifen und niedermachen."

„Er will es also genauso machen?"

Tusnelda lachte herzlich und fiel ihrer Mutter um den Hals. „Arminius hat viele Pläne, Mutter. Ich weiß, dass er es hasst, wie der Legat Varus sich im Namen des Kaisers Augustus in unserem Land aufführt. So als wären wir alle Sklaven und unterworfene Barbaren. Arminius hat unzählige Gedanken. An manchen habe ich teil, an anderen nicht. Aber ich weiß, dass er die Herrschaft der Römer ebenso sehr hasst wie alle anderen. Vielleicht sogar mehr als alle anderen. Er will den Kampf gegen Rom, und er wird ihn führen. Schon sehr bald." Sie überlegte einen Augenblick: „Er sagt, er wird es womöglich genauso machen wie Ambiorix dereinst in Atuatuka."

Ende

Zeittafel

58 bis 51 v. Chr.	Gallischer Krieg
57	Aufstand der Nervier und Veneter, Suessionen, Bellovaker, Ambianer und Aduatucer; sie werden von Caesar unterworfen; die Eburonen werden vom Joch der Aduatucer befreit und unterwerfen sich
56	Unterwerfung der Seestaaten
Winter 56/55	Die germanischen Usipeter und Tenkterer setzen über den Rhein und bedrängen die keltischen Stämme im Rheinland
Frühjahr 55	Umherschweifende Germanen dringen u. a. in das Gebiet der Eburonen vor; teils werden sie von Caesar besiegt, teils ziehen sie sich über den Rhein zurück
August 55	Caesar schlägt eine Brücke über den Rhein: die rechtsrheinischen Germanen fliehen in die Wälder
September 55	Caesars erste Expedition nach Britannien
Winter 55/54	Kämpfe gegen die Treverer (deren Klientelvolk die Eburonen sind) unter den Fürsten Indutiomar und Cingetorix
Sommer 54	Caesars zweite Expedition nach Britannien
Herbst 54	Dürre: Missernte bei den Eburonen, die auch zu Versorgungsschwierigkeiten bei den römischen Truppen führt
November 54	Abfall der Eburonen unter deren Königen Ambiorix und Catuvolc
November 54	Vernichtung der 15 Kohorten des Sabinus Titurius und Lucius Aurunculeius Cotta bei Atuatuka durch Ambiorix, schwere Niederlage Caesars
November 54	Das Lager des Quintus Tullius Cicero wird von den Nerviern, Aduatucern und Eburonen belagert und von Caesar befreit
Februar 53	Angriff Caesars auf das Land der Nervier, mitten im Winter

21. Februar 53	Gallischer Landtag in Lutetia, Feldzug Caesars gegen die Sueben
April 53	Feldzug gegen die Treverer durch Labienus, Tod des Indutiomar
Mai 53	Zweiter Übergang über den Rhein
Juni bis September 53	Raub- und Rachekrieg gegen die Eburonen; allgemeiner Aufruf zur Plünderung des Gebiets der Eburonen, Verwüstung des Landes der Eburonen
Herbst 53	Selbstmord des eburonischen Königs Catuvolc
52	Krieg mit Vercingetorix
Mai 52	Die Kelten fügen den Römern bei der Schlacht um Gergovia herbe Verluste zu
September 52	Caesar besiegt die Kelten in Alesia; ganz Gallien ist von Rom besetzt

Glossar

ab urbe condita	„seit Gründung der Stadt", Beginn der römischen Zeitrechnung (753 v. Chr.)
Aduatucer	Keltisierter Germanenstamm im heutigen deutsch-belgischen Grenzgebiet, angeblich Nachfahren der Kimbern und Teutonen
Ardennerwald	Antike Sammelbezeichnung für den großen Wald, der Eifel, Ardennen und Hunsrück umfasste; Rückzugsgebiet für keltische Stämme
Atuatuka	Schlachtort bei Stolberg; Mitte November 54 v. Chr. wurden hier eine Legion und fünf Kohorten vernichtet
Barden	Sängerkaste der Kelten
Belenus	Keltischer Sonnen- und Lichtgott
Beltane	„Mächtiges Feuer", Fruchtbarkeitsfest am 1. Mai
Bireme	Großes römisches Kriegsschiff mit doppelter Ruderreihe
Brigid	Göttin, die Jungfrau, Tochter Danas
Caeroser	Kleiner Keltenstamm zwischen Eburonen und Treverern
Curia Hostilia	Versammlungsort des römischen Senats auf dem Forum Romanum in Rom
Dana	Muttergöttin der Kelten, Große Göttin
Dekurio	Oberst einer römischen Kavallerieeinheit
Druiden	Priesterkaste der Kelten, ihnen oblag der Ritus, aber auch Rechtssprechung, Philosophie und Wissenschaft
Eburonen	Keltisches Volk zwischen Rhein und Maas
Kalenden	Erster Monatstag nach römischem Kalender; siebter oder neunter Monatstag: Nonen; drei zehnter oder fünfzehnter Monatstag: Iden
Karnuten	Gallisches Volk zwischen Loire und Seine, ihr Gebiet war nach Caesar der „Mittelpunkt Galliens" und Ort einer heiligen Druiden-versammlung

Kohorte	Römische Militäreinheit von etwa 500 Mann, bestehend aus drei Manipeln
Laren	Römische Schutzgeister, vergöttlichte Seelen verstorbener Vorfahren
Legat	Hoher militärischer Rang, Führer einer Legion
Legion	Römischer Heeresverband mit etwa 5.000 Soldaten und 5.000 Mann Hilfstruppen
Liburne	Kleines römisches Fluss-Kriegsschiff, mit Rudern und Segeln angetrieben
Lug	Gott des Schönen, der Künste und des Erfindungsreichtums
Lugnasad	Erntefest am 1. August, dem Gott Lug geweiht
Lutetia	Hauptstadt der Parisier, das heutige Paris
Manipel	Römische Militäreinheit von 100 bis 200 Mann, bestehend aus zwei Zenturien
Mediolanum	das heutige Mailand
Menapier	Keltogermanisches Volk südlich des Rheinmündungsgebietes
Nervier	Großer keltogermanischer Belgerstamm
Oppidum	Stadtähnliche, befestigte keltische Ansiedlung mit Handels- und Mittelpunktfunktionen
Penaten	private Schutzgötter der römischen Familien
Placentia	Das heutige Piacenza in der Emilia-Romagna, wurde 218 v. Chr. zur römischen Provinzstadt
Prätorium	Kommandantenhaus im Legionslager
Publicanus	Öffentlich bestellter Heereslieferant, meist aus dem Ritterstand
Remer	Keltenstamm westlich der Maas, Nachbarn der Treverer
Rhein	Der Große Fluss, Grenze zwischen den Kelten und den Germanen
Römische Münzen	1 Aureus = 25 Denare; 1 Denar = 4 Sesterzen; 1 Sesterz = 4 Asse
Saguntum	Stadt in Ost-Spanien, das heutige Sagunto (katal. Sagunt)
Samhain	Jahresend- und Schlachtfest am 1. November, Beginn des keltischen Jahres
Schanze	Keltische Verteidigungsanlage
Schildkröte	Römische Schlachtformation, bei der sich die

	Soldaten im Viereck anordnen und sich nach außen und oben mit Schilden schützen
Scutum	Großer römischer Rechteckschild
Sueben	Mächtiger, rechtsrheinischer Germanenstamm
Taranis	Donnergott; der Gott mit den Feuerrädern
Tarraco	das heutige Tarragona
Teutates	Kriegsgott (vergleichbar mit dem römischen Gott Mars)
Torques	Goldener keltischer Halsreif
Treverer	Großer keltischer Stamm im Moselgebiet mit berühmter Reiterei
Ubier	Rechtsrheinischer Germanenstamm
Zenturie	Römische Militäreinheit von 60–100 Mann
Zenturio	Römischer Offizier, Anführer einer Zenturie
Zernunos	Der Gott mit dem Hirschgeweih

Personenverzeichnis

*Mit * gekennzeichnet: historisch belegte Personen*

Ambiorix*	Kriegs-König der Eburonen, Feind Caesars
Ariovist*	Germanischer König, von Caesar 58 v. Chr. besiegt
Arpinius*	Gaius Arpinius, römischer Ritter, Vertrauter des Titurius, Dekurio
Bronwen	Dienerin der Druidinnen im Heiligen Hain
Caesar*	Gaius Julius Caesar, bedeutender römischer Feldherr und Politiker, † 15. März 44 v. Chr.
Caileass	Keltischer Waffenschmied, Vater von Caradoc
Cameron	Jüngster Priester am Druidenhof
Caradoc	Sohn des Caileass
Catuvolc*	Kultischer König der Eburonen, vergiftete sich 53 v. Chr.
Cauldron	Seher
Cearnach	Hasenschartiger Krieger, Schützer des Heiligen Hains
Cicero*	Quintus Tullius Cicero, Kommandant Caesars, Bruder des M. Tullius Cicero
Cingetorix*	Romfreundlicher König der Treverer
Considius	Publicanus, Sklavenmeister bei Titurius
Cotta*	Lucius Aurunculeius Cotta, Legat Caesars in Gallien
Dewi	Ziegenhirte
Donaghue	Kriegsmeister und Gefolgsmann des Fürsten, Vater Duanas
Duana	Tochter des Donaghue, Nachfolgerin der Druidin
Dublachan	Klanherr der Pferdezüchter
Eiblin	Alte Dienerin am Druidenhof
Eiluned	Frühere Druidin des Ahrtals, Mutter der Meredyd
Einion	Wanderdruide
Enid	Duanas Schwester, Tochter Donaghues
Fiana	Keltin aus dem Stamm der Caeroser
Gaelan	Keltenkrieger
Gn. Pompeius*	Dolmetscher des Titurius

Gombo	Junger Schmied
Gothfraidh	Keltischer Name des Valerius
Gwenfrew	Duanas Mutter, Frau Donaghues
Hasdrubal	Karthagischer Leibsklave des Titurius
Hastatus	Zenturio Cottas
Indutiomar*	Romfeindlicher treverischer König; † 53 v. Chr.
Julia*	Tochter Caesars, † 54 v. Chr.
Junius*	Quintus Junius, „der Spanier", Bote zwischen Caesar und Ambiorix
Labienus*	Titus Labienus, bedeutender römischer Kommandant, Legat Caesars in Gallien
Leannan	Freund Caradocs, Halbbruder Dublachans
Marbod	Fürst des Ahrgaus
Marcellus	Legionär
Maura	Keltische Sklavin des Titurius, Trevererin
Meredyd	Druidin des Ahrtals, Mutter von Sinned
Meteriola	Sklavin des Titurius
Novanco	Dorfjunge
Pompeius*	Römischer Feldherr und Politiker, Schwiegersohn und Gegenspieler Caesars († 48 v. Chr.)
Retrox	Zenturio, Beiname (dt.: „Borstenschwein")
Riocard	Bauer aus dem Ahrgau
Rodric	Sohn des Fürsten Marbods, Sinneds Hirschgott
Servitius	Legionär
Sinned	Meredyds Tochter
Tamnais	alter Schmied
Taran	Ältester Priester am Druidenhof
Titurius*	Quintus Titurius Sabinus, Kommandant Caesars
Valerius	Marcus Valerius, Militärtribun aus Placentia
Varenus	Schiffs-Zenturio

255 Seiten

Umschlagabbildung: Statue in Ruinengarten, Kroatien; Foto © Ralf Asmus

Bibliografische Information der Deutschen Nationalbibliothek
Die Deutsche Nationalbibliothek verzeichnet diese Publikation in der Deutschen Nationalbibliografi e; detaillierte bibliografische Daten sind im Internet über <*http://dnb.d-nb.de*> abrufbar.

Weitere Publikationen aus unserem Programm finden Sie unter: *www.zabern.de*

ISBN: 978-3-8053-4148-6
Gestaltung: Bild1Druck GmbH, Berlin
Gestaltung des Titelbildes: Max Bartholl, b3K text und gestalt GbR, Frankfurt am Main und Hamburg

Printed in Germany by Philipp von Zabern
Printed on fade resistant and archival quality paper (pH 7 neutral) · tcf